张炜中短篇小说年编
钻玉米地

张炜◎著

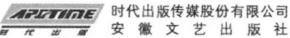

时代出版传媒股份有限公司
安徽文艺出版社

图书在版编目(CIP)数据

钻玉米地/张炜著. —合肥:安徽文艺出版社,2012.8
(张炜中短篇小说年编)
ISBN 978-7-5396-4333-5

Ⅰ. ①钻… Ⅱ. ①张… Ⅲ. ①短篇小说-小说集-中国-当代
Ⅳ. ①I247.7

中国版本图书馆 CIP 数据核字(2012)第 161584 号

总 策 划:朱寒冬　刘景琳　　　　　出版统筹:曾　冰
责任编辑:刘冬梅　　　　　　　　　　封面设计:尚书堂

出版发行　时代出版传媒股份有限公司　www.press-mart.com
　　　　　安徽文艺出版社　www.awpub.com
地　　址　合肥市翡翠路1118号　邮政编码:230071
营 销 部　(0551) 3533889
印　　制　安徽新华印刷股份有限公司　(0551)5859128

开本:880×1230　1/32　印张:13.25　字数:270千字
版次:2012年8月第1版　2012年8月第1次印刷
定价:44.80元(精装)

(如发现印装质量问题,影响阅读,请与出版社联系调换)

版权所有,侵权必究

目录

序

一辑

木头车 / 3

槐花饼 / 14

小河日夜唱 / 29

花生 / 36

夜歌 / 43

他的琴 / 57

钻玉米地 / 66

锈刀 / 86

铺老 / 95

开滩 / 104

叶春 / 113

槐岗 / 122

二辑

造琴学琴 / 133

石榴 / 149

玉米 / 156

蝉唱 / 172

战争童年 / 182

公羊大角弯弯 / 202

下雨下雪 / 215

在路上 / 230

人的价值 / 242

田根本 / 251

悲歌 / 259

告别 / 269

三辑

初春的海 / 281

自语 / 291

春生妈妈 / 300

达达媳妇 / 309

老斑鸠 / 317

善良 / 328

七月 / 343

操心的父亲 / 358

芦青河边 / 370

深林 / 381

桃园 / 395

丝瓜架下 / 402

附：短篇小说总目 / 411

序

我在近四十年的写作生涯中,除了长篇小说和散文之外,共写了十三部中篇小说和一百多部短篇小说。

这是我十分钟爱的文体。我把许多宝贵的时间花在这些篇章之中,可以说为之殚精竭虑。

现在的七部"中短篇小说年编",大致以写作时间为序编排。这成为一次盘点,一次回顾和总结:生命的痕迹、劳作的历史、艺术的变化、生活的记录……

时间匆匆而过,悉数消逝在渺茫无际的数字时代,好像离我们越来越远了。

不过,当重新展读这些篇章时,我却再度追上了漂流的时间,并且觉得一切都楚楚如新。

也许这就是文学的意义、写作的意义。

2012 年 1 月 12 日

一 辑

木头车
槐花饼
小河日夜唱
花生
夜歌
他的琴
钻玉米地
锈刀老滩
铺开叶春
槐　　岗

木 头 车

一

这几天,园艺场里的人都谈论着老阮家的事:他儿子小春毕业回来要当教师了!都说他是棵好苗子,靠得上。老阮前几天听场长谈过之后,心里非常高兴,加上大家这么一说,就更乐得合不上嘴了!一遇上人,总爱唠叨几句:"他大叔你说小春子当教师能行?""行,一定能行!"谁都知道小春子是个棒小子,很英俊很英俊。

老阮听人议论,像喝了蜜水一样,甜滋滋的。回到家里,他寻个话茬就和老伴说起来:"以后说话再别颠三倒四的,叫人家听了笑话——儿子都快回来当老师了。"老伴笑嘻嘻地说:"他教他的,咱说咱的,关他什么事?"

"那可不行。场里对他这么器重,就一定得叫他干好。回来时咱得好好和他计划计划。"

老阮独自到外屋吸烟,想着儿子。

有一个很久以前的木头车轮子挡在猪圈出口上。那木轮如今是废了。小春小时攀在大轮子上问这问那,他觉得真奇怪,真好玩。

"多粗的树才能挖成这么大的轮呀?"

"那是木头烘烤着弯成的,树哪能那么粗!"

"俺不信。"

"你个笨孩儿!树一百年也长不成车轮子粗!"

"俺不信,俺不信。"

猪从轮子的辐条间拱出头来,小春吓得一跳蹿下来。

他可没见过木轮在地上转动的样子——如今都是胶轮马车。木轮一转咯噔噔响,坐着的人受不了。

木头大轮子上钉了老大的铁钉,钉帽像黑膏药。多有意思的一种大车,咯噔噔,咯噔噔!小春说:"爹爹,俺想看大木头车拉东西。"

"真蠢笨!"老阮吸着烟,笑着说一句。

老伴咕咕哝哝走出来:"老阮,你说小春回来到场部小学去,他什么时候回来呀?人家孩子当兵复员啦、出去学习啦,回来都是场里派马车去接回……"

"呔呔呔!"老阮一挥手:"他有法回来——他会搭个车嘛。"

天傍黑,太阳火红火红。场大门口一片嘈杂,大家都往那儿跑。有人返身回来嚷:"看看,看看!小春坐着一辆木头车回来啦!""哎呀,如今还有那玩艺儿。看看!"

老阮和老伴赶去一看,见小春真的驾着一辆老式木头车咯噔噔驶来了,拉车的是一头不起眼的毛驴。这孩子站在车前,手里拽个缰绳,举着长鞭子……"小春!小春!下来!停车呀……"他举起手一喊,儿子一拉绳子,车"咚"一声停了。

大家都笑。

很多人都来摸大车,议论,说这车离现在有个百十年了。"胡说!顶多四五十年!"一个老头子的声音——是老阮。

大车上拉了他上学时用的行李家什——他这几年中学生活积攒了不少东西。车上的碎木头不少,还有一套木工用的工具。"这孩子不务正……"有人小声议论,被老阮听见了。

人群走开了,老阮把大车和儿子领回家。第一句话老头子就问:"大车哪里弄的?"小春笑嘻嘻:"学校跟前村里有一辆,要拆,我拦住了。我省下菜金买下,琢磨驾回来场里有用处……"

"蠢笨哪!"老阮骂一句。

老阮想起个事,又问:"驴呢?"

小春说:"驴是借的,为了驾回车来。我还要送还牲口。"

老伴倒高高兴兴。老阮卸下牲口,又赶紧催着小春去场部报到。小春脸也未洗就去了。

刚巧,一进门就遇着了场长:"噢,小伙子!回来了,哈哈……"他把小春的一双手握得绷紧,"听说还驾回来一辆木头车,哈哈……"

他们热情地谈起来。没别的,小春提出了自己的要求:"咱场里有什么艰巨的任务,你就交给我吧!保准……"

"嗯……任务倒有一个。"场长笑眯了眼,"要你去教孩子,教咱场里的好后代,这个任务够艰巨了吧?"

"够艰巨。不过……我想做更艰巨一点的。场长,我这副身子骨还挺硬啊!"小春的态度是那样严肃:"你知道,我驾回一辆大车……"

"怎么?"

"我想把它捐给场里——不过俺有个条件,得让俺亲自驾它,拴上一匹好马。"

老场长大笑:"哈哈,如今哪有木头车哩,不中不中。如今都是胶轮大车运东西。再说你爸也不愿意哩……"

小春皱皱眉:"不过这辆木头车还能用——你看我驾它跑了三十里路,它硬邦邦的呢!为什么就得扔了?当柴烧了可惜!我就是怕那个村子扔了,才买了来……"

老场长有些为难。他摸了摸胡子说:

"好,小春子,我一定把你的建议带回去!"他说这话时,觉得小春已经不是个孩子啦。

星斗挂了满天。小春在回家之前,一个人到果园里走了很长时间。

初秋的风中,一棵棵大果树轻轻摇动。果子散发出清香味儿。他蹲在那儿,借着微弱的星光看着。大果园里什么活物都闭了嘴巴,多静。矮矮的树丛像老人踞着。他想起了小时候一伙儿人奔跑的情景。真好啊真好!他们都在果园里劳动了,大家都比他大了,有的都二十岁了,有媳妇或女婿了。"成家了"——老人们这么说。成家是个什么滋味儿?

巨大的木头轮子车咯噔噔跑在平平的园中空地上,大伙儿呼一下跑来,说"上车"了!驾车的让他们上,他们才敢上!不让他们上,他们就不高兴地说了:"架子真大!哎呀这副架子呀!"他们一定会这么说。

小春沿着果树间的白沙路奔跑不停。踏踏!踏踏!脚步声像大马——一匹黑颜色或红颜色的大马,浑身都闪光亮。大马大马,俺的大马!一会儿他就出汗了。他坐下来风凉,这才想起爹和妈会在家里着急。他赶紧往回跑去。

家里早就做好了饭菜等他。两个老人谁也不动一筷子。

小春高兴地端起碗就吃,他们这才对脸笑了一笑。"报到了报到了?""嗯嗯嗯嗯。""场长对你好吧?""场长好哩,爹,场长好。"……

小春的劲头今天特别足,吃着饭,不住地向爹妈问这问那。老阮瞅着儿子,心想:"这孩子才来家,不知心里想的什么,我得摸摸底。"他问道:"小春,你毕业回家打了个什么谱?""不管活多苦多累,我都准备干呗。"小春回答。

"说得对!是得使劲摔打摔打!"老阮高兴地打量着儿子,"不过,也要听听领导的话,叫咱干什么,都得干好。叫你当老师,你就得有个大人模样,别叫大家泄气。"

小春凝神听着,心想:"原来场里叫我当教师的事他都知道了。我可要把自己的意见说出来,听听他是什么意思!"想到这儿,小春说:"场长叫我当教师,是对咱的信任,咱可要好好想想。我才毕业,没得到什么锻炼,上来就要当先生,这怎么行啊!"

"怎么不能行?"老阮扔了筷子。他没想到场里对他这么器重,他竟能来这一套!气死我了,这个孩子不是好孩子!老伴对他使

眼色,他没有忍住,还是发了火儿。他说:

"小春你拗吧!拗到底就知道了!整天弯腰屈背在果树下边干活是什么滋味!多少人想当老师,他们白天黑夜想……你犯了什么毛病?嗯?"

小春不吃饭了。他鼓着嘴唇。他从小不高兴就这副模样。

"我就你这一个孩子,我不能让你像我一样没出息!"老头子大口地出着气。

小春抓住了他的话头:"好啊!你说做个革命工人是没出息,好啊!我明天告诉场长去……"

妈妈喝住了他:"胡说!你爸是为你好……"

"为我好该听听我的意见哪!我年纪轻轻的,整天钻在屋里,能不得病吗?俺得到外面跑跑才行!俺要赶自己的那驾木轮子车……"

老阮愣了一会儿笑了。他说:"哎呀?!你那辆宝车还能用?你不看看现在哪有那个古董玩艺儿?你让人笑掉牙。嘿嘿……"

"可我驾了三十多里,它不是挺好的吗?它就是能用哩!"

"哈哈……"老阮大笑。

"我驾我自己的车呢!它是我一分一分菜金攒下来的,我自己的车嘛!我喜欢我自己的车嘛!"

"哈哈……"

二

小春当年秋天就驾上了木头车。

不过场里没给他一匹大好马,而是把一匹最老的灰马给了他。

秋天是采收苹果的繁忙季节,场里的所有大车都派上了用场。园中大路上,一天到晚都是嘚嘚的马蹄声。苹果就是从这里运向码头、果库,运向四面八方。男男女女都扛苹果装车,都踏着木梯摘苹果。大家都唱歌干活,像不知累似的。

谁不愿坐一坐大木头车?

颠得慌啊颠得慌! 姑娘们尖声大叫着,可还是爱往这辆车上跑。"屁股不疼吗?"男人们追在后边问。

小春在姑娘喊的时候,就放慢了车速。姑娘夸他:"心眼儿怎么这么好?"

大家欢唱着:"广阔天地炼红心,革命青年志在四方……"

只要听到咯噔噔的声音,大家就知道是大木头车来了。不知为什么大家都喜欢这辆车子。那两个巨大的木轮一滚动,就让人高兴。它载的东西一点也不少,速度也不慢,凭什么淘汰这辆车?可能是因为它走不得破路,路稍稍松一点,轮子就容易往下陷……不过如今都是大路了,平坦坦的大路——社会主义大路嘛!

小春回到家,老阮不太爱跟儿子说话。他就主动叫着:"爹爹,俺为你捎回一个大甜瓜——它长在树盘上!"老阮吸烟:"不稀罕!"小春又说:"听说胶轮大车的轮胎爆了!"老阮这回瞪大了眼:"真的?"

"真的!"小春比画:"大口子半尺长,修也修不好,换新轮胎吧,又没有钱……"

老阮看一眼惊讶的老伴,不吱声了。小春说:"俺也得备个轮子……俺想把猪圈口上的木轮子卸下来,抹上油备着。"

老阮不吭声。不吭声就是同意了。

小春于是寻个机会拆下了木轮,又用木桩子挡了圈口。猪不满地叫着。

老场长叹着气找到小春,说把胶轮车上的好马换到他的车上吧!唉唉,倒霉倒霉!老场长说还是你的木头车子利索,起码没有那么多毛病,轮子坏了,顶多让木匠换换木头,加加铆钉!小春大笑。

从此小春的木头车上换了最好的红色大马,它浑身闪闪亮,如同锦缎。小春也神气了,老阮也神气了,他妈也神气了,他们老两口常跑到路边上等着木头车经过。路上有坎坷,他们就找个锨平平:"木头车可不能颠颠……"

"小春,让俺坐坐你的车呀?"

小春一看,见是子弟小学的女教师小燕——她真娇,像个资产阶级小姐。小春不想让她上,但又一想全场的青年就她一个人没坐这辆车了,怪可怜人的,就说:"上吧!"

小燕是接替了小春的空位子当上教师的,不见阳光,全身都白得像雪。"多么俊!"有人说。也有人说:"太白了光出毛病。"小春知道她爸是园艺场老会计,最有实权。老会计不愿让女儿做采苹果剪果枝的粗活,有严重的资产阶级思想。不过听人家说小燕教书还卖力。

她坐在车上,车上再无别人。她多想跟赶车人说点什么,可人家不先开口。停了一会儿她问:

"听说这辆车是你自己的?"

小春答:"那是当然的了。"

"过去地主家才有一辆大车呢……"

小春的脸一热。不过他马上答:"我是节省菜金买下的——不买下,那个小村就当劈柴烧了,他们只卖了几个木材钱……"

"反正是一辆大车。"

"可我交给了场子里——你没见它给场里拉东西吗?"

小燕一鼓嘴:"那你还敢说是自己的车?"

小春不吱声了。小燕说:

"改造世界观是个长期的任务。"

她说完,跳下车走了。

小春老想找一句话送给她,可找不到。直到她跳下车走了,还是没有找到。他使劲鞭打红马,红马跑起来。小春眼里渗出了泪珠。整个的一天他都不痛快,干活也无精打采了。回到家,老阮和老伴都觉得儿子不对劲儿,问他,他也不说。

第二天,照例有不少年轻人坐上车子。他们在车上大笑大叫,唱革命歌曲,高兴极了。这样,小春也高兴得很。当车子经过学校路口时,他们都看见娇滴滴的小燕站在那儿。可小春的车子停也不停,呼一下飞过了。咯噔噔,咯噔噔……木头车真神气呀!

第三天,他们坐着车子,又一次见到小燕等在那里。小春心里想:"哼,你坐车坐上了瘾哩,再叫你损我!"他飞快地驾着车跑开了。

在一个小雨天里,小春想不到会有人搭车了,就把车子赶得很慢——谁知小燕又站在路口了,小春急忙打马,可是已经晚了,她一下子蹿上来,真猛啊!她噌一下上了车,扳住车沿坐下,咯咯笑。小春问:"你笑什么?"

小燕就是不答。

小春自语地说:"你不愿走路,只想坐车,这不是资产阶级思想吗?"

小燕恼了:"我一提意见,你就不愿拉我了,你虚心吗?你有一辆车,就觉得了不起!你谁也不放在眼里!你不想想:手里的鞭子是谁给的?是党和人民!你的工作也是为人民服务……"

小春语塞。他答不上来。小燕多厉害呀!小燕到底是老会计的女儿,多会算账!他一声也不吭了。

木头车咯噔噔往前走,不知不觉到了小春自己的家门口。老阮吆喝一声,车停了。小燕一下跳下来,叫着大伯大婶。老阮和老伴急忙高兴地招呼女教师进屋坐坐,喝杯水、吃个瓜,小燕毫不推辞就进屋了。

小春坐在屋角,不说话,只是听他们几个人说。

小燕说:"小春不简单,上学回来还带回一辆车,真有过日子的心眼啊!"

小春母亲说:"这孩子胡闹惯了。"

小燕说:"如今给场里派了大用场——胶轮车坏了,亏了这辆大木头车!"

老阮说:"小春还年轻,今后多帮助他。"

小燕说:"我比小春小一岁,今后大伯大婶多教育我吧!"

小春心里想:"真会说啊!小嘴唇一翻一翻,真会说,俺爹爹俺妈妈肯定会让她蒙骗了……"

这天晚上,月亮很亮。一大帮年轻人截住了小春的去路。小春问:"干什么?"他们一块儿催促:"快套车去,多好的月亮,咱们坐车出去遛遛!"

小春一个一个辨认,认出了其中有小燕。他点点头往牲口棚的方向走,心里想:这个坏主意准是她出的!

木头车子咯噔噔上路了。大家在车上歌唱起来。月光把所有人都照得发亮。"上海边去,加鞭子啊!多好的木头大车啊!"他们大喊着。小春加鞭子。他说:"我敢说,全国的木头车就咱这一辆了!"

"多么骄傲啊!你就忘了:'虚心使人进步'!"小燕嚷道。

小春恨恨地接答:"俺不进步了!"

"你不进步了?你真的不进步了?"大家一声连一声质问。

小春嗫嚅道:"哪能……"

大伙儿笑了。

木头车咯噔噔奔驰而去。年轻人的笑声撒了遍地……

1973年6月写于龙口

槐 花 饼

一片片的林子绿起来,一簇簇的槐花开起来,远看似大海中绽开了一堆堆雪浪。

我们学校的农场就在海滩上,在百花丛中。早晨,我们去农场劳动,要穿过一丛丛槐棵,让露水沾湿衣襟。槐花真香,蜜蜂嗡嗡叫,大海滩上到了一年里最热闹的时候。放蜂的人都是从天南海北赶来的,操着古怪的异地口音。我们围看他们工作,觉得有趣得很。

养蜂人可以在蜂群中钻来钻去,蜂子不蜇他们。不过割蜜的时候,他们要戴上面罩,像救火队员的样子。我们跟他们要蜜吃,他们就用一柄小小的勺子舀了一点,让我们一个一个舔一舔。他们不舍得。

还是看林子的严爷爷好!他自己掏钱,买了蜜让我们掺了水喝。那多么棒!就为了喝到甘美的蜜水,我们也乐于到农场去劳动。

想一想整天坐在教室里的滋味,真是难受极了!大家谁不渴望早些到大海滩上去。我们要耐心等待——农场里种花生时,需要更多的人手,这时我们高兴得就像过节一样。

农场上有一个小草屋,那是严爷爷搭成的。他在草屋里住了很多年,看护林子,如今也看护我们的农场。草屋被烟熏黑了,有一股烟火味儿。里面挂着草药、火绳、干鱼。可我们从来未见他打下了什么野物,虽然他有一杆又黑又大的土枪。他说:"不能打它们,它们不易。"我说:"打一只老鹰不好吗?"他还是摇头,说:

"伤天害理。"

老人的心真好。

他的鱼都是在海边上拣的、用鱼钩钓的,这些鱼最大的有三尺多长,满是鱼油,肥透了。干活累了,正好老爷爷的鱼也焖好了,他招呼我们吃几口,一辈子也不忘那股鲜美味儿。

有一次我吃了两种鱼,觉得味道太不一样了。严爷爷笑笑说:"这是海鱼,那是河鱼——芦青河里的鱼。它们可不是一个味儿!"接上老人家告诉我们进河逮鱼的故事:冬天,河上结了冰,他踏着坚冰走上河中央,然后在冰上凿洞。河里的鱼喜欢呼吸新鲜空气,都聚到冰洞这儿了,那时他就设法逮到它们。

老人家还饲养了两个刺猬、一只鳖。这些小东西都是自己送上门来的:一天晚上老人觉得有什么在门外咳嗽,开门一看,见两只刺猬伏在那儿;一天早上他沿着海边往芦青河入海口走,走了没有多远,就发现一只鳖昂着小头颅向他爬来……他将它们饲养起来,给它们东西吃。

严爷爷会吸烟,不过点烟斗时不用火柴,而是故意用一块铁板敲打白色的小石头——火花儿嗤拉一下溅出来,燃着了盖在烟末上的一层灰面,接上烟斗冒烟了。多么神奇的点烟法,我那会儿相信这世界上也许只有皇帝才会这么点烟。我不明白,不明白这种古怪的器具奥妙在哪里。我试着敲了几下,火星儿虽然也飞出来,但又弱又少……他告诉那块铁片叫"火镰",是纯钢做的;白石头叫"火石"。从此我留意给他拣拾沙滩上的火石了,很容易就拣了一堆。严爷爷瞅瞅石头说:"这够我两三辈子用。"

他吸的烟是自己在海滩上种的,据他说这种烟是世上最香最醇的。我们试着吸了一口,都辣出了眼泪。严爷爷大笑。他还当着我们的面搓碎了干榆叶、槐叶儿塞进烟斗,有滋有味地吸起来。"大海滩上的烟儿又多又好,住这儿有吸不完的烟儿。"他这么说。

养蜂人跟严爷爷好,常常白送他一些蜜。老人为他们义务守着蜂箱,用土枪驱赶那些祸害蜂子的野物。蜜掺在水里、饭里,吃起来多么棒!我们没有多少更高的革命理想,心想长大了能像严爷爷一样来海滩上看林子也就幸福了。

老师让我们多跟老爷爷学习革命本领。来海滩上开门办学,目的就是接老人的班。可是大家心里都清楚,老爷爷只有一个班,谁接了好呢?再说他身体好得很,打算一辈子住在小草屋里!不过我们一想到来学他的好思想好作风,又觉得太有意义了。老师说:"要学老人家那样……"于是我就吸烟,不过不让烟呛着。老师发火,我就说:"我学严爷爷!"我和同学们烧东西吃,烧小野萝卜、野蒜,什么都烧了吃,吃得嘴上黑乎乎的。老师发火,我们就说:"俺学严爷爷!"

有个刚来学校的女教师比我们大不了多少,她很漂亮。她被同学们气哭了。严爷爷慈祥地用手拍拍她的头,说一些鼓励她的话,她立刻就不哭了。严爷爷骂我们,怪好听的。他伸长巴掌打我们,谁都用不着躲闪,因为巴掌打在身上怪好。

有人放出冷风说:"如今的学校还像个什么样子,让看滩看林子的老头胡掺和,学生不像学生,老师不像老师,还办什么农场……"冷风吹进学校,大家都气得要命!非要挖出那个钻在阴暗角落里的坏人不可。我们认为:正是开门办学,使大家学到了本领,增长了才干,经了风雨,见了世面。而且我们对人类应该有更大的贡献:学校每年向国家缴售很多花生。而且,我们在农场那儿过得真正愉快!我们拜养蜂叔叔为师,他们也热爱新一代接班人;最有意义的还是与严爷爷在一起的时候。大家每时每刻都感到了生活的意义,都在进步。我们听老人讲了无数有趣的故事,懂了很多道理。他的故事用船也装不下。

播种花生的日子里,是大家真正的节日。再也不用坐在屋里上课了,快跑到大槐林里吧!快去找严爷爷吧!我们一见到他的大白胡子就高兴!

夜晚,我们几个同学主动提出留下来过夜,帮老人看护花生田——我们说,天黑下来,有野物出来扒花生种子——这当然是说谎。等其他人走光了时,我们喝过了老人亲手做的蛤肉汤、吃了玉米饼,就围上老人听故事了。老人抽着烟,慢声细语地讲着。我们不时插一句话,把故事引得又弯又长……哈哈的笑声直撒到老远老远。

"严爷爷,你在林子里快一辈子了,见过狐狸精吗?"

"见过。"

"什么模样?"

严爷爷磕磕烟斗,"什么模样的都有。狐狸变人是真事儿——不过不能这么说,这么说就是迷信了。咱还是先说点吧……有一年上我去林子里找野瓜吃——那时候树下生了些野瓜,偷偷的熟了,你不吃它就烂掉了,怪可惜。野瓜的味儿比什么都好,你们是吃不到的。找野瓜吃,走了一路,后来闻见一股香味儿,知道离它不远了。

"我立刻来了精神!嘿嘿,准是个甜脆瓜,长了金黄道道的那种!我那时年轻,贪嘴,吃东西吃不够。我三转两转来到了一棵松树下边,一眼看到了一棵肥绿的瓜秧儿。我蹲下来刚要摘瓜,有个小白手儿把我挡住了。我抬头一看,天,是个脸儿红红的大姑娘!

"大姑娘说这瓜是她看见的。我有些恼,心想你先看见为什么不摘下,分明是哄骗人!这样想着我就冲口一句:'你先见了还不早吃下肚去哩!'那姑娘笑嘻嘻的:'俺是先喜欢它一会儿,舍不得!'你听听她多么会编!我气得手都打抖,要知道我口渴哩,被瓜的香气顶得受不住哩!

"大姑娘怪害羞的。我这才看了看她,觉得是个好看的人儿。我那时年轻,还没有媳妇,不愿跟女人打架吵嘴。我看了她两眼,想让给她个瓜算了,我再找去!谁知我刚挪步儿她就说了:'急什么急!你摘去吃了罢!我又不是非要吃它。再说我不舒服,不能吃冷东西……'

"我吃瓜时礼让了姑娘,她也就吃了一小块。当我走开时,她也随我走了。我们一路拉着呱儿,不知累,也不知方向,走着走着不知走到了哪里。我说:'坏了,听不见芦青河流水声了,找不着家了!'姑娘说,走就是,先到她家里坐一会儿,歇歇,吃顿饭呀。我说不吃不吃。说是这样说,我还是跟她去了……"

大家都笑了,一齐问着严爷爷:"后来呢?""她的家也在林子里呀?"

"哼,走了不一会儿,还真的出现个小茅屋。柴门一开,姑娘把我让进去,说一声'到了',又叫爹——里面什么也没有。姑娘说爹爹是个老猎人,长年住这儿。我当时没起什么疑心——这方圆几十里的海滩林子,我可是熟透了的,哪有什么久住的猎人!可我没往那上边想。

"吃饭了,姑娘要烙'槐花饼'给我吃——我可从来没吃过这东西,再说那个季节也没有槐花呀!姑娘说他们都爱吃这饼,每年春天捋很多槐花晒好,备用一年。只是槐花饼顶数用新鲜槐花做的好吃!"

严爷爷讲到这儿,大家都咂嘴。

"她把浸好的槐花从水中一捞出,我就闻到了槐花的香甜味儿。接上她又调面,揉盐,可真舍得使油啊。她拍拍打打做饼,我在一边看着就想,她要是我媳妇多好啊!这么想,心里就不急着走了,只想好好地吃一次槐花饼。'槐花儿,甜糯糯,做饼儿,软躇躇,吃肚里,喘嘘嘘……'她一边做一边唱,大辫子垂到腰上。

"一会儿饼蒸上了。香味儿顶鼻子!我说:'他家大姐,你的好饭不用吃就知道味道,俺馋了!'她在一边看着我,直笑,一笑露出白白的小细牙。我现在还能想起那小牙的模样儿……饼蒸熟了,她揭了锅盖儿,端上来。我咬一口,哎呀,真好吃啊!艮艮的松松的,一咬一唧咯,又咸又甜又香。俺从来没吃这么好的饼!这饼到底也数不清有多少瓣儿,反正是好哩。我嘴角上全是油呀芝麻什么的,一口气吃了十个小饼!"

馋死人了!同学们对视着,皱着眉头,咽着口水。"槐花饼!槐花饼!"大家嚷。

"吃过后,我让她细细地讲一遍饼的做法,俺要记住!她讲过了,不过又说愿吃你就来家里,欢迎哩欢迎哩!说是这么说,俺还是要自己学会做这种饼……那天我直玩到天色晚了才走出来。一个姑娘家,她爹爹不在屋里,我不想多呆下去。她倒说:'呆些时候再走吧!'我想俺不了,俺走吧,俺心里怎么就一个劲儿扑腾呢?这么寻思着,抬腿往外走了,天原来黑了。我走啊走啊,老觉得前面有盏灯引路。我这样走了没有多会儿,一脚踏上了芦青河堤!河水哗哗流着,我心里踏实了。有了河水指引,我很容易就能摸到我的小草屋!"

老人高兴地叹气,吸烟,咳嗽。他瞥瞥我们几个,问:"还想听吗?"

"想呢!严爷爷,后来呢?"

"后来,后来我把个大海滩都找遍了,也没见着什么猎人的老屋!这一下我才算明白了:咱遇上了狐狸精!一点不错,是那东西……我事后才知道害怕,心想我跟一个野物过了半天,还吃过它

20

亲手做出的饼。唉,不过饼倒是挺好的。打那儿以后,俺就常做这饼吃了。"

我笑着问:"狐狸为什么要变成人哪?"

老人摇摇头:"不知道。我也这么想。后来我琢磨:它们和人的性情差不多,喜欢凑热闹。不过它们明白,人们见了它们就要动家伙打,放枪;它们要跟咱们亲近亲近,也就剩下装扮成人这一条路了。你们看,狐狸也是好心,装成好看的大姑娘,还传给人做饼的高招儿!"

老爷爷重新装了一锅烟,又把地上的火堆燃旺。天上星,亮晶晶,一颗一颗耀眼明。露水珠儿从一边的槐枝上跌下来,甩到了我的脸上。我折下几朵槐花儿嚼了嚼,真香啊。我在想那种饼的滋味儿。

这会儿有个人唱着歌儿走来了。近了,大家才认出他是附近的放蜂人。他的手里提着一瓶新蜜,老爷爷高兴地收了。放蜂人坐下,大家一块儿玩。停了一会儿他又说:"你们可不要去惹蜂子,它们火了能蜇死人!前些天不知谁在一个蜂箱边上点了一堆火,烟气呛坏了一箱蜂子……"放蜂人气愤地说。

严爷爷停止了吸烟,说:"是吗?要真那样,就不是同学们的事儿了!那是阶级敌人搞破坏……哼哼,不能粗心大意哩,不能哩。"

我们也都瞪大了眼睛。

火苗儿往上蹿着,像要去燎天上的星星。大家嫌烤得慌,都往后撤了撤。

这会儿放蜂人又说:"我想请教严爷爷一下:如今河里的鱼不

上钩了,到底是咋回事?"

老爷爷低头想了想:"鱼饵不对吧?"

"哪能!哪能不对?俺一直使用蚯蚓,过去一直是这样……"放蜂人说。

老人摇摇头:"鱼和人一样,吃久了一种食物就厌呢。今年也许河岸上的虫虫多了,它们再不想吃荤了。这么着,鱼钩上换面团试试……"

"面团经水一洗不就散了?"放蜂人摊着手。

严爷爷挥挥烟斗:"用面筋——再过过油,香喷喷鱼保准爱吃!"

放蜂人笑了。他坐了一会儿就离开了。

由于刚刚谈到鱼,大家就缠着老人讲讲鱼的故事。老人说没有没有。大家又缠,老人就讲了——

"有一年我去芦青河钓鱼,蹲在河岸上,一天也没见个鱼影。天快晌了,有个大浪头一扑,然后从浪里钻出个黑皮肤老头儿。他撸着脸上的水说:'你在这儿下钩子,害得我不能洗澡,你的钩子扎了我肚子咋办?'我火了:'你从哪儿来?再说我钓我的鱼,你洗你的澡,两不碍!'黑皮老头儿说:'那不行!我天天在这片好水里洗,这里的水鲜凉!'说完又撸了一把脸,钻到水里去了……

"下午,我还在那儿钓鱼。一会儿那个黑皮老头又从浪头里钻出来:说:'这儿是人洗澡的地方,你这个老人家好不好远些去下钩子,嗯?'我沉不住气了,就说:'你老也真怪,这里哪有人洗澡?还不是就你一个人?你还是少管些闲事吧!'黑皮老头气得脸都红了,一撸头上的水花,钻到河底去了。

"我那天也气得不轻,心想我的鱼都是你给赶跑了的,我偏不走,偏要钓一条好鱼回去煮了吃不可!就怀着一股拗劲儿,我蹲下去,两腿麻了也不走。又住了一会儿,就是太阳快落山的那一会儿,浮子一沉,有鱼上钩了!我赶紧拉竿提线,鱼竿弓成大弧,怎么也提不起。好大鱼!好大鱼!我想这得慢点来,可别挣脱了钩子放跑了鱼。我一丝一丝拉线,只觉得有大鱼在底下扑棱。我那个耐心!我不慌不忙地收渔线。哎呀好沉的渔线。"

大家都一声不吭地听。

"拉了又拉,线儿松松紧紧,好不容易让我看见了乌黑的脊背。我见那鱼太大,吓了一跳。鱼给我弄乏了,它不怎么跳,被我拖到了岸上。我一看,天哪,它的眼又大又红,我觉得真像人的眼。我盯着它,它盯着我。这条鱼我一辈子也没见过,通身乌黑油亮。我把钩子小心地摘了,又端量它。它忽然流出了眼泪!哎呀,它还会哭!

"我的心给哭酸了,心想大鱼啊,你长这么大也不容易啊,像我一样,也是个老东西了,你说不定还儿女满堂哩!想着想着我站起来,说一声:'罢!'抱起鱼来放进了河里!"

大家嘘着气,不知惋惜还是怎么。

老人接上说:"我这一辈子就办过这么一件了不起的事。事后我才想明白,那条大黑鱼就是那个不时钻出水浪的黑皮老头啊!是他让我给钩住了——我的钩子下在了它的家门口,怨不得人家出来赶我挪窝儿!我该放了它,我可不能打一个老东西的主意!"

同学们大口喘息,都说:真有意思啊!真有意思啊!

就这样我们在海滩上度过了一个愉快的夜晚,都没怎么正经睡觉。

花生棵儿慢慢生出来了。它们像娃娃的小巴掌,自己扒拉开沙土,伸出瓣儿来。

严爷爷告诉我们:要防止兔子,那家伙就爱吃新花生苗儿!果然,我们不久就看到了尾巴卷起的兔子在花生地里乱跑。我们就大声呼喊,吓唬它们。有的同学还故意这样喊:"兔子尾巴——长不了!"大家大笑。

因为要赶兔子,保住劳动成果,我们几个身强力壮的男同学要求在小草屋里住上几个夜晚。学校同意了。这是开门办学的日子里最值得怀念的一段儿,我们今后要把这一切都写进日记里。

我吃了很多鱼干和野味儿,与严爷爷一起把它们架在火上烤。老人家教着我们烤东西:怎样转动铁棍儿、怎样辨认熟不熟。那是很难的。他在野外生活了一辈子,所以才能有这么多的经验。我们都明白了这样的真理:群众是真正的英雄!

老人家的衣服破了,裤子破了,就自己缝。后来我们告诉了老师,她说:"我来缝。"严爷爷说:"哪能!我身上脏……"老师一把就夺过去了,说:"脏什么脏?资产阶级思想要比这脏一百倍。我觉得您老人家是最干净的!"老师说得多好啊!老人家说:"你像我亲生的闺女一样……"老师问:"大爷,您为什么没有老伴呀?"严爷爷咳嗽着:"没有。""怎么没有呀?"老人说:"没顾得娶,那年月兵荒马乱的……"说完又大声咳嗽。

一个晴和的白天,午饭之前,我们不约而同地想到了吃槐花饼——南风把槐花的浓香一阵一阵吹来,仿佛在催促我们:做饼吧做饼吧!槐花无比鲜艳,无比繁茂,像一架架小山一样压在绿枝上,枝条眼看就承受不住了!还不快取下花儿做饼!大家要求严爷爷做饼,严爷爷笑眯眯地答应了,准备起来。

他备好油、盐、芝麻、葱花,又把小铁锅搬到草屋外边架好——"外面亮堂,得眼。"他这样说。老人一遍一遍净手,挽起衣袖,一看就知道他要做一件大事了。

我负责烧火。另有人负责抱柴草。其他人分工在田里瞭望。

严爷爷把面和好,然后又取来鲜嫩的槐花儿摊上,撒盐和芝麻,然后用面片盖上;接着又是抹油,又是依次摊、撒;一叠叠积了好多层,就用手耐心地拍打起来:"啪啪,啪啪!"一张大饼给拍得油光光、胖乎乎,又给分成了很多小饼。

这时锅烧热了,抹了少量的油,小饼就烙起来;烙一会儿,又开始蒸。香味儿简直大极了,饼好不容易熟了。

吃饼时,大家围在一块儿。我没法说它有多么好!我只想说:满海滩的槐花都该采下来,做成一张又大又好的饼,送给毛主席他老人家!他老人家会喜欢我们的饼⋯⋯

吃过饭后,大家唱起了歌。歌声一阵阵,随着风儿飞出海滩,飞到了遥远的天边。严爷爷也唱起来,他的歌粗粗的,掺在我们之间,好听而又带劲。

这天傍晚,我们逮到了一个故意破坏我们花生田的坏人!他就是附近村里一个坏蛋,旧社会是地主阶级的走狗:给大户人家跑腿儿。他成天无所事事,好吃懒做。这天,他到海滩上来拔猪菜,却故意踩我们嫩嫩的花生棵,一脚踩倒一棵,好狠的心!我们问他:"你为什么要这样干?"他说:"不小心踩着了……"严爷爷挥挥手说:"不用问他了,先押进小屋,然后去报告村里。他肯定没安好心。"

还是严爷爷说的对。当我们去报告了村领导之后,领导说:"敌人自己总要跳出来。他对新生事物总是看不惯!他要破坏我们的农场。前不久放出冷风来,说如今'学校不像学校、老师不像老师'的人,就是他。支部里已经调查出来,还决定开他的批斗会,想不到他自己表演起来,那好嘛!你们发现及时,不然他还会做出更坏的事情!"

那个夜晚由学校和小村联合召开了批斗会。会址就定在严爷爷的小草屋前面。支书和校领导讲了话,然后欢迎严爷爷讲几句。老人说:

"有人说我一个老头儿往学校里胡掺和。不错,我要为革命掺和一辈子!我也不是今天才住这小草屋,也不是昨天,俺是小草屋里的老住户儿!开门办学就是好!学生娃儿不是别的,他们开了门儿聪明,一关门儿就痴。要接好班,就得大开着门儿!不是嘛?"

我们带头鼓掌,都说严爷爷讲得好。接上,我们的老师领头呼起了口号,口号声震动夜空。

那个坏家伙在一角缩成一团,再也不敢张狂了。

这个夜晚,人群久久不愿散去。大家的情绪都高涨起来,互相交谈着。老师们和村里人都成了朋友。谈到了农场花生的产量,村里人都竖大拇指。老师说：这要感谢严爷爷，都是他指导得好啊！每逢到了关键时刻，都是严爷爷指导同学们怎样做。他才是真正的老师！

老师们又表扬了我们几个主动留下过夜的同学，说我们跟革命的老前辈在一起，一定会茁壮成长。

花生苗儿在月光下闪亮，上面有个露珠儿。

即将与老师分手的时候，我们突然想起了要请他们尝尝我们的槐花饼！严爷爷笑吟吟地掰了饼送给老师们，老师们一人吃了一点儿，连连称好。正在这时，突然角落里传来一声哀求，原来是那个坏蛋在说话。他说："也给我一块儿吃吧！我从中午到现在还没吃一口饭，饿得慌……"

"呸！坏东西！你想得倒美！你滚回去吧！"有个同学嚷。

坏家伙仍然伸着手，那手又脏又黑。

严爷爷鼻子里哼了一声，起身到屋里掰了一块，严肃地递给他："吃吧！吃了好好改造，别那么多痴心妄想……"

坏家伙低低头说："是啦。"说完把槐花饼填进嘴里。

他几乎没怎么嚼，咕咚一声咽进了肚里！我们都给吓了一跳。

"走吧走吧！坏东西……"大家嚷着，他一头钻进了林子里。

人们都离去了。我们围着严爷爷，重新拨亮了火堆。火苗儿蹿跳着，一下一下，把大家的脸都映得通红……老人家又取了火镰点烟斗了。他啪一下点着了，长长地吸了几口，笑了。

"讲个故事吧严爷爷！"有人要求。

"讲个故事……"我也恳求。

老人咳一声,说:"今夜好大的露水……我寻思那些养蜂人也没有睡哩,咱找他们玩去吧,咱一边喝蜜水,一边讲呀!……"

1974年6月写于龙口

小河日夜唱

小河两岸的高粱红了,学校放了秋假。爷爷是护秋员,我跟他住到了芦青河边。

小河边,两棵大野椿树像两柄巨伞一样,巨伞下面就是我和爷爷的小茅屋。每天每天,河湾里一群群飞来了野鸟,有的红红的嘴唇,有的蓝蓝的翅膀,还有的全身都是雪白雪白的。它们总是先飞到两棵大野椿树上,叽叽嘎嘎叫一番,像是试试茅屋里有没有人。如果我们不出来把它们撵走,它们就会一头钻进高粱地里,不吃圆肚子不出来。

爷爷有一支猎枪,长长的筒子,黑红的枪托,每逢野鸟闯进了高粱地里,他就毫不客气地开枪了。那枪声震得田野和小河一齐回响,野鸟自然也吓跑了。

月亮升起来的时候,淘气的野鸟才飞回窝巢。我和爷爷躺在小茅屋里,虽然奔忙了一天,但总不能马上入睡。屋子外边,那各种叫不上名字的小虫在喧闹着;河水在连夜赶路,清晰地传来"哗哗,哗哗……"的声音。我说:"爷爷你听,河水今夜流得多急!"爷爷笑了两声说："那是小河在唱歌。"

"小河还会唱歌？"我惊奇地坐起来问。

"是呀，"爷爷也坐了起来。他手捋着白胡子，低沉着嗓子说："小河不光会唱歌，还会哭泣呢！每当有了灾年，村里要遭事了，连小河也跟着发愁，每天每天，你听它的声音吧！'呜噜、呜噜……'不是哭泣是什么！

"如果有了喜事，比如谁家娶媳妇啊，盖大屋啊，出远门的回来了啊，小河也跟着高兴，它唱着、日夜不停地唱。每逢有了大喜事，它就唱得格外响亮、格外好听！"

"哗哗、哗哗……"我屏住呼吸听着小河歌唱，转脸对爷爷说："今夜小河唱得有多好听啊！"

"嘀嘀……"爷爷笑得眯了眼，笑得抖动了胡子。他快慰地说："明天，一准又有大喜事！"

第二天早上，我就是被两只喜鹊吵醒的。我起来一看，红云把窗户都给染红了，赶紧爬起来往外走。爷爷怀里抱着那支猎枪坐在野椿树下，眼前已磕了一堆烟灰，他身上的树丫上，正有两只跃动的喜鹊。我看着喜鹊，蓦然又想起了爷爷昨晚上说的，忙向小河跑去。

小河里，流急的地方卷着浪花，那浪花翻滚不息，就发出了"哗哗"的声音。我正看着小河怎样歌唱，小河果真唱了起来。

……

八月天哟高粱红，

河里的鱼儿扑棱棱；

一道彩虹飞起来，

十个太阳笑盈盈……

我高兴地听着，忽然小河的木桥上走来一个姑娘，她身背行李，边走边唱，早晨的风撩动着她的衣边；那美丽的霞光一道道透过岸上的高粱，把她的脸给抹得通红通红……我端详着，越来越觉得面熟，啊，这不是姐姐吗？可她，啥时候跑到了小河边……我正踌躇着，她却喊起了我的名字！原来正是姐姐！

姐姐是十年前毕业的大学生，如今在市水利局工作。我看姐姐背着行李什么的，就问她："你探家怎么还带着行李？"

姐姐笑笑说："这可不是探家，小水牛，这次是回来听小河唱歌的！"

这么说姐姐要在家住好多天了！我高兴地蹦了起来。"怪不得小河唱得格外响，爷爷说今天要有大喜事了！"

……

整整一天，我和爷爷都是在极度欢乐中度过的。爷爷告诉我：姐姐是和水利局的同志一起来的，要和我们一起，在小河上建水电站了！……晚上，他乐呵呵地打开了姐姐送给他的一个包裹，放开一看，原来是一张图，这上面，就画着我们的小河，画得像极了，只不过小河的当腰又多了一样东西，看上去像给小河扎了一条腰带——爷爷说水电站就要建在这儿。他凑着油灯看了起来，粗糙的手指在小河上点点画画，那姿势让我想起了以前的一件事——

那是一天晚上,姐姐从市里捎来了信,信上说了她们局里的一些事。爷爷在油灯下一句句看着,越看,他的胡子颤抖得越厉害,最后生气地把信往炕上一扔。

妈妈举起信说:"爹,孩子们干什么还不是一样,你不要生气了……"

没等妈妈说完,爷爷一拍膝盖站了起来,粗粗的嗓门说:"还不要生气?我怎么能不生气!读了大学,学的水利,回来设计了这么多工程,就是没给自己家的小河打打主意!我老头子看不到这一天了——我养了个不争气的孙女……"爷爷说完,转身就要去支书家——每逢他肚里话多起来,总要找那个老头儿一块儿说说。妈妈喊他吃饭,他头也不回地走了……

第二天,爷爷起早去了市里,先找了他的老熟人——市委书记,又跟姐姐的局长打了一架,回来时气还没消,嘴里咕哝着:"算什么局长?不就是管住那几个秀才?秀才该是俺们自己的,我早看他不是好东西!"……

爷爷白去了一趟。姐姐原来早有个在家乡小河上建水电站的计划,并且为此搞了很多调查研究。可恨的就是局长不批准!很多专家都支持姐姐,唯有局长一个人摇头。这一次,姐姐终于回到了芦青河,她是多么高兴呀,说要把耽误的时间夺回来,没白没黑地搞设计。我喜欢姐姐,听人说她小时候学习可用功呢,志气可大呢!她常常检查我的作业本,只要一发现哪里潦草了,就给我一笔一笔改写一遍,然后再鼓励一番,让我好好学习,将来好为建设国家作贡献!她懂得很多,讲的一个个故事,我到现在还能一句不差地讲出来;她的手很巧,折几根柳条,三扭两扭,就编成了一个顶漂亮的蝈蝈笼……我想着想着,两对疲倦的眼皮合在了一起……不知住了多久,我的眼前豁然一亮——我知道太阳升得老高了,爷爷一定又坐在野椿树下。我呼地跑到了小河边,爷爷不见了。小河在哗哗欢唱,那声音别提有多动听、多么悦耳。我想爷爷和姐姐一定到河里建水电站去了,于是我跳下了水中。那水十分温暖,半点也不冰人;那水十分清明,半点也不碍目。我在水中小步走着。小河里原来有这样多的鱼,它们都跟在我的身后,有的还大胆地触到了我的腿上……走着走着,眼前雪亮雪亮一片,耀得我睁不开眼睛。原来一个个电灯排成一溜溜、一行行,那简直是灯的世界!这当然就是爷爷和姐姐建的水电站了,他们一定在前面。我更快地往里走去……刚走了两步,忽然爷爷在前面喊我:"小水牛!"我赶忙扭头望去——奇怪,一切全都变了,那耀眼的电灯变成了一盏小油灯,爷爷双手捧着一本书静坐在灯前。

"小水牛,"爷爷又叫了我一声,"你看看这字念个啥?"

我这才知道刚才是一个梦,忙揉揉眼睛,凑到爷爷跟前……

夜已经很深了,爷爷多么勤奋好学啊,看的书是从姐姐那儿取回的。我知道他识不了几个字。他一会儿拿起红笔在书上画着,那模样老让我发笑。外面,那不平静的秋夜送进小屋里多么美妙的声音,小河水在歌唱,小动物在低语;那庄稼地里,还不时传来"啪啦、啪啦"的响声。我问爷爷这是什么在响。爷爷抬起头仔细听了一会儿,然后笑眯眯地说:"那是高粱拔节的声音。快睡吧,小水牛,睡吧。"

我不相信:"快要收割的高粱还能拔节?"

"能的能的,一株好高粱,就像一个老人一样,向上去的心永远也老不了!"

爷爷那肯定的神气扫除了我的疑虑,我相信那是高粱拔节的声音了。我很香甜地睡着了。

早晨醒来,小茅屋已坐满了人:支书何大伯、姐姐,还有和姐姐一起来的水利技术员等。他们说专等我醒来一块儿上河边搞勘测……

爷爷和老支书他们走在前面,我和姐姐沿着河堤走在后面。

我看着河里翻腾的浪花问姐姐:"姐姐,你能像爷爷一样,听出小河在歌唱吗?"

姐姐把手里提的仪器背在肩上,摇摇头说:"不能。爷爷之所以能听出来,那是因为爷爷从小和小河打交道,把小河的脾气摸透了,哪里水深,哪里水浅,哪里有险滩,哪里有急流,他都装在肚里哩。旧社会他在河里割了二十多年河蒲,腿都给蒲根刺烂了……"

我告诉姐姐爷爷晚上学习的事,姐姐说:"爷爷小时候穷,读不起书,没有文化。你不要笑话他——我们可不要笑话一个老人,是吧?他怕我们离他远,他想与我们一块儿,像我们一样,他想年轻……"

姐姐的话,说得我脸上一阵发热。爷爷的头发都白了,他还想年轻……我多么年轻啊,我多么幸福啊,从小就上学,有这么好的童年。可我能学得像姐姐那样吗?不!我要像爷爷那样用劲儿,追上姐姐,超过姐姐!我大声说:"姐姐,我将来要超过你!……"

姐姐那明亮的眼睛闪动着:"那当然好,不过你这步子迈得还要更大……"

我听了,马上加大了步子。一颗心在焦急地跳动着。堤下的河水也像是和我们比赛步伐,它翻卷水花,急速流去,那雪白雪白的浪花翻起来落下去,哗哗地发着悦耳的声音。这是在歌唱,歌唱火红的岁月,歌唱有志的人们!当一片雪亮的灯光映红你笔直的身躯,映红你漂亮的腰带,你的歌声就唱得更响了,传得更远了!

我高兴地喊道:"小河唱得多好!姐姐,你听啊!"

1975 年 3 月写于龙口

花　生

　　大海滩上的槐花开了的时候,正是花生播种的季节。大家都盼一场雨,好在湿漉漉的沙土上铲坑撒种。

　　我们学校的农场就在一片花的海洋中。

　　早晨,露水湿了槐花,风一吹都洒在海滩上。多大的夜露呀。可是再大的露水也代替不了一场小雨。下场雨吧。管农场的严爷爷说:"再不下雨就得去芦青河里挑水了——不能错过季节。"

　　我们又等了十天。坏了,真应了严爷爷的话,天还是不下雨。

　　这天一大早我就出发了。海滩上成片的槐花沉浸在晨光中,皎洁的槐花散发出浓郁的香气。花芯里清亮的水滴被摇落,洒在大家的脸上、手上。哎呀,多舒服。队伍最前边的严爷爷不时伸出那双布满老茧的手去拨开一个个花枝,他还笑眯眯的呢。

　　哪里有我们,哪里就有歌声、有吵吵闹闹的声音。从河边到农场这十里路,热闹极了。水桶碰水桶,有的人腰拧疼了,脚上扎刺了,大家都喊个不停。

　　挑水的活儿太累,肩膀要硬才行。所以我们男女同学分工清楚——男的挑水,女的播种。她们只需要把一瓢瓢水浇下去,把种子往锹下一甩也就成了。

真累啊,这一辈子也忘不了种花生的事。

亏了有个严爷爷,有一条清清的芦青河。白发苍苍的老人负责在河边上取水,赤着脚干活,穿个黑色短裤。有一次他捉了一条鲫鱼,在手里一蹿老高,大家都欢呼起来。"咱们累了就歇歇,捉几条鱼烧了吃。"他说。

女同学知道非馋坏了不可。想想看,俺们围在火边的情景;想想看,她们傻乎乎地在那边等水的样子。哈!哈!

严爷爷原来带了钓钩。他把闪亮的丝线抛进水里,我们就屏住了呼吸。丝线一抖又一抖,他就一耸、一拉、一提,然后绾起丝线。结果有条身上带黑点儿的大鱼绞动着上来了,尾巴直抽打严爷爷。严爷爷说:"俺不放你了,你不愿意也不行。"

这样,我们捉了四五条大大小小的鱼,还捉了一只鳖。它是从河的另一边爬过来的,被严爷爷一脚踏住了。大家由老人指挥着,拣干柴、弄引火草,一会儿就点起火来。

我们大概都不会忘记这顿美餐的滋味。一条条鱼烧烤得黑乎乎,样子吓人,可那味儿又怪馋人的。那只鳖的长脖子和脚都缩进去了,成了个黑蛋蛋。严爷爷用一把小刀子切开鱼和鳖,让我们围在四周。他像喂小鸟一样一口一口喂我们。

大家噗噗地吹气,因为刚从火中取出的东西太热了!

老头儿吃着吃着,从衣兜里取出一瓶烧酒。一仰脖儿饮下一口,舒服得大叫。"俺也喝!俺也喝!"有一个同学嚷着。老严爷爷真的把酒瓶儿伸过去了。那个同学试着喝了一口,呛出了眼泪。但一会儿又想喝。

酒原来像辣椒一样!我从来没喝过。原来它是这样的!它把我辣过了,辣得大喊大叫,到后来又想再试一试!

这次差不多都喝过了酒,兴奋得喊个不停。酒后大家又抽烟,学着严爷爷从鼻孔里往外喷白烟。老师如果知道了就坏了,不过他不会知道。

玩过了歇过了就干活,我们又挑起了水。这一会儿大家的干劲比原来更大了。本来嘛,我们都吃过了河里的东西!女同学在花生田里等呀等呀,她们说我们大概掉到河里去了,我们说那你们为啥不去搭救我们,心真狠!

她们不愧是优秀同学,这么一会儿就种下了一大片花生。她们的身边插着我们学校的红旗,被风一吹哗啦啦响。这是我们永远不倒的五七道路的红旗!她们的脸庞被旗帜映红了,更加美丽了!

那时我们觉得十里路可算太远了,弯弯曲曲,不知要穿过多少树丛。槐花一串串打我们的脸,我们高兴了就揪一串填到嘴里。野兔子飞跑,一眨眼看不见了。野鸡在林子深处啼叫,它们叫的声音使人着急。我一听野鸡叫就出汗。

戴眼镜的江主任领女同学做活,他身体弱不能担水。大家曾劝他不要来农场了,他说:"不,我一定要去,一定去!"大家明白他的心情,没有劝阻。

他太瘦了,脸皮有些黄,头发白了不少,一身学生蓝衣服半旧了,洗得发白。他弯腰干一会儿就得歇息,汗水从额上不停地滴下来。女同学说:"江主任,您是病了吧?"江主任笑笑,用指头指指脑袋说:"嗯,这里边。"

没有人笑。大家都知道那个故事。

前年江主任突然抓教学质量来了劲儿,一次接一次安排考试。学校停电,他让人买了二十多盏汽灯,一个教室挂了两盏。同学们白天晚上啃书本了,眼熬红了,人累瘦了,嘴上暴了白皮。有的同学暗地给江主任起了个外号,叫"大汽灯"。

忙于提高教学质量,校办农场就没人管了。农场上只剩下严爷爷看门,老人家急得要命!他一个人不声不响地拔荒草、浇水、除虫,快累死了。有一天他让一个打猎的人捎信给学校领导,说赶空儿让他来一趟,这里有事儿要说。

江主任忙得团团转,一时抽不出时间。

严爷爷等急了,就背着枪去了学校,同学们一下子围住了老人。老人抱着枪坐在地上,只吸烟,不说话。一会儿,有个老师报告江主任了,说还不快去看看老人。江主任满手是粉笔灰,拍打一下从教室出来,说:"哎呀,是老爷爷,快进屋喝水呀!"严爷爷说:"没有工夫!"江主任说:"喝口水还没有工夫呀?"严爷爷说:"没有工夫!"

老人家说完背上枪就走,江主任喊他也不应声。江主任觉得奇怪,就跟上他走了。他一直把江主任领到了海滩农场。

农场怎么了? 农场上满是一尺多高的荒草了! 有些不知名的藤葛爬在花生棵里,又爬上了野树苗。老爷爷不吱声,只是吸烟。

江主任也不吱声。他们都看着农场。停了一会儿，江主任说："想不到我们的学农基地成了这样子！"老人一愣，说："你刚才说什么？说这是你们的基地？不对吧？我看咱是走错了地方！"

江主任说没有错，老人说肯定错了！老人说："咱的农场咱还能不爱惜？不对！这肯定是美帝国主义的农场！让它废了荒了才好，革命人民反正不心疼！"

江主任听了再不说话。

严爷爷砸着烟锅说："你们可好！在小屋里抽烟喝茶，把我一个老头子撇在这儿遭罚。我一个人做得了这么多活计？成心要累死我哩！看看吧，好生生的花生棵，如今都成了什么！你们好狠的心，你们不吃粮食吗？吃不吃？嗯？"

江主任答："吃。"

"吃，吃什么？吃草？草是大丰收了！嘿嘿，才几年的工夫，那会儿不是说要开门办学吗？怎么开了几天又关上了？天这么热，关着门不燥吗？"

江主任擦着汗，说："学习任务很紧，这一段决心把教学质量搞上去，想不到……您是贫下中农，多提意见吧！"

严爷爷说："不是前几年了。这几年俺的话不值钱了！"

"哪能哪能。我们要好好研究……"

严爷爷指指看泊的小草屋说："俺打下了肥兔等你，还备了一瓶好酒，想跟你拉拉知心呱儿，喝盅。你呢？请不来了！前些年学校里批资产阶级教育路线，你跑俺这儿，被上有虱子也不怕。几年的工夫，你忘本了，不挂记俺了。"

江主任流出了泪水。他擦眼睛,轻轻晃着脑袋。

老人说:"糟蹋了一地好花生事小,别糟蹋了一屋子好孩儿。小孩儿家,天天关着,怎么行?不生病才怪!大晴天儿,让他们出来跑跑,捎带着种种地,学学本领,哪点儿不好?花生花生,花花着生,他们久后干什么的都有,也不能全长成书呆子呀!"

江主任一拍脑瓜:"对!您的话太对了!"

他说完返身就走,严爷爷喊他也不停步子。他一口气回到学校,召集大会,把严爷爷的话讲了,又领师生到农场看了高高的荒草和长长的野藤。他说:"脑子里荒了,地才荒!不努力学习不行啊!"

就这样,我们的农场又发达起来了!

……这时候,不知是谁喊了一句。我一回头,见是严爷爷来了!他担着一桶水,摇摇晃晃地奔过来,放下担子,连连吆喝着:

"歇歇吧,歇歇吧!"

江主任停了手。女同学们站起来,伸着懒腰。大家都坐到树荫下来,嗅着花香,听着小鸟叫唤。严爷爷笑眯眯地问男同学:"累不累?"大家一齐答:"不累!"老人又笑了,转脸对江主任说:

"我们在那边吃了鱼鳖,浑身是劲!等一会儿咱们换换工,让女同学也吃去!"

同学们都笑了。江主任说:"女同学们挑得动水吗?"

女同学都说:"挑得动!挑得动!"

严爷爷说:"先挑小半桶,肩膀硬了,再挑满桶。慢慢练!"

大家一齐鼓掌。哗哗的掌声里江主任高兴极了。有人起个头儿,大家唱起歌来。歌声伴着猎猎旗声,响彻在无垠的大海滩上。

1975 年 8 月写于龙口

夜　歌

雾霭低低,暮色越来越重。琴声在林子里飘荡,胡老三的三弦弹起来了。

群鸟大概没有玩够,一直不思归巢。它们倾听着老人的歌唱,高兴时还随上几声。

……
我的歌哟,
好比老年人的胡须,
越老越长哩。
我的歌哟,
好比一堆火儿,
一会儿熄了一会儿亮哩。
林子里的两匹白马儿,
从来从来不系缰哩……

大概由于年纪的关系,他的声音有些沙,倒也粗壮豪放。老人的歌儿不是故意唱给别人听的,也不是独自消遣,而是到时候非大唱一番不可的那股劲儿化成的。

他坐在一棵大野椿树下,身子倚在粗粗的树干上,怀中抱着那把陈旧的三弦。这株大树叶子茂密,枝头往四处参着,就像一把巨大的绿伞。他左手在琴杆上飞快滑动,右手在琴弦上频频弹拨。这双手,每根指头都粗硬结实长着厚茧壳,谁想到它一沾着琴就突然变得这样灵活了!

两匹马在杨树下边打着响鼻。小伙子严水成正从包裹中掏东西。一老一少进入林区调查虫灾以来,已经在林中空地上歇息了几个夜晚。严水成把东西放在地上,然后坐下来。

他穿着那件红秋衫,外衣握在手里,额上留着被汗水涂抹的一道道灰痕。

"胡大伯弹得真好,唱得也好,跟您出来再累也觉不出了。"

"不行了,胡子一大把了,再住几年我的歌你们谁也不想听了,唱起来就像老牛叫……"

两个人哈哈大笑。他们坐得很近。严水成望着暗下来的天色,问:"河东的林区基本查清了,没啥问题。愁人的是河西的乔木林,每次虫灾泛滥得快极了。您估计这次会怎么样?"

胡老三搂了三弦,思忖着:"那是过去,树木还小,容易受虫。一到秋初,杨树上的百刺毛、红毛虫就兴盛起来了,一串一串挂在枝条上,把枝条都压弯了,你说要伤树还不快吗?用不上三天两日,你瞧吧,林子就不是绿的了。吃完了树叶,它们还要吃嫩一点的青树皮呢,树木硬是给糟蹋了。没法儿,那时没现在这么多农药,只好割出一条条隔离带,使虫子不向别处扩散。如今那儿的情形到底怎样,得赶紧去看一看,耽误不得哩!"

"如果发现了百刺毛虫,再不及时治,几天会爬满树?"

"那东西是从蛋壳里爬出来的,笨得厉害,四五天不要紧。不过,要是红毛虫出现了,那就不得了。也不知这家伙是从哪儿生的,三两天就挂满了树。"

……

黎明时分,他们跨过了芦青河。

这里的树木真是遮天蔽日,风在林中刮得很和缓。大树小树枝桠交错,很多地方根本走不过人去。飞鸟多得很,偶尔还能见到一两只狐狸从黑乎乎的树隙飞蹿出来。

这里的树种不像河东林区那样混杂,虽然也有橡柳桑榆,但最多的还是白杨和青杨。这些树木高大笔直,挤挤地长着,大多还不到采伐年龄。树上,见不到虫灾痕迹,只有不太多的百刺毛虫挂在灌木丛的叶片上。

天近中午,一道弯曲的清水溪出现在面前。胡老三建议说:"我们下来做饭吃吧,正好这里有水,大概你也饿了。"严水成表示同意。他们跳下马来。两匹马散放在一旁,它们高兴地叫了两声,低头吃着满地的绿草,尾巴快活地摇摆着。它们吃着草,不时抬头看自己的主人:他们也在忙活呢!

胡老三从背囊里取出了一个钢锅,严水成端起钢锅,到溪中装了半锅清水,生起了一炉旺旺的红火,接着放上金黄金黄的小米。

火舌舔着锅灶,一会儿水沸腾起来。胡老三提着猎枪走开,那高大的身影隐没在林子里了。

　　他刚刚走开,一只像大白鹅似的鸟儿扑扑飞来了,很笨重地落在不远处的一棵小柳树上。不粗的柳枝哪能承受这样的压力?啪啪折断了,它只好重新扑扑棱棱地飞起来,落到另一棵杨树上。严水成见了,想回身招呼胡老三,可又怕惊走了它,只好硬着头皮抓起自己的猎枪。小伙子从下乡来到林场就一直坚持练枪,如今虽说还没有打下几只鸟,但猎枪的脾性总还摸到一点。这时,他把脸紧贴到枪杆上,开始闭起一只眼睛瞄准了。那个大白家伙忽然像察觉了什么,两个大白翅膀往上一抖,长长的脖子四下里乱歪。"它要飞走吗?"严水成心里嘀咕着,手有些抖。"瞄准一个猎物,一定要沉着再沉着……"他这样默念着,两臂有力地端起枪杆,屏住呼吸,作三点一线校正,接着轻钩扳机。

　　"啪!"枪声怎么这样响亮?他眼看着大白家伙跌下来了,红色的血迹正从脖子下面流出来,那第一滴血珠掉在地面上……

　　林子里面连响了几枪。那边胡老三也开枪了。

　　不一会儿,他提来了一串黑灰色的斑鸠。走到水成跟前,他放下斑鸠,弯腰提起大白家伙说:"你的枪法还不错呢。今天我们要撑破肚子了,这个大家伙满身是肉。"

　　"它叫什么?我在林子里第一次看见。"

　　"这个呀,叫'老呆宝'。真正的新奇名儿咱不知道,反正大伙都叫'老呆宝'。它样子呆傻,其实是鸟类里最有心劲的。想打着它,可不像你今天这样简单。它会观察行人。如果落在一块草地上（它平常不喜欢落在树丫上），你打它的时候，切记不能直着向它接近，那样，它就会知道你要去打它了，尽管你缓缓地往前迈步。看到它，先不要急，装着没事人一样，往另一个方向走。要走得不紧不慢，就像平常人一样，眼睛不看它。走过去之后，你再回来。就这样来来去去，一点点接近，它才不会生疑心。等离得最近的时候，你就猛转枪口，那时候它就飞起来了。不过它升起来很慢，肥胖嘛！正离着地皮扑棱的时候，你就开枪，保险十拿九稳！"

"哈哈，还有这么多讲究！"严水成笑了。他真佩服眼前这个老人。

一顿绝妙的午饭开始了：喷喷香的黄米饭、肥胖胖的野鸟肉，两人吃得真够甘美。饭后，严水成掏出小本子，详细记下了走过这段林子的虫情，两人就又上马赶路了。

胡老三在马背上说："晚上我们在林中野地里过宿，坚持几天就可以赶到黑林庙了，在那里，碰巧还可以遇上几个护林员呢，他们平常就睡在那里。"

"黑林庙？这深林里还有寺庙呀？"严水成第一次听到这个新奇事。

"那是过去林主弄的，他们以为修了庙，敬了神，林子里就可以太平无事了。林子自己不起火，在林子里打工的有时就自己点上；虫灾来了，一些人割隔离带，另一些人却扛些挂满毛虫的树头扔到林子深处……嗨嗨，就这样生着法儿和林子主人斗，他爱修庙就修吧！……庙里本来是些和尚，后来又换上尼姑。林主儿没白没黑地往庙里去。这庙可花了本钱，一修修了好几年，兴师动众，林子要给闹翻了。"

马在松软的泥土上走得有些乏累了,它们无精打采地往前挪动着,天要黑了,雾气浓重起来,前面的树影开始模糊。

走到一个比较适合过夜的地方,他们把马拴起来了,点起一堆篝火。四周的白杨挽起手臂,一棵棵紧密地挤着,像围起了四面墙壁;上面,繁茂的枝头拢在一起,遮住了黛青色的夜空和闪烁的星星,就像一个屋顶。地下,绿草老高,放上行李就变为真正的软床了。

严水成刚抖开行李,突然不知一个什么东西在草中动了一下,接着一头钻入了火里……它在大火和浓烟中顽强扑动着,高叫几声,顺着火苗往上飞。羽毛有的烧着了,发出一股焦煳味。两人这时都看清了:这鸟厚厚的嘴巴,紫红色的双翅,一只尾巴却碧蓝碧蓝。胡老三一见,忙抱起一捆绿草往火上猛抛,火势立刻弱下来,那只好看的鸟儿尖叫着飞起。它在空中叫着:"呜哟——呜哟!""咿噢——咿噢!"……

胡老三屏住呼吸听了一会儿,说:"这是'水娇'鸟,瞧她叫得多凄惨!你听吧,水成,多凄惨!"

"怎么能听出凄惨来?"

"嘻,你呀,孩子,你大概没听说过她的故事吧?她原来可是个有勇有谋的好姑娘呢!硬是被恶人给害了啊!"胡老三叹息着,盯着旺旺的篝火。他往火堆上加着柴火,说:"这'水娇'鸟可没人打,你在林子里走遍了,也碰不到一个下狠心打她的。林子里的人爱惜这种鸟,就像爱惜自己的猎枪。如果谁误打下一只这样的鸟,他会立刻把枪折了!唉,水娇姑娘死得太可惜了……"

小伙子不做声。老人又问:"水成,你刚才听她飞走时怎么叫的吗?她是在叫'五羊'!'五羊'原先是个小伙子,姓什么不知道,这个小伙子,是水娇的男人!……"胡老三捏一块炭火点了烟,缓缓地说起来。

"多少年前的事?不知道。只知道就是咱这林子里的事。那时候,这里只有黑乎乎的一片老林子,还没有人烟。

"有一年上,林子里突然来了一个姑娘。她是边境上一位神箭手,武艺高强。传说因为不愿与敌寇讲和,被迫逃走。四处都不能容身,她只好到海边的林子里来了。她什么也没带,什么也没有,只有随身的弓箭。其实还需要什么?有了弓箭就有了一切。这箭射得也真准,无论是飞得多快的鸟雀,只要被她瞅见,就算跑不掉了。林子里,什么都有。狐狸、老狼、虎豹、熊瞎子……那些伤人的东西,都死在姑娘的箭下。她就是水娇……

"在密林中间,有一道大河,把林子一下分成了两半。它就是芦青河,不过比如今的芦青河要宽,河岸长着一人多高的芦苇和青蒲子。每逢到了秋天,河水涨高了,总有一个小伙子从上游驾着小船来到林子里。大概秋天水凉了,鱼爱往下游跑的缘故,小伙子在这里打了一秋天鱼,飘雪花的时候再回去。苇丛里,他搭了个暂时居住的小茅屋,打了鱼,就挂到岸边的树枝上晒干。

"有一回,小伙子到岸上晒鱼,遇上了水娇。他从来没在这里发现过人,猛然看见着实吓了一跳呢!他转身就跑,衣裳却被树枝挂住了。水娇奔过来,告诉他莫要害怕。他定神一看,见对方是个多么神气的姑娘呀:上身是一件绿衣服,下身是一个半遮住腿脚的兽皮裙,腰上扎了一条皮带,背了一个特大的弓箭。原来是一个女猎人!

"水娇问他:'你从哪来的?叫什么名字?来干什么?'……她多盼有个人说说话,一口气问了很多,说了很多。

"小伙子又惊又喜。他一会儿就跟她亲近起来,恨不得一下子讲出自己的身世。他叫五羊,原来是个苦命的娃儿!"胡老三调调手里的琴拨了两下,说:"听听歌里是怎么唱的吧!听听歌儿……"

    五羊七岁把船摇,
    独自一人受煎熬。
    父母早年双双亡,
    一条破船水上漂。
    河边渔霸心肠黑,
    死人也要砍三刀!
    硬说俺爹娘临死债不清,
    拉我抵债把鱼捞!……
    顶着风儿摇橹桨,
    日落西山不收篙,
    三年捕鱼堆成山,
    不知欠债何时了?
    ……

水娇听了流下泪来。她不住地抹泪。还是听听歌儿吧,听听歌里是怎么唱的……

但要欠债了,
除非南山倒;
饿狼不吃人,
毒蛇心变好。
海水不枯石不烂,
欠债何能了?
不用汗如珠,
不用泪如潮,
何时跑走何时完,
何时逃掉何时了!……

"五羊一听,心里立刻找开了两扇门。他高兴地跳起来说:'我再也不给那老渔霸卖命了!……'不过他深思了一会儿,又马上悲伤起来:'我没有家,逃到哪里去呀?'

"水娇看着这个俊模俊样的小伙子,皱皱眉头说:'你要愿意,就和我一块住在林子里吧,有我这张弓,你什么也不用怕!'……

"从那以后,水娇和五羊就住在一起了。他们打猎物,取兽皮;挖野菜,采蘑菇;日子过得再快活没有了。五羊带来的那只小船就拴在河边,想吃鱼了,五羊就带上水娇,一起开船下河。

"他们除了用弓箭射取野兽,还下地箭。水娇教给五羊:怎样在草丛和树隙里,利用一种弹性极大的树木,做好机关掩藏起来。野兽一走过,碰上四周的地须,立刻就有一支长箭射过来,再猛的野兽也会倒下。

"就这样,他们过得挺好,第二年上水娇还生了个胖胖的小女孩儿,取名叫'羊娇',意思是她和五羊的孩子。谁知道就在生下孩子的第三天,河道的苇丛里突然钻出一只大龙头船,船舱像座小阁楼,五羊一眼认出是老渔霸的船。他吓得脸变了色,知道是冲自己来的。水娇却指指挂在墙上的弓箭说:'别怕,半点也别怕!'五羊问:'你刚生下小羊娇呢!'水娇却把孩子往五羊手中一递,一下站起来,从墙上取下了弓箭。

"龙头船果然靠了岸,从上面蹦出几个身穿黑衣的人,直向河边的小房子扑来。水娇喝道:'不知死的黑衣人,滚回去!'

"那家伙哪里肯听,老渔霸在船楼里嚷着:'快去绑来,快!'

"水娇火了,一只手早把长弓拉开,说:'再进三步,弓箭无情!'

"黑衣人不听,那就来吧!水娇放出了一支箭,接着又连发几支,每支箭都从黑衣人的心口里穿过去……就这样,他们抢五羊的美梦被水娇几箭射破了。

"渔霸还不甘心,时不时派小船到河苇里转悠,想趁水娇不在的时候把五羊抢走。可是一次次总没成功——水娇心里清楚,怎么也不让五羊一个人留在家里。日子久了,渔霸见什么指望也没有了,只好暂且罢休。河心的苇丛里,鬼影似的小船不见了。

"陈积下的东西快吃光了,孩子也要满月了,水娇要出去打猎了。她让五羊在家里照看小孩子,在小屋子四周设下一层层地箭,如果有人走近一步,立刻就会被射死!她走时嘱咐五羊:无论是谁来到这儿,你千万不要理他!

"她刚走不久,河里的小船又出现了。几个黑衣人爬上岸来,直奔小屋子,可离小屋还有老远就被射倒了!

"水娇回来知道了,心里挺高兴。又过了几天,她告诉五羊要到外面用兽皮换点盐回来。五羊想到自己的孩子就要吃有盐的食物了,心里真快乐。一天早晨天不亮,水娇就改成男装上路了。临走时又嘱咐五羊:无论是什么人来这儿,你千万不要理他!

"她走了没有几天,小船又从苇丛里钻了出来,不过没有上岸。五羊心里想:他们大概怕了……谁知没过几天,有一个老妇人摇着一条小船上了岸。她手里提着一个篮子,一上岸就弯腰拔起了什么。五羊见了,就在屋里喊:'老人家,你拔啥呀?'老妇人直起腰来说:'我儿子被渔霸打伤了,我采点跌打草回去给他敷上……唉,命苦呀,就这一个儿子……'老妇人说着哭起来。

"五羊也陪着流泪,他真恨透了老渔霸!老妇人拔着拔着,突然跌倒在地上,住了一会儿才爬起来,嘴里咕哝着:'饿啊,三天没一粒粮下肚……好心的林中人家,快开恩吧!我饿……'说着又跌倒了。

"五羊放下孩子,抬腿就要跑出去,可左脚刚迈出门去,水娇的话又在耳边响起来了:'无论是什么人来到这里,千万不要理他!'……他不由得把迈出去的脚又收回来。

"老妇人继续哀求着,这凄惨的声音使他想起了死去的父母!他什么也不顾了,大步奔出屋子,领着颤颤巍巍的老妇人绕着暗路转进来。她吃了一块肉,喝了一碗水。后来,她拿起水娇留下的弓箭,抚摸着说:'这弓,我过去也会使呢,就不知如今忘没忘……'五羊听了,压根不信,就说:'能用这弓的可不多呢!别说你一个老人。'老妇人笑笑:'不信我出去射给你看!'说着就要出去。五羊觉得好笑,就领她走了出去……

"刚迈出地箭机关,老妇人像长弓一样弯着的腰突然挺直了,喊了声:'你瞧,那里有个鸟!'就摔下破篮子,背着弓箭跑了!岸边上,早有几个接应的黑衣人,眼看她跳上了船头。接着黑家伙们跳上岸来。五羊一见,忙奔入屋中。这次幸亏有地箭保护,他才没被捉去。

"第二天,水娇回来了,刚跨上河岸,立刻有黑衣人跟了上来。他们三面包围了水娇,她再勇也难敌众,只好往小屋方向退去……黑衣人紧跟在后,那样就会随她进入屋子!这时候,如果五羊奔出来,抛给自己弓箭多好啊!水娇急着喊:五羊,弓箭!五羊,弓箭!五羊在屋里哭了。没有了箭,一切都完了!结果水娇就地被擒。

"老渔霸哈哈笑着,就在小屋前点起了一堆大火,把水娇推入火中。水娇在火里喊着:'五羊,孩子!五羊!孩子!'……五羊这时还顾得什么啊!他放下孩子,故意踩到地箭机关上,让飞箭把自己射死了……

"老渔霸他们呆望着小屋子,只见从里面飞出了一只小鸟儿,连连叫着:五羊!五羊!水娇!水娇!……这就是五羊和水娇的孩子——小'羊娇'变的!他们的后一代终于永远地活下来了!人们怀念水娇和五羊,总跟这种好看的鸟叫'羊娇'。

"五羊受骗了！那个'老妇人'是个黑衣人装扮的啊！受骗了！五羊受骗了……"胡老三沉痛地结束了这长长的故事。他沉沉地拨着琴,低低地吟唱起来。他的歌声与林子的声音混在了一起。篝火燃烧着,灰屑带着火星向高空升去……

这是怎样的一个夜晚啊。这个夜晚与悲凄的故事一起存活着……

艰苦的野外生活给两个人带来了特殊的快乐。他们每天就这样吃在林子里,睡在林子里。喝的是林中清水,食的是黄米野菜,还有捕获的野物……他们穿行在密密的林中,衣服给扯破了,手脚磨出了鲜血,却是自得其乐。

第三天,他们终于来到了黑林庙。

住在寺院里的两个护林员高兴地鸣响猎枪,欢迎这来自场部的远方客人。胡老三和严水成激动地拥抱了他们——两个打扮得像古代传说中的武士一样的中年人。这两个护林员有着特殊的使命,承担着特别的任务。如果发现燃着了林子,他们就要冲上前去,用生命和鲜血扑灭火灾;如果他们自己觉得实在不是两人的力量所能达到的,那就要使出常年林中生活练出的所有功夫,钻树棵,夺近路,迅速到场部报警。

这是一座名符其实的古庙。这种庙在深山荒野中已经不多了。那神奇的意味非语言所能形容,给林海增添了特殊的东西。林海茫茫无际,其中有那么多奇花异草、有那么多生灵,古庙在人们的想象中永远送去了庇护……

寺庙里的第一夜同样是难忘的。四个人围坐在院中那堆火旁。主人取来自己采摘的最好的野葡萄、桑葚儿,取来了隔年的坚果。他们甚至就着美味喝了几盅自酿的酒。热情随着火焰往上蹿,好畅快的一次跋涉!大家不约而同地要求胡老三弹起他的琴,老人毫不推辞地拨拨弦唱起来。

> 我的歌哟,好比老年人的胡须,
> 越老越长哩。
> 我的歌哟,好比一堆火儿,
> 一会儿熄了一会儿亮哩。
> 林子里的两匹白马儿,
> 从来从来不系缰哩……

他正弹唱着,突然戛然而止。大家相互盯视着。老人的嘴巴抖了抖,"听见头顶上有水娇鸟在叫吗?听见没?"……我的歌哟,好比老年人的胡须,越老越长哩……林子里的两匹白马儿,从来从来不系缰哩……

1975 年 9 月写于龙口

他 的 琴

妈妈在葡萄架下摆好桌子,桌上有葡萄和苹果,有金色的瓜和月饼。

父亲在很远的大山里,他不能回来与我们一起过这个节日。这个不冷不热的秋天啊,这是一年里最好的一天。妈妈的银发闪着光亮,站在葡萄架下,向远处望着什么。

我想她在望黑乎乎的山影,在倾听铁锤击打石头的声音。

父亲据说是在开一个山洞。他们那一伙人很多,散布在一个峡谷里。烈日下,我看见石头上的石英斑发出耀眼的光。

我坐在桌前,等待着什么。我没有见过父亲,因而也不太想念他。我这会儿想的是另一个中秋节。

那一天也是这样凉爽,也是在葡萄架下。我们的孤寂的小屋仿佛年轻了,美丽了。妈妈在木桌上摆了水果。小木桌被水洗得发白了,像妈妈和小屋一样质朴。

妈妈让我吃水果,说过节了过节了,这是你父亲最喜欢的一个节日。一说到父亲,妈妈的眼睛就眨了几下,有些湿润。妈妈有了白发,可她还很年轻。妈妈的头发又软又滑,闻一闻有一股香味儿,像葡萄的气味。

那天我让妈妈讲个故事。妈妈说有一座大山,很高很高。有一个人,是个巨人。巨人被一个恶神缚住了,为他做工。巨人的脚上拴了铁链。巨人每天开山,用一把大锤击打山石。他一锤落下去,就响起一声雷鸣……隆隆,你听这声音,你听吧,它从很远很远处滚动而来了,隆隆、隆隆。

只要这天际的隆隆之声不绝,那个巨人就活着。他活着,妈妈说就什么也不用怕了。

巨人属于一切善良的人们。

那个傍晚的晚霞映红了葡萄架,空气中有一股甜丝丝的气味。这是因为晚风掠过了秋天的原野。无数成熟的稼禾和甘美的浆果气味汇聚到一起,形成了仲秋的气息。

就在那时院门响了一下,有人进来了。妈妈走开一会儿,我站起来。妈妈领来一位二十来岁的姑娘——她是我们都熟悉的一位老校长的女儿。她叫卢玲子。她家离我们这儿有好几里远,再说我们的小屋又孤单单地在果林里……她来得多么出乎意料啊!

妈妈高兴,我更高兴。

卢玲子坐在桌旁,微笑着,与我们一起吃水果,看晶莹的月亮。她多么好啊,那么安静地坐着,那么好看!

讲个故事吧卢玲姐,讲个像你一样好的故事——她真的讲了。她的故事是关于美丽的仙女的,故事结束时我想她简直就是那个仙女了。

后来,卢玲子又为我们弹了琴——妈妈从屋子里找出了一把满是灰尘的琴。她小心地调了弦,弹了一下,发出了美妙动人的声音。我真想不到啊!她一边弹一边唱,又黑又亮的眼睛一会儿看看我,一会儿又看看妈妈。

  我的歌一支又一支
  从来没人倾听
  我只好一个人度过黄昏
  一个人拨响那把
  被灰尘封起的老琴
  鸟儿伫立枝头
  荒野染上血红
  这不平凡的时刻
  我在谛听那架大山的回音

妈妈听着,不知怎么流出了泪水。卢玲子停止了弹琴。妈妈说:"你弹得太好了!"卢玲子微笑着摇摇头,把琴递到我手里。我试着拨响了几个单音。我弹得多难听!

后来我们一起在果园里走了一会儿。月光把我们的影子投在地上。浅浅的草叶中有小蚂蚱在蹦跳。卢玲子问,这是什么树?那是什么树?妈妈详细地告诉了她。卢玲子说她第一遭看见这么大的山楂树,这么茂盛的樱桃树……妈妈说是啊是啊,一个地方一种水土——这里的水土太好了,种下任何植物,它们都长得茂密,叶子黑乌乌绿油油。这儿的水果是最甜最甜的。还有,这儿随便掘一口井,都可以涌出很清的水,像山泉一样凉……

卢玲子眼里闪着兴奋的光彩。她是从外地随老校长迁来的,如今仍在外地工作,只有节日才能回家住几天。妈妈曾说过,老校长是一个满头白发的高个子,一个善良的文化人。在卢玲子的眼里,这片果园的一切都是这样的新鲜有趣。

妈妈问起了老校长的身体怎样。卢玲子说很好,说他常常提起这片果园、果园深处的人家呢。

……难以挽留的夜晚终于要过去。卢玲子要回去了。我和妈妈一起送她。我们给她水果,她怎么也不要。后来,妈妈再三要给,她只取了一个又红又大的苹果。

妈妈说:"多好的人!她怕我们节日里孤单,就特意来陪我们。这么好的细心人可太少了!姑娘长得多好,多文静!"妈妈长久地感叹。

这个中秋节过得愉快极了。我觉得自己从来没有这么愉快过。虽然从卢玲子来到以后我没有说一句话。我已经不能说什么了,因为我的心一直在欢快地跳动。长期孤寂的日子里,我变成了不爱说话、多少有些怕羞的人。我的痛苦和欢快都藏在心里。这个中秋节,我只把幸福贮藏起来。这样,一旦有了痛苦的时候,我就开销一点幸福。我相信是用这样的办法才忍受下去的。

那个晚上我躺在床上,听着妈妈翻动着身体。她睡不着。

窗外真亮。有一会儿,我似乎闻到了卢玲子身上的气息在屋里飘荡。我大睁着眼睛,看着播撒在屋里的月光。后来我爬起来,悄悄地在潮湿的地上走了一会儿。我坐在了屋角的小木桌前,我想就这样静静地等待天明。

后来天亮了。中秋节过去了。

……

妈妈遥望着黑乎乎的山影。在这个父亲最喜欢的节日里,这儿没有歌声,没有那支鸣唱的琴。仅仅是一年的时间,妈妈的头发就白了那么多。

"妈妈坐下吧,妈妈还讲那个故事吧。"

她把一串葡萄推到我的面前,理了理头发。"那个巨人还缚在那儿。恶神给巨人的双脚拴了铁链。巨人在大山上日夜击打。恶神许下了愿,这座大山击穿的那一天,就放开巨人……"

"巨人真的要把大山击穿吗?"

"谁也做不到——巨人的锤子顶多给大山留下几个斑痕,他自己也知道。不过他还在猛击山石。他也不相信恶神许下的愿,因为恶神的话从来一钱不值。不过他还在猛击山石……"

"那他为什么啊?"

"就因为他是个巨人……"

我对这故事多么绝望啊!我多么想让妈妈换一个讲法。可是她不会那样做的。晚霞照在了葡萄架上,再有一会儿,那轮月亮就会升起来的。我回到屋里抱出了那把旧琴。

它全身没有一点灰尘。整整一年的时间,我没有让它染上一丝一毫的灰尘。我常常抹拭它,用一块花布盖住它。我幻想它在另一个中秋节里也许会重新发出美妙的声音。

妈妈微笑着看这把旧琴。

这是谁的琴?它的来路?我突然想到了这一层。我问妈妈。她摇摇头。我非要知道不可嘛!我偏要知道!妈妈不回答。妈妈啊,我不想过这个中秋节了,不过了……妈妈有些害怕了。她擦擦眼睛说:"你听着孩子,你听着……"

这琴是很早很早以前一位歌手的。他抱着琴不停地唱啊唱啊!他每天都唱,足迹遍天涯。他的歌引来无数的人,他们围住他听歌听到半夜,欢呼声像大海的浪涛。人群也像大海,涌动着,一片一片望不到边。

歌手走到哪里都有一群群人簇拥着。他的琴永不离身……后来,有人害怕了。那是些凶恶残暴的人,他们持刀挎枪驱赶人群,让歌手和人群分开。可是歌手属于人群,他们永不分离。于是那些凶恶的敌人让歌手停止歌唱。歌手的歌声就是他的生命,他当然不能停止唱歌。他的手拨楞拨楞拨琴,敌人就把琴夺下来扔了。他没有琴,就挥动着两只手唱。敌人又把他的两只手砍去了。他就张大带血的胳膊唱。敌人于是把他杀掉了。

"这把琴就是那个歌手的吗?"

妈妈拾起桌上的琴,抚摸着,说:"所有的琴,都是属于那位歌手的……他死了,可是他的灵魂在看护着人间所有的琴。"

我沉默了。啊,人间的琴,我们的琴……

一阵微风吹起。果子的香味越发浓烈了。我们的小孤屋子啊,我们正在过中秋节的小孤屋子啊,沐浴在这样的秋风里。

有人在拍打院门。我跳了起来。

一个姑娘——是卢玲子——她来了!

"啊,你来了,你来了! 你看,我们这么静静地坐着,好像等一个人……"妈妈无比愉快地握住了姑娘的手,让她快些坐下,坐到桌前。

我压抑着兴奋打量她,发现还是那样浓密的黑发,还是那么亮的双眸。她的手放在桌上,一段白皙的胳膊从衣袖中露出。有一种我熟悉的香味儿从她周身散发出来。她跟我说话,我只是点一下头。我害怕听自己丑陋的声音。她的话音像脆亮的珠子的响声。

"我们又一起过中秋节了!"她说。

"是啊! 好孩子,你去年来的情景还在眼前呢! 你瞧,一年很快就过去了。"

妈妈的眼角好像有什么在闪动。卢玲子说:"我一直想着这片果园、小屋,想着这个夜晚。多好啊。我很高兴过中秋节,真的,高兴极了。"

妈妈终于把琴递给了她。她调了一下弦,弹了起来。

她的歌让我如痴如迷。我不断地闭上眼睛。她的歌一会儿就把我引向了远方。我又想起了歌手的故事,想起了那个挥动的流血的胳膊! 我在她的温柔的歌唱中哭了,我俯下了身子,在小木桌上偷偷地哭着……啊,卢玲子的歌,那个歌手的歌。"所有的琴都属于那个歌手的啊!"我耳边又想起了妈妈的话。

卢玲子伴着琴唱着。她的声音先是轻轻的、轻轻的,像怕惊醒了别人的沉睡。这声音好像在追忆一个故事,一段又远又长的历史。这歌声好像在唱给一个遥远的先人,他白发苍苍,抄着衣袖坐在那儿倾听。

我抬起了头。

卢玲子看到了我的眼睛,接着转脸看了妈妈一眼——她在示意什么!奇怪的是她做这一切的时候,并没有停止歌唱。

一枚被泥土浸润着的红豆饱胀着。它这时缓缓地伸出了叶芽,缓缓地……

"我们的月亮!"我喊了一声。

妈妈和卢玲子都转过身去。啊啊,我们的月亮升起来了……月亮上有些什么发暗的东西——那自然也是大山。

有大山,就有巨人的故事。

卢玲子,你知道关于那座山和那个人的故事吗?不知道?知道?

一枚被泥土浸润着的红豆饱胀着。它这时缓缓地伸出了叶芽,缓缓地……

接下来,我们又到园子里去了。茂长的青草抚摸着我们的脚,活着的一些小动物在树下跳蹿。回身去看,一切都罩在一片朦胧中。多么长远的夜空、原野,多么神秘的天色啊!

在园里,我依稀听到了从很远的地方传来的隆隆声。我站下来,忍不住说:"妈妈!"

妈妈也站下来,听着。

卢玲子不解地看着我,小心地挽起了我的手。啊,她的手掌多么温热,多么……我浑身一阵战栗。你永远挽着我吧,永远挽着我吧,永远也不要松开你的手……

卢玲子离开的时候,妈妈让我送送她。

路上我差不多一句话也没说。她总想让我说点什么……不不,我不说,我不说。

她身上的玉米缨一样清甜的气息又使我闻到了。我什么话也不说。

直到快分手的时候,她问了一句:"你今年多大了?"

我说:"我十六岁了。"

这是我一路上说的唯一一句话。

1975年冬写于龙口

1989年冬订改于龙口

钻 玉 米 地

无边无际的大玉米地里有什么？肥壮的玉米棵遮天蔽日，一片连着一片。无数的刺猬、兔子、黄鼠狼、草獾，还有狐狸，都从里面跑出来。各种鸟雀一群群钻进钻出，喧闹着。你站在玉米地边，可以听见十分古怪的声音，有咳，有笑，有呼呼的喘息。

该进玉米地里看看去，看看究竟有些什么。人的一辈子不钻到玉米地里去几次，那可太亏太亏了。钻玉米地啊！

我们钻进玉米地，就像刮了一阵风。呼啦啦，玉米棵儿一溜儿摇动，叶子乱舞，大玉米穗子乱悠晃。我们尽量不把玉米棵子碰折，而是侧着身子，沿地垄往里跑。跑得越深，天色越暗，大玉米地深处黑乎乎的，远离村庄和学校。地的当心是谁也不曾去过的一个世界呀，是冒险的人才会得到的一个好地方。

男的有两个人结伴就敢钻到地当心，女的要有一群才敢往深处钻。她们什么都怕，怕野物也怕人。如果有不认识的人从玉米棵里钻出一个头来，她们就吓得呀一声跑开了。玉米叶子扫在她们的脸上、手上，扫出了小小的血口子。尽管这样她们还是要来。

因为这玉米地里有馋人的好东西。

如果趁月亮天里钻进去,那就更来劲了。月亮天玉米棵里奇怪极了,各种声音响个不停,从声音里你就可以明白,这里面的东西和故事多了。一个人只要有胆量,就能找到他需要的一切。你想想看,玉米地这么大,什么东西没有呢?

小村里的人聪明得很,他们守着庄稼地过了一辈子,可知道土地的脾性:能滋生各种东西,也能招引来各种东西,更能埋藏下各种东西。比如人吧,最后还不是要入土?所以你缺了什么不用愁,只管跟土地要去。

秋天到了,玉米棵子连成大海大林,这不是个好机会吗?

小孩子们嘴馋,嚷着要吃瓜。哪里有钱去买?自己去找吧!他们呼啦啦钻进玉米地里,伸手扒拉开玉米叶儿,小鼻子不停地吸气儿,专门冲着香气去。一大片土地上藏下的瓜儿可多极了,你得用心找才行。终于找着了,一个金黄金黄的小瓜,像大鸭蛋似的,香得都不好意思吃。还有黄瓜、西红柿,它们的气味都比菜园里的好。瓜儿偷偷生在暗处,找它们的人在明处;它们不吭声。可它们有气味——于是它们就设法儿掩盖自己的气味。你可以看见它们的旁边有一株野花,花朵放出刺鼻的怪味儿。这就是瓜儿的诡计。它设法让别的气味蒙骗人们。

小炕理进玉米地里找瓜。他很想找一个西瓜。西瓜不易找,因为西瓜没有什么气味,而且容易和青草长在一起,你看不见。玉米地里的各种花草很多,多得叫不上名字来。什么野菠菜、野蒜、酸菜、三棱草……谁也数不清。有时你看见一片黄花,有时你看见一片红花。

小炕理胆子很大,他敢于一个人钻进钻出。他在地里像个野猪一样,呼噜呼噜喘着拱着,不知寻到了多少好东西。他随身有个大口袋,吃不了的瓜就装进去。他找到的大南瓜有十几斤重,全家用它熬甜饭喝。他还找到了野葫芦,做了一个挺好的水瓢。

小炕理的奶奶喜欢养猫,可是那时候猫很缺,要弄一只猫可不容易。自从老猫没了以后,炕理奶奶就想它。老人爱猫就像爱孩子差不多,整天说:"我的猫呀!我的猫呀!"炕理说:"奶奶,我设法到玉米地里找一只去!"奶奶说:"胡诌!地里什么都有呀?"小炕理就弄了一个暗扣绳下在地里,又设法把一只小麻雀放在机关上。

两天过去了,暗扣儿套住了其他野物,就是没有套住猫。

小炕理并不灰心,他坚持了十几天。有一天他正在地里打瞌睡,突然有喵喵的叫声,一声比一声凄厉。他一下跳了起来,跑近了一看,见套住了一只长爪儿黑白花小猫。小猫野性十足,一看就知道是在野地里生活久了的东西。它胡乱蹬人,咬人,大嘶大叫。小炕理不得不揍它一顿,绑上,带回了家来。

开始几天不喂它,硬饿硬饿;后来眼看它饿得站不起来了,才由老奶奶喂一点点东西。但是始终都未敢松了绳子,一直捆在桌子腿上。小猫一直处在饥饿状态,也一直由奶奶喂它。到后来它终于死也不肯离开老人了,温顺得很,老人可以一天到晚抱着它。

它长得很快,一年多的时间,它像个小老虎一样。谁见了都夸这是一只好猫,是猫中之王。

这只猫捉鼠很多,还能捉到麻雀、乌鸦、喜鹊,甚至能捉到大鹰。这是一只攻无不克的猫。

可惜炕理奶奶死后第二年,这只猫误食了死鼠,被鼠肚里的毒药毒死了。

炕理的父亲是个勤劳的人,整天劳动,喂猪喂鸡喂鸭。可是家里很穷。一头猪喂肥了卖掉,还舍不得钱买小猪。

也许是炕理找猫的经历启发了他,他有一段时间整天想到玉米地里去。那里面肯定有,因为人们经常抱怨庄稼被猪拱坏了。看来没有主人的猪会有的,至于它们究竟来自哪里,谁也不想去问。田野这么辽阔,里面什么都会有,这本来就是不成问题的。不过弄猪要有耐心,不能太急。炕理爸起了心就收不住,没事就往地里跑。他准备了一个捕鸟网,如果发现有了目标,就会架了网,然后从一个方向轰赶。

猪毕竟是猪,并不那么容易得到。一个多月过去了,炕理爸仍未如愿。可是他非常注意地上的印痕,不止一次发现有被猪拱过的痕迹。有一天他在玉米地里听到了呼呼大喘,摸索着凑近了,真的看到了有一头油亮亮的小猪。多么好的小猪,小猪嘴儿也油黑发亮。他笑得脸上开了花,一时倒忘了怎么去逮它。他认为它差不多已经是自己的了。他这样想着往前摸爬了一段,眼看就要揪到那可爱的小猪腿了。他猛一伸手,小猪猛一下跑了,发出"咕咕咕"一溜惊喘,没了影子。

他的确感到了小猪的热乎乎的皮肤。可是这次机会就这样失去了。不过他心里更加坚定了,认定玉米地里可以捉到他所需要的东西哩!他更加起劲地到地里来,一早一晚,只要是不出工,总会钻进去，一边拔草，一边寻找。

大约又过去了十几天，他终于发现了它。

这一次他总结了教训，先张网，然后小心地移近，一切都做得没法再谨慎了。当然，最后他是捉到了。小猪没命地喊叫，他拍打它，亲它，说："别哭了别哭了，有个家就比没有家强——咱回家去哩！"他差不多是把小猪一口气抱回去的，并从此开始了精心喂养。

这只野地里捉来的小猪长得很好。由于它的身架儿毛色及各方面都让人满意，所以最后没有舍得阉成肥猪，而是喂成了一头不错的种猪。

土成是个懒汉，没有媳妇。他熬到了三十多岁，还是没有。土成焦急得很，动不动就发火，有时连村里的领导也骂。他脸色发黄，不愿洗澡，身上灰尘很多。这样越发没有姑娘跟他了，连跟他说话的都不多。土成说："一个一个都长得有限。"那意思是他还看不上她们呢。大家都说土成的事要看麻烦。

他自己不往好的地方发展，而是顺着劲儿走下坡路，做了一些不太光彩的事。比如说他常趴在别人家的后窗看一会儿，还偷过鸡。总之他的名声越来越坏。他刚刚三十来岁，就学习老年人的样子，装成有气无力的模样，还故意不系腰带，而是在裤腰那儿挽个疙瘩。

一个青年丢失了青春的气息，也就根本不可爱了。看来他也不准备再娶媳妇了。因为他甚至发展到这样的程度：一连几天不洗脸。他脸上的黑灰十分明显，鼻子两侧已经有硬币那么厚。平常他的生活很单调，除了下地干点活，再就是随便躺一会儿。走到哪儿躺哪儿,街头巷尾,树底下,草垛跟。他躺下就不愿意动,也不睡,只是打瞌睡,眯着眼想事。他想了些什么谁也不知道。开始有人以为他长了什么病,后来也就习惯了。

土成的个子很高,身材比较细,比较柔软,像是个没有骨头的人。他什么都吃,不讲卫生,有时吃得肚子滚圆,有时饿得直不起腰。他偷了好吃的东西,拢把草就烧起来。有时候他一个人坐在大树底下,坐着坐着就哎哟起来,像肚子疼似的。"你肚子疼吗?"有人这样问他。他谁也不理,只是哎哟,发出一连串奇怪的声音。他那时的眼睛眯着,有时突然睁大了,里面有一汪泪。

后来有人明白了,说土成伤心。

土成说谁家姑娘如果给他当媳妇,他抱着就跑。往哪儿跑?往家跑。他说不让她干活,只让她吃好的,喂她白面馒头和咸鱼什么的。大伙都说土成原来是个好人。

虽然这样说,他还是一个人过日子。

也不知从什么时候开始,他常常去玉米地里了。有时一整天在里面瞎蹿,误了出工干活。他打个什么谱,慢慢大家都明白了。他是想在里面找个媳妇也说不定呢。不过媳妇毕竟不是西瓜蘑菇之类,也不是一般的野物,要找到不易啊!

当然,姑娘们有不少进玉米地的,她们进去摘野果啦,拔野菜啦,玩啦,解溲啦。不过她们可不会找土成。她们一般都不喜欢他。她们只有一点坚信不疑:土成还算老实,不会对她们动手动脚。

土成趴在玉米地最深处,一躺就是一天。饿了,他扒开玉米皮,啃一个嫩玉米穗子;真的困了,就睡一会儿。刺猬、黄鼠狼都不太怕他,有时就从他身边走过。他还伸手捏过它们的小脚丫。

一个秋天快要过去的时候,土成创造了个奇迹。

那是一个黄昏,他走出了玉米地,后面还跟着一个头发黄黄、瘦瘦薄薄的姑娘。姑娘除了两眼有光,周身都是暗淡的。她有十八九岁,步子很小,像是害怕什么。问她多大了。她说二十五了。看来她发育不好,看上去还不够成熟。土成找到村里领导,问跟她成家行不行。领导说当然行了。

原来姑娘是南方穷地方下来的,秋天里蹲在庄稼地里,走哪儿算哪儿。她有一天在玉米地里,见一条长虫爬近了睡着的土成,就替他赶开。他醒了,正做梦,一睁眼就把她抱住了。土成那会儿不像个安分人,他们打打闹闹就熟了。不过姑娘第一天并未跟他走出来,而是一个人留在地里过夜。土成回了家,半夜睡不着,就揣了几个玉米饼,抱着席子被子钻进玉米地里。地里有月光儿,他找到了她,把东西放下,说了三五句话,就回来了。

土成那些日子差不多都是在玉米地里。那里面藏下了她这个人,谁也不知道。一连多少天过去了,他终于把姑娘领回家了。

后来那个黄瘦姑娘渐渐胖了,像模像样了,还生了两个小孩儿。土成也讲究起来,不仅按时洗脸,过节时还要穿袜子,冬天戴护耳套。

锅头老叔的儿子比土成还要大五六岁,难坏了老叔。他名字叫"小就",长了副很奇怪的样子,主要是粗矮异常,不过身体十分强壮。他口吃,但是憨厚,最爱帮大娘大婶干活儿。她们走在路上,扛着东西,只要小就看见了,一定要替下她们来。"小就娶不上媳妇,冤!"她们都这么说。可是她们谁也不把自己的女儿嫁过去。锅头老叔有时很粗野地骂她们,街上的小孩子渐渐也学会了这么骂。老叔带坏了村风。

土成的婚事大大启发了锅头老叔。他催促儿子,说连土成都不如,那可就白活了。儿子不愿到玉米地里去,再三劝导才跑进去了几次,可是并不深入。老叔说:"你得往深里走,见了女的多说话,一遭不行两遭!"

小就几乎没有机会同姑娘们说话。姑娘们在玉米地里见了他,老远就跑。因为都知道他在这儿干什么,人们害怕。其实小就是个老实人,在玉米地里主要是拔草,拔了一大捆又一大捆。

仅有的一次说话,是同一个采野菜的老太婆。老太婆坐在玉米棵下,数叨了半天她男人在世时的"好处",一把鼻涕一把眼泪,小就不由得跟上哭起来。后来老太婆拍拍身上的土末子走了,又剩下了他一个人。

锅头老叔带上一口袋上好的烟末去了玉米地。他慢慢地吸烟,捎带做点活计,安心地等待机会。他要亲手给儿子找个媳妇。他不信没有机会。

玉米地里好热闹啊,有时真有不少姑娘钻进来呢。不过她们大半是年纪轻轻的本村人,主动过来逗锅头老叔。老叔说:"你们懂什么才是好?"她们都说:"俺不懂。"老叔又说:"矮壮矮壮,不矮能壮?庄稼日子讲个身子结实,又不是天天扳着脸看。"姑娘们哈哈大笑,拍着手,跺着脚,呼啦呼啦跑出了玉米地。

庄稼快熟了的时候,有外地人顺着大路流过来。他们都是些吃百家饭的人,夜间就在沟渠里、庄稼地里过夜。其中有男有女,有老有少,都是些吃了上顿不愁下顿、到了秋天高兴得直打滚的人。

老叔就想打他们的主意。他对他们当中的女人们说:"人这一辈子,走到哪里才是一站?不如见好就收,找个窝儿趴下。"女人说:"瞧你老人家说的,谁家没有个人等着?俺人穷志不短哪!"老叔无话可说了。有的女人还没有男人,不过她们也不愿留下,只说:"俺不服水土,胸口憋得慌!"

一个秋天过去了,锅头老叔没有留下一个女人。不过他仍不灰心。他知道这是一生一世的大事情,哪能那么简单?

第二年秋天又来了,玉米一节一节往上蹿。"快长快长,疯长吧!"老叔在心里喊着。玉米林子形成的时候,老人又在地里来来去去了。他想大闺女家一个人钻到玉米地里,大半都是些有心事的人,也是些泼辣人。再也没有比到玉米地里找媳妇更聪明的办法了。他想到这些,越发佩服光棍汉土成。

深秋到了。那些外地人又来了。这一年上,锅头老叔一口气抱住了好几个偷玉米的外地女人。她们都不在乎,还嘻嘻笑。老叔说:"吃人的嘴短,拿人的手软。想不想留下来过日子?"女人说不中不中。她们当中有人愿意留下来过上一个冬天,可一直留下来,那可不行。

住一个冬天,那也不错啊!那就是说,儿子可以在一个冬天里有他的媳妇了!老叔于是赶紧把那个女人领回了家去。

小就见了领回的女人就跑,老叔喝了两声没喝住,就抄起了一根扁担。儿子这才站住。他把儿子和女人关到了一个屋里,当时村里没有一个人知道。

十天半月过去了,那个女人又白又胖,眼神里全是光亮,说这里人到底比那里人好一些,吃得也实在。冬天过得真快啊,一晃天要暖了。小就夜里搂着媳妇哭,说活活分离啊,还不如死了好。老叔商量女人说:"续下去中不?"女人想了想说:"不中。"

不过她要再多住些日子。她说要报答报答这个人家。

这一住又住了一个月。女人忽然在一天早晨蹦到院子里,大骂了一句粗话,高喊:"我不走了!"

一家子搂着笑了好久,小就真的有了长久的媳妇了。小就说:"俺要不好好过日子,让俺死。"

后来小就的媳妇生了两个儿子,又勤俭又孝顺,待男人好,待公爹也好。她在锅头老叔最后那几年里,还亲手为他洗澡、翻身、挠痒痒。

小村里的年轻人个个都能闹腾。他们吃饱了饭,干活时又花不尽力气,就想打一架。不过大家都知道打架是怎么一回事,很少一口气把别人打坏。打架打得恰到好处,一个一个脸上通红,喘呼呼的,身上一层小汗珠儿,这就算不错了。

大白天打架不太好,因为在街道上、巷子里,什么都看得清清楚楚,不像那么回事。最好是在晚上,更好是再有点月亮。大伙儿分成一帮一帮,呼喊着,揪住一个对头狠狠揍。这叫打群架。有时候一场大架打到天亮,打得满头是灰、是抓挠的印痕。这样的打法最让上年纪的人愤恨。他们说："吵得人睡不沉！"他们希望年轻人留住力气干活。

姑娘们也参与了打架，她们与小伙子摔跤，一下一下让小伙子摔倒，高兴得哈哈笑。"哎呀你这个驴玩艺儿，真有劲，真有劲儿！"她们力图将男的摔倒，有时也真能摔倒。小伙子压住了姑娘，呼天喊地大叫，说再敢不敢了？姑娘们大声嚷："不敢了不敢了！"

一帮一帮人在街上跑来跑去，狗汪汪大叫。老人们在窗子前面大骂，骂得越来越难听。

年轻人跑着，追着，一头钻进了大玉米地里。这下子好了，谁也管不着了。他们小心地侧着身子在地垄里跑，唯恐碰坏了庄稼。这时候主要是藏，是找，是一下子把对方扑倒。对方为了不压坏玉米，也倒得利索。他们哈哈大笑，在玉米地里蹿来蹿去。一地的野物都给惊起来了，它们尖声大叫，有的一蹦老高，有的飞到了天上。大鸟本来在玉米棵里睡得很美，突然被惊动了就有些火，它一下一下啄人的头发。狗最后也跟来了，它们首先在玉米地垄间追赶野物，来来往往十分繁忙。主人吹一声口哨，它们就回到各自主人身边。主人跟别人动手，它就帮主人撕扯别人的裤子，有时一口气把对方的裤子扯下来。

如果这种打架一直局限在本村的范围内就好了！可惜在玉米地里常常遇见跑出来的外村青年。由于彼此陌生，往往就不太友好，一旦吵起来，就成了一村对另一村。他们打得认真又专注，下手也厉害。有时一夜就能打伤几个人。有时这一夜吃了亏，下一夜就要设法补回来。大伙儿从四面包抄过去，一点一点围，尽量把对方困在玉米地中央——只等一声呼喊,大伙儿一齐蹿起。

尽管这样的打斗太冒险了,但打得还是很来劲儿。没有人害怕,没有人躲闪。到了晚上,领头的一点名,一个一个应声。如果谁不出来,领头的和大伙儿一块骂他。人齐了,就往玉米地里跑。那里又宽大又看不透,又有人又有野物,打起仗来可有意思了!

到了收玉米时,只要有碰折倒地的玉米秸子,人们就说:"打夜仗的碰的!"

姑娘们性格不同。有的什么也不怕,即便跟外村人打架也敢跟上;有的只能与本村青年一块儿打闹。不过她们一般都听小伙子的。她们一般都在暗暗保护一个人;也有的要保护两三个人:一个喜欢的小伙子,另外就是哥哥和弟弟。她们衣兜里装了好吃的东西,比如枣子和苹果、桃子,还有巴掌大、指顶大的硬面饼。

玉米地里比赛说粗话最好玩。这种话平时谁也不说,因为年纪大的人听见了就呵斥,甚至抡起巴掌打人。他们都是在特定场合才说。特别是配合着打架说粗话,最有意思了。用粗话骂人,骂得再狠也不准恼。如果与外村人打架,打到一定的时候,就主要是说粗话比赛了。那些五花八门的粗话像排炮一样冲腾而出,把对方压得抬不起头来。有时一个响亮的大嗓门负责喊,一边就有几个人为他准备粗话,小声编出来。姑娘们也跟着编,她们编粗话编得热火朝天,已经忘记了害羞。

只有在平静的时候,姑娘们回忆起晚上说的话,才或多或少有点不好意思。"咱把他们骂成了什么?真解气!真解气!"她们往往这样说。

年轻人如果不时时找点仗打,就不太舒服,就要出别的毛病。打仗像抽烟,不抽不好,抽得太多了也不好。最好是抽抽歇歇,歇歇抽抽。如果没有玉米地遮着人眼,打仗就成了胡闹腾,就没有了偷偷摸摸的滋味儿。

一些村里人闲了没事,都愿意到玉米地里去。去干点什么——拔草寻瓜儿,或者是逮野物,只要手里有点活儿就行。玉米地里反而比街巷上、比家里热闹。庄稼人除了干活儿,一年到头有个什么光景看?电影一年里演不了几回,唱戏的差不多等于没有。大伙儿蹲在地里拉个呱儿,说点家长里短,消愁解闷儿,正经不错呢。有了心事,一个人愁也愁死,一伙儿说说,愁事就消了。如果遇上个对脾气的,两人面对面,四周没有人,说上一会儿,多么好!

七姑这个人热闹了一辈子,她一刻也寂寞不得。冬天里,闲人多,她上了谁家炕头,就说上一天热闹话。春天里老年人在街上晒太阳,她就伴他们晒,主要是寻个工夫说说话,扯些天南地北的事。她愿帮眼神昏花的老年人捉虱子,一口气能捉好几个人。她是老头老婆婆们的知心人。大伙儿都说:"没有七姑,这个小村就白瞎白瞎!"七姑人缘好,谁家有了红白喜事,都少不了她。特别是喜事,都要喊她来;如果不喊,她就自己来。她说自己就是愿意吃好饭,愿意看不足月的小孩儿笑和哭。

秋天里忙,人们都下地去了。七姑早就不出工了,她一个人在村里与老年人玩,久了也闷得慌。有一次她偶尔去玉米地找一种草药,遇上了几个年轻人蹲在里面,就一块儿蹲了一会儿。真热闹啊,年轻人真能说能逗,高兴了还爬起来蹿一阵。他们给七姑起外号,问她一些稀奇事儿,她都不恼。"只要热闹就行,俺反正这么大年纪了。"有个小伙子给她取了个外号,叫"大肚蝈蝈"。她指着肚子说:"俺这是有福哩,俺这肚儿什么都盛过,猪头,活鲜鲜的大刀鱼,无花果儿,咱都吃过。"

"净说些馋人的东西,七姑好不好闭上嘴呀?"小伙子们嚷着。七姑拍着手:"你们年轻,吃好东西的日子在后头。人一辈子说不准碰上什么好事儿——就像在这大玉米地里蹿,日子久了什么碰不上?"

"七姑说得真对呀!""七姑有经验!""七姑年轻时候也到玉米地里玩吗?"

七姑沉沉脸说:"也来玉米地。不过那会儿七姑可不是如今的七姑。""怎么?""怎么?俊呗!你一活动脚就有十个八个盯着你,还保得住?一年秋天俺去玉米地摘个瓜儿,刚刚一会儿的工夫,得了,让赶车的麻脸老五瞅准了,一个恶虎扑食过来……好心不得好报啊!"

大伙儿笑起来。都说七姑是个好人,从来不记恨人,事情过去也就过去了。一个村住着,谁听见她骂过麻脸老五?七姑点点头:"过日子,谁没有个三长两短?人不能得理不让人哪。一个村住着,低头不见抬头见,拉家带口的,谁也不容易啊!是吧是吧!"

"俺就一样喜好:热闹。只要是热闹地方就有俺。"七姑接上说,"年轻时候合作社来村里招干部,相中了俺。俺问:'社里热闹不热闹?'他们说也谈不上热闹,反正是干工作呗。我一听就摇手,说把俺留在村里吧,俺还没跟老少爷们玩耍够哩!"

年轻人说:"七姑,你这样性情的人没有愁事,寿限大啊——老年人都这么说,"七姑又点头又摇头:"离了热闹不行。有了热闹就好,反正是这样。"

由于玉米地里有年轻人说笑打闹,所以后来七姑就经常往地里钻。有人看见了说:"这么大岁数了,好家伙!"她和年轻人在一块儿,又说又笑地快活,有时也干一些力所不及的事情。年轻人玩"骑大马"——几个人弓腰搂抱着,让另外几个人往上跳——她也跳,结果一下子从马背上栽下来,下巴上磕了个大口子。好在她这个人乐观,血迹还没干就哈哈笑起来。

老孙头性情孤独。他从年轻时就喜欢一个人独处,默默吸烟。本来是安安静静的地方,他坐一会儿还是嫌吵。他是全国最能抽烟的人,一杆大烟锅时刻不离。他一边抽烟一边拧艾草火绳,一口气能拧一大捆子。火绳平时就放在院门上面的搁板上,积成一座小山。谁进他家,一眼望到的首先就是火绳。

他手拿火绳,嘴里咬着烟锅,找个没人的地方去打发时光。七十岁的人了,剩下的时光尽管不多,可也足够他打发一阵子的了。人说话、狗吠猪哼,他都受不了。老孙头整天为寻找一块安静地方发愁。他的老伴一天说不上三五句话,可他还是埋怨:"吵死我!吵死我!"他听见刷刷啦啦的脚步声也受不了。

"老孙头肯定在琢磨事儿。"村里人这么说,"人一辈子要琢磨好多事儿,这是肯定的。不过老孙头琢磨的时光可不短了。"

老人的眼珠盯住眼前的一片泥土,长时间不会移动。他缓缓吸烟。火绳在一边冒烟,烟笔直地往上。

有时他一个人微笑。不过大多数时间他是紧紧绷着脸的。他如果要说话了,会主动找人;他如果坐在那儿,最好还是不要打扰。有人试着搭讪过,结果老人差点扔了烟锅。

人如果沉默了并且又丝毫不寻思事情,那是绝对不可能的。不过老孙头成天琢磨了些什么事情?这太让人纳闷了。有一天村领导小心地绕开他往前走去,他却看见了,轻轻招手示意村领导过来。村领导比老人小十几岁,也算个老人了。他赶紧走过去,哈着腰站着。老孙头抽着烟,头也不抬。停了片刻他说道:

"五八年秋天那匹栗皮马不是让人毒死的,它是自己病死的。"

村领导闭上眼,用手敲打着自己的头,还是想不起。他想啊想啊,还要想下去,可老人已经挥手让他离去了。

"原来他在想这样一些事情,嗯。"从此他觉得老人的孤单是非常重要的事了,告诉村里人,谁也不要去扰乱他。"老人琢磨大事哩!"他这样说。

有一次老伴蹑手蹑脚从老头子身边走过,听见哼了一声,赶紧站住了。老孙头磕了烟锅,抬头看看她说:

"娶了你第二年春回娘家,你爹骂我那句话好狠。"

老伴记不起了。"骂了什么?骂了什么?"她揪着衣襟问。老孙头挥挥手,她于是走开了。

老孙头在哪里呆一会儿,哪里就有一堆烟灰。他的烟吸得越来越猛了。这让人感到他正琢磨更琐碎更深入的事情。也可能是年龄的关系,他越来越不能与人同处了,在家里几乎不能安乐。到后来他终于走出村去,一直走向田野,走到大玉米地里去。大伙儿都躲开他,让他一人向玉米地深处钻去。那里的野物也好像不跳不叫了,只让老孙头一个人坐下来吸烟。

多么好的庄稼地,大绿叶儿一串一串,都在老孙头眼前闪跳。他这一辈子都是看着庄稼的,每片叶子都让他安怡。老孙头像来到真正的家,身心都松下来。玉米缨的气味,泥土的气味,青草的气味,什么都混到了一起,涌进他肺里。这气味养人哩。他舒服得躺下来,觉得泥土热乎乎软绵绵,比自家的大炕好上十倍。地里有各种细碎的声音,有人在远处呼叫——这一切声响一点也不吵人。好哩,好哩,大玉米地才是俺的老窝儿!老孙头透过玉米叶儿,一眼望穿了好几十年!陈谷子烂芝麻,什么都记起来了。死了十几年的驴也昂昂大叫,故去的老人们也凑过来拉呱儿。这回不是老孙头去想往事,而是往事来找老孙头了!你说怪不怪?怪不怪?

村里人只要一看见老孙头手提火绳往前匆匆走过,都知道他是去钻玉米地的。"老家伙又进去了!"大伙儿都这么说。

一个庄稼人最恋着的是什么?一开始没人知道,后来大家才一点点弄明白。他们恋着庄稼地,而不是老婆孩子,也不是热乎乎的炕头。

小古妈妈东跑西颠地讲叙这个理儿,她说她算开了窍了。

她是个小脚女人,个头一点点,眉眼好看。上年纪的人都记得她年轻时候的模样。男人早死了,小古妈妈不嫁人也不乱跑,安安静静守着小古过日子。可是她越来越想自己的男人,想小古爹。她做梦做他,说话说他,天天把他挂在嘴边。"过年过节孩子他爹也不来家!"她埋怨。有人听了就说:"你老糊涂了,人死如灯灭,怎么还能回来?"

小古妈妈腿脚还算灵便,只是神态已经不清了。小古常常逗妈妈玩,听她说一些驴唇不对马嘴的怪话。小古笑得嘎嘎响。村上人都说小古这孩子不孝。

老太婆走走街坊,跟大伙一块儿乐乐。七姑喜好热闹,就长时间地陪伴她。后来七姑建议小古妈妈不要闷在村里,说这样长了会生出毛病,不如到田里走走。那时正是秋天,是玉米棵茂盛的时候。小古妈妈提个篮子钻进去,随便拔点野菜,累了就安静地坐一会儿。她觉得无边无际的大玉米地里有一万种声息,细碎而且渺远,在远处,好像有个男人在深长地喘息。

"小古爹!小古爹!"她呼叫着。

然后是倾听。有他的声音吗?似乎他在很遥远的地方哩。"你呀,你不来家,你在玉米棵子里胡闹腾。我可知道你脾性呀,你不是安分的人。你在那里蹲了一会儿,看看,又站起来了,哎呀,还笑,笑什么?你不想我,也不想孩儿?你说说,啧啧啧啧!"

小古妈妈拍打着膝盖,数叨着,又惊喜又绝望。

"你走了多少年了?闯关东也有个回家的时候嘛,谁知你一口气跑了哪去?早不回来晚不回来,到了快收玉米的时候就往回跑。我知道你是馋个秋天,馋又大又香的玉米棒子!"

小古妈妈笑哈哈地拍手:"俺这回可看见你了,你在玉米地里钻来钻去,这回可瞒不过俺的眼去!我知道,你出门回来都是先看看庄稼,这样心里才踏实。你这回看明白了吗?一地好玉米,绿油油黑乌乌,大棒子比小孩儿胳膊还粗……"

她数叨一会儿坐下来,闭着眼,一脸的皱纹飞快地活动。她这样说着,笑着,走着,一直忙到天黑,这才恋恋不舍地往村里走去。

有人亲眼见到她在玉米地里干什么,回村里对人说:"小古妈妈痴了。"七姑反驳说:"谁的事情谁自己心里有数。她或许真的看到了男人呢。"有人大笑,"玉米地里还能没有男人?""我是说她自己的男人!自己的男人自己看得见……"

七姑的话让人将信将疑。都知道小古妈妈和小古爹在玉米地里会面。他们两个人都返老还童了,那么大年纪还在地垄里追着玩,互相下绊子。小古妈妈一个绊子被绊倒,全身是土,爬起来还是跑。她嘴里嚷:"小古爹,你这个老不正经,我叫你野跑!我叫你给我下绊子!"

玉米地的另一面是什么?走不到边,走不到边!多少老人小孩儿,这里可是个热闹地方。他们都在干自己愿干的事儿,别人看不见也抓不着。小古妈妈有一回真的抓住男人的衣襟了,一张两臂抱住了他,大叫:"小古爹,坐下坐下,两口子拉拉知心呱儿……"小古爹一脸胡子比针还硬,老皮老肉也刺得疼。小古爹是个有劲的男人,一伸手指把她捏住,鼻子吭吭喷气。"两口儿没有不说的话!"他粗粗的嗓门说。"哎呀,这么多年不见了,你还喝酒,喝起来没头,你是个酒鬼啊!"小古妈妈笑着叫着。

多么好的大玉米地啊!庄稼人没白没黑地干活,从播种到施肥浇水,费了多大劲儿才弄出这么大一片。它还能不好吗?庄稼人流血流汗莳弄大玉米地,大玉米地也得保佑咱庄稼人,事情都是有来有往嘛!

一个人只要耐住心性，只要信服大玉米地，大玉米地就会帮你。你要什么？你只管跟它说，不用不好意思。不过你得是个好人。是个诚心诚意的人。就是这样,嗯。

1976 年写于龙口

1981 年改写

锈　　刀

　　二盒娶不上媳妇,心里一急,想学着杀猪。他觉得做个屠宰手轻轻松松不累,生活又好。他爹老月气得直叹气,又没有办法。

　　二盒长得又高又瘦,不干不净,身子懒,好吃不做,姑娘们当然不喜欢。人们都说他跟他爹太不一样了,简直不像他爹的儿子。街坊邻居都说:"这孩子算完了。"

　　老月是个刚强的人。村里没有不佩服老月的,都知道他是个宁折不弯的汉子。出于对老月的尊重,有的人家甚至硬要将闺女许给二盒,只是姑娘自己不愿意才没成功。

　　姑娘跟二盒没法单独相处,因为她们与他在一起,觉得活着一点意思都没有。二盒身上的毛病很多,不是一句话两句话可以说得完的。他身上散发着奇怪的气味,主要是因为他不洗澡。他一坐下来就不停地挠痒,挠出"哧啦哧啦"的声音。他还真能打嗝,打得又尖又响。他在姑娘面前没有一点刚气,松松垮垮,站都站不直,三句话没有说完就拉起了知心呱,不懂道理。姑娘离开后埋怨:"连个家长里短都不知道,烦死人!"

二盒在街上走着,步子懒懒散散,身子像布带一样软。他东张西望,不知要干点什么才好。身上有股奇怪的要求,使他不知怎样对付。大街拐角处有猪的嚎叫声,他一听就知道又一头猪让屠宰手放倒了。他赶紧跑,鞋子都差点滑脱。紧跑慢跑到了跟前,可是已经晚了,最有意思的一截已经过去了,现在正该着给猪剥皮。

他看了一会儿,后来就不出声地走了。就在他走出五六步远的时候,他在心里做了个决定:杀猪。

一般讲屠宰手是不受人欢迎的。因为身上沾血太多,无论如何不够吉利。所以姑娘找对象,一般不找他们。一个人只有到了有家有口、土埋半截不思进取时才来做这个行当。一个小伙子要干这个,那么他就是豁出去了。"还能把我怎么样?"他是这个意思。

老月并没有特别地反对。因为在他眼里干什么都一样,都是吃饭的依靠。如果这小子真能因此而勤奋起来,那倒未必不算得一件好事。老头子这几十年里,儿子成了心病,他差不多让他给气死。"俺生了个孬种!"他对老婆子说。老婆子不爱听这样的话。她以为儿子是在爹娘面前耍小,故意不正干,等爹妈一闭眼,他还不是照例勤苦起来?她甚至认为自己的儿子漫长脸儿、大高个儿,长得不错。至于姑娘们嫌弃,那是因为她们狗眼看人!

小伙子说干就干,请示了队长,然后挽挽袖子就去学艺了。他在屋子角落里胡乱扒拉东西,弄得尘土飞扬。他要找些废铁块去锻几把不同形状的刀子。

他找了半天,突然喊了一声,他找到了一把锈成红色的长刀

子,一把很适合使用的好刀子,只需要把锈磨去就成了!他觉得自己真有福。谁知老月迎着喊声过来看了,脸一拉老长,喊了一声:

"放下!"

"怎么哩?"

老月一把夺下刀子,在裤子上抹了两下说:"这把刀子不能用,这是我的。"

"哎哟,真霉气,哎哟……"二盒哼着,搓着手。

老婆子过来了,埋怨说:"不就一把破刀子吗?你的,这家里还有不是你的吗?"

老月举起巴掌,差点打在老婆子脸上。他跺了一下脚,返身回了里屋。那把锈刀被他紧紧攥着。他把刀子放在不远处,看了一会儿,又凑近了端量起来。

真是把好刀,不过锈了一层。这一层蚀锈遮去了它的颜色和光荣。这可不是一把平常的刀!老月握住刀柄,横着一抢,听到了"嗖"的一声!

二盒走进屋来,看见爹在练刀,哭丧的脸又一下笑了。"嘿嘿,俺爹耍刀!"他拧着头对屋外的娘说。

老月长叹一声,蹲下了。

儿子也蹲下了。老月看看他,皱了皱眉,吸起了烟。

这样呆了一会儿,二盒又伸手了。他笑眯眯地向着老爹脚边的刀伸过手去——他想摸起它就跑,拿走也就拿走了,几天后老头子也就忘了这事儿了!他的手还没有挨着刀子,突然老月猛一跺脚喝道:"这把刀杀过人!"

二盒的手一抖抽回来。

他站起来,斜着眼望着那把刀,往后退着。他退着退着,退到了门框那儿,一撒腿跑起来。"你回来!你给我站住!"老月在后面喊了两声,他像没有听见。

"一个孬种啊!"老头子咕哝了一句,回到那把锈刀旁边。

四十年前一帮散兵跑到了河岸上,胡吃海喝,奸淫掳掠,无恶不作。他们把河边上的人可害苦了,差不多每天都有人放开嗓子哭。老月当年刚好二十岁,浑身是胆,摸了一把刀子就跑进树林子里去了。

半夜里,他从树林子里摸出来,摸进了河岸匪兵的窠里,砍他一个两个。子弹嗖嗖响,就是打不着他,他跳进河里会潜水。

后来不少人拿着叉子和棍棒,学他那样跑进了林子里。他们在大海滩、在河两岸与敌人兜圈子,死了伤了也不悔不怯,硬是跟敌人拼上了。

他们缴获了枪,都说老月该分一杆,可他摆手不要。他说他有这把刀就够了。这把刀已经砍死了少说有五六个敌人。

苦战了一个冬春,匪兵才算离开了河岸。敌人一走,他们这一伙儿又成了村里的队伍,负责保护村子。日子久了,有一支革命的队伍知道了他们,要他们加入。人家最看重的当然是他们的武器。

他们几个人一商量,说一声"中",就别了老婆孩子和爹娘,包一块干粮去了。谁知队伍上的人一个一个看了一遍,只要有枪的人,不要拿刀的老月。大伙儿都替他说情,那个领头的络腮胡子还是不要他。他最后终于火了,把络腮胡子好一顿骂,骂得对方真想掏枪打死他。有人劝阻络腮胡子说:"你可千万别惹了他,他手里的刀砍死了好几个人哩!"

就这样,老月参了军。这支部队打过不少胜仗,很多人都成了功臣。老月也有了一杆步枪,不过那把刀还是不离身。它被磨得锃亮,锋利无比,装在一个皮套子里。他们的首长就是络腮胡子,如今对老月已经十分器重了。这是个无比勇敢的年轻人,首长终于知道了。

老月后来也立了一个大功。不过这时战争已经快要结束了,他要回家种地了。首长挽留他,他说:"不中。"

战争中他负过二十多次伤,其中有一次子弹打进了嘴里,又穿过腮部飞出来。他的舌头受了一点伤,所以后来说话的声音特别粗重吓人。大家都说他是个革命的功臣了,他不应声。有人偏要夸他,夸得他不耐烦。到后来谁夸他,他就骂谁一句。

复员时,他特意把那把刀也带回去了。

想不到日子一累,这把刀搁起来也就忘了,锈成了这样。老月用拳头捶了捶膝盖。

老婆子在门口叫他,他走出去。原来老婆子在哭。"哭什么,盒儿妈?"老婆子一把鼻涕一把泪地说:"盒儿爹,咱孩儿要做个事了,你该成全他。他要把刀儿使你都不给他,他给气跑了……"

老月大骂起来:"你奶奶的!你也糊涂啊!你不知道这是什么刀吗?我身上的疤疤都跟它连在一起哩!你敢说这把刀的坏话,好哇!你的胆子不小,好哇!"

老婆子不敢哭了。

她睁大了眼去看那把刀,终于辨认出来。她两手揽在了怀里,身子一仰一仰地说:"哎呀!哎呀!我不说了,不说了……"

她记得有一天刮大风下大雨,有人在前面擂门。爹娘都吓坏了,起来把她藏到地瓜囤里。门给掀开了,有几个匪兵喝得醉醺醺闯进来,浑身淋湿了。他们用枪托捣爹和娘,把两个老人都捣得爬不起来。她终于忍不住了,一下从囤子里蹦出来,抬腿就往窗户上跳,跳进院里,又没命地往外面跑。雨真大,后面的匪兵往天上打枪。他们放开了两个老人,穷追猛赶。她跑呀跑呀,不知跌了多少跤,爬起来还是跑。她不小心掉进了一个泥坑里,刚爬出来,就被两个匪兵按住了。他们揪紧了她的头发看着,说:"真好真好!"他们扭着她往前走,前面就是一个黑乎乎的破碾屋。

她那会儿什么也不知道了,只等着死了。她想我非死不可,这遭谁说也不行了。她准备一头撞死在碾盘上,溅他们一身血!

这样想着往前走,一步一步比大石头坠在脚上还沉。眼看就要进门了,她心里说一句:"鬼门关到了……"这句话还没有说完,只见门内"刷刷"飞出一个人影,还没等她弄明白,扭她的两个人都倒在了地上。他们的脖子上都中了刀子。她吓得坐在地上,那个飞来的黑影又来拉她。她定了定神,看出黑影是老月!老月手里握紧了那把刀子,那会儿滴着什么……他两眼在闪电里喷火,正呼呼喘息,嘴里咕咕哝哝骂人哩。她吓得蜷起来了,蜷成了小鸡一样,全身直抖。

老月把她扛上了肩膀。

他们冒着大雨回到家里,两个老人全身是泥,坐在屋子当中,已经哭哑了嗓子。这会儿姑娘醒来了,一头扑到妈的怀里。

后来两个老人就把姑娘许给了老月,说:"她的命是你抢回来的,她不归你归谁?"老月粗声粗气地说一句:"中。"……

就是这样的一把刀,能交给那个儿子做那种活计吗?天哩,你个昏头昏脑的老婆婆啊!二盒妈一声连一声嚷:"俺再不说了,不说了!"

二盒开始杀猪了。他跟师傅学艺很用心,进步也快。他一天到晚围着油布扎腰,上面是血迹。姑娘们老远见了他,都赶紧躲开。开始的时候他负责扯紧猪腿,有时还要在猪腿上割个小口子,趴下身子往里鼓气儿,鼓饱了,再用绳子勒紧气口,用棍子噼噼啦啦地打。这之后,才是师傅剥皮。

队长在一边看,问:"二盒什么时候能自己动手?"二盒吸吸鼻子:"家什不行!"他是说他没有一副好器具,比如刀啦铁钩子什么的。队长说:"那容易。"他当即吩咐人去给二盒打制各种器具。

二盒从心里感谢队长,偷了块好肉送给了他。队长把肉收下,眯着眼严肃地说:"这样影响不好啊!"

二盒自己要杀猪了,快去看哪!快呀!

村里的闲散人儿全去了。大伙儿围上乱扭乱叫的一头肥猪,说不出的高兴。二盒站在木桌旁搓着手,他的前面是一溜儿锃亮的长短刀子和几个又尖又大的挂肉的钩子。他看着地上捆起的猪说:"你哼不了多一会儿了。"

二盒家里人来了吗?嗯,你看看老月站在人空儿里呢。"老月上前面来,你该往前来!"有人把他推过几个人,他有些不高兴。二盒一歪头看见了爹,立刻闭了嘴巴。

"看人家二盒吧,等一会儿要亮出武艺了,他能用膝盖顶住猪脖——它叫都叫不出声……"有人这样说。"好的杀猪人一个人就可以将大肥猪按在木桌上。"他的意思是二盒也该这样。

二盒吸着冷气,继续搓手。

有人端来了水,嚷:"还不快动手,听它干嚎!"

二盒往手上吐了一口,叫一声,弯腰就去解绳子。大伙儿一声不吭。他提了两次猪腿没有提动,大伙儿哄笑了一阵。有人看不下去,就帮他搬到了木桌上。他使劲用膝头顶住猪脖子,然后抄起尖刀,眼一眯,就是一下!

可惜偏了一点,血一溅,那肥猪一挣从膝下昂起脖子,接着一头拱倒了二盒。它嚎叫着一跳,把人群也吓散了。"抓呀抓呀!抄杠子呀!"猪的主人大喊,两手急得夯在身侧。他干喊,没人敢拦受伤的猪。

二盒爬起来时,那头猪已经跑得没了影子,只在木桌上留下了一小片血迹。

人们看着二盒,又回头寻找老月。可老月不知什么时候已经走了。

他是在二盒倒地的那一刻回去的。他在院里吸烟,长长叹气。老婆子问他他也不语。停了一会儿,他找块磨石,磨起了那把刀。

他想起了那刀锃亮的样子。这样磨好,他准备抹上油包好,放到一个好地方去。

磨啊磨啊,刀刃下边一点点的锈斑怎么也磨不去。这刀好锈!

他两手按紧它,又是一阵好磨。可是锈斑还是留在上边。慢慢的水儿渍透了锈垢,拍打两下,刀口上露出了豁牙和蚀洞——这把刀完了,不能用了。

老月站起来,扔下了刀。老婆子也过来看了,没有做声。

"不中用了,不中用了,跟咱那孩儿一样……"老月拍拍老婆子的胳膊,坐了下来。

外面又传过一阵猪嚎。大概大伙儿又把它逮住了。

1976 年

铺　老

干什么也不如干个铺老——常年在海边守渔铺的老人！这是个馋死人的行当,每天里就是吃鱼、喝酒、说热闹话儿！人上了年纪还有这样的福分,真是做梦也想不到啊！不过铺老一般都是熬出来的,打了一辈子鱼,岁数大了,领头的说一句:"你看渔铺去吧！"也就成了。

大海边上一个个渔铺里,就活动着这样的老头儿。他们闲了就凑到一起玩儿;大晴天里,他们就在白沙滩上闲溜,弓着腰,一副心满意足的模样。

海里并不是时时都可以打鱼,有时捕鱼人可以很久很久不来,比如严冬里和风浪天里。那时铺老们就要守在铺子里,自己过沉默的生活。他们吃的是备下的咸鱼或自己设法搞来的鲜鱼。在海边上活动,拣来几条好鱼不费吹灰之力。即便是在大雪封岸的严冬,只要有耐心地沿着海岸走上一会儿,一定会拣到冻僵的大比目鱼、海蜇和章鱼,等等。

铺老们都会做菜,都有一个油滋滋的小铁锅,有大把大把的鲜姜和辣椒。他们把这些东西埋在沙子下面,可以吃上一个冬春。他们亲手做出的鱼汤味道奇美,远不是其他人所能攀比的。这是一辈子练成的手艺,是海边生活最重要的一部分。

大雪天,他们几个人就凑到一个铺子里,喝滚烫烫的酒。大雪天都很静,无声无息,哗哗的海潮声也给关到门外去了。这真是个好日子啊!小火炉噜噜叫,铺子里热乎乎。几个老人盘腿而坐,把酒盅咂得嗞嗞响,谈天说地,有时还相互开个玩笑,真是有意思啊!

"老锛你这个老不死的,怎么能煮出这么好的桑叶茶来,里面加了冰糖吗?"

"土挠,日你……怎么抓到这么大一条老鱼?哈!哈!"

"小喜蛛,快起来吃口大鱼肉,别老躺着吸烟哪!"

几个老头子满脸都是神气,咋咋呼呼,喊着骂着,有时还噗噗捶上几拳,老胳膊老腿了,舒服得哎哟哎哟直叫。

老锛这个老头儿个子有一米九以上,谁看他都得仰脸。他奇瘦,胡子是白的,牙齿颗颗结实,他吃牡蛎不用家什撬壳,只用牙咬。他在沙滩上走路大步跨着,不紧不慢,像一柄锛斧在锛着土地。老锛可是个文雅人儿,说话慢,不太骂人,不过一骂起来就没有头。他没有上过一天学,不识字,手指很长像是捏过笔杆的人。他衣服比别人都整齐,穿了鞋袜扎了腿带子,所以他算个文雅人。

土挠是个能干的海上把式,很粗壮。他有耐性,有时为等一条鱼可以半天地蹲在海边。他常常趴下身子在沙滩上干什么,你过去看看他有什么道理,你看不出来。他离开地方,你才知道他又得了东西。他手里从来不空:三个大乌贼、两条刀鱼……有时他还能拣一杆橹、一块网、一根丈把长的竹竿子。土挠身体一年不如一年了,穿上了皮袄。他不耐冻了,这点上不如人家老锛。老锛半夜里踩着雪出去解溲,只穿一个裤头。

小喜蛛嘻嘻哈哈,人小手足也小,人老心不老。所有的老头子都照顾他,以为他力气不行。可是有一天抬船,他一个人扳住一端,昂一声大叫就把船头扳动了!天呀,他把力气藏在了哪里?看来他不是个好对付的主儿。从那以后,大伙儿不照顾他了。吃东西时,你一块鱼肉他一块鱼肉,平均分配。过去不是,过去只让小喜蛛尽吃。他的小手黑乎乎又软绵绵,捏起一撮鱼肉,嗖一下吸进嘴里,又吱一声饮一口烧酒。他的小脸一天到晚喝得红扑扑的。老锛说:"你这个女人身!"大伙儿都笑。老锛真文雅啊,老锛把小喜蛛糟踏得可不轻,不过又没使用一个脏字,你说让人服不服?老锛火了谁也得害怕,不怕不行。老锛坐在那里,理理胡子,咳嗽一声,大伙儿都得老老实实。其实老锛从来没对小喜蛛动一手指头,小喜蛛还是怕他。

他们很少是有儿女的人,不然他们也做不了铺老。他们当中如果有人有妻室儿女,他就成了别人嘲笑的对象。"你这个人哪,活得不利索!"他们都这样说。平时在一块儿,分东西吃、喝酒,那个有家口的人都要拣次的、挑小的用。因为大家都觉得他家里的人已经照顾过他了,他已经不错了。再说他又是个不利索的人——他会把这里的事情回家告诉一遍,把冬天或闲时铺里的一些事儿传出去。有这样一个人真不利索。

不过认真论起来,渔铺里好像也没发生过什么怕人知晓的事情。当打鱼的人多起来时,海滩上吵吵嚷嚷,不断有人在渔铺里出出进进,渔铺里还有什么秘密可言?不过认真观察一下就会发现,铺老们尽量不去过多地掺和那些打鱼人的事情。他们好像自成体系,好自为之。几个老人在震天的号子声里仍然安静得很,一起围坐或闲走,小声地说话,笑着。

他们的好时光应该说主要是打鱼人长期休息的日子。这时孤寂回来了,他们不受打扰的时刻也回来了。老锛在海边上拣回几个好看的玻璃瓶,涮好收起来,嘱咐一句:"不准出去说。"土挠把风浪过后推拥上来的竹竿和木板堆积在自己的铺子后面,也嘱咐一句:"不准出去说。"谁都明白这不是什么怕人的事情,可是还是觉得那句叮嘱是再好也没有的话了。

小喜蛛有老婆孩子,他过去常常回去看看。老锛每次都盯着他的背影说一句:"走吧,人离开了,他铺子里非丢东西不可。"小喜蛛每次离开都不忘把铺门锁牢,可还是有人寻空儿把铺门撬开,进去偷些东西出来。老锛说的一点不差。

偷东西的人正是他们的好友土挠。土挠听了老锛的预测,就迫不及待地让那句预测变为现实。老锛是个文雅人儿,可不能说了白说。土挠用一根钢筋弄掉了锁,爬进去,在小喜蛛的坛坛罐罐里找东西吃。他发现这里的腌鱼和咸菜都不错。他有一次还偷走了铺里的烟斗和小喜蛛的一件棉衣。

小喜蛛回来十分恼恨,埋怨几个老朋友没有给他长长眼色。老锛说:"不能。你是有了仇人——要不怎么一离地方就丢东西?咱可不能跟你一块儿积仇。"土挠嘻嘻笑:"一点儿也不错。"除了那个烟斗他要偷偷一用,其余的东西都埋在了沙子里。

后来,小喜蛛不回家了,只让老婆来看他。这下子可让几个铺老开了眼界。原来他的老婆个子高而且十分粗大,正好与小喜蛛相反。"他怎么娶来这么个东西?这不是自找麻烦吗?"土挠眨着眼对老锛说。老锛理着雪白的胡子,点点头。后来他就将两手抄在胸前,端量那个大老婆了。

大老婆脚掌很大,手也大,走起路来胸脯仰着,踩得沙滩噗噗响。她叫男人的名字总是拖长音儿,像喊猪喊狗似的。她的嘴巴又厚又大,嘴唇乌紫发青。她站在海边上看海水,又转脸看几个铺老,使劲咳了一声。

老锛文雅地站在一边。土挠使劲地在那儿抠挖什么。一会儿,他挖出了一支沙参。

大老婆提着包裹,一手揽起小喜蛛的肩膀,回自己的铺子里去了。

"这一个大家伙,我看很像个谋财害命的主儿。"老锛盯着她的背影说。

土挠说:"小喜蛛非让她气死不可!"

大老婆带来了酱瓜和玉米饼,小喜蛛就偷偷地拿来给几个好友吃。他们一块儿享用,还喝了酒。正喝着,外面传来了她的呼喊,老锛使个眼色,土挠就把铺门顶实了。大老婆无论怎样捶门,怎样叫,他们只是不理。这样喝了半天,个个都有些醉了。大老婆也无声息了。他们以为她一定是回去了,就开了铺门。谁知铺门刚开了一条缝,大老婆"呼"一下就扑进来,一把拧住了自己的男人,拧着他的耳朵拖出去。

小喜蛛一路吼着,跟大老婆回到了自己的铺子里去。

土挠和老锈在后面看着,一声不吭。老锈后来说了句:"不帮帮他,就对不起朋友了!"土挠点头。

这天夜晚,土挠在小喜蛛的铺子前蹲了半夜,想寻个机会下手,收拾一下那个大老婆。可是里面鼾声阵阵,什么机会也没有。后来他用钢筋从铺子外面往里扎一下,心想扎了谁算谁。他专往鼾声响的地方下手,轻轻地来了那么一下。只听鼾声停了,里面有个声音:"哎哟哎哟!"他听了撒腿就跑。

天亮了,小喜蛛捂着屁股走过来,对老锈说:"得警惕了,海里上来了特务。"他让几个铺老看屁股上的伤,"这是半夜里被特务捅的——他们想谋害我,怎么办?"

土挠认真蹲下来看了看,咂咂嘴没有说话。他心里十分后悔。

大老婆也过来了,她看看几个人,咬咬嘴唇,就进铺里坐下了。老锈正在铺子里煮鱼汤,锅边已经摆上了酒和盅子。这会儿锅开了,老锈招呼几声,外面的人进来,要喝酒了。大家刚一动手,大老婆就抓过一盅酒,一仰脖子喝下去了。大伙儿面面相觑,不做声。小喜蛛给老婆添了一杯,她又一仰脖儿下去。老锈咳了一声。土挠把酒瓶儿收起来。大老婆火了,拍着腿要酒喝,没有办法,一瓶酒只得让她给喝光了。她喝得满面红光,哈哈大笑,心满意足地在铺子里摇晃着。小喜蛛看着老婆,兴奋得哼哼呀呀。

这一天直折腾到天黑大老婆才离去。她一个人摇摇摆摆走进海滩深处,回家去了。小喜蛛一个人留在了自己的铺子里,空荡荡的。他垂着两手,在浪印上走来走去。

老铺走出去,跟在小喜蛛身后不远的地方,走得步伐稳健。他的大白胡子在暮色里泛光,看上去又威严又沉重。土挠也只得走出去,尽力地赶上老铺。"这个人,活得真不利索!"老铺止住步子,冲着前面那个矮小的身影努努嘴。土挠重复一句:"真不利索!"

他们这一天定了一条原则:不准家里人来铺里送饭。

他们都感到了严重的骚扰,好像损失巨大。其实大老婆送来了玉米饼之类,除了喝了一点酒,没有拿走任何东西。不过他们还是觉得这个女人如果频频出入海边渔铺子,那么这里也就没有任何幸福可言。

"你有这样的家口,还不如死了好——你死了吧。"铺老当中有人直言不讳地说。

小喜蛛擦着鼻子说:"好死不如赖活着。"

"赶空儿俺把你扔进海里去。"

"把你的小手一捆,扔到海滩上,让狼、狸子吃了你。"

"用酒把你灌醉,然后把你埋进沙里,谁也不知道。"

小喜蛛听着这些议论,连连说:"天哩,你听听,吓人!吓人!"

大伙儿哈哈笑了。

后来大伙儿对小喜蛛依旧,仍然一起喝酒、玩,过铺子里的生活。不过他们一提起他是个有家口的人,又都厌恶他,不能原谅他。铺老嘛,该是个利利索索的好汉,怎么能有那么些牵挂?呔!呔!真是一个——"一个不中用的东西"——老铺概括得再贴切不过了。

"咱也不是娶不上家口,咱不过不愿意要罢了。"老锛说。

大家一齐迎和:"罢了!罢了!"

"如果有了家口,好鱼就不能一个人享用了,出油的鱼尾巴就得给她留着,让她放进嘴里转圈儿嚼。"老锛操着手,又说。

"那是哩!那真是一点不错。"

土挠接上说:"俺在海边遇上买鱼的闺女万万千,哪个不想留在铺里?他们不馋我这个人,还馋鱼哩。大鱼一条一条,鱼肚儿发银光,谁不馋?咱思前想后,最后咬咬牙忍了,一拍大腿:自己过!"

"好!"

老锛大赞一声,喝了一口酒。他正在做鱼汤,这会儿掀开了木头小锅盖,伸进勺儿搅弄锅子。水中有一条花点儿银肚扁鱼,它的肉被汤浸松了,显得软软肥肥,油儿渗得很旺。老锛撒进大把大把的姜末和葱、花椒,四周的老人不停地咂嘴。

"不放醋能行吗?"小喜蛛从气味中感到少了什么。

"你怎么知道不放醋?馋猫鼻子尖。"土挠顶撞了他一句。

"你正经喝过几回好鱼汤?你知道该什么时候放醋?"另一个老头子问。

有人讪笑。

老锛像一切都没有听到,这会儿从铺子角落里摸出一个大罐子,一歪,哗一声倒进锅里一些东西。酸汽一下子扑满了铺子。这显然是失手倒多了。可是大伙儿伸出舌头舔着空气,都齐声说:"好好好,这才好哩!"

该喝鱼汤了。铺子里一片呼呼的快乐喘息。老头子们的手由于兴奋,早已经湿漉漉的了。他们转身找碗、筷子,找小瓷勺。哪有这么多碗。后来有人干脆用大贝壳盛汤,一口一贝壳,喝得比谁都快。

只有小喜蛛一个人从裤带上解下了一个搪瓷杯子,不慌不忙地舀汤喝。大伙儿都羡慕这个好家什,这会儿盯着看。上面有红花绿叶儿,有蜜蜂儿飞哩。杯把儿弯弯,像小孩耳朵。真好杯子!其实小喜蛛一年到头把它拴在裤带上,常备不懈,不过大伙不注意它罢了。终于有人问了一句:

"喂呀,你哪弄来的?"

小喜蛛一边喝一边答:"扑!俺老婆赶集,扑!买的……给俺拴上。"

老锛的勺子一声砸在锅沿上。

大伙儿停止了喝汤,然后一句句骂起了小喜蛛。骂了一会儿,老锛才高兴一些,伸手扭了小喜蛛一下。小喜蛛转着脖子躲闪,一边躲一边嚷叫:"哎呀,痒死了痒死了,嘻嘻嘻!"

大伙儿都笑。老锛停了手,带总结性地说:

"其实小喜蛛这个人不错,是他老婆把他弄坏了。你们想,咱要有那样家口,还能活吗?"

"对,小喜蛛不错。不错不错。"……

老锛蹲在锅台上,盯着小喜蛛笑,小声说了一句:"你这个女人身……"

1976 年

开　　滩

这个事不说没人知道:大海滩一年到头是封住的。它看起来平平常常,兔儿跑鸟儿叫,无边无缘的,其实一年到头都是封起来的。

封滩,就是一年里不准人进去砍柴、拾草、挖药材。一句话,想沾点大海滩的好处,那是不行的。

负责封滩的人叫常敬。他长得又粗又矮,只有常人三分之二高,剃了秃头,认真负责。大伙儿都说:常敬封滩,封得住;换了别人,封不住。

常敬脾气暴烈,而且在年轻时候不干人事。他积了不少怨恨,不少人想寻机会弄死他,所以他自己就警惕得很,大睁着两眼。如今上了年纪了,为人略好一些,不过仍然得不到别人的谅解。

他有武器,那是一支双筒小土枪。他个子矮壮,所以臂力过人,一只手就可以端起来放枪。"通通!"大海滩上一响起这种轰鸣声,人们就说:"常敬又放枪了!"

不过谁也不知道他放枪干什么。有时他用它打野物,吓唬进滩的人，还有时毫无目标地打枪，问他干什么，他说打鬼。

他在海滩上盖了个小窝棚，一个人拱在里面过日子。其实他有儿有女有老婆，有个不错的家庭，只不过不愿回家罢了。他老婆体积大约有他一倍大，据人说年轻时妩媚过人。他究竟用什么办法弄来她做老婆，所有人都以为是一个谜。于是有人就猜测，说是依仗了暴力。但更多的人不这样认为。他们眼里，常敬是个心生百窍的怪人，在他那里，几乎没有什么做不成的事，只要他想做的话。年轻时候，人们亲眼见他把小女孩儿撵得吱哇乱叫，在大海滩上一溜急跑。那些小女孩儿犯了纪律，她们在封起的滩上攀折树枝。

他像个狗一样趴在草棵里，听着四周的动静。他如果发现了什么，就一跃而起，蹿上去，没命地追赶。那些在大海滩上胡作非为的人，比如那些偷树的、砍柴的人，没有一个不怕他的。

如今他是老了，可是他的勇力不减当年。他还能一声不吭地在草窝里趴十来个钟头，还能晃着膀子在树丛中疾跑。"啊嗬！啊嗬！"他一边追赶逃跑的人，一边放开嗓子大呼，单凭这烈性十足的腔音就能把对手吓住。有的女人刚一跑，就被这喊声吓趴下了，浑身乱抖。谁也弄不明白他这个人从哪儿发出这样粗响的声音来。他简直是个发音的专门器具。

他的生活不错，一年到头有荤吃。他打下的兔子、獾和狐狸很多很多。这些东西除了他，任何人不准碰。别说这些，海滩上一草一木都不准别人动。只有到了开滩的时候，才允许大家来这里拾草——人们就拼命地拾草，趁机备下一年的烧草。不过这样的机会一年里只有一次，一般都是在过大年之前。开滩的日子里，也就是常敬最厌恶的日子。

如果他说了算，他就会把滩一直封着。那时他是这滩上的王，想干点什么就干点什么。无论谁，只要一步闯到这滩上，那么就得归他管了。他说你错了，你肯定就是错了。你还敢不服吗？他说自己是守滩的人，打死了人不偿命。没人去考究这是不是一条实在的法律，反正都被他那支双筒小土枪吓得要死。可是人过日子要烧饭哪，有时家里实在一点可以烧的东西也没有了，眼看就要停下生活了，那时也就不得不冒险了！每逢这样的日子里，常敬就力量倍增。他一下子激动起来，双目闪亮，在树丛里一蹦三跳，好像他天生就是与人争斗的脾性，没有争斗就不舒服。

"胆真大啊！"后来有人对那些冒险进滩拾草的人评价道。他们不理解那些人为什么竟可以连常敬都不怕。

"啊唬！啊唬！"常敬一旦发现了目标，就一边跑跳一边大喊，烈性的嗓门能传出几十里，差不多惊动了海滩上所有的野物。被追赶的人不得不抛下耙子和绳索，躬下身子没命地蹿。不过他们十有九个逃不出去。常敬在他们力乏下来的时候，猛力一跃骑上抖抖的身子，照准后颈就是一拳。被逮的人连声求饶。常敬烈呼："罚！"

那是可怕的惩罚，往往只一次就会让人记上一辈子。怎样罚要看他的高兴，没收拾草的器具是最轻的，其次是罚二十块钱、出几十个工，等等。没人干涉他的法律，这真是怪事。

有的妇女被逮住了，常敬照样骑上去。她们有的奋力搏斗，虽然无济于事,但总还算出了一口恶气。有的自知白费力气,就任他折腾了。他说:"敢不听大叔的话?"被他逮住的人都像鼠见了猫,不敢抬眼看人。他对妇女的惩罚丝毫不轻,而且有时还显得重一些。海滩上的草丛中,常常有刚刚被罚过的女人一路嚎哭向前走去,那凄厉的声音让人难受。

太阳在大海滩上落了,大地红红的。不少人咒那个管滩人,说:"让他随着日头死了吧,死了吧!"

可这是白费心思和口舌。他活得十分健壮,比一般人健壮得多,看样子会活一百岁。他随着年岁的增长,剃了秃头,越发精干英勇;而且不同之处,还在于他的嗓音变得更粗更烈,呼喊起来让人更加害怕。

不知有多少男人在打常敬的主意,他们都想杀了他——不过这主意怀在各人的心里,他们不敢联合行动。所以,常敬在好长一段时间里,并没有受到真正的威胁。不过,怀有这种心思的人多起来,溅血的日子迟早会来。

有一天半夜,常敬因傍晚吃了一只野兔,正香甜地大睡,好舒服。有个细长的黑影儿蹲在他的地铺入口处。蹲了一会儿,黑影捂着嘴呼唤道:"常敬!常敬!大叔!大叔!"呼了一会儿,里面的鼾声停了;又住了一会儿,那个矮矮的人儿弓着腰爬出来——刚一出门,细长个子一挥手,撒开一张捕鱼小网,顺手一收一勒,就把常敬网住了。常敬没命地在网里扑腾,撒网的人只不吭声,用脚去踏住,另外两手哧哧紧着网缏。小网越收越紧,常敬给勒在了网的当心不能动,说话也困难。细长个子把他扛起来就走。

"你要把我扛到哪里去?"

细长个子不吭声,只管往前走。

"我日你妈我饶不了你……"

常敬费力地骂了一句。细长个子回手就是一个耳光。常敬再不骂了。停了一会儿,他用牙咯咯地咬断了几根网线。细长个子急了,就把他放下,先踢几脚,然后往他嘴里塞了几根树条子。

再没有声音了。他扛上继续走。

当时是个深秋,天有些冷。他扛他走到了大海边上,找个没人的地方站下。肩上的人发狠地扭动。细长个子说:

"你做到了头,今个结了,喂鱼去吧!"

他说完踩着浅水往里走了一会儿,直走到齐腰深的水里,才骂了一句,一下子扔了进去。

照理说,常敬非死不可。

可是几天之后,他又拱在自己的小草铺里睡觉了——那天的风浪一会儿就把他扑上岸来。他连呛加冻已经昏了。可是太阳一照,他又活了,于是飞快地用牙咬东西,因为海水早把嘴里的树条冲掉了。咬了一会儿,钻出一个头;再后来,打鱼的人来了,把他放出来。

他花费了几年的时间寻访那个黑影,就是寻不到。

从那以后他更厉害了,警惕性增加了数倍,他在身上的贴近处配了刀子,夜间不脱衣裳。尽管这样,还是有人打他的主意。

有一天他正大睡,又被一阵叫声惊醒。这一回他没有马上钻出,而是弄明白了没有人蹲在铺口才出来。他走了几步,骂了几声。可是没有活动几步,他就被绊住。他狠狠一踢,两脚立刻被一种奇怪的绳扣给系住了——他明白这是打猎的人常下的狐狸套!"狗娘养的,俺杀你全族!"他大骂大叫,伸手掏出刀子弯腰割绳。割了两割没割动,这才知道下套用的绳子是铁丝。勒人真疼! 勒人真疼! 他急得刀子都握不住了。

有一两分钟的工夫,从近处的小树林里蹦出了一个人,他弯腰拾起什么就走。原来连住绳扣的有一根长索,他拖着常敬在地上跑起来。地上的棘子树茬,一齐划着常敬的身子,常敬没好腔地嚎叫,最后连叫的声音也没有了。

那个人看来不想弄死看滩的人,因为他拖一会儿,就停下来检查一次,看看死没死。最后一次他见常敬鲜血淋淋,喘息都弱了,就不拖了。他把半死的人放在那儿,就回头走了。走出了小半里,他又想起什么折回来,站在常敬身边。站了一会儿,他抬脚照准常敬的下身跺了一下。随着一声长喊,他这才匆匆地离去了。

这一回常敬离死只有一二寸远了。不过他的性命根儿真大,竟然还是活过来了。只是他的脸上结了些紫的红的斑痕,样子难看极了,让人看一眼心惊肉跳。

"他这遭真是个凶神恶煞了!"大伙儿都这么说。

常敬的家里人,主要是他老婆,比常敬害怕十倍。她以为常敬不一定什么时候就会被人弄死。她劝说男人放弃看守海滩这个活儿吧,可常敬根本就不考虑这个。他一如既往地住在大海滩上,像过去一样厉害,打猎也行,有时一天就能打十几只兔子、一只狐狸。他炫耀般地将一切收获都悬在树枝上,让它们在风中、在阳光下甩动不停。

大海滩上的枯草和落叶,一年里已经积了厚厚一层。人走在上面,像走在海绵上一样。"真肥呀!一耙子下去就是一堆!"经过海滩的人这么说。人们都等着开滩。

天快下雪了,还不开滩吗?

何时开滩是上级的事情。只要开滩的红纸一贴出来,各条大路小路上就挤满了人,一齐往大海滩上拥来。大伙儿又紧张又快乐,驾着大车小车,带着绳子扁担、锄头耙子,叫着喊着往前赶。"走啊!开滩了!开滩了!快呀!一走晚了没有了!""好家伙啊!有喝一壶的了!"……

他们嚷叫着进了海滩,立刻没有声音了。全都扑到地上干活,咻咻地用耙子搂,用锄头锄,还胆怯地四处瞄几下。如果那个矮矮粗粗的人背着手走来,他们就赶紧低下头。

常敬一会儿出现在海滩的这一边,一会儿出现在那一边。他像是会飞的人一样,随时就可以站立在一个地方。刚才一会儿还听见他在远处咋呼,可是一眨眼的工夫他就出现在近前。

他的伤痕累累的脸谁也不敢看。他见谁瞪着他看一眼,就睁大了眼直视着,一步一步过来。先看他一眼的那个人往后退着,连连喊"大叔,大叔……"不管是年长于他或少于他的人,一律称他为大叔。这是多年养成的规矩了。

有些不懂事的小娃娃见了干结在树上的野果,就欢呼着去摘。大海滩上有多少奇怪的东西呀!野果子红得发亮,干蘑菇、木耳,看见眼就馋。大伙儿没有工夫去收拾它们了,他们时刻不忘这是开滩拾草的日子。也只有孩子们去拣去找那些好东西了。可是孩子们总是受到呵斥,大人不让他们乱喊,从来不忘告诉一声:"常敬来了!"

"开滩了!开滩了!"小娃娃们躲在树林里喊。他们实在忍不住啊!

不少孩子逃开父母的约束,结伙儿往大海上跑。他们想看看大海在这会儿是什么颜色,有打鱼的人吗。他们一年里也不敢上大海滩一次。他们尽情地跑、跳,小腿儿飞快飞快。

他们一会儿就没了影儿,急得他们的父母到处去找。

常敬手里提着双筒小土枪,像是故意地寻机会亮亮枪法。有一只兔子跑在一个弯腰拾草的老汉旁边,被常敬通一枪打倒了。老汉开始还以为这枪是冲他打来的,一个筋斗翻倒了。其实枪子儿一粒也没有沾上他。常敬走过去,从他身旁拣起死兔子,慢悠悠地走开了。

有时候所有的人都停了手,没有一个人干活。他们都直着眼看去——

常敬的枪插在腰上,伸开两手像要捕捉东西似的,大步往前跑去。这真是一阵好跑。他这么大年纪了,跑起来呼呼小喘,飞也似快,还能在急速飞奔中绕过棘棵。他要跑向哪里?他又发现了什么?人们放眼往前看,什么也看不见。不过大家从他的跑势上,都判断出在海滩的那一边又发生了什么事情。

有人担心不在身边的孩子,有人担心老婆和女儿……他们焦急地蹲下了。

"这个……人,能活一百岁!"有人议论。

"天哪!天哪!"有人轻轻吐气说。

常敬往前飞跑,一会儿就看不见了。

有人确信他再也听不见了,这才压低了嗓子喊了一声:

"开滩了——"

大伙儿像他一样小声喊叫:"开滩了!开滩了!开——滩——了——"

1976 年写于栖霞

1980 年改于济南

叶　春

叶春是个知识青年，漂亮得没法儿说。她刚来村里时戴了个青色翻毛儿棉帽，短头发全遮住了。"她想装男的。"有人这样说。她怎么装也不像，因为她的眼和眉与男人根本不同。还有皮肤，太白，那真是大家都没见过的皮肤。

叶春如果像村里年轻人一样下田干活，大伙儿估计她会受不住。她该干点什么呢？记记账？做个工分员？做个保管员？学做技术员？反正得找点合适的营生给她。

大概这事难坏了队长老万头。老万头从她来了那天就皱着眉头。叶春叫他"万大伯队长"，他就"哎"一声，真正地笑一笑。可是她叫过之后，他又皱眉了。

叶春自己提出了自己的工作问题，结果把全村人都吓了一跳。

她说要学习赶车。

一般讲，女人赶车，这只是书上电影上的事儿，哪能当真？老万头连连摆手，说不中不中，别闹着玩了！谁知叶春十分倔犟，非要跟上学赶车不可。老万头难住了，就去找车老板酒坛商量。

酒坛赶了一辈子车,岁数不小了,也该找个接班人。可是他想不到会是个细皮嫩肉的姑娘。酒坛这个老头不错,平生只有两大缺陷,一是嗜酒如命,常喝得大醉;二是长了一副斗鸡眼,看人时样子极其可笑。他的神奇之处是酒醉后仍能照常驾车,而且从不出错。有人预料他早晚得掉在车轮下被车轧死,可这惨事儿看来没有什么可能。

酒坛连连摆手,说不行不行,反了她了,还想赶车!他甚至骂了句粗话。

不巧他最后骂人时被走来的叶春听见了,姑娘得理不让人,说:不同意就不同意,凭什么骂人?她非要酒坛讲明白不可!

坏了,老头子惹祸了。他的斗鸡眼慌慌地瞪大了,瞅瞅队长,又瞅瞅姑娘。姑娘说:"你说什么也没用,收下徒弟,这事儿就结了。"老头子大笑,拍拍膝盖说:"就收下又怎么样!"老万头说:"这事可闹不得,不兴反悔!"酒坛说:"那当然了。"

这事儿就这样定下了。从此有个女车老板了。叶春为了让老头子高兴,常常用自己的零花钱买点酒给师傅喝。师傅喝了酒话就多,说:"好孩子啊,告诉你吧,我这个人只要有了酒,你把我卖了也行啊!"叶春说:"俺怎么能卖你呢,你又不是个什么器具家什。"老头子哈哈笑了:"就是呀!我老婆子年轻时候就不懂这个!她那时候刚有了我的老三,家里没东西吃,就把我卖给了老地主赶车。老地主付了钱,吹胡子瞪眼对我说:'斗鸡眼,告诉你听好,你是我的了!'我点点头。其实我才不听他的哩——到了晚上,我照常跑回家去睡觉……"

叶春听了哈哈大笑。

老头子又说:"老地主家里好吃的东西多,酒也多,我就偷了吃喝——你知道,做饭的人也是苦出身,他跟咱交上了朋友。俺俩好得像一个人哩,到最后他把厨房的钥匙都给了我。我半夜里就开门进去,伸手抓了好东西吃,然后倒了酒就喝。好酒啊!那酒是玉米酿出来的,一股透心香味儿。那些日子真是好生活啊!"

叶春说:"可地主都是黑心肠,是吧?"

"当然,那还用说!他想把我当牲口使,让我为他卖命。他打错了算盘。我不吃他给的猪狗食,饿了就偷厨房里的东西吃,他能斗过我?白想!"

叶春点点头:"剥削阶级都是愚蠢的,而劳动人民才有智慧。"

"这话不假!"酒坛拍着腿说。

两个人在车上,随着车晃荡,快活得很。他们干了一天活也不知道累,不知不觉太阳就落山了。叶春试着驾过一两次车,牲口不太听她的。老头子说:"它们有个耳朵,听惯了我的话。等你跟它们熟了以后,也就行了。"叶春点点头。老头子又说:"赶车这活儿,说技术也有,不过不多,主要是个感情活儿。"叶春不明白了。"感情活儿"几个字让人太费解了。老头子把斗鸡眼转过来,说:"你跟牲口有了感情,牲口就跟你好——这还不明白吗?"

后来,酒坛给叶春讲了个亲身经历的故事,她才算明白一点。老头子说:"还是得讲感情啊!我赶的牲口都知道我的脾气,知道我是个软肠子。我待它们好,它们也不好意思跟我过不去。天黑了,我早早让它们歇下,干了一天累活,我抓几把豆子扬进槽里。

你当它们痴？它们最精了！什么都懂！我这辈子还没见过哪个人有它们聪明，比它们更重义气……"

叶春听不下去了，就插嘴道："大伯也不能这样说啊，是吧？"

酒坛生气地一拍大腿："嘻！我还能瞎说？没影儿的事咱从来未说。有一年上我去南山出车，半路上遇了大雨，大车轱轮直打滑。雨不停歇地往我头上泼，我想这回出车算霉气透了。我知道要出事，老觉得不祥。谁知道在一个下坡路上，车子一颠，我的身子软了，噗一下掉在车下。你想想那还能活？大车上载了石头，车正顺着坡往下轧，我躲都来不及哩。我心口上发烫，心想这遭完了，死在这里了，一辈子原来是这么完的。我正想着，谁知大辕子马像老虎一样呜哇一叫，低头咬在我的后腰裤带上，一扬脖子把我甩出去，那个快！就这样，大马救了我一命！你看看，这是我亲身经历的事儿，听见了吧！"

叶春惊讶地看着酒坛老人。她发现老人的斗鸡眼里，渗出了一层泪水。她用力点了点头。

叶春对老人有说不出的佩服。她天天与老人在一起，形影不离。村上人都说："别看人家是个知识女娃，身子真泼！"那是说她不娇惯自己。叶春仍然戴着那个翻毛小棉帽儿，衬着小脸儿，眼上长长的睫毛，真让人亲哪！小伙子们都说："这辈子要娶上叶春这么个媳妇，立刻死了也值！"知识青年当中也有男的，他们有的长得挺帅，也在暗中喜欢着叶春。他们听了村里小伙子的话，很不高兴。

大伙儿估计叶春早晚会跟一块儿来的知识青年好上，谁都认为这是合情合理的事儿。有一个知识青年长得不错,干活也肯花力气,特别关心叶春。他不久还当了政治队长,令人羡慕。他的名字叫魏铭。叶春说:"魏铭,你怎么老跟着我转?这样不好。"魏铭鼻子吭吭两声,说:"我爱……这样嘛!"叶春说:"那也不好。影响不好。我们年轻人主要就是考虑影响,不是吗?"魏铭想了想,说:"也对。"

后来小伙子就不缠她了。

酒坛老人教给叶春喝牲口,总嫌她的腔儿不对。"不能那样,甜滋滋的,这不行。要有虎气,一句是一句。"叶春直笑。酒坛老人说:"牲口是兵,你是将,一个口令出去,要有威。牲口上了路,就得龙睛虎眼,它专听你的口气。你那样吆喝,一会儿它就笑了。"叶春赶忙说:"不会不会,牛马还会笑啊?"酒坛老人眯上眼:"不信我就不说了。你自己慢慢琢磨吧。日子久了,你就会看出它们也会笑——你现在还不行,你看不出来!"

叶春不吱声了。无论怎样说,她也不信它们会笑。她不做声就是了,免得惹老师傅不高兴。"这回老头子可错了",她心里这么说。

有时候酒坛老人在车上打瞌睡,手里的鞭子松松的。她担心老人睡着了出事,但又不好意思喊醒他。人老了就没有精神,他太疲惫了。她这时就坐到大车的前边,这样有个三长两短,她帮老人一把也来得及。可是日子久了,老人常常这样,从未出事。而且她发现路上有了情况,他总是马上醒来,半点也误不了事。老人昏睡时她曾仔细端量过他:小脸儿凹凹着,眼睛眯成一线,小鼻子不大,硬硬地挺着。他的胡子不旺,有些黄,很随便地剪过几剪子。她看着看着,觉得这个老头儿十分面熟,好像很久很久以前就认识了似的。"这个人的心肯定好!"她在心里这样说。

日子久了,叶春知道了酒坛老人的家庭情况:两个儿子,一个老伴。老伴是个黑乎乎的老婆儿,小脚,总爱唠唠叨叨。叶春觉得她配不上老头子。老头子虽然是个斗鸡眼,不过说心里话,他一点也不让人讨厌。老头子的大儿子在公社窑厂烧窑;二儿子在外地当兵,已经快要复员了。她看过他的照片,那是个精神头儿很足的小伙子。可能是由于遗传的关系吧,他也稍稍有些斗鸡眼——不过很轻很轻,以至于不成其为缺陷,反而显得格外有神采。这真是个例外的情况。

酒坛老人十分喜欢他的二儿子,时常挂在嘴上。他说等这小子复员回来就好了,家里就有了帮手了。他说大儿子不行,大儿子不孝,娶了媳妇就忘了爹娘。"千万不能让他们娶本地媳妇,本地女人有个毛病——对公婆不好。"

叶春哈哈笑着。

村子里有个叫小豁的人,四十多岁,常常来缠磨酒坛老人,说要跟老人学艺,接下他的鞭子。老人说:"你眼瞎吗?不看见我有徒弟了吗?"小豁说:"哪能呢!她不过是从这儿顺路过过,哪里会长久!"叶春板起脸质问:"这是谁说的?我们知识青年就是要扎根一辈子!"小豁说:"别闹了,你们这一伙里眼看就要走几个了,慢慢的都会走光。本来嘛,城里人变不成乡下人……"

叶春觉得事出有因,再没有与他争执。晚上她找了队长老万头问了一下。老万头半天没吭声。停了半晌他才说:"事是有这么回事。上面来了招工标,要招回城里几个工人,点名要知识青年——看来你们一个也存不下了,早晚得走光了……唉,怪可惜!"

叶春听了,没说什么。她沿着一个大场边上的杨树往前走去。她不知为什么有些难过。本来讲好了是来一辈子的——上级给他们送行时还放了鞭炮,敲锣打鼓,这边迎接的人也同样敲锣打鼓。谁知上面又变了。如果大家都不走有多好呀,如果有走的,有留的,大家心里都不会高兴——走,还是不走?她想啊想啊,想得头痛。从大杨树这头走到那头,最后终于决定找魏铭商量一下。

魏铭正在找叶春。他见了她就说:"哎呀好找!我要走了,找你告别呢!"

"你走这么快?"

魏铭擦着汗,说:"嗯。我,还有一个,不知是谁——是你吗?"

叶春有些生气地摇摇头:"不是我!我刚来不久,刚拜了老师。我希望你也不走!"

魏铭的脸有些红了。他的脸突然就红了起来。他十分激动地看着叶春。半晌,他说了句:"你真好看哪!"

"胡扯!……"

魏铭擦着手:"我干吗哄你?真的啊!我不骗你……你真好看!"

"不准再胡扯!"

"不是!坚决不是——我快走了,我不能不把这句话告诉你……"

魏铭咬着嘴唇,像在用力忍着什么。叶春急得直跺脚。魏铭咕咕哝哝地说下去:"我想你啊,真正想你。我觉得你哪里都好,连小翻毛棉帽都好——其实你知道它本来是不好的,经你一戴才变得好了。我,我不客气地讲,我热爱你!"

叶春捂了一下脸,跳了起来。"你住嘴吧,哎呀,我听不下去了,住嘴你这个傻子!你要逃跑了,还说这些!"

"我可不是逃跑!"魏铭一下冷静下来。

"你离开广阔天地了,还说不是!"

"我是出去工作的,是根据上级下来的指标……我有指标,不是吗?我不是逃跑!"

魏铭急得快要哭了。

叶春叹了一口气:"我们当初不是说要在农村扎根一辈子吗?你,这么快就……就要跑开,大伙儿会怎么想呢?"

魏铭慢慢抬起头来,看着叶春,久久地看着。他的胸脯一起一伏,忽然说了一句:"叶春!"叶春也抬头看他。魏铭急促地说道:

"如果我们的关系能比同志更进一步,那我就不走了!"

叶春咬着嘴唇,摇着头,摇出了眼泪。

这会儿正好酒坛老人赶着车过来了,老远就喊:"你这俩孩儿在这干什么?"大车一会儿跑近了,叶春身子一纵跳上了车。

车远去了。魏铭站在那儿,两手抄在裤兜里,仰脸望着蓝天。

不久酒坛老人当兵的儿子回来了。酒坛老人高兴得不知怎么才好。他们家里一连热闹了好几天。队长老万头也高兴得合不拢嘴。这是个大喜大庆的秋天,看一地庄稼有多么旺盛!身穿黄军装的儿子一个人走在田野上,看着四周。他多么兴奋,大伙儿远远望见了他,都夸奖他是好孩子。大伙儿知道他见了庄稼,心里好喜欢。

叶春赶着车,替下酒坛老人——老人这些天真的喝醉了——年纪不饶人哪!她一个人驾车,觉得自由畅快。她慢慢把车赶到了复员军人身边,拉了车闸。小伙子转过脸来,她一眼看到了一张熟悉的脸:精神头儿十足的脸上,那双稍微有些斗鸡眼的……她突然觉得她已经跟他熟悉了很久似的。"上车吧,我带你转转。"

他们一块儿坐在车上。叶春与他没有多少话。可是叶春觉得他们在交谈不停。后来,复员军人终于问她了:

"你真的不准备离开农村了吗?"

"真的。你呢?"

"当然。这不回来了吗?"

叶春不吱声了。她的鞭子甩得很响,这是她跟师傅学的一招儿。

……

一年之后,村子里都知道叶春跟复员回来的小伙子恋爱了。他们看来准备在这个小村安家过日子了。村里的老婆婆拍着手说:"人哪,怎么还不是一辈子;要紧是找个好人,是吧?是吧!"

叶春和复员兵小伙子愿意在田间散步,散步散到了杨树下就停住亲嘴。她久久地吻着小伙子,一双手抚摸着他又硬又黑的头发,说:"真让人亲哪!"小伙子说:"俺觉得你在亲新农村哩!"……

1976 年

槐　　岗

槐岗上阴乎乎的,丛林茂密,小孩子都不敢去玩。夏天里,那里也透出一股冷气。各种可怕的野物都在丛林里蹿,有人说看见这个了,有人说看见那个了。

反正槐岗不是个吉利地方。

妇女队长小狗丽要领人去槐岗上开荒种花生,把不少人吓住了。

"小狗丽怎么了?这是真的吗?"……大伙儿都这么问起来。

队长大老耕胡乱骂人,谁都怕他,他不同意小狗丽就干不成,兴许是他的主意。可是有人亲眼看见大老耕骂小狗丽。

怎么回事?原来是上面支部里有人支持小狗丽。哼呀,这回小狗丽可算把大老耕得罪了。她大概忘了最初是谁提拔她的了。那是一个数九寒冬,大伙儿裹紧了棉衣到沙地上搞深翻,小狗丽领着十几个妇女跳到冰凌子里泼干。大老耕见了,一竖拇指说:"好样的!"这一年年底,小狗丽就是妇女队长了。

小狗丽大名叫汪美丽,可是没有一个人那样喊。她从小会唱歌,长得很细弱,声音也很小。可是她唱歌有味儿。"小狗丽唱歌了!"只要有人咋呼一句,四周的人就呼啦一下围上去,瞪着眼听。

谁也想不到这样一个病病歪歪的姑娘长那么泼辣。她小时候三天两头病,咳嗽,发烧,她爹她妈没命地跑去找医生。可是现在一眨眼也成了气候了。

妇女们都听她的,她说干什么大伙儿就干什么。这会儿她说开荒,妇女们就一块儿嚷:"开荒!开荒!"

"里面有狼,不怕咬着?"大老耕说。

"不怕不怕。"

"出来个特务,你们怎么办?"

"逮了他不正好?"

大老耕没话说。不过他觉得槐岗是个风水宝地,老辈儿人就这么说。他心里的意思是别破了风水。可是这个理由可讲不得,只能存在心里。他知道村里有个花生基地也不错,是件大事。可是那需要一大批劳力去做,是一场硬仗。再说那也是冒犯了禁忌……

小狗丽准备了不少镢头、镰刀、一捆捆的绳子。那里的槐丛和荒草被刨光之后,还要将沙丘搬平,要重新整地。如果遇上大旱天怎么办?看来还要打一眼深井。她们妇女队这样决定了:把开垦槐岗的任务包下来。

为了防备有个三长两短,大老耕让她们带上自己的老土枪。

她们要吃住在槐岗上,因为那里离村子远,来来回回不方便,再说夜间还要干活儿。一群女的土里扒窝,用玉米秸子搭铺,冷汤冷水,真够她们受的啊!不过她们一溜儿支起几口大锅,做饭的专门做饭,干活的专门干活,也真有意思!

男人们隔几天就去槐岗上喊她们回去,说:"孩子衣裳破了。"再不就说:"家也不顾了?"女人们有的半夜跑回去,天亮前再跑回来,真辛苦啊!小狗丽批评跑来跑去的妇女,说:"你们才出来几天?工作不顾了?"妇女们握住小狗丽黄黄细细的辫子,理一下说一句:"你不知道过日子的难处啊!"小狗丽不管这个,命令说:"不行,不请假不准回去!"大伙儿只好点头:"是啦!是啦!"

工地上进度不慢。一片片的槐丛给刨掉了,堆在一块儿。"咱这会儿有了柴火了!"妇女们高兴地说。大家做饭时就用晒干了的槐棵。生活很好,每顿伙食都能吃上玉米饼子、咸菜、熬白菜,有时还能吃上馒头、吃上鱼。

鱼是拉网的男人们路过这里时留下的。他们背上的柳条筐里有的是鱼,跟他们说说笑笑就能拿下几条大鱼来。一条大比目鱼有二尺多长,让大伙儿一顿好吃。鱼肉儿像雪那么白,鱼皮上的小鳞一粒粒像小盐花儿。"这鱼多好呀!这才是吃鱼哩!"妇女们一边吃一边议论。小狗丽说:"我们干活累了时,也去海边上帮他们拉网,那样吃鱼就多了,也不缺理。"

有人担心说:"听说他们拉网不穿衣裤……"

小狗丽皱皱脑门说:"不要紧。我们先让队上领导通知他们,然后……去。"

这真是好办法。就要有吃不完的大鱼了!大伙儿都争着去海边上拉网,有的干脆一扔镢头要走了。小狗丽瞪瞪眼说:"那不行那不行！这得轮着去，一人三天。"

后来，真的有人去帮忙拉大网了。去的妇女兴高采烈，回来时还忍不住地笑，怀里、背上，到处都是一条一条的大鱼。她说这是那些老爷儿们给的，他们拴好大鱼往她身上挂，还说："拿去吧，拿去吧，让姊妹们好好吃一顿！"

槐岗上垦荒的女人们有了好吃物！她们煎炒烹炸，鲜鱼味儿馋得人心里痒痒的。队长大老耕有一天来检查工作，磨磨蹭蹭不走，最后还是留下来吃饭了。

玉米饼子、鲜鱼汤，还有比这再好的伙食吗？大老耕大口地吃着，一口气吃了三个大玉米饼。这还不要撑破了肚子呀？好家伙，命也不要了！小狗丽问他："不来开荒，能吃上这样的好饭吗？"大老耕连连说"不能"。大伙儿都笑。

吃过了饭，太阳暖和和，红旗在风里呼啦啦飘，大伙儿全都高兴。有的唱歌，有的跑着玩，还有的摔跤。这真是劳动的好日子，是有奔头的日子。大老耕倚在一个草铺子上晒着太阳，看着刨去了杂树的白沙土上蹦跳着的年轻妇女，咕哝了一句："真是半边天哪！"

大老耕这天直到很晚的时候才离开工地。他与妇女们并肩干活儿，光着膀子刨地，一镢头就刨下一棵小树。妇女们夸："队长的劲儿真大啊，光吹不行，劲儿真大。"队长被鼓励了，干得更欢。他小半天的工夫就干了别人一天的活儿。汗水沾了沙土，挂在大老耕的胸脯上、脖子上，他擦也不擦，穿上衣服就要走了。

临走时他对小狗丽说：

"垦出槐岗来,值得。"

他走了。他思想通了——大伙儿都知道了,所以干起活来格外有劲儿。

小狗丽在休息时指挥大家唱歌,打着拍子,还把唱歌的人分成两拨儿,搞轮唱。有的大老婆们不会唱,一唱就走了调。她们说:"俺不唱。俺这不是耍痴气吗?"小狗丽非要她们唱不可,还说:"再不唱没有日子唱了,人活了一辈子就得有个高兴时候。"大老婆们说:"俺不唱也高兴。"不管怎么,小狗丽还是要她们唱。这一来,槐岗上热闹了,又干活又有文艺活动,生活得不错。大家都说:"工地上主要是伙食好,如果伙食不好,就没有意思了。"

队上常常送玉米面和地瓜来。送东西的人说:"你们这些老娘们儿,真能吃啊!"小狗丽代表大家回敬他说:"能干才能吃,你不看看俺这一伙干了多少活吗?"那个人笑着,连连点头。

一大片杂树都给清除掉了,剩下一片干净的沙土。夜晚,大家把晒干的树木点起火来,照得四周通亮。小狗丽就领人在火光里干活,说要不就糟蹋了这一堆好火。大火把不少远处的人引了来——那些打鱼的男人手里提着鱼来烧了吃,当然也分给大家一点。有的男人还帮妇女们干活,让她们歇息。真好的工地的夜晚哪,真有意思的劳动!小狗丽全身是劲儿,在工地上来来往往,指挥大伙儿干活,不知不觉就亮了天。

奇怪的是白天干晚上干,也并不觉得累。"这是怎么回事?"有的妇女不明白地说,"俺过去在地里干活儿,半天工夫就累了。"大家也都有同感。真的,这是怎么了?"怪事啊,怪事啊!"大伙儿都嚷。后来小狗丽总结分析了一下,说主要是劳动热情高涨,一高涨,也就不累了。"'人是要有点精神的'——毛主席也这样说呀,他老人家也这样说哩!是吧!是吧!"大伙儿心服口服。

小狗丽从来没有去海边上帮助拉网,因为她要在工地上掌握全局。后来所有人都轮了一遍,有人就催促,让领导也去一次,痛快痛快。小狗丽想了想,安排了一下工作,就去了。

拉网的男人穿上小裤衩,喊着,鼓掌,说:"女领导来了,欢迎哩!"他们又跺脚又拍腿,把沙土踢起老高,小狗丽沉着脸,看不惯。

开始干活了,小狗丽不得不学着他们那样儿,把小绳子系到腰上,再拴到主纲上。领头的喊起了号子,大伙儿就随着这号子往后用力,海里的大网一丝丝往岸上移动了。

号子越喊越热闹,开始词儿还干净,到后来就不太干净了。小狗丽一摔小绳儿离开了。领头的一看不好,赶紧停了号子追上她,一个劲地赔不是。小狗丽说:"怎么能这样?谁是出这些词儿的人?你告诉我!"领头的说:"俺说不出。"小狗丽说:"怎么说不出?说不出就是你!"领头的慌了,赶紧作揖:"好领导饶了俺吧,这可不是俺编的,这是老辈儿打鱼的传下来的呀……"小狗丽这才转回去。

继续拉网。小狗丽领人喊起了号子,她重新编了词儿:"拉大网那个呼呀咳!呼呀咳!呼呀咳!使劲拽那个呼呀咳!呼呀咳!呼呀咳!永向前那个呼呀咳!呼呀咳!呼呀咳!"……大伙儿喊了一会儿,都说没有意思。后来领头的自告奋勇编了新词,一扬胳膊喊了起来。大伙儿一听,一股劲地跟上喊,震得人的耳朵响。

"小狗丽呀么呼呀咳!好闺女呀么呼呀咳!来拉网呀么呼呀

咳！使劲干呀么呼呀咳！呼呀咳！呼呀咳！好闺女呀么呼呀咳！真好闺女呼呀咳！呼呀咳！……"

小狗丽的脸红红的,她觉得全身都烧起来了。哎呀这帮男人哪,嘴头子就是厉害。不过他们没骂人哪,他们也是好意。小狗丽不好意思跑开了,只好跟上移动的人们往前用力拉。

这一天小狗丽觉得时间过得太快太快了,好像一眨眼的工夫天就快黑了。她该回去了,领头的就让一个人搬来大鱼数十条,硬要她带上去。可是她带不动啊！有个壮汉子就自告奋勇地扛起鱼来,和她一起回工地去了。

工地上的人一天不见小狗丽,像隔了一年似的。她们都说:"俺离了领导就不行,离了领导,镢头怎么使都忘了！"

大伙儿那个笑！新带回的大鱼马上扔到锅里煮起来了,扔进姜葱、辣椒子,咕噜咕噜水响了,鲜味儿又飞得满天了。"吃大鱼啊！吃大鱼啊！吃了大鱼不睡了,干他一夜,怎么样哩？"有人建议。小狗丽拍拍手同意了。

工地上的进展越来越快,村子里的人来看了,都说了不得了,妇女们开天辟地了,从今后快没有槐岗了。他们担心那些野物没有藏身的地方了,今后会闯进村子胡蹿,让大伙儿不得安生。

大老耕建议槐岗的一半留下来,一方面长木材,一方面留块林子挡挡风沙。他的这个意见很好,小狗丽报告了上级,上级也同意了。

尽管留了一半槐岗,那些野狸子啊、獾子啊,还是不高兴。它们联合起来,趁人们不注意,偷袭了妇女们的铺子,大家费了不少事积下的干鱼什么的,全被它们掠走了。妇女们火了,大嚷说:"这是欺俺男人不在,不会使枪哩!非架上火枪打你这些杂种不可!非打不可。"

话是这么说,她们还是没有去惹它们。本来嘛,把人家安身的林子给刨去了一半儿,人家当然要发火的了。野鸡一天一天嘎嘎大叫,叫声刺耳,大伙儿都说那是在骂开荒的人。

夏秋过去就是冬天。冬天好冷啊!冬天里只得不停地生火。在这个冬天里睡在野外的地铺里可真是遭罪啊!男人一个一个来工地上叫人了,说:"小孩他妈妈家去吧,快在外面一年了,家去吧!"小狗丽代妇女们回敬说:"男子汉不来帮俺干一会儿,就知道拽后衣襟子!"男人说好好好,接上就帮她们干一会儿活。天冷得喘气都打颤,女人们用毛巾把头包了,只露出两只眼。她们跑着抬筐子,这样身上暖和。

干鱼全吃完了时,春天来了。荒野里的花儿开了时,工程也就结束了。下一场小雨,正好用来种花生了。花生出苗了,黑乌乌一大片。后来花生越长越壮,开了黄色的小花。"啊嗬嗬!多大的一片花生地,到秋天该收多少花生啊!"过路的打鱼人都这样呼喊。

大老耕常常抔着腰在花生地边上走着,望着另一半槐岗的丛林。黑乎乎的林子里,不时有嘎嘎的尖叫声。剩下的秘密全在那半片林子里了。

只要看到这片美丽的花生地,人们就会想到妇女的力量,想到一年来的苦斗,想到那个领头的小狗丽。

1976 年

二 辑

造琴学琴
石　　榴
玉　　米
蝉　　唱
战争童年
公羊大角弯弯
下雨下雪
在　路　上
人的价值
田　根　本
悲　　歌
告　　别

造 琴 学 琴

在学校里,我最羡慕的是那些拥有一把琴的人。他们拉小提琴、二胡、手风琴,弹拨三弦、打扬琴。琴是公家的,可是谁占了哪一个琴,那个琴差不多就成了他的了。他们都是老师和高年级的学生。琴是最神秘的东西,上面的弦发出的各种美好声音让我不解。琴比收音机还要古怪。

有了一个琴并且会使用,多么好!那样我就可以进学校宣传队,去拥军,去下乡,去让别人眼馋了。

我想买一个琴,什么琴都行。可是问了一下,贵得吓人。我明白我一辈子也不会有琴了。

绝望中听说林场里有个赶车人造了一把琴,我就跑去看了。一打听,事情不实。因为赶车的人有把二胡,不过不是他造的,是他家老辈人造的,传到他手里,已经很旧了。他多少会拉一点,赶着车也拉,拉很短的曲子。

我也要造一个琴。

赶车人四十多岁,没有老婆,叫老玉,是个挺好的人,就是爱打儿童。小孩子一缠他就发火,而且打人没轻重。他拉琴时闭着眼,有人一喊,他睁开眼,骂别人,用沙子扬人的眼。听说以前曾有个地方请他加入过宣传队,因为会拉琴的人手少。老玉去了几趟就跑回来了,说一起拉没意思。其实是他不合格。

我去找他求教,比如筒子怎么弄,钮子怎么弄,还有弓子——胡琴多么简单!主要是三四样东西拴上弦就行了。我怎么不能造一个?老玉说:"小孩芽芽还想造琴。"我气得慌,不过不想惹他,就说:"工人阶级帮帮我吧。"他骂我,边骂边把琴从被套子里面拖出来——原来平常他都是把琴藏了。他敲打琴筒,说这是用香椿树根做成的,杆儿是枣木做成的,钮子是槐木做成的。我问别的木头不行吗?他又骂我,说不行!

要造琴,先得找这些木料。

林场很大,可哪里有那么大的香椿树根?就是有,也不舍得割了大树呀!至于枣木槐木,比起香椿树根也就不算难弄了。我愁得一天到晚在林子里转,想狠下心偷伐一棵椿树。看林子的老头盯上了我,暗地跟着我。

没有那么大的香椿树!我差不多哀求老玉了,说:"凑付点吧,用个梧桐不行吗?听人说梧桐做成东西也扩音!"

老玉说:"再来犟嘴不教你了!"我只得重新去找。

又找了很久。我愁坏了。有一段日子我有些灰心了。一个偶然的机会,我听说南边有个小村,那儿有一个老太太,她家院墙外边有一棵大香椿树。告诉我这个消息的人说:"去看看吧,也不知那棵树死没死。"

我赶紧去小村里,一路上在心里念叨,那棵大树啊,快死了吧,死了我好挖下树根用呀——我的话如果老太太听见了一准会骂我。

到了小村一问,真巧,那棵树早就伐了,大树根子老大老大,正堆在一边准备当柴烧!我高兴极了,一蹦三跳地找到老太太,说明了来意。我提出花钱买这个大树根子。老太太生气地说:"送你送你,你也为了学本领搞宣传哪!"我取走了树根,给老人鞠了个躬。

老玉帮我用斧子修理了树根子,修成一个大疙瘩。我说怎么挖得成筒子?找场里的木匠吗?他说那不行——木匠做四方东西行,做圆的就不行了,这得找旋木头的旋成圆筒才行。

我想起学校里的二胡就有六棱筒的。老玉指指自己的胡琴说:"那不是圆的吗?圆的才好!"

我问:"到哪儿去旋呢?"老玉甩甩头说:"'九里涧,两头旋'。"我知道九里涧是个地方名儿。"那里专门旋木头,你去吧。"我费了好大劲儿才打听出哪里是九里涧,找到了旋木头的地方。

那个开旋床机器的师傅看了看我,摘下眼镜擦擦又戴上,说:"弄胡琴?"我点点头。他再不问,哧哧咔咔旋起来。先削掉多余的木边,接上摇着小铁柄儿往前推,小心极了。他甚至在木筒上旋了几道花纹。工人叔叔真好啊!真了不起啊!

我付了钱——他们只要一元钱!

离开时我又回车间看了看那个师傅。他问:"胡琴钮子呢?"我说没有。他说:"那也得旋。"我说:"我找了槐木再来。"他说好。

第二天,我就找了两块槐木,去旋了钮子来。

整个这些天我兴奋极了。我几乎天天要找老玉。老玉还是常常骂我。不过我离不开他了。他赶车,我就跟上。我想跟他先学一点怎样拉琴的知识,等我自己的琴造好了,再正经学习。我常在夜里想,有一天,我要突然从老师或高年级同学手里接过琴来,拉一段好听的曲子!让他们发呆去吧!

　　我的学习给耽误了,功课不太好。不过功课要追上也容易得很。那些出去搞宣传的,写村史家史的,常常耽误一个多月的课,到头来还不是补上了!

　　多好的一个琴筒啊!我找木匠钻了个小洞,小洞上要镶琴杆儿。我看着木匠的钻头响着,真怕它把筒子弄碎啊!老玉帮我削了一支硬木琴杆儿——为这个我将永远感谢他!因为硬木在我们这儿没有,到底哪里有谁也不知道。老玉说他来想法吧。他直到很长时间也没想出法来,我怪急得慌。可是事情说成也就成了。他有一天给一个地方拉木头,看到一个屋里放了一支废旧的秤杆儿,就顺手取了扔到车上。他把车赶回来,冲我叫着:"快来看,你这个馋痨!"谁特别想干一样事,他就管他叫"馋痨"。

　　我跑去一看,只见发红的一根小圆木,上面还有残留的秤星儿。我明白了!老玉举起,用指头弹几下,说:"真正的红硬木。你这个馋痨就是有福!成了,胡琴这遭成了!"

　　他削过红硬木,又用碎玻璃细细地刮过。琴杆儿刮得滑溜极了,他撸了两下。这么好的琴杆我做梦也没想到。把它镶到琴筒上,再加上钮子,几乎就是一个挺好的胡琴了。还缺什么?还缺一个弓子、一副蒙琴筒的蛇皮。弓子是藤杆做成的,细竹也行,这个好办。可是蛇皮呢？我真害怕蛇，怎么敢弄蛇皮？去店里买，哪里也没有。

过去我一直为琴筒什么的着急，这次一下子想到了蛇皮。老玉的琴上蛇皮带黄色花纹，那得多粗的蛇才行！老玉说它的蒙筒用料不是一般的蛇，是蟒———一种更大的长虫！

老玉整天骂我，我真想打他一拳。不过我事事都得求他，不敢得罪他。他骂我骂得好狠，没事了就叫我馋痨。他让我跟他出车，说有时拉木头，常能碰到蛇，如果有粗壮的，就打一条。我满怀希望，可又十分害怕。那条倒霉的蛇最好让老玉一个人撞上好了。

跟老玉常在一块儿，才知道他是个很脏气的人。他身上有股怪味儿。他几乎从不洗衣服，上面满是灰尘油污。下雨天他才把衣服脱下来，挂在绳子上让大雨淋一淋，太阳出来晒干了再穿上。不过他也挺有意思，心眼不太坏。

有一次我问他为什么不洗澡，他瞪大眼说："谁不洗？我要洗就不像有些人。我要洗就正儿八经。"我说怎么正儿八经。他说："俺忙了不洗，要有工夫，就跳到芦青河里洗上一天。捎带也摸几条鱼吃。一天的工夫，身上多结实的灰还不泡下来了？"

他的话也有道理。有一天他想起什么，说："星期天了，我领你去洗澡吧？"我说："好！"

我们去了芦青河湾。那里很多芦苇，水很宽，特别是河头那儿，像个湖。老玉脱了衣服，我发觉他身上一点不黑。他显得黑，主要是露在衣服外面的手足脸脖给晒黑了罢了。他的水性好，一头扎到深水里，半天不露面，吓死人。一会儿水面上鼓气泡，是他故意弄的。

他洗了一会儿,开始捉鱼。只见他像抱东西一样把手伸到靠岸的苇叶间,小心地一摸一摸,摸到了,就飞快一抃!两条乱蹦的鱼就让他给抃住了。他让我试试,我也伏下身子,小心地摸。我发觉鱼比人精,它们一被惊动,刷一下就蹿了。这怎么摸得到?老玉说:"你这个狗东西白瞎!你真是个馋痨,光想着造胡琴了。鱼是活物,还等你碰上它才跑?你的手觉得发热——鱼的身子烤你,你就猛一抃,鱼就在手里了。"

我费了不知多少工夫,也觉不出水里的鱼怎么能发热。鱼是凉的,人的手才是热的,老玉怎么会有那种奇怪的感觉?不过他真的能捉到。我到现在也觉得怪。

通过捉鱼这件事,我觉得老玉有很多值得我学习的地方。我比过去谦虚了。他主要的缺点就是骂人,不停地骂。他赶车时也骂牲口,一句接一句骂辕马,不过主要是骂前边的那匹灰马,说它奸滑、不正派,等等。

这天我们洗得好惬意,一洗洗了多半天。老玉捧起河沙往身上搓,说:"什么灰我还搓不掉它?"真的,他的身子洗得干净极了。这一次谁要再说老玉不干净,那就不对了。他洗好后站到岸上晒晒太阳,身子干了,又穿上那几件脏衣服。

往回走时,在河边树丛里发现了一条绿色的蛇。我尖声大叫,他低头看了看,说:"粗细够了。不过这是一条水蛇,不知行不行。"我问:"水蛇怎么了?"他说:"水蛇一天到晚在水里,湿气大,我怕它的皮做胡琴,一拉音儿发闷。"他说得很严肃,我觉得水蛇是不行的。

又往回走,穿过大片青草地。有一条灰溜溜的大蛇游过来了。我大叫了一声。老玉说:"你穷咋呼什么?打呀!"我折了一根树条,可就是不敢抽。老玉边骂我,边跟着蛇跑,并不动手。我说:"你快打呀!"他说:"跑了活该,又不是我做胡琴。"我急得快哭了,他才搓搓手,低头一捏,捏住了蛇尾。蛇头朝下,几次想往上举,都被老玉甩下来了。他不停地抖动,那蛇终于老实了。他又抖,然后放到地上,蛇就跑不快了。这时老玉挽挽衣袖,把蛇打死了。

剥蛇皮怪吓人。老玉身上又不干不净了。

我们把蛇皮放进沙里搓、水里洗,觉得干净了才拿回来。老玉用刀子细细地刮过蛇皮正反面,又用碱面搓了半天。晚上,蛇皮放在月亮底下晾干,经了夜露。我问为什么要这样。他说蛇是凉性东西,非这样弄不行。到后来蛇皮干了,有些硬。我们放在琴筒上比了比,发现宽度绰绰有余。

蒙筒子之前,老玉又将蛇皮用温水泡涨了。他说这样蒙上筒子,晾干了以后蛇皮才紧。蒙筒子费了不少劲儿,我们不得不请了木匠帮忙,并且要了他一点最好的胶。老木匠说,我给你上上漆吧。那真太好了!他后来给琴杆琴筒上了老红漆,给钮子上了黄漆。眼看一把胡琴就要成了,我觉得我是天底下最幸福的人。

最后就是制弓子了。藤杆儿用火烤着弯成了弓,然后是拴上一束马尾。马尾要从大马的长尾巴上揪,老玉怎么也不让。我急坏了,说:"你真小气,一毛不拔呀?"老玉又骂我,骂得脸红脖子粗,说:"你想疼死我的马呀?你拔拔你自己的头发试试。"我说:"你弓子上的马尾呢?不是拔的吗?"他咬着牙说:"不是!就不是!那是从一匹死马身上剪下来的。"

我又去找了饲养员,饲养员说不行。他说养什么就爱护什么,想拔马毛,那还行?

坏了,我的好生生的胡琴最后就卡在了几根毛上。我决心自己来处理这件事儿。我不信一道道关卡都过来了,最后会败在这几根毛上。我一天到晚往饲养棚里溜,只要饲养员不在,我就揪下几根马尾。那大马一被揪了,脊背就一抽一抽。看来它是有点疼。于是我也不好意思一次揪得太多,总想慢慢凑数儿。不过我太心急,不到半月的工夫,马尾就凑够了。

没办法,还得去找老玉,求他帮忙做弓子。老玉怀疑地盯着闪亮的马尾说:"哪里弄的?"我说:"这是一个同学村里的马死了,他替我搞来的。怎么了?"老玉说:"不怎么。"他动手帮我制弓子了。

想不到制弓子也这么费劲儿。主要是马尾难对付。上面的油脂太多,洗也洗不掉,洗不掉,而有一点点油脂,就没法做弓子。老玉把它们放在碱水里浸,浸去一层油,过不久又出一层油。就这么浸浸泡泡好几天,后来又用松香粉去搓。搓呀搓,揉呀揉,马尾全染成白的了。好不容易才把它们归束到藤弓子上。

拴了一粗一细两根弦,调一调,老玉拉开了。真好啊!老天,一把胡琴好生生地响,令人不能相信似的,它前不久还是树根废秤杆什么的。这声音差一点让我哭起来,我笑也来不及了。老玉表情肃穆地拉,一个曲子接一个曲子,也不嫌累。我说:"拉别人的琴不花钱哪,也不让我拉个!"他骂我,说:"你会吗?你的馋痨爪子一沾上就不是好音儿。"

我飞快地抓过来,拉了两下,真难听啊!

不过我仍然是高兴的。有了琴,难道还学不会吗?我把琴放在一边端量,觉得这是最好最好的一把琴,比学校那一些都好上十倍。夜间,我把琴放在枕边上睡觉。它的油漆味儿喷香,松香味儿也喷香。半夜里,我醒来轻轻按一下弦,发出"叮"一声。

我给琴做了个纸盒,平时就把它装在里面。

我该跟老玉好好学琴了。老玉说:"造琴容易学琴难。要想会,搬来跟师傅睡。"我同意了。妈妈不让我去,说那个人太脏了,我也就没去。老玉多少有些不高兴,一声接一声骂我。我有时从家里带点好吃的东西给他,他的态度才好一些。晚上,我待在他的宿舍里很久才出来。他的宿舍像狗窝一样,热乎乎有股怪味儿。他说他从来不晒被子,也不打扫。我说:"我帮你搞搞卫生吧?"他说:"穷毛病!"

我问他:"你为什么不娶媳妇?"他听了狠狠骂我一顿,我不敢再问了。停了一会儿他自说起来:"媳妇,哼,咱娶不来,也不馋。人怎么还不是一辈子。有了那东西过不自在,天天让她管着,这样吧,那样吧,烦人!我也见过那些有媳妇的人,比咱好了哪儿去?"他搓搓眼,抱起胡琴拉了一下。

我先学拉简单的音符。老玉的指头像棍子一样黑硬粗壮,可按在弦上,却能发出挺好的音儿。他告诉我指头怎么个姿势,怎么拉弓子,腿怎么放。我的左手老要往上抬,他就打了它一巴掌。胡琴原来真的难学,你用力不行,不用力也不行。它不听话。有时干着急,指头又不听使。有时想按下食指,可小拇指和中指跟上乱动。

我明白了那些会拉琴的人为什么那么傲气了!原来学这门本领是很难很难的。像老玉这样的赶车人会拉琴又会干活儿,简直就是百里挑一的人了!我学琴期间,对老玉的敬佩又增加了很多。

老玉让我每天拉上个把钟头。多么累人的事儿呀,我左手四根按弦的手指顶上磨破了皮,右手握弓子的几个手指头也磨得通红通红。我听不出有什么进步,甚至还倒退了。我越来越害怕听自己弄出来的声音!可老玉的话总得听啊,每天坚持拉上个把钟头。

老玉让我有时间就跟他上车。大车在没人的林间路上摇晃,老玉拉着他的胡琴。他拉的时候我只能看和听,不准说话。他拉上了瘾,闭着眼,说话他也听不见。我真怕车子没人驾出事。老玉有时给我讲解,说胡琴这东西,到老了也学不成,能成的只是几个人,那是命里定的。我听了赶紧批判他,他不服。他骂我馋痨什么也不懂。他说:"你怎么不学别的琴呢?那些洋玩艺看起来唬人,其实一学就会。你学胡琴,完了。"我说:"别的琴更难造,我没有琴学什么。"他不答话,只是不住声地骂。

老玉啊,你这个坏蛋,等我学会了琴的那天,我就不听你骂了,我抱着琴跑走,再也不见你。

不过,我也许会想念他的。我会想起造琴时他帮的那些忙,想起一块儿洗澡捉鱼的事。那天捉了一些鱼,我们在岸上烧了吃,没有盐。那鱼的腥气味儿到现在也不忘。人就是怪,恨一个人,到离开他以后还会想念他的。

老玉对我使出了久不使用的绝招儿。他说这方法相信学校里那些家伙都不会用。他把胡琴夹在腿里,然后只用一根手指按弦,居然拉出了一首短歌。他还将胡琴像三弦那样抱了,把弓子甩到一边,用指甲拨弦,拨出一首短歌来。

这真是奇迹!我怎么也不理解。我相信他是个了不起的怪人了。老玉多么好啊!他告诉我,琴要拉得好,主要依赖两种东西,一是耳朵,二是指头。那就要练耳朵了,清早起来到林子深处,闭上眼睛细心地听。看看能听出多少种声音来。

我试了试。我听见呼呼的风吹树声,还有鸟叫,还有远处的牛什么的在叫。别的没有了。

老玉说:"你不行。林子里少说也有几十种音儿,你辨不出,还能拉琴哪?你听不见顺着树枝底下传过来的河水声?听不见刷刷的声儿?那是小野物在暗里奔跑。还有丝拉丝拉的响动,那是树叶落地——一个接一个树叶死了。蛇、兔子跑,鹰逮鸟儿,都有自己的音儿。你好好听,听出来了,耳朵也就练成了。"

我没事了就到林子里去,练我的耳朵——这样的耳朵练成那天,弦上有一点点变化也听得出来。老玉说学校里那些人拉琴是瞎拉,他们没有练过耳朵。我练了一段时间,发觉林子里果然有不少杂乱声音,到后来,一个小虫在背后的树干上爬我也听得见了,我听见它的小爪一活动,发出铮铮的声音,像拨动小铜丝似的。

我把这告诉了老玉。老玉有些吃惊。他去听了听,说听不见。"你成了。你的耳朵超过师傅,肯定成了。"

接上他又让我练手指。他告诉我按弦的地方是手指顶,手指顶的那一朵肉不肥,按出来的音儿就别想好听。他摊开左手,让我看他的指顶肉。"肥不肥?"他问。我仔细地看,怎么也看不出。我只能如实回答说:"不太肥。"他一拍膝盖,"这就对了!我的指顶肉不肥,天生不肥,练也没用。我的琴拉得不错,不过再有大长进也就难了,因为指顶肉不肥。"

他让我没事就在桌子上、树木枝干上揉动指顶肉。"一边揉一边颤颤,这样!"他做了个样子。那模样真好笑,像得了一种抖手病一样。

我天天揉,手指顶到后来抓东西就疼,忍也忍不住,红了,肿了。我只得停下来。停了十几天,我去看老玉,一进门见他正在吃面条。他碗里的面条老粗老粗,像小蛇一样。一问,才知道他自己动手擀的。他说,要有老婆,就是老婆做面条——她们做面条细,不过不好吃。他的粗面条真香。他让我尝尝,我没尝。正说着话,他一把攥住了我的左手,翻来覆去地看了又看,最后大声说:"指顶肉有些肥了!"他立刻让我拉拉琴看。我拉了几下,他站起来说:"进步真大啊!"

我的脸庞都红了。我想我肯定是进步了。不知不觉,我已经学会了几首短曲子。我和老玉在车上时,他拉一段,我拉一段。有时我们调准了弦,同时合奏一首歌,那真是美妙极了。大车在林子里跑,我们一齐拉琴,呼啦呼啦使劲拉,谁不眼馋!

老玉说:"我还会唱!"他让我拉,他自己唱起来。老玉一唱歌就憋红了脸,脖子上青筋也出来了,昂昂大叫。他的歌与我的琴合不起来,响声也远远地压过了我的琴。不过我并不生气,还是尽力地拉。他停了,我也停了。他说:"馋痨拉得不错。"……这一天我们在林子里玩得高兴极了。他说:"你要是天天来陪我就好了,我教你学艺,你给我拉琴伴唱。你不用上学了,那是屁地方。"

我没有答应他。不上学倒是我没想过的。我还想学会了拉琴,到宣传队去呢!我的功课已经落下不少了,我已经违背了学校规定的"又红又专"。我想起来有些惭愧。

一个星期天,我抱着装琴的纸盒上学了。宣传队在排练节目,一溜人拿着马鞭子,一个教师一拍手,他们就一挥一挥往场上跳。同时,拉琴的一些人也忙起来。我站了一会儿,就回到了离排练地不远的教室,一个人拉起了琴。

我刚拉了一会儿,就听见外面的琴声停下了。我还是拉着,不一会儿,一帮人在教室门口往里望。一个大个子教师惊讶地说:"是你在拉啊?你还会拉琴?"我点点头,继续拉。又有几个人围过来,看我和我的琴。

那天可真把他们吓了一跳!那天真是难忘啊!

他们说:"你差不多可以进宣传队了。"

后来的一天晚上,高年级同学就邀请我来学校拉琴。我们一块儿拉着,每天都拉到深夜里,一点也不疲倦。冬天到了,我们拉得满头大汗。回家时,我一个人抱着琴,踏着半尺厚的大雪往前走,高兴极了。雪停了,天上晴了,星星一颗一颗,我那时突然想起了老玉。

第二天我放学后就去找他了。

他像病了似的,气色不太好,见了我一声不吭。他的头发更乱了,上面有些灰土和草屑。我叫他,他蹲在那儿也不应。我给他把头上的东西扒拉,捏下一根草梗。他的眼里全是血丝,鼻子两边有灰。我说:"老玉,你怎么了?"老玉不吭声。停了一会儿我又问,他骂了我一句。他要出车去了。我抱琴跳上了车,他也不阻拦。

　　老玉专心赶车,一会儿用鞭梢打打马儿。大车走得不快不慢。我坐了一会儿车,就取出了琴,一下一下拉起来。我拉得很慢,因为心里不高兴。正拉着,突然老玉把牲口喝停了,回头眯着眼看我。看了一会儿,他大声说:"拉得好!"

　　我心里挺难过,告诉老玉我这些天学琴去了。老玉说:"学琴怎么?学琴也不能忘本!忘本的人,没有一个是好人!"

　　我说:"我没有忘本。这不,我又回来了!"

　　老玉脸都紫了,说:"什么才叫忘本?拿刀杀了我才叫忘本吗?你一朝得了好,就忘了原来的师傅,这不是忘本是什么?"

　　我不做声了。

　　老玉得理不让人,把我使劲骂了一顿。我真想哭一场。我心里并没有忘记他。不过,我不能说每时都记着他。再说我早就有个离开他的念头,也不能老和他在一块儿呀。

　　老玉骂牲口,打牲口,大车飞奔起来了。大车跑到了最远的地方,还在往前跑。林子深处的路上没有辙印,长满了草,也有些窄了。大车在上面跑得多欢。老玉胡乱唱起来,破衣服脱了一半,穿在身上一半,像痴了一样。他让我给他伴奏,我就拉起来。他的歌是胡乱唱的,我也没法合谱儿,也只能胡乱拉一气。这样尽情乱来了一会儿,老玉哈哈大笑了。他从破麻袋里取出了琴,与我一同拉着。我们拉的是不同的歌,不同的调。他有时正拉着一首歌,半路又蹦到另一首歌上。

我从此以后一边上学,一边拉琴,有时间就来林场找老玉。老玉对我明显地好起来,不过还是常常骂我。他在林子里逮到一些好吃的东西,也留给我一点。

我的琴技越来越进步了,渐渐可以加入宣传队了。进队的一天,我高兴得不知怎样才好。我带着我和老玉自造的琴,坐在乐队里,浑身都是自豪劲儿。

宣传队下乡演出了,到部队拥军了,到处都受到欢迎。我们有时坐大车去演出,有时坐迎接我们的卡车,也有时自己骑自行车。我们常常在深夜里才从演出地往回赶,有时半路上挨淋。不过我从来没让一滴雨落到琴筒上。

有一次我们宣传队坐上了老玉的车。他一边赶车一边拉琴,逗得全车的人都笑。他不高兴地问:"笑什么笑,我拉得不好吗?"大家赶紧说好。

说真的,那时连我也觉得他拉得不太好了。不过我不说。他是我师傅。更主要的是,他这个人心眼好。

我永远也不会忘本的。

有一次去部队慰问战士,演出结束时每人分得一卷儿桉叶糖。我没舍得吃,带回来送给了老玉。老玉剥了纸吃一颗,说:"味儿不错。行,经常出去演吧,有好吃的东西多带些回来。"

我手里有一把琴,是令人羡慕的。只有我自己知道这把琴来得多么不易,学琴又是多么艰难。

  我要一辈子拉琴。

1976 年写于栖霞

1981 年改于济南

石　榴

树的年纪比人的年纪大,这好还是不好?人的寿命如果比树的寿命长,不是自然而然的吗?然而往往不是这样,不是……

姥娘小时候栽下的石榴一年一年结出甘甜的果实,可是姥娘早已去世了。我吃着石榴,用手掰下牙齿似的籽粒,就像在挖掘隐藏在这奇妙果实中的故事。

外祖父死得更早,他,我们都没见过。姥娘不怎么说他,好像是一个不会怀念亲人的人。妈妈告诉了很多外祖父的事情,使我们知道自己曾有一个了不起的长辈。

外祖父个子很高,很白很白,去过海外,做过一些惊天动地的事。他来到这座小城时,已经是四十岁的人了。那时小城还是敌人霸占着,一到晚上谁也不敢出门,连狗也不敢大声叫唤。可是外祖父夜间总不沾家。

"姥娘呢?"我问。

妈妈说姥娘夜里等男人回来,一夜一夜不睡。她不是个文化人,可她知道听男人的话。男人在做什么大事情,她心里明白。

来小城之前,外祖父骑过大马,打过裹腿,呼啸的子弹从他耳边飞过。他会使大刀,在马上劈着敌人。那时姥娘跟他一块儿住帐篷。外祖父有一次回来,姥娘给他脱衣裳,一脱靴子,里面流出一摊血。原来他伤了脚。

外祖父来小城时,后背上已经有了三道砍伤。那伤口有说不完的故事,可妈妈说不明白,姥娘也不讲。

姥娘的娘家也在这座小城里。小城里有个港口,敌人格外看重,因为要从这里往外运金子。外祖父快在外面野了半辈子了,又被人鼓动着,跟姥娘回来住。"小城的女婿来家了!"姥娘对熟人这么说。"你家姑爷在外做什么?"熟人问姥娘家里人。姥娘抢答:"做生意……"

这时石榴还在院角,通红的骨朵刚出来。姥娘说这是她小时栽的,喜欢得了不得,第一天就端了水浇。那不久有了妈妈,妈妈是看着石榴一次次结实、一次次被摘下的,心里所以也就装满了关于它的故事。

外祖父也真像个商人。他与港上的朋友交往,喝酒,打牌,什么都干,有时回来呕一些东西。姥娘为他擦身子,为他端水,从来不说一句难听的话。

"你家男人不学正经了!"邻居对姥娘说。姥娘回一句:"他是俺信得过的人。"接上再不答腔儿。姥娘搂着女儿睡觉,夜晚真长啊。天墨黑,没有月亮,狗叫一声姥娘就醒来。女儿哭了,她到院里摘一个石榴给她玩,女儿玩着玩着就睡了。

石榴好不容易熟了。外祖父把石榴摘下来,用一个大皮包装上提走了。妈妈说你一个不留吗？姥娘说你爸用石榴换回更好的东西，可好了。那时妈妈还小，她一听就高兴了。

两天之后，外祖父回来了。他一副十分疲劳的样子，胡子长长的，好像两天里老了好几岁。姥娘帮他收拾带回来的东西，从皮包里一个一个拣出石榴来——石榴没有卖掉！

那时妈妈抓起一个石榴就掰，姥娘伸手拦住了。妈妈大哭着。连个石榴都不让吃，还是自己家种的呀！

那以后不久小城里发生了事情：敌人从港口上运出金子，汽船走到半路被截了。这件事轰动了全城，都知道敌人的金子没有运走。金子给劫到了哪里，倒是谁也不明白的。敌人疯狂极了，在小城里搞搜查，对居民看管得更严了，动不动就抓人。

外祖父仍旧像过去一样，大部分时间泡在港上，港上的头儿换了，后来也还是跟他成了朋友。有一回港长还请外祖父去吃饭——那是一个礼拜天，外祖父穿上礼服，戴上礼帽，年纪不太大还要拄着闪闪有光的小拐杖。他挽着姥娘的手，姥娘死也不肯与他一同走。

那一回，外祖父真的火了。妈妈回忆起来还有些害怕。她说："天不早了，你姥娘还是不肯走。她一会儿说没衣裳穿，一会儿说出不得门。你外祖父气得把手杖都扔在地上。打我懂事起，记得这是他第一遭发这么大的火。"

当然，后来姥娘还是去了。她跟着外祖父，不情愿地让他挽着手。那天他们在港长家做客，玩得似乎并不愉快，因为妈妈说他们回来一句话也不说。姥娘坐了一会儿就去给石榴树浇水，用手把一个个枯叶和干枝扳掉。

石榴长得又大又好。邻居家都夸我们家的石榴长得好,那口气是想要我们送他们一个才好。姥娘别的东西什么都舍得送人,唯独送石榴不行。那时候小城人有个习惯,都愿弄一个大石榴摆在屋里看。一直等到它干了,干成一个小球似的也不扔掉。

姥娘的样子显得比外祖父年纪大,她的头发差不多白了一半。妈妈说给她梳头时,发现她的头上有一处大疤痕,一问,才知道是怎么一回事。

原来姥娘是外祖父家的一个丫环,后来跟外祖父好上了,她的婆婆就怀恨在心,拿起捶布的棒子,一下把姥娘的头打破了。那回她差点死了。她的伤好之后,外祖父表面上与她不再来往,后来在一个大雨之夜两人跑了,并且再也没有回去。

外祖父参加了革命的队伍。

姥娘跟着男人东跑西奔,过得不容易。妈妈说天底下的苦事都让老人尝遍了,她的身体弄坏了,肯定没有大寿。特别是外祖父的死,一下子把姥娘给击倒了。她也不知道自己是怎么活过来的,也许是恋着亲生女儿吧?

外祖父的死,妈妈还记得一点。她说那天跟平常一样,他吃过早饭,穿整齐,然后提上皮包到他的朋友那儿去了。天黑了他还没回来,而姥娘对这种事已习以为常了。又是两天过去了,姥娘沉不住气了——因为外祖父走时没讲要出远门。她到港长那儿,港长沉着脸,再也不像过去一样了,说:"你家男人走私金子,被抓起来了。"

姥娘拖着沉甸甸的腿回来。她托了几个人,他们来来去去传送消息。外祖父关在什么地方谁也弄不清楚。姥娘心里明白,男人哪里是走私金子啊!他才不爱财呢!他要爱财,就不会抛下万贯家产投奔革命了!

后来坏消息被证实了:外祖父早在好几天前——也就是失踪的第三天上就被敌人杀掉了。

他死在港口西北边的沙滩上。那里有一片矮矮的松树。

他死的前一天,设法托人转出一个石榴。他说这石榴是某某人的,是他的一位好朋友的。这个石榴谁也无权吃掉,只能送给那个人。过了好久,这个石榴也就到了姥娘手里。

姥娘捧着石榴哭啊哭,说天哪,石榴花儿像血一样红,结出的石榴籽儿也像血一样红!

妈妈也哭,姥娘哄着她。

姥娘千方百计寻找外祖父那个朋友,后来终于找到了。那是个长络腮胡子的红脸膛的人。他接过了石榴,用手掂着,泪水在眼眶里闪动。这样掂了一会儿,他当着姥娘的面把石榴掰开了。随着红色的汁水往下流淌,石榴壳儿啪啦开了,里面有一块金光闪闪的东西!

不用说,那是一块金子!

那个人紧紧握着姥娘的手说:"他是革命功臣……他为革命筹集了大量资金,战斗在小城里!他的石榴,都有一颗金子心,像他本人一样。革命需要医药,需要子弹,需要被服……这一切,他完成得再好也没有了。人民不会忘记他的。"

姥娘回来了。她一直就住在自己的小屋里,那里有她小时种的一棵大石榴树。从此她成了个沉默的人,不提自己的男人,也不愿与邻居交谈。

越来越多的人知道外祖父是个走私金子的人。邻居都说:"咱早看出来了,那个人不学正经。"

姥娘一句话也不说。她不想解释任何事情。她只是与女儿生活在一起,给她洗衣服,教她做饭、认字——她仅仅识一些简单的字,就全教给了女儿。

有一年春上络腮胡子派人送来一些钱,说是补贴、抚恤金之类的。姥娘流了泪。她不接受,坚决不接受。那人只好又带走了。

妈妈说她怎么也想不到姥娘历尽艰难还能活那么大年纪。她一直活到九十四岁。有好多年她是不被理解的,直到后来人们才知道她是一位革命的老妈妈。

姥娘去世了。小院里关于她的痕迹已经不多了。外祖父的痕迹更少。他的大皮包、他的衣服,早在他刚去世时就找不到了。只有那棵石榴树记录了些什么东西。

清明节时,我总要与妈妈做一件事情。我们要到海港西北面的沙滩上去。那里如今已经是松林茂密了,遍地开着野花。紫色的小果子干结在枝条上,那还是去年的果实呢!妈妈指点着告诉我那是外祖父的坟。我哭着,在心里发誓要继承他的遗志。姥娘的坟与外祖父的坟立在了一块儿。坟上开满了迎春花。

我认为天下的石榴没有会比我们家这棵更甜的。它的个儿大,颜色红,又圆又亮。它的花朵密得很,真正像火一样。石榴结出来了，我和妈妈勤于浇水、施肥，眼望着它长大。我想姥娘和外祖父如果看到它，会高兴的。

美丽的秋天又来到了。

石榴成熟了。我们做的第一件事，就是选两颗最红最大的石榴捧上，到松林里去，摆在两个坟前。

与姥娘不同的是，妈妈乐于把石榴送人。我们的邻居都吃过我们家的石榴。每逢石榴成熟的季节，他们就知道我们快送去石榴了。他们都把它摆在最显眼的位置上，这使我十分高兴。

尽管我知道这石榴是刚从树上摘下不久的，它不会与其他的石榴有太大的区别，可我还是一直企盼着奇迹发生。

我希望能在石榴里面发现点什么。

一个大石榴被我小心地、一下一下地掰开，红色的汁水流出来，石榴壳儿发出啪啦啦的响声。它全开了，里面除了饱满的籽外什么也没有……

——我常常这样做。

1976年写于栖霞

1982年改写于济南

玉 米

一

小麦割了以后,一片麦茬直闪光。土地一眼望不到边。土很硬,如果下场小雨,就该着种玉米了。

"下雨了下雨了!"大老婆老鱼仰面朝天拍着手,喊着。

她喊过了不一会儿真的下雨了。会计老边说她长了一张神嘴。

土地在雨后变得有点黑,有点软。开始种玉米了。每架犁拴上一头牛,在土上划一道沟,有人在后面撒种。后面的犁翻出的土正好盖住了前一道犁沟。最后,要用耢把播过种的土地耢得更平整。

"今年的玉米啊,我敢说能行。"会计老边扶着犁走,身子一扭一扭。

老鱼给他牵牛,胖大的身体比大黄牛还壮,所以黄牛不敢狂。她接上老边的话茬说:"过去种玉米等不来雨,就得泼地。今年好,一开头就顺。你的头真亮啊!"

老边是秃头。谁也不敢这么说,除了大老婆老鱼。他不知有个什么事儿被老鱼掌握了,所以老鱼最敢顶撞他。老边在村里是说了算的人。因为他懂账、识字多。这个村比较怪,队长反而没有多少权。

撒玉米种的是一个叫二盒的青年,他的眼一挤一挤停不住。谁都讨厌二盒,就是老鱼喜欢一点。二盒离他们近了些,老边就骂:"跟这么紧,想吃牛粪吗?"

二盒不敢回骂,心里却想:我跟在你后边,你是牛吗?二盒伸手到小瓢里抓一把玉米,一边往沟里扬一边小声咕哝"豆儿豆儿,四五六儿",那玉米粒也就真的四四五五地落到沟里,很匀。

二盒长得很瘦,全身发灰,他今年二十五岁了,没有提亲的。人们都说二盒已经不准备娶媳妇了。有人说也不一定,因为每年都有些过路女人,她们如果愿意落脚,跟二盒也说不定的。

老鱼在村里是一霸,不过大家都说这个人心眼还算好,不太欺负人。如果有人欺负她,她反过来再欺负你。全村里只有她一个女人穿短裤,露出黑红色的粗腿。她干活赤着脚,麦茬刺不疼她,多么怪。老边说:"你不怕脚板出血啊?"老鱼说:"俺不怕。你个男人干活还穿鞋,狗都笑!"老边呵呵地笑。

地里有数不清的人。一架一架犁子往前犁,像排了横队。犁子前边又是扬肥的老汉们,他们把铁锹一举一甩,肥料扬得又匀又广。跟在一架架犁子后面的是姑娘,她们的手巧,撒种才匀。"撒不匀种,到时候间苗就难了!"有经验的老人说。

夏天的原野上真热闹啊!多么好的夏天的劳动,夏天的播种啊！多么好的一个季节啊！雨后的天，没有酷热，没有飞扬的尘土，只有劳动的歌声，只有欢乐。

这个场面多么让人兴奋。一些老人说："旧社会种地，都是人拉犁，穷人哪有牛！都是大地主才有牛，大黄牛！咱穷人，哼，尽着肩膀使劲呀，一个夏季下来，流血呀！"还有人说："大伙儿在一块多热闹，累也显不出。有说有笑地干活多么好。旧社会，一家子在一块儿愁，种不上地，不顺心，就拿孩子撒气，噗噗打孩子的腚，孩子有什么错？冤！"

"二盒，你不觉着晃眼亮吗？"老鱼牵着牛，回身问二盒。二盒仰脸望望晕晕的太阳，说："不觉着。"老边喝停了牲口，手扶犁子骂二盒："你个孬种跟上说，我撕你的嘴！"

老鱼哈哈大笑，兴奋地拍起了手。

"快看啊，真好把式！"有人突然大嚷。

大家都停了手里的活去看，原来是有个扬肥的老汉在使飞锨——他光着上身，手里的锨左一甩，右一甩，只见肥料被扬到空中，扬到四周。他自己都干疯了，一口气把一堆肥撒光了，又撒另一堆。"真好把式呀！真好把式呀！"大伙鼓掌，喊，老汉就拼命地干。他的大锨在半空闪亮，两脚都快不沾地了。"真好把式啊！"大伙儿还在喊。

老汉的劲儿使尽了，大伙儿的喊声才歇下来。可是刚歇了不一会儿，又有人伸手指着嚷："快看！快看！"

原来是一个小伙子推了一大车子肥往前跑：他的手推车像压了座小山一样。他是怎么回事呀？他跑得那么快，小车吱嘎吱嘎响！他差不多是跳着往前跑,他一个人推了两个人的肥!"快看!快看!"大伙儿鼓掌。小伙子蹦着跳着更欢了,一大车子肥硬是被他推到了最前边去!

"现在的年轻人哪,了不得!"一个老汉对身边的人说。

"真了不得啊!真了不得啊!"大伙儿一块儿嚷着,给远处的小伙子鼓劲儿。

到了休息的时候了。大家放下手里的东西,拴了牛,身子一松往地边上走。会计老边坐到土埂上吸烟,笑眯眯的。有人大声喊着说:"快呀,谁来一段数来宝吧!"他嚷过了,没人吭声。大伙的目光全转到一个矮矮的男人身上:他蹲在那儿,肚皮乌黑乌黑,闪着亮。他有四十多岁了。大家就这么看了一会儿,突然他往手上吐了口唾沫,哎了一声拍打起节奏。

"快来听数来宝呀!"有人招呼离远些的人说。

矮男人两条短腿在地上一蹦一蹦,拍手节奏分明。他的脸都憋红了,就是不说话。大家知道他在编词儿,一时编不出来也就憋成那样。他好就好在每一次都编新词儿。这样憋了一会儿,新词儿来了。他跳着拍着说了一会儿数来宝,大家高兴得一齐喊他的名字。"真好样的啊!真好样的!"

听过了数来宝,一群小伙子展开了摔跤比赛。刚才推车的小伙子一口气把十几个年轻人都摔倒了。他拌腰站着,再没人敢上。

老鱼搓了一下手,叫着他的小名,说老娘跟你来一跤。小伙子想跑,大伙儿就起哄。小伙子见老鱼张大手臂扑过来,撒腿就跑。老鱼穷追不舍,小伙子腰弓着奔去。他们跑到了耢得平整的地中间了。老鱼的大脚一下一下踩下了深坑。原来大家以为老鱼追一会儿也就算了,想不到她两眼瞪着很认真的样子。看来她非追上小伙子不可了。

小伙子又跑了一会儿,呼呼直喘。老鱼几步赶上去,伸腿一个绊子把他绊倒。"好呀!"大家呼喊。

"你起来起来!"老鱼伸手指着地上的小伙子。

小伙子刚爬起来就被老鱼抱住。她的两只粗胳膊一用劲儿,小伙子就"呀"地一叫;又一用劲,他又一叫。"俺输了俺输了!"他嚷。老鱼不听,一弯身子,噗一下把小伙子放倒在地上。

大伙儿一阵高兴。老边从土埂上站起来,伸出拇指。停了一会儿他才发现什么,青着脸喝道:"看看糟蹋了玉米地!"老鱼转过脸说:"你瞎汪汪什么!"

姑娘们唱起了忆苦歌,一会儿有人唱得眼泪汪汪。有的一边唱一边爬到了树上,像一只老猫一样蹲在枝叶繁茂的树丫上。大家说谁家姑娘这么皮呀,歇息了也不安生。树上的姑娘说:"就不安生!就不安生!"有个人说:"把你给二盒吧!"

树上的姑娘骂开了:"你不说人话,狗眼看人……"她骂着骂着哭开了。

大家在她的哭声里一句一句夸二盒,都说二盒真是个好青年哪,懂得节约,二十多岁了还不舍得买根腰带,用布条扎腰——有一回扛麻袋,一用力,咔,布条断了,裤子掉了……树上的姑娘哭得更厉害了,到后来往下吐唾沫。大伙儿赶紧躲开,说:"不好了不好了,狐狸子撒尿了——二盒!二盒!"

二盒在哪儿?怎么一会儿工夫就找不见二盒了呢?有人东张西望,突然伸手一指说:

"看!"

原来二盒和大老婆老鱼坐在紫穗槐棵子那儿。老鱼半歪着身子,二盒一下一下给她捶着背。二盒捶一下,老鱼就满意地应一句:"嗯!"

二

玉米说长高就长高了。它们刷刷往上蹿,几天工夫长成一片玉米林子啦。

各种小兽都往玉米地里钻,它们不知从哪儿汇集来,吱吱叫,用劲儿闹腾。它们不伤玉米棵,不咬叶儿棒儿,只是借块荫凉地方。

"下田的人不孤单,有野物伴着哩!"上年纪的老人说。

有个老人告诉一件往事,笑煞人:很早以前村里有个孤寡老婆婆,天天到玉米地里看秋,一天天坐着。后来有人发觉她咕咕哝哝说话——跟野物说。一个秋天过去了,老婆婆交往了不少野物。她坐那儿,身上痒了都是野物给挠。收玉米了,谁也没有她干得快。为什么?因为她有野物暗助哩。你听吧,老婆婆一挥镢头,只听"嚓嚓嚓"响成一片,一大片玉米全利索了。老婆婆一动手搬玉米秸,只听得"嚓嚓嚓"响成一片,玉米秸一眨眼就搬完了!冬天里,老婆婆坐在炕上,外面有响动,老婆婆闭着眼就能叫出野物的名儿:"小三来了?"再不就说:"獾儿来了?"她什么都认得!

有意思啊！好啊！秋天是交往野物的时候啊！好啊！下地去呀！

会计老边给人派活都有自己的打算。他让手脚不灵便的老人去地里看秋，说他们坐在地里不乱跑，没人敢去偷东西；他让年轻人去浇地，说他们在地里胡窜，哪里跑了水发现也快；他让老婆婆们去捉玉米秸上的黏虫，说她们虽然眼神不济但心思却专，就像做针线活儿一样，一下一下能把黏虫捉得一个不剩！

老边估计错了！老头子坐在地边上，跟捉黏虫的老婆婆说起话来就没个完，他们什么也顾不得。天快晌了时，老婆婆才一拍膝盖说："捉虫呀！"她们每天都得把捉来的虫儿从衣兜里掏出来，让会计亲眼看一看。会计一五一十数一遍，记在账本上。

年轻人钻进玉米地里，没人找得见他们，早把会计老边扔到了脑后去。他们可不管水跑到了哪里，因为反正跑不到玉米地外去。在玉米林子里不快活，人这一辈子就没工夫快活了！他们隔着一片玉米相互骂架、抛土块打闹，说些热闹话儿。还有人捏着鼻子叫人，对方恼了也不知是谁叫的。他们在玉米垄里乱跑，有时玉米叶儿把手上胳膊上割出血来。

在玉米地里饿不着。这个季节好吃的东西就多了。玉米垄里有小野瓜、野葡萄、野枣；小嫩玉米棒子一咬一口白水，鲜死人！如果口渴了，就寻找发红的玉米秸子，它像甘蔗一样甜。

不知是什么野物在一旁乱叫，还会像人一样咯咯笑——刚开始还以为是个姑娘呢，小伙子们猫着腰钻着地垄往前找，找也找不见。它在一旁咯咯笑，大伙好好听了一会儿，认为是一只鸟。

姑娘与小伙子一块儿烧东西吃。大家将两个地垄的玉米梢子结起来，看上去像个门一样。每个人进门都得说一声："报告！"门里的人说："进来！"一个最好看的姑娘坐在门内，抱着胳膊，故意眯着眼。大家都说她这会儿是"大官"，任何事情都要请示："大官，玉米快熟了吧？""不熟！""大官，让二盒吃个烧土豆吧？""不行！"

二盒的眼挤弄着，常常被别人排斥在玉米秸门外。他威胁说："老这样，我报告会计老边！"大家说："正好没有叛徒打，你去报告吧！"二盒不做声了。

四十多岁的矮子男人吃了烧玉米棒，数来宝一支接一支，嘴角全是白沫儿。大伙儿吃过了东西，问他从哪儿学来这么多词儿。矮子男人说从老婆那儿。他老婆是个笨嘴笨舌的人，大家不信。不过他老婆年轻时候要过饭，走千村过万户，什么学不来？大家信了。

吃过东西大家就躺下睡觉，没有几个人真正睡得着。

蛤蟆一下一下蹦过来，跳到一个姑娘身上，姑娘说："呀！"

大伙儿不睡了。有人撩着流过来的水头洗了洗脸，然后去采乌米——这是玉米棵上生出的一种菌，在结棒子处结出一个乌黑的嫩球，可以用来炒菜吃。今年的乌米可有不少，一会儿就采了一大串。"俺爸最爱吃炒乌米，俺妈不爱吃。"一个小伙子用柳条扎起收获，高兴地说。

二盒早跑到捉黏虫的那些人那儿了。老婆婆们由老鱼带领做活，老鱼不愿跟她们在一块儿。但她又乐于做个头儿。她一见了二盒就打听年轻人干什么了。二盒不想告诉，就说："没干什么。"

老鱼不信他们一伙会安生干活,就撇撇嘴。"不准老拉呱儿,干活干活!"她冲老婆婆们一歪脖子嚷。老婆婆和看秋的老头子们盘腿坐着说话,听了吆喝只是一转脸儿,不怎么听。老头子们吸着长杆烟锅,一锅接一锅。老婆婆们拍打着腿说话,发出"喷喷喷喷"的声音。

"别小看了针头线脑的事儿呀,庄稼人的日子啊!"老婆婆们说。

"那一年芦青河发水,老边穿着翻毛皮袄上街,遇见了队长,打了队长一拳……"老头子小声说。

"哎呀,哎呀,不说没人信哪!……哎呀!"老婆婆揉揉眼,起身干活了。

"黏虫黏虫,黏上不走;忙了你的口,歇了俺的口!"老婆婆们一边把黏虫逮到衣兜里,一边念着顺口溜儿。

老鱼说:"年轻人不赶紧干活儿,一会儿老边来检查工作就晚了。"二盒说:"这么大一片玉米地,他找谁去?"老鱼叹口气:"要是让我管着他们也就好了,鸟无头不飞——你说呢?"二盒点点头。老鱼就让二盒领她找他们一伙儿去,二盒一犹豫,老鱼就拧了他一下。他们往玉米地深处钻了。

有个姑娘咯咯地笑。老鱼说:"你听听!他们在一块儿就知道疯,还有心思好好干活?"二盒说:"他们主要是烧东西吃。"老鱼咂咂嘴:"天天在地里泼吃,回家省自己的粮食,他们年纪轻轻心眼儿倒不少!你说说老边知道了能不发火?亏了老边不知道。"

有一个姑娘用乌米描了长眼眉,一步从地垄里蹿过来,正好撞上了老鱼。老鱼一愣,姑娘抬腿就跑。老鱼骂:"你这个狐狸精……"他们跟上跑了起来。玉米秸儿不断地碰他们的脸,一会儿就热汗涔涔的了。老鱼气得直喘,说:"非告诉老边不可,非去告诉他不行!"

正跑着二盒坐下来,说这里有个香瓜,快来吃吧!老鱼停了步子,见是一个又圆又大的野瓜,就摘下来。她给了二盒一半,自己吃一半。"多香的瓜!这么好的瓜集上都买不来……真甜哪!"老鱼把瓜瓢儿弄了一脸。她用衣袖胡乱抹着嘴,看了一眼二盒就愣住了!原来二盒坐在那儿,目不转睛地盯着她看,眼里有什么奇怪的神情。她伸手点了一下他的胸部问:"怎么了?"二盒咽一口唾沫,声音哑哑:

"大婶,我的事就全靠你了。"

老鱼惊讶地瞪大眼:"什么事?"

"媳妇!"

两个人再不吱声。停了一会儿老鱼站起来,两只大手拢拢脏兮兮的头发,说:"玉米地里有的是呀,你得捺住性儿,慢慢找……咱去吧!"

一对小伙子手持铁锨站在地垄上,见了老鱼笑眯眯的。老鱼的大脚噗一下踩进水浸的稀泥里,溅了两人一身。"都哪儿去了?这边来!"她喊。小伙子抧着腰:"你是老边吗?"老鱼瞪大双眼:"我是老边他妈!"

大伙儿哈哈笑了。二盒笑得直抖。

男男女女都从四面汇了来。有人把手从后背伸出来,手里捧了几个黑乎乎的熟棒子。他们把手里的好吃东西纷纷递给老鱼。老鱼接过来,放在鼻子下嗅嗅,大口咬吃起来。她一边吃一边对小伙子姑娘说:

"我年纪大了,不过不是老人性儿——我才不愿和那些老婆老头儿在一块儿。咱大伙儿一起我开心。今后做什么莫背着我,咱是一伙儿!"

大伙儿鼓掌。有人提议将她领进玉米秸门内,于是一个姑娘上来扯了她的手。

老鱼钻进低矮的小门,乐得一下子坐在了地上,两手拍打着土说:"这才是人过的日子哩!哎呀!大玉米地真好啊!真风凉啊!"

二盒小心地问:"你不能把这些事告诉老边吗?"

老鱼生气地骂了二盒一句:"胡诌!老边算什么!我管老边就跟管孩儿差不多!"

三

刨玉米秸这活儿你干过?那你就一辈子别想忘了!累死了,累死了!

收玉米是庄稼人一关。过了这一关,不愁吃和穿。这一关不好过啊!你得拿个小镢头,一棵一棵把玉米刨出来,像刨小树一样!人的心眼老要变——种玉米那会儿盼着玉米长得壮,到了收这一会儿,又盼它长得瘦一些。大高个子玉米秸刨不动啊!累人啊!

蝈蝈在地里叫,瞎凑热闹!庄稼人没心思听你唱。矮个子的数来宝俺也不想听了。"老天爷,可把咱给累死了,也不知南方人砍甘蔗是怎么干的。""人家累了有甜水哩,咱不行!""再说人家是用镰刀儿砍,咱得刨出这些根儿来!"……大伙儿汗湿衣衫,喘着,一边说着。会计老边虽然提个镢头,不过不太干活,主要负责在干活的人群后边检查。谁的土拍打得不净、谁的根子没有全部刨出来,他都要叫骂一阵。

一群小孩子、老太婆在前边掰玉米。只听得咔嚓咔嚓响,大玉米棒子就掰下来了。失去了棒子的玉米秸子看上去怪可怜的,它们在风中轻轻摇晃着,等着被人连根刨了。

一堆堆的玉米倒在地上。"多大的棒子啊!今年玉米得出来这个数——"老头子们捏着手指说。老边听了笑哈哈的。他的头顶在阳光下闪亮,眉毛上挂着土末。

干了一会儿,送水的来了,大家呼啦一声围上来。上年纪的人喝热水,年轻人喝凉水——送水的担子一头热一头凉。凉水是刚刚从土井里打上来的,热水里放了绿豆高粱。凉水桶里漂了一个绿色的水葫芦,它的叶儿梗儿毛茸茸嫩柔柔。干活的人咕咕喝水,像牛一样。他们的衣服都让汗水浸得透湿。

矮子男人后背干干的,老鱼一把揪住他问:"你怎么不出汗?"男人拍拍身子:"俺身子结实。"老鱼摇晃着去喝水,咕咕喝着还不忘抬眼去看矮子。二盒站在一边说:"大婶你喝凉水能行?"老鱼缩回水漉漉的嘴说一句:"能行。"一会儿两大桶水就喝干了,老边催促送水的人说:"快回去挑,小步跑!"担着水桶咣当咣当响起来。

休息的时候烧豆子烧嫩玉米,老边也参与了。大伙儿的嘴都变黑了,牙齿雪白。男男女女低头吃东西,吃过了就进地捉蝈蝈和肥蚂蚱,串到腰上。收玉米时节,家家都在酱油坛里腌上它们,吃饭时蒸蒸就是美味。

大牛车嘎啦嘎啦驶进地里拉玉米了。一大群妇女喊着老边,要求跟车干活儿。老边伸手点划着她们说你去、你也去……被点中的人里总有老鱼。老鱼不顾得吃东西了,一抬腿跳开,三两步跨到车上,一拍牛屁股说:"走哩!"

大车在刨过的地垄上吱嘎嘎往前走,老黄牛的大眼生气地看着一边的景物。几个妇女把车两旁的玉米棒子装在篮里,递到老鱼手里,老鱼再哗啦啦倒进车中。

"说起车老板,是个大混蛋,什么活不干,天天白吃饭!……"矮子男人在远处说起了数来宝。赶车的是个满脸胡茬的壮汉,朝矮子一伸手指,噼噼啪啪打了几个响鞭。老鱼在车上东晃西晃,说:"贱嘴货,等我有工夫给他几个耳刮子就是!"

玉米棒子全给拉到了场院上。

大场院夜夜灯火通明,老老少少全围上玉米坐了,剥皮儿,将玉米棒编成长长的辫子。多香的玉米味儿,多好的夜晚,天不冷也不热啊!庄稼人苦尽甜来,一年里还不就盼个这样的夜晚?谁剥下玉米皮儿谁留着,那又大又白的玉米皮儿喜煞人!全村里人都来了,连腿脚不利落的老人也来了。可不,老边站在街口上喊一嗓子:"剥玉米了——"谁还不出来?

一根根火绳挂在凳子边上,老头子吸着烟,剥得十分认真。他们眼神不好,两只手按住一个玉米棒子,像按住一头小猪。每只棒子都要留下两张皮儿,留着编辫子用——姑娘们把它编起来,编得好长好长。

小娃娃们不干活,围着玉米堆乱跑。老边不住气地呵斥着,谁也弄不清他呵斥谁。老边晚上要数玉米辫子,要记账,所以戴了眼镜。他戴上眼镜,模样一下子变了。

老鱼不敢跟戴眼镜的老边开玩笑。她觉得这会儿的老边可不是一般的人。她在灯下注视过老边工作:他伸手扯过一辫子玉米,三抖两抖扔到一边,在账本上画一下……姑娘们直眼盯着老边的手,嘴唇使劲缩着。老边说:"吭!"姑娘们吓得赶紧退开一步。老鱼心里想,老边有威啊!

老头子老婆婆絮絮叨叨说起古旧故事,渐渐吸引了年轻人。老婆婆越说越快,声音也越来越大,手中的活儿也越做越利落。年轻人有时要问一句:"后来呢?"老婆婆就白他一眼。老头子从来不问,那是听了一辈子的故事啊!每逢剥玉米的时候就听一遍,剥玉米的夜晚有专备的故事!

平日里听到好故事的人,都默默地记到了心里,专等剥玉米的夜晚。

"老鱼啊,你讲个!讲个!"戴眼镜的老边虽然忙于记账,耳朵里还是留意了大家的故事,这时抬头催促老鱼了。

老鱼剥玉米很专心。她与所有人都干得不同,别人一手按住玉米,一手轻轻掀开玉米皮儿。唯独老鱼用不着那样。她的手大,又格外有劲儿。她一手的虎口扣住玉米,另一只手狠劲一撸,玉米皮就下来了。她听着老边的话,接上说:"领导子叫俺讲,俺就讲……俺讲的都是亲身经历的事儿,俺不像有的人,诌南山扯北海,狗嘴里吐不出象牙。俺都是讲些家长里短,俺不像有些人,净拿大话吓唬小孩儿……"

"好!"老边喊了一句,用笔在本子上重重画了一道杠。

"俺要讲就讲真本实料的东西,不像有些人,净拿幌子晃人……"

"好!……"二盒小声嚷了一句。

老鱼掀一掀衣怀,说下去:"俺这人从小厉害。俺什么也不怕。小时,妈说:你姊妹仨听好,谁能一口嚼个红辣椒,这顿饭就让她吃玉米饼!俺看看大姐和小妹,见她们都不敢伸手,就一把抓住一个大红辣椒,一口嚼了咽下!俺妈说,真好孩儿,不怕辣,这顿饭吃玉米饼吧!大姐小妹呢?只能吃馇瓜干……"

"老鱼自小厉害!"老边摘下眼镜说。

"老鱼真厉害!"矮子男人说。

二盒钦敬地望着身边的老鱼,张大嘴巴喘息。老鱼又说:"小时,街坊邻居打俺,俺就往他屋里扔泥蛋、扔马粪、扔死鱼烂虾……男人欺负俺,俺就一手掐住他脖儿按在地上,问他敢不敢了。他一连声儿说:不敢了不敢了。俺这才放开他。"她一边说,一边飞快地剥玉米。

一场的人都哈哈笑。

有几个年轻人坐不住,这会儿就起来跳着,打个滚儿蹿到玉米堆上,身子倒立着往前走。有人鼓掌,老鱼就凑近了,用食指一捅年轻人的肚皮。年轻人哎呀一声倒下来。老鱼和年轻人在玉米堆上摔起跤来,年轻人没一个是她的对手。

"五十岁的人了,啧啧……"几个老婆婆议论起老鱼的身体来。

"她自小吃玉米饼啊!她能没有力气?"

"多好的玉米棒子啊,你看看,你看看粒儿饱鼓鼓,像牙齿似的;你再看看缨儿,像小孩头发似的;你放鼻子底下闻闻,哎呀,透心香!告诉你吧,新长出的玉米做糊糊喝,馋死人了!馋死人了!还有,新长出的玉米做米碴儿干饭,吃不够啊!他盛一碗,孩儿盛一碗,再给老人盛一碗,一碗一碗直冒白汽儿,满屋香啊!要是有心眼的人家,再去河里逮些小虾做汤菜,一勺一勺浇到干饭碗里,那才好哩!吃一口那样的干饭,死也值!死也值!……快剥玉米吧。剥吧!咱收拾的是自己的口粮啊!"

老婆婆们念叨着,伸手到旁边的老头子们那儿拿过烟锅,长长地吸了一口。

"这天多大的露水啊!你看,一眨眼工夫,我后脊梁上湿啦!"老鱼反手摸着后背,叫着。

矮子又说起数来宝了。

老边重新戴上眼镜,从镜片上方看看所有的人,一个一个看。

秋风吹来,满场都是玉米的气味……

1977 年 4 月,龙口

1989 年冬,济南

蝉　　唱

小蓓蓓住到了大果园里。爸爸妈妈把她送这儿度暑假,让她跟奶奶住到一起。

大果园里怪清闲的,那么多树,那么多花,那么多草,就是没有多少人。奶奶是一所乡间小学的老校长,从退休起就一个人住在这儿。除了她之外,大果园里还有一个人,那就是看果子的大眼叔叔了。

小蓓蓓常坐在奶奶怀里,当然和奶奶最好;大眼叔叔在园子里走来走去,一双大眼警觉地睁着,小蓓蓓有些怕他。有一次她在奶奶怀里问:"她为什么叫大眼叔叔呀?"奶奶说:"因为他的眼大呀!"

小蓓蓓第二天大着胆子走近去望了望他的脸,果然发现那双眼特别大。她转过身,"哈哈"笑着跑向奶奶,老远就扑了过去,搂着奶奶的脖子小声说:"嗯!"

"'嗯'什么呀?"奶奶问。

她用小手捂一捂奶奶的眼:"眼大,老大!"……

夜晚,风真凉爽。小蓓蓓吃了饭,像过去一样,看着奶奶给窗台上新插的一朵玫瑰添些清水,然后跟奶奶来到大树下。她还是像过去一样坐在奶奶的怀里,把头仰在奶奶的肩膀上,数树空里露出的星星……她说:"奶奶,讲个故事吧,你不是有好多故事吗?"奶奶说:"成天讲,哪来那么多故事呀!还是听听歌吧……"

"听什么'歌'呀?"小蓓蓓奇怪地瞅瞅奶奶的眼睛。

"听树上的知了唱歌。你听,这搭儿唱:'嘎呀嘎——';那搭儿唱:'啦啊啦——'……"

小蓓蓓乐了!她用心地听着树上的知了怎么"唱歌"。听了一会儿,她说:"我听出来了,它们唱'嘎呀嘎——','啦啊啦——'……它们大合唱来!"

奶奶笑笑说:"也有独唱。你听,这个唱:'笛——',那个唱:'咦——'……"

小蓓蓓跳了起来,她拍着手,模仿着奶奶的声调喊:"'笛——'!'咦——'!……"

正这时候,知了突然一下子都不叫了。

"奶奶!"小蓓蓓一愣,接着焦急地喊了起来。

"怎么了呢?"小蓓蓓问。

"怎么了呢?"奶奶也不解地站了起来。

老人听了一会儿,然后"噢"了一声说:"有人惊着它们了——林子里有人在吆喝什么呢!"

果真有人在大果园里吆喝着:"站住!站住——"

这呼喊怒声怒气的,由远而近,渐渐变得清晰了。小蓓蓓终于听出是大眼叔叔在喊。她有些害怕地叫了一声:"奶奶……"

不一会儿,大眼叔叔大着步子走过去。他背着一杆土枪,腰上扎着皮带,眼神很严厉,气喘吁吁的,一见到奶奶就问:

"见到一帮孩子跑过吗?"

奶奶用手拍打着小蓓蓓,笑眯眯地说:"没有呀!孩子进园子了吗?"

大眼叔叔没来得及回答,支吾了一声就急匆匆地走了。……

小蓓蓓见大眼叔叔走了,这才从奶奶怀里钻出来。她问:"奶奶,大眼叔叔的枪,打人用吗?"

"哪能打人呢!"

"那他怎么背着找人啊?"

"他习惯了,背着好玩——看东西的人都背的。"奶奶语气缓缓地说。

小蓓蓓又要说什么,奶奶眯起眼睛,把她搂到怀里拍打着:"你什么都爱追根问底儿呀!还是听知了唱歌吧,闭着眼睛听——"

小蓓蓓听话地闭上了眼睛。

她听见它们又开始合唱了。啊,合唱,它们在树的枝丫上一动不动地趴着,又没有谁打着拍子,怎么就能唱得齐整呢?知了,知了,真是天才的歌唱家呀。小蓓蓓听着,心里琢磨着,笑了。……听了一会儿合唱,她又在寻找那"笛——"、"咦——"的独唱。可惜没有独唱。她又捺着性儿听了一会儿,突然听到一个知了在不远的地方"嘎——"地叫了一声!

小蓓蓓睁开了眼睛——她立刻惊住了!

眼前,站着四个小孩子,三个男的,一个小姑娘。他们都一动不动,直直地瞅着她和奶奶。那鼓鼓的小口袋里,又传来"嘎"的一声。原来那里面盛的是知了——它在他们的小口袋里唱歌呀!

奶奶赶紧站起来,扳住前面的一个小男孩的肩膀问:"你们黑夜里来园子做什么啊?"

"我们……"小男孩嗫嚅着,回头看了看三个伙伴。

伙伴里有个大点的男孩儿追上一句:"来逮知了的!……"

"呀,逮知了的!……"小蓓蓓高兴极了。她蹦到他们跟前,非常友好地问:"知了好逮吗?它不飞吗?逮了多少呀?……"她笑着,问着,还伸开小手儿去掏前面那个小男孩鼓鼓的兜兜。

小男孩绷着脸,有些害怕似的往后退了一步。有个伙伴说:"给她看看!给她看看!……"

小男孩轻轻地张开小口袋,用两个手指捏住一个知了的翅膀儿,说:"你看——看见了吧?"说着,又放回口袋里。

小蓓蓓很不满足地望着那个鼓鼓的口袋。

正在这时,突然"噜噜"几声,有三个伤了翅膀的知了不知从哪个孩子手里歪歪斜斜地飞了……大一点的男孩说了声:

"追!"

孩子们跑去了。小蓓蓓自然也离开奶奶追了过去。

他们绕过了一棵桃子树,然后就不见了。……

奶奶一个人坐在果树下,远远地听那小脚丫儿踏在沙土地上的声音:这声音小极了,像小猫儿在地上跑过一般。这种声音只有最喜欢儿童的人才能听得出,就像只有音乐家才能捕捉到那些融化在空间里的音符一样……奶奶闭着眼睛,那样子安详极了。微微的南风送来一阵果子清淡的香味,她不由得又想起了窗前那支玫瑰——近几年她多了一个怪癖,总要在窗前放一支新折的玫瑰。她守着它,等露珠从花瓣上消散了的时候,她从不忘轻轻地洒上几珠清水……

又一阵重重的脚步声响起来了,奶奶睁开眼睛一看:噢,又是大眼叔叔来了。他那杆土枪还是背在肩上,那枪筒儿在月光下放着清冷的光。跟上次不同的是,他的手里攥着两个发青的桃子。他走到大树下,看了奶奶一眼,刚要说什么,一低头瞥见了地上踏乱的青草,略一愣怔,然后扭身就跑去了——他跑去的方向,正是刚才知了飞去的方向……奶奶预感到了什么,赶紧从树下站起来,喊了一声,大眼叔叔却没听到。"这帮淘气的孩子哟!……"她嘴里咕哝着,开始离开大树了。……

那帮淘气的孩子此刻在干些什么呢?

小蓓蓓领着他们,爬到了屋子西边的一棵大桃树上。这棵大桃树是她们家的,好多年前由奶奶亲手种下的。如今长得叶儿密密的。五个孩子藏在里面,手脚都不露。

他们没有抓得住那三个飞掉的知了。他们也不想捉。……刚从奶奶身边跑开,三个小男孩立刻变得垂头丧气了,那扎小辫的小姑娘,走着走着就抽泣起来……他们告诉蓓蓓:看果园的大眼叔叔要抓他们呢!因为他们逮知了的时候,看到了树上鼓鼓的大桃子,就一块儿"逮"下来了,又不巧掉在园子里几个,让他发现了!……

小蓓蓓问他们怎么办。他们说要到小蓓蓓家里去——关上门,那个大眼叔叔就找不到了。小蓓蓓答应了领他们在屋里藏了一会儿,又觉得不保险。最后,他们就一块儿爬到了屋外的大桃子树上……

　　桃树上风凉极了。他们坐了一会儿,倒把大眼叔叔给忘掉了。小蓓蓓把自己的名字告诉了他们,又问了他们,知道了那个大些的男孩叫"宝全",其余两个男孩一个叫"阿明"、一个叫"辛辛"。小姑娘的名字特怪,蓓蓓一辈子也忘不掉的:"蛋蛋"! ……他们原来离这儿不远,都是附近煤矿子弟小学的。……小蓓蓓一下子就喜欢上了他们。她告诉他们:知了会"大合唱",还会"独唱","不信你听呀——"蓓蓓学着它们唱道:"'嘎呀嘎——','啦啊啦——'……"

　　听着知了唱歌,这才想起找一找大桃树上有没有知了。他们在月影里瞅着,又用手摸着,结果一个也没有发现。大点的男孩(就是宝全)说:"这么多人爬上来,要有才怪。"阿明和辛辛却肯定地说"有"。宝全故意闭上眼睛,伸开两手摸着,摸到了两个人的鼻子,就猛地用力握住,说:"真有哩!真有哩! ……"阿明和辛辛一齐用拳头捣了一下他的屁股。

　　小蓓蓓笑了。……

　　他们正在树上玩得起劲,突然地上传来猛一声断喝:

　　"都给我滚下来!"

　　他们大气也不敢出了。

　　"滚下来!"

　　首先是蛋蛋哭了。她"呜呜"地哭出了声,一手抓住一个枝丫,一手抹着眼睛……除了她的哭声,大树上什么声音也没有了,小蓓蓓都听见自己的心在怦怦跳着,害怕地把食指咬在嘴里……月光透过桃叶儿的缝隙落在宝全的脸上,映出一对黑亮的、透着惊恐的眼睛。他犹豫了一会儿,终于第一个从树上跳了下来。

"都给我下来!"大眼叔叔看了看他,又向树上吼道。

剩下的孩子也下来了。他们像一群"小罪犯",可怜巴巴地簇在一起,头也不抬,只顾捏弄着手指。

大眼叔叔一个个端量着,走到小蓓蓓跟前,把她拎出来说:"你站这边来,你不是'小偷儿'……"

小蓓蓓被拎到了一边。但他刚一松手,她又回到了小伙伴一边,和他们一道,用惊惧的眼睛望着他……大眼叔叔将手里的桃子狠狠地摔到孩子们跟前,怒冲冲地说:"人儿不大,胆子不小啊——借着逮知了,偷起桃子来了!这桃子还是青生的,能吃吗?我今天非把你们和桃子一起,送去见老师不可!……"

孩子们吓得脸色变了,身子在轻轻颤抖。蛋蛋又呜呜地哭了起来。

宝全看看脚下的桃子,轻轻咬了咬嘴唇。大眼叔叔看到了,用手扭起他细细的胳膊,厉声问道:"口袋里是什么?桃子吗?"说着,伸手一掏,掏出了一把知了——它们离了手,箭一般钻向天空,发出了嘎嘎的惊叫……

这时候,奶奶来了,小蓓蓓大喊了一声,扑到了她的怀里……蛋蛋也叫了一声"奶奶",跑了过去……奶奶把她和小蓓蓓一块儿搂住了。她微笑着问大眼叔叔:

"你要怎么惩罚这些孩子呀?"

"非治好他们不可,不行的话,今夜就不放他们走!"大眼叔叔耸耸肩头的土枪,愤愤地说。

孩子们吓得大哭起来。

"让他们在园子里过夜吗?那他们的妈妈会焦急的!"奶奶收敛了笑容,皱皱眉头说。

"这我不管!看他们还敢偷不!"大眼叔叔坚持着。

小蓓蓓抹去了泪花,目光一直盯着地上的桃子。她这时突然喊道:

"他们没有偷!"

大眼叔叔愣了一下。

小蓓蓓从地上捡起桃子说:"这是我摘了给他们的。不信,你看呀,这不是我们家的桃子树结的吗?"

大眼叔叔惊讶地接过桃子,和树上结的对照着;奶奶也走了过来。他们都发现:地上的桃子和树上的一模一样,那桃尖往下有一道白线……这是园子里唯一的一棵"银线桃"啊!……

"这……这……"大眼叔叔嗫嚅了,看看小蓓蓓,又看看奶奶。

奶奶问:"我可以放他们走吗?现在?"

"可……可以!"大眼叔叔的一脸怒气很快换成了羞愧,这时一边说着,一边转身要走。奶奶向孩子们做一个"再见"的手势,然后叫住了大眼叔叔。她请他进屋子坐上一会儿。小伙子略一犹豫,最后还是跟她走了……

孩子们并没有马上离去。奶奶和大眼叔叔刚一转身,他们就一下子围上了小蓓蓓,把她抱了起来。

小蓓蓓激动得哭了。

宝全把口袋里剩下的两个知了给她;阿明和辛辛、蛋蛋,也都掏出了知了……他们要离开园子的时候,又想起了奶奶。但他们从门缝里看到大眼叔叔也在,就不愿进去了。

屋子里,奶奶望着窗前的玫瑰花,一双慈祥的眼睛久久地停留在上面。她像是自语般地说:"你瞧这朵玫瑰花多好啊!你瞧那瓣儿,粉绒绒的,我想再巧的手也做不出的。你嗅到了它的香气了吗?这香味都要醉人的……"她说到这儿,往花瓣上洒着清水,一边又说:"你知道孩子们叫你什么吗?"大眼叔叔摇摇头。老奶奶笑笑:"他们叫你'大眼叔叔'——瞧瞧,一双多大的眼睛呀,你如果会使用这双眼睛该不是更好吗?你只用责备的目光看他们一眼,也许孩子们就会记上一辈子的!……"

屋里,一丝儿声响也没有。大眼叔叔的睫毛垂下去,脸颊染上一层红色。

孩子们趴在门缝上往里瞅着,看看奶奶,又看看大眼叔叔,最后一齐望着窗上那束玫瑰,屏住了呼吸。……

这个夜晚,由于果园里的知了被搅扰过,所以一直唱得不甚起劲儿……

第二天晚上,小蓓蓓又和奶奶一块儿坐到大树下了。她还像过去一样,仰枕着奶奶的肩膀看天上的星星,闭着眼睛听知了歌唱……正听着,突然又响起一阵碎碎的脚步声,原来又走来几个小孩子,仔细一瞅,正是宝全他们四个。

小蓓蓓兴奋得跳了起来。奶奶愉快地迎接了孩子们。孩子们往后退一步,背着手站在那儿。

"怎么了呢,孩子们?"奶奶叫了一声。

"我们——"孩子们说,"我们昨夜里骗了奶奶!桃子,不是小蓓蓓给的,是我们偷的——偷您的……"

孩子们说完,又从后背抽出手来,拿出了一直放在身后的东西,递到了奶奶的脸前。

奶奶立刻闻到了一股浓郁的香气。啊!月光下,她看到了由四只小手握着的四簇儿鲜红的玫瑰!……

"奶奶,桃子摘掉就长不上了,我们保证再也不做那样的事了——我们用花抵那桃子……"

"嘎呀嘎——","啦啊啦——"……知了一齐唱了起来。

"笛——","咦——"……几声独鸣,掺和在一阵阵合唱的乐涛之中,显得特别悦耳。

小蓓蓓挽起伙伴们的手,蹦蹦跳跳地玩起来。

奶奶笑了。

1977年5月于栖霞

战 争 童 年

一

　　妈妈坐在门槛上,盯着晚霞,一个人轻轻歌唱着。

　　战争即将开始。我们家的东西已经藏起好多天了,牛六孩家的、山福家的、嘎嘎家的也都藏好了,可是敌人还没有来。"大半是他们害怕了。"我们几个琢磨着,感到一阵轻松。

　　第二天,大家决定到柳林里干点什么。因为忙着和大人藏东西,大约有一个星期没有去柳林。我们几个差不多是在柳林里长大的。无边的大柳林啊,对我们是应有尽有的最最富庶的天地。每逢到了秋天,我们是那样愉快地忙来忙去……早晨,起的要早,嘎嘎这东西真鬼,你什么时候爬起来,他就什么时候在村边等你了;山福是个懒窝货,他总让我们等上好长时间;牛六孩是个丢三落四的人,等我们人齐了要进林子,他却突然嚷着:"坏了,忘了带绳子……"还是嘎嘎心眼快,办法多,用拳头捅捅他说:"走吧,林子里有的是树根葛藤子……"早上进林子干什么?拣干柴。哪来这么多干柴?问乌鸦吧!这黑东西在我们这儿可多呢,一帮帮,一群群,吵吵闹闹,咕咕喳喳,没完没了地往林子里涌！到了林子里,它们也不安宁,一会儿飞下来,一会儿飞上去；只有到了晚上,才落到柳树上睡觉。常常一根干树枝上落了一个,又飞来一个……等干树枝被它们压断,它们又去寻找新的枝丫。满地的干树枝就是它们压断的！这些树枝又干又脆,拾回来填到灶里最好了！……晚上,我们是不爱早早睡去的。还要到林子里吗？当然。这时候到林子里,是要背一个口袋去的。脚步要轻、再轻,慢慢地、悄悄地接近林子。小心脚下！脚下的干树叶轻些踩呀……哟,摸着粗粗的柳树桩了,那好！那就顺着往上爬吧,口袋掖到腰里。在树丫上,小心地摸起来,如果有一个毛茸茸的东西碰到手上,那是乌鸦！握住脖子,它不叫；装到口袋里,它不叫。就这样,我们管这叫"摸夜鸟"。如果有谁不注意惊动了它们,就会四散惊叫,飞进林子深处——这是最扫兴的啦！吃过早饭,我们没事还是要到林子里去。拾拾橡籽、采采蘑菇、割割羊草、摘摘红枣……我们要干的事太多了。这一点上,我们永远不信哪里还有比我们更幸福的！他们别处的孩子见过这么多有意思的东西吗？见过这么多美妙的东西吗？对了,他们见过红得发紫、又圆又大、核儿这样小、肉儿这样厚的甜野枣吗？见过那些生在柳树半腰的、像金子一样黄、像猪肉一样肥、像小伞一样怪的柳树蘑菇吗？没有,他们肯定没有！林子里的沙土,全是金黄金黄的,上面长了一层浅浅的、密密的、绿得像湖水似的茸茸草。如果我们玩累了在草上躺一会儿,保险不会沾一点沙土！更叫人喜欢的是这草地上的一朵朵小红花儿,它虽然临近下霜了,却是越开越盛、越开越红、越开越多,常常一小片一小片开在草叶里,红得耀眼,使我们觉得柳林里正是春天!……我们拣的橡籽,全是一色的黄中透红。好干什么?什么都好干!如果把它们用麻绳穿起来,那就是一串亮闪闪的珠子;如果把它们的上顶儿去掉,把里面的橡肉挖去,在一旁钻个小洞,镶个结结实实的芦秆,就成了一个奇妙无比的小烟斗,如果送给一个老大爷,他会高兴得大笑呢!最后玩够了,可以喂猪,猪可爱吃橡籽了,它大口地嚼着,嘴里还哼哼啊啊的,仿佛在说:"香!真香……"无论是拣干柴、逮鸟雀、拣橡籽、采蘑菇、摘野枣,都是很有趣的。可你们千万别以为这是最有趣的。

这个早上,我们十几个伙伴又来到了柳林里。一个出生在芦青河边的孩子由于一个星期没有柳林而引起的那种思念,是任何一个外地的孩子所无法理解的。你好,我们骄傲的柳林!你好,我们美丽的橡籽!你好,我们的千百朵芬芳绚烂的花儿!你好,我们的柳林中的一切的一切——小鸟、虫虫、爱唱的蝈蝈和沉默的蘑菇们!你们所熟悉的那些顽皮的伙伴们又来了……

开始应该是有意义的忙碌——无论是我,还是伙伴们,如果从林子里连一筐蘑菇也背不回的话,那回家捧起饭碗脸应该发红的。大家分散开,但分散在一个不大的范围里:因为四散走开,各自相离很远,就会迷失路径。伙伴们各自忙着自己的:牛六孩拣干柴,嘎嘎儿采蘑菇,山福在拾美味的黄花菜,我们家不缺烧的,还存有一小筐蘑菇,也不稀罕那黄花菜,倒是想拣一些橡籽喂我们的小尖嘴(我给猪取的名字)。小尖嘴被我养了三个多月了,它长得顺顺溜光,胖胖扭扭,脊背上有三个拧起的毛花花。它认识我,我一走到栏边,它就"哼哼哼哼"地叫一阵。我懂得它的话。我知道它在要东西吃。我从篮子里抓出大把的橡籽,一边抛给它一边咕咚:"吃吧,小尖嘴!瞧你的花衣服今天弄得多脏,你一定是到烂泥里躺过了……小尖嘴!"我说不上有多么喜欢它。有一次妈妈揍了它一棍子,我哭了。它疼得"哼哼哼",我哭得"呜呜呜"……为我们的小尖嘴搞一顿美餐,我干得多快,一会儿,我的小篮子就满了……伙伴们收获都不少,他们更能干!

牛六孩,孩子们当中的头号大力士。他长得像那碾麦场上的碌子砘,上下一般粗,碱碱壮壮。有一次,我们几个人遇到了一个倒下的柳木,那树身又直又光,正好干点什么,可又搬不动。六孩说:"我扛一头,你们大伙搬一头。"说着弯腰扛到了肩上,我们就只好搬起另一头。一路上,我看他被压得晃晃荡荡,让他歇歇,他也不答话,只是用着劲发出一声声"嗯、嗯"来,可是听得出他在咬着牙。他果然一股劲扛到了家!有人说力气大,心眼就小——这我倒不信。不过我们的牛六孩确实是有勇无谋的人,无论对谁都是直心眼儿,是个好人。他穿个粗布衫儿,袒着怀,露着饱鼓鼓黑乎乎的肚皮儿,挺着胸脯。不知有多少大人们扯住他的胳膊,用手轻轻弹一下他的肚子说:"嗬,大西瓜熟了!"他就不好意思地笑着:"嘻嘻,嘻嘻……"

山福儿,最近我跟他闹了点小别扭,我背后可不说他的长短,人们自己可以一点点观察……嘎嘎儿!他是个机灵的猴子。他比我矮,比我细,脸儿白白的,头发黑黑的,两道眉毛细细的、弯弯的,眉下的双眼皮总爱一眨一眨做着丑态。有谁在林子里能追得上他!他那身子七扭八歪地灵便地穿着树空,有刺丛跳过去,有大树绕过去。还有时候你眼看用手能揪着他的衣服了,他身子一歪,头一低,"扑哧"闪你个筋斗,他又笑着跑了。"猴子!一个地地道道的小猴子!"大伙都这么说。

我呢?不是个粗胖子,不是个矮犟子,不是个细高个子,不是个脑袋像蒜头的丑孩子,也不是个一张嘴永不知闲着的快嘴婆。如果我眼前有一面镜子,那么镜子里肯定有这样一个孩子:睫毛长长的,睫毛里边有一对黑白分明的眼睛。脸有点圆,根本就不瘦;腮边的皮肤有些粗糙——可绝不是哭鼻子哭的,是风吹的,他从好久以前就不曾哭过鼻子!眉毛浓黑,这使整个脸都显得严肃。神情上能看出一些倔犟,非常倔犟!他穿着竖杠黑紫色的衣服,比较洁净;从衣领和袖口处露出的每一点皮肤,都是黑红色的……一个挺拔的、庄重的、在劳动中摔打出的孩子!

牛六孩把一捆柴往一棵树旁一放,喊了我一声。我一看,他从腰里"刷"地拔出了木头手枪。

这么说。大家手中的活都忙得差不多了,该开始干我们有趣的了!我也从腰里拔出了手枪,那枪柄的红绸被风吹着,闪着耀眼的红光。我吹起了哨子,"嘟嘟"的响声压过了各种鸟儿的喧哗,也盖过了林涛呼呼的吼叫,一场战斗即将开始。

这是一种最激烈的战斗,一场家里的大人都不曾知道的林子深处的战斗。

我们将分成两支队伍,开始我们的冲杀……

我们当然有我们的英雄,我们的英雄也是无敌的。

牛六孩不久就要被活捉了！我指挥队伍将作最后的战斗，脸上挂满了胜利者的微笑！……

正玩着，却传来一阵意外的枪声！啊，真正的枪声！快从游戏里解脱出来吧——大家伫立着，谛听这突然的、一阵猛烈似一阵的枪声……这枪声仿佛就在南边不远的地方炸响，就在林子里——难道、难道敌人真的来了吗？我觉得一股热血呼地冲到了头顶。

枪声清脆了，这枪声大概离我们顶多有十来里地，是的，不会再远了。

我主张去看个究竟，就让其他的伙伴们赶快回家，只和六孩、山福、嘎嘎向南跑去……

二

也不知跑了多远，反正我们觉得离枪声越来越近。我的心跳得飞快，那"扑通扑通"的响声仿佛都听得见。我们自己也不知道为什么要向着枪响的地方飞跑，是要去看看敌人是否来了吗？是要去参加一场真正的战斗吗？好像是，又好像不是……

枪声不知怎么稀疏了。牛六孩停住脚步说："我们回村吧，回村把情况告诉他们。"

我摇摇头。

山福儿的脚步一直是迟缓的，常常落在我们的后头，这时他犹豫着。

我说："害怕的回家，不害怕的咱一道去看看。"说完就抬腿向前走去。

伙伴们当然没有一个回村的。这里已经是陌生的林子啦,我真记不起是否来过哩。林子开始稀疏了,虽然树种依然是以柳树为多,但却比北面的柳林树种杂得多。这里橡子树比那里多,橡籽不断地在脚下滚动相撞,发出"咔咔"的响声;白杨不少,这种美丽的树不少,啊,它淡青的皮肤有多么光滑啊!……地下,依然是密密的浅浅的绿草,仿佛是铺上的一层绿色的毯子:毯子上,依然到处缀着一朵朵的红花。

"你们看,那片花开得多么大,多么红!"嘎嘎儿指指不远处的树隙。我抬头看看,那是一片青绿的草叶簇围起的鲜红的花朵儿,这花朵儿似乎比我们看过的要大。我就自然地走了过去,弯下腰看着——啊!这……这花!这分明是血啊,鲜血洒在了绿茸茸的草皮上。我机警地蹦开了,两腿飞快地向四周寻找……

枪声、鲜血——真正的战斗!伙伴们瞪起了眼睛。可是,四周都被一片浓绿遮过了,我们除了看到几只蓝背红嘴的小鸟在树丫上跳来跳去,什么别的也没有看到……一只凶猛的雀鹰在捕捉一只美丽的乌蓝鸟,乌蓝鸟以其特殊的灵巧和雀鹰周旋着……

我们没有找到什么,就又回到了那血迹跟前。真的,怪不得嘎嘎儿将它误认为是一片芬芳的花朵,它在绿草的映衬下显得那样鲜红、那样耀目——啊,这到底是谁流的血呢?难道——我瞅了瞅在林中急剧周旋的乌蓝鸟,心里想:难道是这样一只美丽的小鸟流的吗?不会,绝不会,它怎么会流得这样多!那么,就是有人受伤了。如果是一个好人,那不及时找到,就有死去的危险!想到这一层,我的身上立即紧张起来……

牛六孩一直蹲在不远的地方，用心地往下看着，他两手扳开草丛，脚步慢慢挪蹭着，那认真的样子蛮像在寻找草丛下刚萌发的蘑菇……他突然惊叫起来："看，你们看！"

我们围过去了。牛六孩扳开的草丛处，有一丝线般的血迹，往前看去，不甚清晰，滴滴欲断，直延伸到了密林深处……

我们机警地往前搜索，很细心地迈着脚步，生怕惊醒了什么人的酣睡。走了一百多步，我们全惊呆了！

一个人躺在草丛里。他死了。

死去的人身穿素布上衣，袒着怀，露着里边的有些黄旧的白衫子。布带扎得很紧。下身是一条青裤子，脚蹬牛鼻儿鞋。我转到他身边，看了看这张并不怎么可怕的脸：浓黑的眉，灰黄的脸色；两眼因为紧紧闭上了，所以睫毛显得又齐又长；他戴了顶灰帽子，帽檐儿很长，一绺浓黑发亮的头发从帽子里散出来，轻轻地罩在前额上。他有四十多岁。对，顶多四十多岁。唉，他多么不该死呀，他又是怎么死的呢？他的一只手压在背后。我轻轻地拉出来：啊，手中紧紧握着一支手枪！

是个兵！那就是说，他的死与刚才的枪声有关……我正端详着、分析着，忽然发现他的胸脯在轻轻起伏着——他活着！

那可怎么来处置这个人呢？是好人？是坏人？应不应该搭救他呢？我们几个合计了一下，最后决定：抬回村里。

就这样，我们脱下了两件衣服，用两根绳子缠绑到树棍上，做成一副挺不错的担架，抬起了这个昏死着的人，向着村子急急走去……

傍晚时分,我们回到了村里。哎呀,一天不到村里,村里竟发生了如此大的变化。过去这热热闹闹的大十字口上,现在也变得静悄悄的啦;街上的行人很少,家家的门窗紧闭。狗也不咬,鸡也不叫,大约人们都睡得很早吧?应该是点灯的时候,可没有一个窗子有灯光。我们把担架放在村边的三棵大柳树下,让嘎嘎去找人。嘎嘎走后不久,一些人就来了。几个人不说话,脸上很严肃,走到担架跟前,认真地看了看,然后又到一边嘀咕了一阵。他们把我们几个伙伴叫到跟前,一个个看了看。他们最后说:"你们以为这是一般的人吗?他是独立团的一个指导员!是我们的人!……"

我们惊得瞪大了眼睛。

后来,人们作出了一个决定。他们抬起担架,轻轻地、一声不响地,转着小路,把担架送到了我们家里……

这是个多么不平常的夜晚啊!谁知就是这样一个夜晚,成了那些永远也预料不到的事情的开端,成了有关我的命运、决定了我一生的最重要的时刻!

那时,妈妈正坐在门槛上,一个人轻轻歌唱着。

当担架小心地放到了我们的炕上时,她点起了一盏灯。她细心地看了一下昏去的叔叔,说了句什么,就动手收拾炕下的地洞了。我不知怎么心里一阵自豪和高兴,也动手去和妈妈收拾东西。从洞里出来的时候,我发现家里来了好多人,而且每个人都显得忙忙碌碌。我还听到了一阵叮叮当当的剪刀什么的碰撞声,原来是一位老医生在那里摆弄着,他大概马上要动手给叔叔医伤了。有两个人站在担架跟前,他们也都带着手枪。一个年轻一点的伏在他们指导员身边,轻轻地呼唤着:"指导员,指导员!"

叔叔在人们的救护和呼唤下终于睁开了眼睛。这是一双怎样的眼睛啊,没有痛苦的表情,没有失望的神色,只是很沉重地望了一下四周的同志们,最后把目光落在埋头摆弄器具的老医生的长白胡子上。他那眼神不知怎么使所有的人都觉得轻松了一些,沉着了一些,也给他自己苍白的脸上增添了生气。

老医生开始动手解他的衣服。伤在大腿处,上半截裤子已经是血红色的。所有人都盯着老人的手,都要亲眼看一看伤势如何,唯独妈妈一个人回过身去忙着什么……"哦!哎呀……这!"老医生失口叫道。我也看见了,那是一个深深的血洞洞。鲜血正把伤口的四周染了很大一片……我的头有点晕,我从来没有看见过这么多的血。我万分担心地望了叔叔一眼,可他却两眼盯着上方,微微皱着眉头,像是在思考着他受伤的前前后后……

"来!你,还有你!"老医生轻轻地却是命令地对几个年轻人摆摆手。几个人围得更紧了。我只见老人的脸色此刻无比庄重,瞅了瞅受伤的叔叔说:"来!"……几个人分开了,一下子按住了叔叔的四肢,看样子那样用力和认真。"叔叔,叔叔!老爷爷……"我的泪水从眼里涌了出来,害怕地拽住了他握刀的手。

老人用严厉的声音对妈妈喊道:"你走!"

妈妈低着头,不容分说地拉开了我……

屋里很静。老医生就要给叔叔动刀了。我呆了,僵在那里。如果再这样下去,我也会昏过去的!

"别这样,用不着这样……"突然叔叔说话了,尽管声音很弱,却很清晰。他说着,脸上还带着微笑:"你们松开吧,我受得住。老爷爷来吧!"

几个人不由得松开了手。老人凑到叔叔脸前,胡子颤抖地说:"我的好伙计!你晓得这是取弹片吗?你……"

叔叔的目光仍然望着屋顶,咬了咬牙关:"来吧。"

老人犹豫了一下,最后动手了……我没法看得清细,只听得见叔叔咬得乱响的牙齿声和最后那取出的弹片"当"地落在铁盘里的响声……所有的人都舒了一口气!妈妈放开了我,我害怕地伏到了炕上。这么多的血呀,血把一片衣裳都染透了。我看了看叔叔,只见他很痛苦地闭上了眼睛,牙齿还是紧紧咬着,却没有呻吟一声!老人开始上药包扎了,他怕把叔叔惊醒了似的,一丝一丝地弄着,大胡子一颤一颤……

包扎完了之后,老爷爷收拾着炕上的器具对妈妈说:"敷的是我祖传的刀创药……"又对两个站着的带枪人说:"英雄!我第一遭见这样的英雄!"他跷着大拇指。

两个带枪的要走了,对妈妈和老医生说了些感激的话,又嘱咐了一些别的,重重地握了握手。跨出门的时候,其中的一个还特意转过身来,抓起我的手在他脸上抚摸了两下,又拍了拍我的头顶……

老爷爷也要走了,他伸着一个手指对妈妈吩咐了一番,告诉她什么时候喂药、什么时候做什么汤,等等。走出老远了,又回来对妈妈说:"按我说的办,得记准些,该换药了我准来。有什么新症候让孩子喊我……"他唠唠叨叨说了不少,才转身走去。

妈妈一直守在叔叔身边。夜半,外边阴得乌黑一片。不知从什么地方传过来一声单调的枪响和一两声汪汪的狗吠……妈妈不时地出去一次……叔叔啊,叔叔这时候大概是睡着了的,他静静地躺着、躺着,轻轻地呼吸着,鼻孔一动一动。他的脸不像过去那样苍白了,也可能是被油灯映的,我看红润润的。

这一个晚上,我们守到了黎明。

三

叔叔的伤口快要愈合的时候,不知怎么敌人知道了消息,他们开始了疯狂的搜捕。日子变得更加难过,敌人将所有的细粮全部抢走。我们不但要忍饥受饿,还要替叔叔担心。

一天夜里,天下着瓢泼大雨。半夜有人敲门。妈妈犹豫了一会儿,最后轻着脚走到门旁:"谁呀?"她的声音低沉而颤抖。

没有回答,只是依旧"笃笃、笃笃"的有节奏的敲门声。

妈妈拉开了门。进来的是浑身湿透的老医生。他没有和妈妈说一句话,大着步子走进了屋内。我取过一件衣服要给他换,他用手挡过了。接上他解开束紧的布带,从贴胸处掏出一个方方的包裹。

那是一点面粉。

老爷爷仔细看过了叔叔的伤,搓着两手说:"营养不好,伤口长得太慢哩。最好打点野味做点汤,鸡让当兵的抓光了……"

他只穿了一件青单衣,被雨水湿得紧贴在身上,这时候已经冻得打颤,说话的声音都变了。我看他咬了咬牙关,最后说了句"再见"就迈进风雨中走了……

天要放明的时候,村子里的狗乱咬起来,哭喊声、叫骂声、吵闹声搅成一团。我和妈妈穿起了衣服。我们知道这又是敌人在搜捕。他们会不会到我们家来呢?正想着,院门就哐哐地响起来,还没等我去开门,门就哗地推开了,门拴儿折断在地上,几个当兵的一拥而进……

一个矮小的、全副武装的领头人,走到妈妈跟前,端量了一下,斯斯文文地说:"我们带人来了阁下,把他交出来吧?"

我转过了身去。我不知道妈妈会怎样应付这突如其来的事情!我想完了,坏家伙们知道叔叔藏在我们这儿!

可妈妈伸手护住我说:"你们带走了他,我一个孤寡人怎么过活?他才这大点儿,一杆枪也扛不动啊!你们高抬贵手……"

我明白了!赶忙哭叫着说:"我不去,妈妈,我不去当兵。不跟他们走……"

矮小的人一愣,接着骂道:"他娘的阁下!糊涂娘们……搜!"

几个兵乱翻起来。可是我们的三间小屋一贫如洗,一眼就能看个透亮,他们是翻不出什么的。一个兵将柜子打开了,在里面乱弄一气,最后找出一双新做的鞋子,是男人们穿的。矮小的人如获至宝,拿在手里端量着,一只眼却斜着望妈妈。

妈妈害羞似的低下头,用手将额上的一绺头发抚到耳后。

他笑了起来,掂着鞋子上前一步,用鞋尖在妈妈胸前一顶,被妈妈拥了一下。我紧紧握起了拳头。他嬉皮笑脸地瞟了一下我们娘儿俩,朝当兵的做了个手势。

他们走了。门口传来那个矮小的人下流的小调。

妈妈的眼内闪着泪花,这泪花在眼中滚动着,却没有掉出眼眶。她从刀架上抽出菜刀递给我说:

"去磨一磨,磨得锋快。"

"干啥?"

"磨吧。"妈妈把刀塞到我的手中。

我盛了一盆水,坐在门槛上,一下下磨着刀,刀刃儿在磨石上闪着亮,渐渐映出太阳的反光,刺得我眯起了眼睛……我的心里很乱,不知怎么,这手中的刀变长了,凌空舞动,敌人的头颅一个个跌落下来。我和叔叔追赶着逃敌,直追到芦青河边……

我磨着刀,两手一拉一送地磨着刀……幻象在脑海里依然活跃,随着刀刃儿反出的铿亮的光一闪一闪,一个打算开始在我心里形成。

这一天过得很慢。不知又是多长时间过去了,太阳才慢腾腾地转到了西面。云彩都聚集在西面的树梢上,太阳一挨近它们,立刻就燃起了暗红的光焰,普照天空,到处都变成血红的颜色。我好像第一次看到这奇怪的天色,啊,天有多么红啊,红得这样浓重,就像云彩饱浸着鲜血,太阳又将血色映了出来……我正站在门前看着,忽然巷子里传来了"哐哐"的破锣声,接着是喊声:"哎,开大会喽,到大十字口喽,哎……"一个当兵的走到我面前,用锣锤照我的头上敲了一下说:"耳朵拱进了毛毛虫咋的? 快去!"我被赶往大十字口……

天色更红了。我仿佛听到妈妈坐在门槛上轻轻歌唱。

大十字口上早已有不少人了。今天的气氛有些奇怪,这我一来就注意到了。人群的四周有不少兵端着上了刺刀的枪,他们的面容都很凶。瞪着眼睛,仿佛只要一声令下,他们就要吃人似的。一个戴着雪白手套的军人在土台子上走来走去……人群从巷子里被不断驱赶出来。我四下里瞧了瞧,看到了牛六孩、山福和嘎嘎他们。他们也看到了我,我朝他们招了招手。

我们几个在墙根下围住。我把我的打算向大家摊开:半夜的时候,都带上刀子,就像摸夜鸟那样,摸到敌营里……牛六孩点点头,嘎嘎点点头,山福摇着头。我一股火苗儿在胸中燃开了,对着他的耳朵愤怒地问:"为什么?!"他嗫嚅道:"我不杀人,我……不去。"

我还想说什么,有个兵走过来,于是我们赶紧散开……

人聚得差不多了。戴白手套的人宣布说,今天要处死一个人,这个人与独立团的人有瓜葛,这叫杀一儆百,今天就在这儿处死他……

我听了一惊,只觉得头顶响了一个炸雷……当我重新醒过神来时,就看到了台上站着一个高大的老人,他就是老爷爷医生!老人被两个兵架着胳膊,可他那颗永不屈服的头高高抬着,嘶哑的嗓子已经什么也听不清了。他在呼喊什么。

他的大白胡子抖动得非常厉害。一个兵往他嘴里填破布,被他狠狠地咬着了手,那个兵"哇"地跌在地上。矮小的军人扑了上来。

我跳了一下,也不知自己在呼喊什么,几个人拽我的胳膊……

人群全乱了——白发苍苍的老太太在哭泣、咒骂,年轻妇女们难过地用手掩着眼睛,男人们向前拥去,抱在怀里的小孩哇哇地哭……敌人放起了枪。

我看到台上老爷爷医生的衣服大襟被扯破了,上面溅满了血滴。有人一连朝他放了几枪。他张大双臂跌倒了……

我不知怎么回到家里。我的耳边仿佛一直响着妈妈轻轻的歌唱……

天黑得伸手不见五指。我坐在门前,两眼直望着外面,我永远瞧得见那抖动的大白胡子!

夜深了,妈妈将一件衣服披在我的身上。我没有发觉,我在想着一件事。妈妈喊了一声,我没有回答,站起身来,从刀架上抽出了那把磨得锃亮的菜刀。

"你要干什么?!"妈妈狠狠扯住了我的手。

"找敌人去,定好了的!"

妈妈死也不松手。

我真想用牙咬开这双不让我拿刀的手,可我不能,这是长满了老茧的妈妈的手!我急得哭了起来。我痛恨妈妈糊涂到了这样的程度,一边拼命夺刀,一边哭着。妈妈在解释什么,可我半句也没有听懂。后来,我一下坐在了地上……

妈妈从我手里拿下刀,一个人回到了屋里。

四

天刚蒙蒙亮,牛六孩和嘎嘎他们就来了。牛六孩进门就撅着个嘴,一脸不信任的样子。我知道他们为什么这样。我突然想到了我们的计划有多么可笑!我们有点像林中游戏……

"你呀,你半点也不算勇敢!"牛六孩坐在凳子上,黑乎乎的肚皮闪着光。

我暂时没有反驳。是的,随着胸中那股火焰的熄灭,随着汹涌的波涛在平息,我变得冷静了。

"人家说我们是孩子,到底是孩子,刚定下的事,一忽儿又变了。"嘎嘎两手抄在裤兜里,在屋里踱着步子——他倒半点也不像个孩子。

任他们责备吧,他们这时是不能理解我的,而我却能理解他们。正是老爷爷的死激发他们把心中的渴望变成现实。"你们这样的年纪多么容易让眼泪和鲜血洗去理智啊"——我好像觉得以前有哪位叔叔说过这样一句难懂的话。可现在我似乎已经有些懂了。

我费了好大劲才把他们劝走。

他们走后,妈妈从屋里出来了。她站在刀架前面,两眼望着那把被我磨得雪亮的菜刀,什么也没有说。

"妈妈……"我低低地叫了一声。我知道妈妈和我一样,她心中在流着悲痛的泪水……妈妈一只手抚着我光滑的头顶,一只手却慢慢从刀架上取下了那把刀——"做什么用呢?"我不由自主地上前握住了妈妈的手。

"叔叔的伤口长得很慢……杀了小尖嘴吧!"妈妈的声音很低,可也很坚决。我听了身上一震,害怕地把手松开了,那刀"当啷"一声跌落到了地上……妈妈拾了起来,眼中闪着坚毅的光芒。我哭了,泪水顺着脸颊流了下来……小尖嘴!我最爱惜的小尖嘴!我用最好的橡籽喂胖了的小尖嘴!今天要由我把你杀了——这我是想都不敢想的。我用最恼怒的声音说:"不行,不能,决不这样!我的小尖嘴……"我奔向了猪棚,身子伏在小木栅栅门上。

小尖嘴以为我来喂它橡籽,哼哼着凑了上来,那光滑油亮的身子一摆一摆地拧着,小尾巴在愉快地抖动、翻舞,两只小脚踏在食槽下边的青石上,扬起头来望着我,嘴里"哼哼、哼哼哼"地叫着。只有我听得懂它的话,它分明在说:"为什么不给我新鲜的橡籽了……"它的声音是和气的。我禁不住低下身,伸手拂了一下它的脑壳,它亲昵地把头倚在我的手背上……我收回手来,在那个草筐里捧了一把橡籽,撒在了它的槽里。

妈妈不知什么时候走过来了,正用围裙擦着眼角。那把刀,亮闪闪的放在棚子边上。我这时完全明白了妈妈为什么让我磨刀。刀啊,我亲手磨得锋快的刀,你没有砍在敌人的脖颈上,却要来杀我的小尖嘴!"如果叔叔的伤恶化了,那会多糟!你已经不小了,该知道独立团的叔叔们是多么盼他回去!……"妈妈贴在我的耳边,这时用沉重的声音说道。我的眼前闪现着老爷爷那瞪起的眼睛和抖动的胡子,闪现着叔叔那瘦削而苍白的面孔。我狠狠地揩了一下眼睛。

妈妈打开了木栅栅门,我和妈妈一块儿走到了棚子里去……

锅里的水在沸腾,我们开始做肉汤。

灶下,柴草"剥剥"地响着,爆出一团团一簇簇白亮的火苗。我坐着小木礅礅,洒一滴泪,添一把柴……

就是从今天起,我们的猪棚里再也没有小尖嘴了,再也没有那个淘气而顽皮的、浑身长满好玩的小黑毛的小孩子啦!如果牛六孩、山福和嘎嘎们来了,如果他们帮我往它那槽子里添放鲜橡籽,吃惊地收回手来时,我怎么回答呢?哦,会的,会的,我会这样告诉他们:在一个夜里,村里响起了枪声,那枪声是让人惊恐而颤栗的,小尖嘴,它害怕了,拱开了木栅栅门,一直跑到了柳林里……

妈妈坐在门槛上,她盯着血色晚霞,轻轻歌唱着。

我把第一碗香喷喷的肉汤递到叔叔手里,一双手是那样地颤抖!叔叔接过去,又轻轻地放到一边。

"叔叔,喝啊,您喝……"

叔叔没有说话。额上那条变深了的皱纹抖了一下,又抖了一下。嘴唇闭得紧紧的,牙关使劲咬着,使两腮的肌肉显得坚实生硬。我注意地看着那双眼睛,那眼睛里射出一股沉重的目光,落在地上;他又看着我,这目光立刻变得有些不信任又有些责怪的意味。他问:

"你能告诉我,医生老爷爷为什么不来上药了吗?"

"他……他看你伤口愈合了,也就不来了……"可惜我太没有心劲,说着说着眼睛里溢满了泪水,接着这泪水涌了出来。"老爷爷!……"我呼喊着,扑在了叔叔怀里……

"叔叔,喝呀,您喝……您养好了伤,好给老医生报仇!您养好了伤,好回独立团……"我央求着叔叔。

叔叔很艰难地站起来,默默地摘下了那顶深灰色的帽子,低下了头……一旁的肉汤,在飘散着淡淡的热气,洞子里,那盏黄豆一般的灯苗儿在闪跳、闪跳……

叔叔盯着前方,低沉地说:"敌人越疯狂,越说明他们的末日快要来了。我们流了血,流了很多的血,这是要让敌人加倍偿还的!我们活着的人,只能用战斗去抚慰死去的人们……"

他的眼中没有一滴泪水,但这是一双燃着仇恨和怒火的眼睛。我还是第一次看到叔叔的目光变得这样严峻。

我紧紧地攥起了拳头……可我能干些什么呢?还有牛六孩、嘎嘎,我们应该干些什么呢?!

我们应该像他一样,参加独立团吗?可独立团又是怎么一回事,它又为什么叫"独立团"呢?

我会长大的,我总有一天会弄明白:什么是"独立团"!

妈妈坐在门槛上,盯着晚霞,一个人轻轻歌唱着……

1977 年 12 月写于栖霞

公羊大角弯弯

　　大公羊多好,差不多有马那么大了。它很神气,长了长长的胡子。"看大公羊看大公羊!"大伙儿都喊。它不紧不慢地在街上走,不怎么往两旁看。人如果老了也是这样,不太理睬别的东西。

　　我说的是石眼家的公羊。

　　他家养了一只充满怪味儿的大公羊,成了这个村子里的一件怪事。这是他的父亲老石眼在几年前决定了的,至今招人非议。如果养一只奶羊倒也没什么,那样可以喝它的奶,可以出售羊奶,大家会觉得挺好挺自然的。可是大公羊有股怪味儿,而且每天都有人从老远牵着母羊赶到村里,打听着:"石眼家怎么走啊?"

　　"你冲着怪味儿去就是!"大家说。

　　他们是来给母羊交配的。

　　母羊找过了大公羊之后,才可以生下白色的小羊,一只或两只,然后没完没了地产羊奶了。大公羊看来在周围并不多。

　　老石眼的样子很凶。他的眼有点斜,发出奇怪的光亮。他不怎么跟人说话,听说村上所有人都没有跟他交过心。他的老婆是个胖胖的人,十分年轻。她大概比老石眼小十来岁,而且人们说从认识她到现在,没见她老一丝一毫。

石眼由于年龄小,而且正上着学,所以没有显得太奇怪。他跟父亲长得十分相像,那种相像主要是在眼睛方面。他在我们同学中常常将自己家的公羊引以为荣。

石眼有一个繁重的劳动,那就是为大公羊搞草吃。那头大公羊相当于一般羊的饭量好几倍,所以忙坏了石眼。他除了上学还要做这些事情,这就是他与别人的不同。

还有一个不同,那就是他身上有一股浓浓的膻味儿。这是没有办法的事,因为谁与大公羊在一块儿久了,谁就要染上它的气味,洗也洗不掉。

放学之后,我们就随石眼到海滩上去了。

他当然牵着他的大公羊。公羊吃草时,我们就在一起玩。石眼在天黑之前要弄足一大捆草,以备老羊晚上和整整一个白天的食用。石眼护着公羊,不让我们凑近它。因为我们都想骑它一会儿。

骑牛或者骑马是很危险的。一个人到了青年时期也不见得全都有过骑牛马的经历。它们将人摔伤的例子太多太多了。主要是我们很难有那样的机会。一般的动物并不适合骑,像大公猪,不过它很凶。驴是可以骑的,但驴和骡在当时珍贵得不好接近了,它们像牛马一个级别。

因而我们都想骑骑大公羊。

它有马的身架,很壮、很老实。它对于石眼,总是十分听话。

石眼闷声不响,可是叫起他的羊来,倒是很多话,而且句句它都听得懂。"你过来!""你趴下!""你老老实实站着!"它每一句都照做不误。我们学石眼的口气跟它说话,它愣愣的毫无反应。

"骑骑它怎么样?"我商量说。

石眼把奇怪的眼睛向我转过来,端量了我一会儿,哼哼笑了。

这个可怕的家伙,笑什么?

"你不同意吗?"我问。

石眼转身割草,不再理我。

我真给他捉弄得不轻。大家都笑了,笑我。我说:"石眼,你他妈的听见没有?你倒是说话呀!"石眼又用刚才那副眼神看了看我,然后干活儿。

我们当中有个莽撞的伙伴,他的外号叫"牛蹄筋"。他长得非常黑,皮肤粗糙,打仗是把好手。他一直站在一边,看了一会儿,突然往手上吐了口唾沫,呼一下冲向公羊,他想冲上羊背。

大公羊前蹄一弓,头一低,迎着他顶过来。

大公羊长了两只很大的角,可惜那角弯弯着,并不是尖锐朝上——它低下头,那两只大角依然刺不着人。牛蹄筋躲也不躲,一冲、一跳,从羊的前边往背上跃。

这太欺负老公羊了。我见老公羊胡须一抖,猛一甩脖子,把刚刚跨到上方的人甩到了地上。牛蹄筋在那儿哎哟了几声,随手抓起一支棍子打羊。老公羊叫着,躲闪着,瞥着石眼。石眼跳起来了。

他与牛蹄筋在地上滚动。

我们没法去拉架。后来石眼的左臂被咬了一个口子,鲜血浸透了衣服。石眼的叫声惊天动地,我们都吓慌了。牛蹄筋倒蛮不在乎。大家忙着寻找草药,嚼了去糊石眼的伤口。石眼把我们抹上去的草药一把扫掉,大叫说:"上药也没用,被狗咬了非化脓不可!"

我这一天十分难受。因为事情的起因与我有关哪!

晚上是个月亮天。我一个人悄悄走到小村子里,站在石眼家的院墙外。我不敢进门。月光下,公羊的膻味顶鼻子。

我在墙外站了一会儿,没有听到任何声音。石眼一家好像睡了一般。又停了一会儿,我见远远的来了几个人。我立刻蹲在墙边树丛里。我发现来人正是石眼的一家——老石眼、石眼妈和石眼。原来他们去医疗室上药去了。

他们进了门。

我正犹豫着走还是不走,又来了四五个人。他们都是些陌生人,后边跟着牛蹄筋。我想大概是他家的人找石眼一家赔礼道歉来了。

一伙人拍开了门。开门的是石眼妈,接着老石眼也出来了。来的人没有进门,只是没好气地说了几句什么。老石眼用手拨开石眼妈,说:

"咬了白咬,还不行吗?"

那伙人中一个长了络腮胡子的粗着嗓门说:"就该白咬,咬死也不多!"

石眼妈说:"天哪,哪好这么说话……"

络腮胡子说:"这么说怎么?你家养大公羊顶人玩……"

石眼妈拍拍膝盖:"公羊角弯弯着,顶不疼人哪……它顶了他哪里?"

络腮胡子冷笑两声:"顶坏了他的蛋了!"

有人小声笑起来。

老石眼把石眼妈硬推到门内,又说了些话,听口气很软。这一伙人又嚷了几句,这才要走开。临走时他们又大声议论,故意说给石眼一家听:

"好人家还有养大公羊的?靠这个发财,丢人现眼!"

"膻味儿把村子弄坏了,伤天害理!"……

我一直躲在树丛里。他们离远了,我才敢走出来。不知怎么,我觉得那伙人很可怕。我没有进石眼家,因为我不想去打扰他们了。他们一定很难过。

老公羊在院内悲伤地叫着。

第二天,我放学后很早就来到了海滩。我想等石眼和他的公羊,想跟石眼说点什么。

可是他们一直没有来。我在海滩上徘徊了一会儿,穿过了一片树林往回走了。我走到一条水渠边上,见到了一个白影——那是老公羊,它的一边,当然是石眼了。我叫着跑去,他没有说话,只是不停地割草。

我站在那儿。

"昨天,我不该提出骑羊……"

石眼停下了手里的镰刀。停了一会儿他说:

"可你没骑!"

"可是牛蹄筋……他骑了。"

"他也没骑。他骑不成!"石眼说。

我蹲下来:"我对不起你,真的……昨天晚上我去了,没有进门。我全听见了……"

石眼一抬头,又低下。他咬了咬牙,咽下了什么。"牛蹄筋家是个大姓,俺可不敢惹他们。谁也不敢惹他们……"

"大姓是什么?"

石眼白了我一眼,那意思可能是嫌我连这个也不懂。他说:"大姓就是这个姓的人家在村里最多。这村里有好多人都是他们一族的。别看平常本族人也打仗,到了跟外姓闹事时,他们都是一股儿。村领导也是他们族里的……"

我仍然不十分明白。

不过我觉得在这样的村里生活可太不容易了。反过来一想,如果是族里的人,那又太容易了。

我帮石眼割草了,割了很多。石眼与我成了好朋友。我们心里都明白,我们之间有了友谊。

他在分手时让我骑一下大公羊。我不干。我说我可不骑它,坚决不。石眼的脸涨得通红,非要我骑它一下不可。他差不多要翻脸了。没有办法,我只得跨上羊背。

大公羊一点也没有拒绝。这让我更不好意思。它牢牢地站好,像是怕我上背时有什么闪失。我总算上了羊背,感到了胯下那么温暖。大公羊一停,然后一步一步往前走去。它的步子很稳,一步一步很小心。我想它比我沉着多了。它像个长者一样。我的脸羞红了,只坐了一小会儿就下来了。

我一辈子也不骑公羊了。我绝不骑它了。

在学校里,牛蹄筋常常找茬儿和石眼干架,石眼总是躲着他。他又散布一些怪话,说什么石眼是大公羊的儿子,还说靠一头公羊维持生活的人,必然是最可怕的人家。

他的话好像有道理,于是同学们当中有不少嘲笑石眼的。

石眼本来就是一个孤独的人,这会儿更孤独了。我很替他难过,可又没有办法。石眼的样子使我十分痛苦。我有时甚至害怕遇见他。

放学后,在黄昏里,石眼一个人牵着他的公羊走在海滩上。他默默地走,头也不抬。风吹着他的衣衫,使他的腿和手臂都露出了一截儿。公羊不时昂头向远处望上一眼。它望望大海的那一端,又望望落日。有一次我确信它望见了我。

我终于忍不住走了过去。

我们相视良久,都没有说什么。他蹲下割草了。公羊向我叫着,老大的胡须不停地颤抖。它在说什么?我觉得它的眼中有惊惶不安的神色。难道它猜到了我要说什么吗?

我想劝阻石眼家不再饲养公羊——这样蒙受的屈辱太大了,太划不来了。可我现在说不出口了。我看着公羊,摇了摇头。

"我回家对爸爸说:我们把公羊卖了吧!"石眼低着头说起来。"爸爸一听火了。妈妈也火了。他们骂我懒惰,不愿割草……我告诉了他们为什么。他们不吱声了。"

我赶紧问:"真要卖掉吗?"

石眼摇头。

"我们家离不开它。买盐、买衣服,还有我上学的铅笔,都是公羊挣来的。你别笑话我们啊!"

我的手搭在了石眼的肩上。我全能明白的。

那些来交配母羊的人,临走都要交上一元钱。周围村子没有多少饲养公羊的,而且这头公羊身架好、有力气,它留下的小羊特别好。所以石眼家的生意就好。

老石眼是个硬性子人。他依旧养他的公羊。他像儿子一样,小心地躲闪着牛蹄筋那一族的人。

有一次石眼妈在门口小路上捡到了一个糠团子,正要拿它喂羊,被老石眼一脚踢开了。他说:"小心着点!"后来糠团子让一只鸡抢吃了一口,那只鸡在几分钟里就死去了。

"挨刀杀的!多么狠!他们要毒死我们的羊!"石眼妈明白了,大骂着。

他们知道那是大姓人家干的,可是全家没有人敢站出来讲。

从那以后,老石眼对自己的羊爱护得更好了。他嘱咐儿子:无论如何不能离开它。石眼割草也不敢离开公羊太远,他总是把羊留在身边。他也不敢到树丛中放羊,而是把它领到开阔的草地上。

在很长一段时间里,我满脑子都是石眼和他的公羊。石眼经常把家里的事情告诉我,有时还约我到他家里去玩。

我渐渐喜爱这个小院了。我觉得老石眼以及石眼妈都是好人,他们一辈子也不会伤害别人。生活中这样的人很多,但有时又觉得很少。他们说石眼如果能做我的兄弟就好了——不是一般的兄弟,而是亲兄弟。那样,也许石眼该有好一些的运气了。我听了心里酸酸的,也不知道将来会是什么运气。我从此觉得石眼与我有着不平常的关系,比如说,我们真的有点兄弟的情谊了。

老石眼气管有毛病,犯病的时候常常憋气。他干不了太重的活儿,有时小院里的主角成了石眼妈。她是个挺好的人,她比老石眼好看十倍。牛蹄筋那一族的年轻人常常跟她开玩笑,有时老远的做手势骂她。她低低头就过去了。尽管她没有新衣服穿,可她爱干净。由于与公羊一起呆久了,她身上膻味儿很重,并且这一切她自己察觉不了。她出门劳动时,挨她近的人就要说她这样那样,还说她和大公羊睡在一起。"看吧,她还会生出个小羊来!"那个族里的媳妇们说。

石眼妈在小院里沉着脸时,石眼就想哭。

我的快乐和痛苦,也系在这个小院子里。

人们从外村牵着羊来了,很匆忙的样子,身上扑满灰尘。他们把母羊系到小院里,充满希望地看着。大家都看。老石眼有时走过去,催促老公羊;有时拿一些好吃的送给它。有一个牵羊的人临走交了一元钱,对老石眼说:"村里有人说你们家'财黑'。"老石眼接过钱答一句:"不黑,你知道不黑。"

我问石眼什么是"财黑"。石眼说:"就是昧着良心发财,太看重钱了。"我觉得村上人太欺负他们了。我有些恨那些人了。

如果母羊没有怀上小羊,羊的主人就会重新来一次。有的一连来好多次,老石眼从来没有再要钱。

村上的人说老石眼:"发了发了!"

其实他家里很不宽裕。我知道。

秋天来了,公羊可以吃的东西多起来了。本来应该是高高兴兴的时候,可是不巧村里村外的风声紧了起来。石眼一家惶惶不安了。老石眼和石眼妈常常问我听到什么没有。我摇头说没有。不过我也知道风声紧了起来。

小村里凡是饲养兔子、蜜蜂、母猪,凡是在地里种了烟草、果树的人家,都有点紧张。一个庄稼人不安心种田,老想发财,就要受到惩处。惩罚好像是早晚的事了,有的人家一看风声渐紧,就赶紧设法将那些毛病去掉。养蜜蜂的人家卖掉了蜜蜂,养母猪的换成一头小猪;种烟草和果树的,就等着挨罚了。

老石眼沉着脸,那双奇怪的眼睛盯着公羊,一声不响。

风声更紧了。

有一天石眼见了我就哭起来。我问他怎么了。他说:村里已经通知他们家了,要赶紧把大公羊杀掉,动手晚了,村里就要派人来杀——那时羊皮羊肉都归公!

"把它卖掉不行吗?"

石眼摇头:"他们不让卖,说非杀了它不可——它顶过人,早就该杀了!"

我明白这是大姓人家插了一手。大姓人家真能记仇啊!这么一点点小事,他们要记上一辈子吗?

石眼说:"我爸这回火了,他说就不杀!看他们能怎么?我妈气哭了,也说就不杀!"

我不知道该说什么才好。

这一天石眼突然没有来上学。我觉得奇怪,因为石眼是不会旷课的。我想会有要紧的事情,就不顾一切地跑出了学校往石眼家小院跑去。

小院里在争吵!

我闯进小院一看,见一群人——其中就有我那个月夜看见的络腮胡子——站在公羊的四周。老石眼、石眼妈和石眼,都被围在了中间。老石眼的眼睛血红,粗声粗气地说:"动手吧!杀了公羊,就先杀我!"石眼妈说:"凭什么呀?俺也没犯法,凭个什么?"

那群人手里提着绳子、刀子和木棍。

"有理找上级说去,跟俺说没有用。"人群中有个声音说。

"这公羊早就该那么来一下了——它也做到头了。膻味儿祸害村子,不杀还行?"粗嗓门一边说一边笑。

公羊面前摆着糠米和最新鲜的树叶青草。

它一动不动,它的目光有些呆滞。我看出来了,它肯定什么都明白。它不时地去看天空。

这一个上午,天上没有云彩。天很蓝,多好的天。太阳刚升起一会儿,这一天还是刚刚开头呢。

公羊看着天,又闭了闭眼。

我觉得有什么不对劲儿。因为院里突然没有了声音。当我再去注视公羊的时候,公羊已经腾起前蹄一挣,挣断了绳链,猛地往院墙上撞去。

小院里的人喊成一片。喊声刚落,公羊就撞到了墙基青石上。

鲜血溅了出来。它一下栽到地上,四蹄抖了几下,死去了!

这一切就真在我眼皮底下发生了。我亲眼看见了,亲眼……

"羊啊羊啊羊啊!……"石眼妈疯了一般大哭,扑上去抱了流血的羊。所有的人都一声不吭,一声不吭。

……就这样,石眼家的公羊没有了。当然,大海滩上再也没有一个少年手牵公羊慢慢行走的那个形象了。

我会永远后悔一个事情,那就是我曾提出骑一骑那只公羊……并且我后来真的……骑上了它的背!

石眼的眼睛急速地变化,那眼神终于变得和他父亲一模一样了:执拗怪异,发出一股陌生的光。我突然也由此明白了,他的父亲一定早就经历了一些奇怪的事情,所以才有了那样的目光。

他更加不愿说话了。他几乎对所有人都不热情了。他十分清楚地沿着父亲的足迹往前走去了。而且他的学习成绩非常糟,已经注定不会升级了。

我也难以有机会和他交谈了。我们多么需要好好谈一谈哪!

一天傍晚,我见石眼一个人往前走去,就跟了上去。我发现他走上了大海滩。

落日把草滩染得通红,海风把他的衣衫吹得贴在了身上。他孤零零地向前走去……我喊了他一声,他站住了。

我们一块儿走着,但不怎么说话。走了一会儿,我终于问了一句,因为我一直纳闷——我不知道公羊为什么要那样……

石眼盯着落日:

"我爸说,公羊的那两只大角是弯弯的,插不进仇人肚子里。

它恨自己的两只角！……"

我看见两只大弯弯角啪啦一声折断了。鲜血四溅，整个大海滩的草都染红了……

1977年写于栖霞

1982年改写

下 雨 下 雪

以前的下雨才是真正的下雨。"下雨了下雨了!"人们大声呼喊着,把衣服盖在头顶上往回跑,一颠一颠地跑,一口气跑过大片庄稼地,跑过荆条棵子,蹦蹦跳跳跨到小路上,又一直跑回家去。

雨越下越大,全世界都在下雨。

如果天黑了雨还不停,那就可怕了。风声雨声搅在一起,像一万个怪兽放声吼叫。我们这儿离海只有五六里远,奇怪的大雨让人怀疑是那片无边无际的大水倾斜了。

天黑以前父亲在院里奔忙。他冒雨垒土,在门前筑起一道圆圆的土坎,又疏通了排水沟。这样雨水就不易灌进屋里。半夜里漂起脸盆冲走鞋子,都是再经常不过的事情了。

妈妈说,我们搬到这个荒凉地方就没安生过。树林子里野物叫声吓人,它们说不定什么时候就跳出来,咬走我们的鸡、兔子。本来养了狗护门,可是好几次狗脸都让野物爪子撕破了。这个荒凉地方啊,大雨瓢泼一样,最大的时候你听,就像小孩儿哭:"哇……"

是爸爸使我们来到这个荒无人烟的地方。茫茫的海滩上偶尔有采药的、到海边上拣鱼的人走过去。要穿过林子向南走很远,才看得见整齐的、大片的庄稼地,看见一个小小的村子,看见那些做活的人在雨中奔跑。

我有时并不慌慌地跑,因为白天的雨只好玩,不吓人。

让雨把浑身淋透吧,让衣服贴在身上,头发也往下淌水吧!让我做个打湿了羽毛的小鸟在林子里胡乱飞翔。雨水把林中的一切都改变了模样,让蘑菇饱胀着,伞顶儿又鼓又亮,从树腰树根、从草丛中生出来,红红的、黄黄的。有的鸟不敢飞动了,躲在密密的叶子里;有的大鸟什么也不怕,嘎嘎大叫。我亲眼看见有一只大狐狸在雨中跷起前蹄,不知为什么东张西望。水饱饱地浇灌着土地,地上的枯枝败叶和草屑吮饱了水分,像厚厚的干饭被蒸熟了,涨了一层。小小的壳上有星的虫子在上面爬。老橡树的每一条皱纹里都流着水。咔啦啦,有棵老树在远处倒下了,我听见四周的树都哭了。地上有一大簇红花,仿佛被谁归拢在一块儿,红得发亮。

"这个孩子还不回来!"我听见妈妈在小屋里不耐烦地、焦躁地咕哝了。

其实这有什么可担心的。我又没有到海上去玩。有一次我差一点被淹死——那是大雨来临之前的一阵大风,推拥上一连串的巨浪,把我压在了下面。我飞快地划动两手往岸上逃,结果还是来不及。总之差一点淹死。当时大雨猛地下起来,一根一根抽打我。看看大海那一边的云彩吧,酱红色!多么可怕的颜色啊!

记得那一次我撒开腿往回跑,不知跌了多少跤。我朦朦胧胧觉得身后的大海涌来了,巨大的潮头把我追赶,一旦追上来,一下子就把我吞噬了。我的脸木木的,那是吓的。天上的雷落到地上,又在地上滚动,像两个穿红衣服的女人在打斗,一个撕掉了另一个的头发。轰轰的爆响就在我的脚下,我觉得裤脚都被烧得赤红。我趴在地上紧闭双眼,一动不动。我好不容易才抬起头,紧接着有个巨雷不偏不倚,正好在我的头顶炸响了……那是多么可怕的奔逃啊!

从那儿以后我知道了四周藏满了令人恐惧的东西,特别是雨天的大海。

我从林子里跑回家去,身上总是沾满树叶和绿草。妈妈一边责备,一边摘去我衣服上沾的东西。我嘴不停歇,比画着告诉雨中看到的一切。

我回到家里没有一会儿,外面就传来了青蛙的叫声。这声音密集而激烈,像催促着什么一样。天就要黑得像墨一样了。沟渠里的水满了,青蛙又高兴了。它们跳啊唱啊,在自己好玩的地方尽情地玩了。

夜里我睡不着,躺在炕上听雨和风怎样扑打后窗。到了半夜,这声音似乎又加大了。我想这世界多么可怕,你拿它一点办法也没有。这大雨多么厉害啊,树木都在大雨里哭啊,大雨用鞭子已经抽打了它一天一夜了,把它光亮的绿叶子都抽打碎了。我总担心这一夜海潮会漫上来,那时我们的小房子也会浮上来吧?

不记得什么时候醒来了——只听见父亲在吵什么。我赶紧揉揉眼爬起来,发现身上扣了个簸箕。原来半夜里房子漏雨了,妈妈给我扣上了它遮雨。我看见簸箕上溅满了泥浆。父亲挽着裤子在屋里走,弯腰收拾东西。屋里的水已经半尺深了。可外面的大雨还没有停呢!

这老天是怎么了啊!老天爷要祸害人了!大雨下了一天一夜还不够吗?还要下到什么时候?人、牲口,全都泡在水里,你就高兴了吗?父亲一声连一声地骂、咕哝。

胶皮鞋子像小船一样在屋子中间漂游。

我跳下来,一头钻出屋子。天哪!外面白茫茫一片大水。我们真的掉进海里了。妈妈说,恐怕是南边的水库大坝被洪水冲了,不然我们这儿不会这样。尽管下了一天一夜,可一般的雨水都退得比较快,因为这儿离海近。要是真的毁了大坝可就糟了!她咕哝了一会儿,我看见了一条白肚子小鱼在院子里游动,就大喊了一声。

父亲和母亲都迎着喊声跑过来,看院里的鱼。"恐怕是那么回事了!"父亲说了一句,手里的瓢掉在地上。他刚才一直往外淘水。

不管怎样,我得先逮住那条鱼再说。我跑在院子里,一次一次都落空了。那条鱼只有四寸长,不太大也不太小,主要是白白的肚子看上去银亮亮的诱人。我扑了几次,浑身弄得没有一点干净的地方了,那条鱼还是那条鱼。我又气又恨地住了手。

雨后来终于停了。可是地上的水却越来越多。看来水真的是从南边涌来的。父亲不停地从屋里往外淘水,屋里露出了泥土。我突然想起要到远处那个小村看看去,看看那里大雨之后是个什么样子。我瞅着家里人没有注意的工夫溜了出来。

我的膝盖之下一直泡在水中。地上的茅草只露着梢头。我老想再看到一条鱼,可总也没有看到。

那个小村里一片喧闹,像吵架一样。我还没有走近,就已经看到村上的人在乱哄哄地奔走,有的站在村边高坡上。

小村里每一户都进了水,有的墙基不是石头做成的,随时都有可能被水泡塌,那些户主正拚命地淘水、沿墙基垒土坎。猪和鸡都赶到外面来了,特别是猪,像狗一样系着脖绳拴在树上。

多么大的雨啊!庄稼全泡在水里了。因为庄稼地大片都在村南,那里地势洼,所以最深的地方可达一人多深。红薯地里的水最深,像真正的海。高粱田只露着半截秸子。

到庄稼地就得会凫水。一大群娃娃嚷叫着跳到水深处,又被大人吆喝上来。

太阳出来了,到处都耀眼地亮。天热烘烘的,水的气味越来越大了,那是一种很好闻的味道。父亲在雨停之后的第二天上逮了一条白色的大鲢鱼,要放进锅里还要切成两段。"这么大的鱼是怎么游到咱这地方的呀!多怪的事呀!"妈妈一边弄鱼一边惊叹。

有人来约父亲到那个小村里干活,还要扛着门板。我也跟上父亲去了。

原来已经有不少人扶着门板站在那儿了。人齐了,有人喊一声,就划着门板像小船一样驶进庄稼地了。我们这些孩子只有站在田边上看。干活的人不时扎一个猛子,返身出水时手里就攥紧一个红薯。

红薯还没有长大,不过已经可以吃了。如果不及时地捞上来,那么很快就会被水泡烂;就是不烂,也不能吃了。

我眼看着父亲扎猛子,觉得他扎得最好看。他的两条腿倒着一拨动,就沉入了水中。他会不会把水喝进肚里呀?因为我看见他每次探出头来,都要吐出一大口水。

我们家里分了一小堆红薯。接上去天天蒸红薯——奇怪的是这些红薯煮不软了。它太难以下咽了。父亲命令我们吃下去,不准嚼了又吐。吃饭成了一件困难的事。

地上的水在慢慢渗下去,渗得很慢。不过鱼越来越多了,大多是几寸长的小鱼。它们像是一夜之间从地下钻上来的,几乎每个水洼和沟渠里都有。那些有心眼的人早就动手捉鱼了,他们专逮那些二三尺长的大鱼。

父亲也领我们到沟渠里捉鱼。他手里提一把铁锹,说只要鱼出现了,他就用铁锹砍它。真的有几条鱼从父亲跟前跳过,不过都没有砍中。后来,一条鱼似乎被他砍中了,但摇摇晃晃又顺流冲下去了——这会儿正好有个捉鱼的在下游,他用一个篓子将它毫不费力地扣住了。"那是被我爸砍伤的!"我追过去说。那个人瞪起大眼,狠狠地盯了我一眼。父亲过来,扯起我的手,往前走了。

天还没有黑,我们在水中站立了半天,不知砍过多少回鱼,都没有成功。

那些天,卖鱼的人抬一个大花篓子,在小村四周喊着,他们从哪儿、用什么办法逮到那么多的鱼?父亲和母亲羡慕地看着抬鱼的人,连连摇头。

后来我听到有人传说:一个人在一条水渠里逮了一百多条红

色的大鱼。

水再也降不下去了。庄稼地里的水积成一大潭一大潭,就再也不动了。所有的喜欢水的小野物都闹腾起来,连水鸟也从远处飞来了。水中的小虫像箭一样飞射,它们忙得很。还有蜻蜓,简直多极了。

父亲一天到晚在林子里采蘑菇。潮湿的气候蘑菇最多,他捉不到鱼,却能采到蘑菇。他是干这个的好手。我们把采来的蘑菇晒干,又装成一袋一袋。有人买我们的蘑菇吗?有。可是父亲好像从来没有卖过。小村里的人来了,他就送他们一袋子。小村里的人也送我们玉米和花生,还有粽子。

我们的日子完全被大雨给泡馊了。如果不下雨,就完全不是这样了。几乎所有的水井都满得很,一弯腰就能舀上水来;几乎每一条渠里都有深水,有鱼。小村里的人结伴来约我,主要的事情就是捉鱼。父亲忙着跟人出去排涝,天天不沾家了。他们要把田里的水设法引到渠里去;而渠里的多余的水,再设法引到河里去;河里的水,当然是流到海里了。

那条芦青河比以往任何时候都宽。河里翻腾着浪花,水是黄浊的。到了河口那一段,简直像大海一样开阔,并且与大海通连在一起。

从下大雨到现在,有人说芦青河淹死了十个人,也有人说淹死了一百个人。被淹死的人有的是捉鱼的,有的是过河被浪头打昏了的,也有的是自己跳进去的。

大树林子永远是水淋淋的了。我发现从大雨来临之后,各种野物多出了一倍。地上爬满了青藤,蛇也多了。不知名的野花数也数不清。半夜里,有个尖溜溜的声音在离我们屋子不远处叫,怪吓人的。妈妈说那个野物林子里从前没有,也是大雨以后生出来的。

……秋天过后就是冬天,冬天要下大雪。

以前的下雪才是真正的下雪。天空沉着脸,一整天不吭一声。父亲说:"坏了。"妈妈就赶紧往院子的一角收拾烧柴。天黑得也很快,我们就早早地睡觉了。父亲临睡前特意把一只铁锹放在门内。

一夜没有声息。早晨起来,觉得有什么不对劲儿,一开门,门外塞了一人多高的雪粉,成了一道雪墙。父亲就拿起早就准备好的铁锹掏起雪来。他掏了一个大洞子,我们就从大洞子往外钻,有趣极了。妈妈顺着挖到院角的洞子去抱柴草做早饭。

这满满一院子雪都是风旋进来的。不过院子以外的雪也有好几尺厚了!真是不可想象,一切都盖在大雪下了。

屋里好暖和。我们钻着雪洞进进出出,故意不把洞顶捣穿。父亲说如果不及时把铁锹放在门内,那就糟了,那要用手一点一点扒开雪墙,说不定全家都给闷在屋里,闷坏了。

大树林子里横着一座座旋起的雪岭。原来夜里曾经刮过很大的风——只是大雪渐渐封住了门窗,我们什么也听不见。

妈妈不让我到林子里去。她说陷到雪岭里就爬不上来了。这要等太阳出来,阳光把雪岭融化一层,夜里冻住那层硬壳才好。那时就是一座琉璃山了。

大雪化化冻冻,慢慢有些结实了。可是常常是一场大雪还没有化完,又接上了另一场雪。至于大树林子,它永远都是被大雪封住的,一直要等到暮春才露出热乎乎的泥土。

我们院里的雪洞渐渐破了顶,开了一个两尺见方的口子。一些小麻雀就从口子飞进来找东西吃,想逮住它们很容易。有的小鸟干脆就是掉进来的,它们给饿坏了。我们没有杀害一只小鸟。它是我们的邻居。妈妈说它们的日子也怪苦的,一个冬天不知要饿死多少麻雀。它们在院里甚至都不怕人了。

父亲在晴朗的日子里闲不住。他要去林子边上那个小村铲雪:那是极有趣的一个工作。他们排成一队,沿着田边小路往前推进,用锹把路上的雪像切豆腐一样切成一方一方,然后铲起一方就扔到田里。这样,当雪化掉时,小麦就会饱饮一次。

我终于可以去林子里了。虽然大雪岭还一道一道横着,但我可以安全地爬上爬下。就是不小心踩透了冰壳,那也陷不深。

林子里在冬天有奇怪的东西等待着我。有些野果被冻住了,揪下来咬一口,又凉又甜。冰果的味道我一辈子也不会忘。我还吃过封在雪里的冻枣子,它们已经变成黑紫色,又软又甜。

这年冬天发生了一个不好的、吓人的事情。父亲有一天干活回来告诉,有一个人——就是小村上的老饲养员,给村上背料豆子,穿过田野的时候,掉在了机井里——那是被雪封住的三丈多深的井啊!

我和妈妈不停地哭。

那个老人是个最好的人。他曾经到我们家串过门,有一段还经常来。他给我讲了很多故事,让我永远不忘。那时他一进门就嚷:"有桃核吗?"妈妈说有,就弯下身子,到桌子、柜子下边找,用一根棍子往外掏。这些桃核都是我夏天秋天扔下的,现在风干在那里了。

妈妈一会儿工夫就收拾出一捧桃核来,老头子就笑眯眯地接过去,坐在地上,慢慢地用砖头砸着壳儿,一粒粒嚼着。我试了试,太苦了,赶紧就吐了。

老人能吃苦桃核,我们全家都觉得怪极了。父亲估计老人可能有一种病,说如果没病的人吃了这么多苦桃仁,非毒死不可。

父亲的估计很对。因为一年之后老人又来了,妈妈找桃核给他,他摆摆手说不要了。他再也不想吃了。问他为什么。他说有一天早晨觉得恶心,一张嘴吐出了一条奇怪的虫。从那儿以后就再也不想吃桃核了。

原来不是他想吃苦桃仁,而是那条虫。

我不记得那条虫怎样了——跑掉了吗?如果那样就太不应该了。那是一条很坏的虫。

老人不吃桃核了,于是也很少到我们家来了。

就是这样的一位老人,死得多么惨!可恨的雪天,你怎么偏偏跟这么好的一个老人过不去!我哭着,呜呜地哭。

小村上给老人送葬那天,我和父亲都去了。原来老人是个没家口的人,他一个人住在牲口棚里。村里的人说,老人最要好的不是村上的什么人,而是牲口棚里最西边拴的那条牛。我注意看了看那条牛,发现它长了一身黄中泛红的皮毛,那会儿眼角流着泪……

这个冬天很长，完全是大雪还没有化掉的缘故。妈妈说老天爷把冬天藏在雪堆里，一点一点往外发送。我跑到芦青河看过，发现河面上锃光瓦亮，像一大块烧蓝的铜板。开始我不敢走上去，后来一点一点走到了河心。

　　河冰是半透明的，我想看到河里冻住了的鱼。有一天我正在河上玩，遇到了来河里打鱼的人。我觉得很奇怪，不知道他们怎样干这件事——他们先把冰用铁钎子凿开一个大洞，然后就伸进一个捞斗往外掏着，结果一会儿就掏出鱼来。这在以后很长时间，我都感到不理解。

　　我还看到一只兔子从河坝的雪堆上跑下来，想穿过河去。它跑到河心时，前蹄一滑就跌了一跤。由于它是当着我的面跌倒的，所以我明显地感到了它有些不好意思，爬起来，很不体面地向对岸跑去。

　　如果河堤上的雪堆往河道里缓缓地流水，就说明春天的热劲儿要来了。这时候你蹲在河冰上听听吧，河水在冰下咕咕咕流呢！不过两岸林中的大雪岭还要多久才能化掉？这是没有边的日子啊！

　　大雪化一层，就露出了一层细小的沙尘，这是风雪之夜里掺进去的。大雪岭子一道一道躺在村边路口上喘气儿，像海边上快死的大鲨鱼，又脏又腥，苍蝇围着打旋儿。我发现田里到处都开始发出绿芽了，小小的蜂蝶也开始嗡嗡转。可是冬天的雪还不肯离开我们。

　　树林子里的冷气蓄得好浓，人走进去，就像走进了冷窖。没有叶子的梢头挡不住太阳,热力把地上的雪化掉一点,夜间又是冻结上了。一些去年秋天和冬天忘记摘下来的野果子,这会儿悄悄地发霉了。

我们家的院子里早就没有一点雪了。父亲把残留在院角和屋后的一点冰渣也清掉了。他不愿过冬天和春天相挨这些日子。妈妈在一个春天快来的时候就满脸高兴,扳着手指算节气,说什么什么日子还有多远,多久以后是清明……我就是这个冬春发现了妈妈头上的白发,一根一根,大约有十几根,闪闪发亮!我喊了父亲来看,父亲真的走到妈妈跟前,背着手,很认真地看,还伸手抚弄了一下妈妈的头发。

"妈妈……"我叫了一声。

妈妈没有吭声,用手在我的后背上轻轻抚了一下。

"时光真快啊!转眼又是一年了……"妈妈像是对父亲说。

我知道这句话是什么意思。因为我们就是在一年的开春,踏着一个春天化雪的泥泞搬到这儿的。那时的事我已经不记得了,是妈妈告诉我的。她说那一年的雪化了很久很久,林子里背阴处的雪差不多一直留在那儿。

我是在这片林子里长大的。这儿的一切都是我的。我知道大林子里一切的奥秘,知道芦青河的所有故事。

小村里的孩子经常来变暖的林子里玩,我们就结伴在树上拴秋千、爬树掏鸟窝。我们特别喜欢把黑乎乎的雪岭掏开,从当中掏出白白的一尘不染的雪来吃。我们还将它们做成一个个窝窝头带回家去,当着大人的面张口就咬,让他们吓一跳。

河冰一块一块跌落到水流里。夜里,坐在岸上,可以听见咔啦啦的冰板的断裂声。春天真的要来了,可林子里的大雪真的一时还化不掉呢。

我们沿着河堤飞跑,一直向北,跑向了大海。大海被一个冬天折腾得黑乌乌的,白色的浪朵一层一层揭开,又慢慢覆盖在水面上。我们都惊讶地看到海岸上一堆一堆的雪和冰——这是海浪推拥上来的,还是冬天里积聚在海边上的?谁也搞不清楚。

有一条蛇在海滩的沙子上慢腾腾地游动。我们跟上它走了很远很远。后来,我们又看到了一个兔子,它飞似的不见了。再后来,我们又看到了一个刺猬。

我把刺猬拿来回家的时候,父亲正坐在院里抽烟。他让我放下刺猬,然后看它在院里走。"多么美丽!"他看了一会儿说了一句。我不解地看看父亲——我不明白它美丽在哪里,也不明白父亲为什么会说这样的话。

妈妈也跑到院里来了。她不知怎么靠在了父亲身上,两人一块儿看着刺猬。"多么美丽!"父亲又说了一遍,一只手搭在妈妈的肩膀上。

"孩子,你是从哪里弄来的呀?"妈妈无比和蔼地问我。

我详细地讲了起来。

我讲完了,他们满意地笑着。我觉得这是很久以来没有过的愉快时刻。

我们玩了一会儿,妈妈说吃饭了,大家就跑进屋里。等我吃过了饭再出来找刺猬时,它已经钻到什么地方去了。

夜晚睡觉冷极了。"下雪不冷化雪冷"——这还是个化雪的季节啊！我夜里紧紧蒙住被子，抵挡着严寒。在这样的夜晚，你不会觉得这是春天，而只能认为是在严冬。

如果是个大风之夜，树林子鸣响起来就怪吓人的。我知道野物们在春夜里不会平静，它们要跳要蹦，在林子里闹着。树木的枝条互相碰撞不停，风在树尖上发出刺耳的叫声。这是春天吗？这是隆冬天里啊。我甚至想起了以前的冬天和春天，想起了以前大雪是怎样融化的。那时的雪好像化得比现在快，而且是悄悄的，不声不响的。

林子里的槐树抽出了长长的叶片，再有不久就该着开槐花了。那时，整个大林子就要真的告别一个冬天了。

我心里焦急地等待着。

我等着槐花一齐开放、林子里到处是放蜂人的那样一个日子。我差不多天天往林子深处跑，一路上留意着。我总是将每一点新奇的发现告诉父亲和母亲。我发现槐叶下边已经生出了花骨朵，密密的，像粟子穗儿一样。今年春天的槐花一定比哪一年都密。

林子里还找得到雪的痕迹吗？没有了，到处都暖融融的。地上，是萌生的各种绿芽，是被太阳照得发烫的干草叶儿。

有一天，槐花终于一齐开放了。妈妈和爸爸领着我进了林子。我们每年的这时候都要采一些槐花，晒干了，留着食用——这是一种独特的美味，是全家人都爱吃的。

我们高兴极了，不停地采啊采啊！满海滩的小动物都在吵闹，它们也高兴极了。鸟儿叫得好欢，它们在远远近近的地方打闹，互相问讯。

　　当我跨过一条小沟的时候,突然在一个拐弯处发现了一堆黑乎乎湿漉漉的东西。我觉得奇怪,用脚踢了一下,发现了白白的雪!我叫了一声。

　　父亲和母亲都过来了。他们注视着隐蔽的雪堆,没有做声。

　　原来冬天还藏在这儿。

　　它一下子又提醒了我们,让我们想起那一场持续长久的大雪天来……

1977 年

在 路 上

您以为会从我这里听到一个曲折离奇的故事,不,也许一切都很平凡。我只不过记下了在路上跟人闲聊的几句话,一个平常的故事。

那是一个秋天的下午。我在西北部小平原上的一个小站下了车,要在当地住一宿,然后赶乘第二天的过路车。太阳落山还需要四五个小时,我没事干,多少有些烦躁,就在站前的小广场上散步。广场的一角有几个卖零食的小贩;另一角是个卖花的老人,身前摆满了盆花。我朝他走过去。

老花匠凭他那老练的生意人眼光,一眼就看出我无意买花,只瞥了一下就低头去摆弄他的花盆。他不愿冷落我,一边忙着一边轻声说:"看看吧!"

"看看您老的花。"我说着蹲在了一盆玫瑰跟前。

粉红的玫瑰花,碧绿的叶子上还有几滴水珠,正在微风里轻轻颤抖。一股浓烈的芳香散发出来,使人沉醉。它在这些花中是那样引人注目,以至于使我的眼睛不屑于去看它旁边的千层菊和玻璃海棠……

有一个姑娘急匆匆地奔了过来。老花匠一眼就看出她要买花,说:"挑哪盆呢?"

新来的顾客有二十多岁。她那双水灵灵的眼睛在长长的睫毛里忽闪了一下,马上看到了我脸前这盆玫瑰,伸手指了一下。

花匠说出了价钱,我觉得很贵。

可姑娘并没争执,很快地付了钱。老花匠一边接过钱一边问:"刚下车是吧?我看你是要把它带到外地去。是不是用草绳扎一下?"

姑娘谢绝了:"不,我是带回春漠林场的……"

她好像还说了什么,我全没听清,只记住了"春漠林场"几个字——我像被什么轻轻点戳了一下!这地方变化太大了,我竟然想不起这个镇子北面不远就是那片林海!

很久以前,我在林场那儿打过游击,就在那儿度过了硝烟弥漫的几个年头——我忽然想起了一位老朋友。一阵热浪涌过心头,我迅速作了决定:天黑之前去一趟那个林场,去那个朋友家!

姑娘转身要走,我请她等一下。

她有些惊愕地望望我,明白了我的意思之后,很快就答应了一起走。

我们两人很快地出了镇子,沿一条弯弯的小路向北,踏上了海滩平原。姑娘说走这条小路去场部要近得多,这正迎合了我急切的心情。在平淡琐屑的生活中,我差不多把这个地方忘掉了。只是在那些动荡的岁月里,在我自己人生的冬天里,忍受着非人的折磨和侮辱时,我才偶尔想起过这块战斗过的地方。只有那些夜晚,我在怀念当年的一些战友……

有幸的是,我很快就要看到一位同甘共苦的老朋友了!

我们边走边谈,我对今天的林场毫无所知。可姑娘的情绪似乎很不好,那张毫无表情的脸显得那样冷漠。我们就这样默默地走着。路旁,草皮青青,丛林密密,不知名的小鸟喧嚣一阵,又成群地飞腾到空中。

"林子比过去更大了吧?"

"更大了!"她的声音只有我们两人能听见。

"我有一位老战友,他叫严夏——他还好吧?"我把战友的名字咬得非常清晰。

姑娘猛地止住了脚步,转过身来。她那双黑黑的眸子盯着我。我们相隔不过几步,我突然发现这张非常秀气的脸好像一瞬间全变了……她声音有些发颤:"严夏!你刚才是说严夏大伯?!"

"我的老战友……"我郑重地告诉:我们已经有十几年没有见面了!

"严夏大伯,严夏大伯! ……"姑娘喃喃着,慢慢转过了身。她看看手中的玫瑰,又把目光投向了前面那苍苍的林海,步子一下变得绵软无力了。

我怕是出了什么事,疑虑重重地跟在身后。

"老同志!"她忽然停下来,叫了我一声,那声音里有些恳求的意味,"您不要去林场了,好吗?"

"怎么?!"我吃了一惊。

她没做声。这张美丽的脸庞上,细细的眉毛开始轻轻跳动,薄薄的下唇咬在嘴里。那表情是复杂的,既说不上生气,也不全是羞愧。难道我不该问吗?她停一会儿才吐出几个字:

"严夏不在了……"

"哪去了?"

"他去世了……"姑娘说完迅速地转过身去走了。

这简直是一个恶意的玩笑!我怔在那儿,骂了一句连我也不明白的话。不过呆了一会儿我才渐渐醒悟过来。这消息太突然了,然而我应该相信!我这些年虽然没有和严夏在一起,但却亲眼看到了那么多的血泊泪痕。那样的年头里,还有什么事能让我惊讶呢?不过这毕竟是严夏啊!记得我在牢狱中度过的那些寂寞凄苦的夜晚,从方尺小窗望着一天繁星时,眼前多少次闪过他的身影:穿一身暗绿军服,背一杆猎枪,腿上缠着桑树皮……我的朋友啊!我的战友!你同样没有躲过这场劫难!

我大失所望地转回身……

"难道就这样……走了?"姑娘站在远处。她像期待什么。

也许她要告诉严夏的死因。但我知道那只会是又一个不幸的故事。这样的故事我听得太多了。我真不想再听……不过既然来到了林场,来到了分别十几年的土地,我这迈向归路的两腿沉重极了……我咬了咬牙,转过身来。

她在前边等我。

"他是怎么死的?"我忍不住,还是问了一句。

"被一个人出卖了!"

我盯住了她。

"真的,出卖他的不是别人,是他的女儿!"姑娘的声音里有说不尽的愤恨。

"他有个女儿?"

"有,一个卑鄙的人……"

到底是怎么一回事?!我开始觉得奇怪了,心里一阵激愤——女儿出卖父亲,这毕竟太少见了啊!姑娘慢慢走着,可我完全可以从她那微微抖动的双肩看出她的激动。我再三询问,她就是不说一个字。她的脾气有些古怪。我沉默下来,低头往前走着。

后来,是她主动说话的。她忍不住,最终还是告诉了这样一个故事……

一个寒流早早袭来的秋天,树叶不合季节地脱落,遍地野花也枯萎了。一批又一批人从四面八方押到林场来,像劳改犯一样做活。僻远旷阔的林场是西北部小平原上最美丽的一角,一度曾做过休养地。这里做梦也想不到会派做这样的用场。它变得恐怖、阴森,半夜都听得见鞭子声和哀号。

这都是些可怜的人!看看这一头头白发就可以知道,他们在过去和今天都活得不容易。其中也有年轻人,有的才十几岁,脸上还没有脱去稚气。有个姑娘年纪轻轻,还只是个孩子,她究竟有什么罪,也要押到林场里来呢?那些监工的人背了枪,有时真的动手打人。姑娘怕极了,老要战战兢兢地躲闪……

护林员严夏有一次从她身边走过,一个监工要欺负她,老人就护住了她。在林场,不少人对这个老头都有点敬畏,那些坏家伙们也就怕他三分……后来,严夏从别人嘴里打听出:姑娘的父母都冤死在牢里,一个哥哥也不知逃到哪去了,她为父母喊冤,不知怎么就被赶来了林场!

"大概就是这个姑娘做了严夏的女儿吧?"

因为我知道他根本没生什么女儿,他的独生儿子早在三十年前牺牲了,他一直独自生活。

姑娘转脸望了我一眼——她的眼睛有些红,淡淡地"嗯"一声,接下去说:

"您别以为老人是怕孤独才收下这个女儿的,他是可怜她,也可怜姑娘的父母,想着那一对合不上的眼……"她说着咽住了,哭了……

她抽泣的声音给本来就很凄惨的故事蒙上了又一层悲哀。我心中泛起一股特别难受的滋味。可以想见人们对严夏的感情有多么深,这个姑娘只是这些人中的一个啊!我听下去,听着这声音发颤的、不断掺杂进抽泣、常常中断下来的叙述。脆弱的姑娘大概也不愿过多地讲下去,听她正匆忙地往前跳跃:

"反正老人是有了一个女儿了,直到最后还在尽他做父亲的责任。那个女孩挺有福的,能在双亲面前得到的爱抚她全得到了。在当时那个环境里,她再也不能指望更好的事儿了,老人待她再好也没有了。

"他们两个人差不多是相依为命了。他们的感情比当时那会儿一般的父女关系还要深呢!刚入冬,姑娘膝盖上就捆上了严夏亲手做的毛皮筒;生了病,是老人一匙一匙喂她汤水。有时候姑娘随大家一同去镇上做苦活,老伯伯回来不见了姑娘,一个人背着猎枪寻遍了整个林子,最后听到消息,又跑到场部的路上去迎。下大雪,风一阵比一阵凶,老人都是掮着枪在路边上等啊,等啊,在大风雪里站到下半夜,胡子都结了冰……"

她不得不又一次停住,抬起头来望着前面的天空和树木,使自己平静一下。

我在心里判断:姑娘肯定是一个深深怀念着老人、仇恨着叛徒的目击者。我望了望她那十分秀美的肩头、那搭下来的乌黑的长发,心想:她嫉恶如仇,不仅有美好的面容,而且生了颗多么美好的心灵……我叹了一声:

"我的朋友大概是犯了一个错误。不过他在当时这样也可以理解。我是说他应该对孩子要求得更严格些。娇惯坏了一个年轻人其实是很容易的……"

姑娘转过身来。她那双火辣辣的眼睛盯了我一下,让人发疼。这时我才看出,她漂亮的脸庞上微微透着疲惫和憔悴。她看着我,慢慢松了一口气,脸色和缓下来。我想她大概是在饶恕一个满头白发的人出言突兀吧。接着,她对我的话作了委婉的但却是彻底的否定:

"谁要能亲眼看一看他们是怎样在一块儿生活就好了,那时就什么都清楚了……我不知道在当时还有谁会像严夏大伯那样!老人该用的心思全用到了,简直把心都操碎了……"

她说到这里,眼角添上了晶亮的东西,恨恨地说一句:"不管怎么说,那个姑娘是坏透了——我是说后来……她到底为什么会那样无耻呢?"她痛苦地摇了摇头,"这我也回答不出了……"

其实我从未想为那个姑娘辩解什么。我找不到任何理由。我请她接着讲下去。她却再也不讲了,理由是:反正您知道了,她背叛了那个恩重如山的老人。

"到底为什么呢?!"

"为什么?因为又过了两年,林场里简直没法活下去了——人活着比死去更可怕……那个没良心的人害怕了,她像个狗一样求饶了!"她不是在叙述,她简直是在诅咒。然而只有诅咒还是不能让我完全明白。我不得不一点一点、颇费心思地去探问那个结局——

……随着事态的发展,各种各样的迫害加剧了,方式已经是五花八门,许多从战争年代数过来的人都纷纷倒下了。这些人当中,有一位是我们当年的独立团政委。老政委曾是一个大学讲师,当年是戴着深度近视眼镜出来打仗、进入解放区的。胜利了,老人该安度晚年了,想不到又被监禁到这个林场。当年他在这儿战斗过,历史多会开玩笑……他逝世时逢深秋,正是叶落枯黄的季节,人们痛断了心肠。在极度的仇恨和悲痛中,人们暗暗决定要给他送葬,在密林深处为他悄悄举行葬礼……

老护林员亲手为他的老友采下了一束束鲜花,又在女儿的帮助下连夜草就了一份悼词。老人是这次行动的发起者。那几个夜晚老人不能安眠,他和几个老人把老政委的遗体转移到一个地方,一个人背杆猎枪,一直守在灵前。

他为什么要冒这个险?为什么?不知道……老人一连坐了几

个晚上,一声不吭地吸烟。

就在举行葬礼的前一天,事情不知怎么泄露了……背枪的人暗暗奔忙起来,岗楼里的人赶紧向上汇报。那些人的眼神都变了,变得血红血红。天阴了,一点阳光都没有,空气里有了血腥味儿。

"那些日子人简直熬不出来了,今天说起来也许有人会以为是夸张……"姑娘说到这里稍稍停顿了一下。

我说:"只要熬出来,他就会一辈子忘不了……"停了会儿我又问:"严夏的女儿就在这时候被抓了吗?"

"嗯。她当时——记得那天是个下大雨的晚上,她被人推搡着拥到一个木板棚里,后来又拉到一间地下室。她浑身透湿。她早看惯了鞭子和棍棒,可就是不知道天底下还会有这么残忍的人、这么罪恶的地方!我不说您也会想象得出,那天夜里她受了些什么折磨。她熬不住了……就这样,她……"

"她把严夏老人给卖了!"

"是的!她交出了刚抄清的那份悼词,说出了守灵的地方,详细讲了关于准备追悼会的一些细节……"

"她该想一想自己的父母是怎么死的……"

"她想了,想得很多。父亲,母亲,还有跑得没有踪影的哥哥,她都想了。她觉得自己一家付出的代价太多了……"姑娘那一直在眼里闪烁的泪花滚出了眼眶,面颊上划出了一道长长的泪痕……

接下去是久久的沉默。我好久没有这样难过了。

"他们是在半夜动手的。凡是参与过这事的人他们一个也没放过。一群持枪的人冲进了老政委的灵堂,严夏老伯跟他们打起来。最后老人胸脯上、腿上、后背,受了七八处重伤,血是一点点流完的……"

姑娘说着说着失声大哭起来,这哭声让我好揪心!我想,如果严夏的女儿像我面前这位姑娘就好了。我经历了艰苦的战争岁月,曾在那片密林里打过好几年仗,甚至还在"和平时期"里坐过四年牢。大概没有人会把我想象成一个感情脆弱的人。可我这时流泪了。也并非这故事比起以前经历过的有什么特别悲惨之处,可是我流泪了。

"追悼会开过了?"

"开过了。事情一公开化,他们也没办法。来的人出乎意料地多。这是同时悼念两位老人哪!送葬的队伍好长,除了那个姑娘没来之外,连一些跟他们素不相识的人也来了。那些手持武器的人干看着,很慌,当时竟没敢动手——直到很久,直到后来他们才寻机会狠狠地做了报复,当时报上还登过这个'事件'……"

我当时没有自由,也回忆不出这张报纸……

林海的呼啸声越来越响,我们已经深入了林海。脚下的小路越发曲折,这一段被野草和荆棘掩起,那一段又隐在树丛里,七旋八转,几次让我疑为一条死路,然而最后不知怎么都走过去了……走在小路上,每踏近一步,胸中就泛过一片涟漪。我的脚步沉得快拉不动了。

正走着,姑娘忽然轻轻喊了一声。

我们来到了哪里?我迷惑地望着这片密匝匝的林子,又望着脚下这弯弯的小路——地上是一层茸茸绿草,绿草里杂有深秋不衰的小花,小路就在这花与草之间蜿蜒。路的左边有一丛茂盛的松柏,我看到有青青的石碑从微微摇动的枝叶间显露出来——我喊了一声,奔了过去。

这里原来有两座墓啊!

那石碑上刻着老政委和严夏老人的名字。

他们挨在一起睡着了。这似乎是幸福的——两位老人,老战友,可以天天交谈……

两个墓,掩埋了两位老战士。他们没有死于昨天的战争,而是死于今天的阴谋。我默默站立,轻轻摘下了帽子……

墓旁开放着一丛鲜花,那清洌芬芳的香气盖过了松脂的气味。花朵在微微的秋风里摇动,细看,原来是人们放在这里的……同路的姑娘早已奔向跟前,在那两个石碑前摆上了那盆特别艳丽的玫瑰——我突然后悔了,后悔在小站的广场上竟没有带来一盆鲜花,为我久别的首长和朋友!

我开始在小路的两侧摘寻那星星点点的野花儿。当我手持这小小花束回到墓前时,发现姑娘的眼睛早已哭红了。她跪在墓前,那淌下的泪水打湿了墓上一小片泥土。她的身子抽搐着,慢慢伏到了墓上。她完全被悲哀压倒了!她在轻轻诉说,我只听清"来晚了"几个字——再看这一丛丛的鲜花,我恍然大悟了:今天正是祭扫的日子啊!原来就是几天前的今天,这故事写下了最悲哀的一笔!

四周树木呼鸣,墓旁的松柏剧烈摇动。草木秋声,如泣如诉。

我有些惊讶地看着姑娘,一路话语又回荡在耳畔。墓地,我的脑子里蹦出了一个奇怪的问号!这问号把我惊得浑身一震!我禁不住走到姑娘身边,问了一句:

"她如今在哪?"

姑娘抬起泪眼,没有回答。

我似乎从那双目光里看到了什么。我不想再问……

啊,瞧啊!瞧瞧吧……

我站在那儿,犹豫着,身上一阵颤栗。我又看了姑娘一眼……

秋风强劲起来,搅动着林涛,发出了一阵阵悠长的低吟。我双手捧着花束,怕惊醒了首长和战友的沉睡,轻轻地、轻轻地放在了墓前……

1977 年写于栖霞
1978 年 12 月改写于烟台

人 的 价 值

一场大雪蒙住了世界,原野上,白色消融了一切。雪还在下着,从白天到夜晚,从黄昏到深夜。白雪使夜的平原呈现灰茫茫一片。一阵阵旋风卷起地上的积雪,扬上天空,跟飘飘的雪花儿汇合……

有三个人在田野里踯躅。

其中的两个年轻力壮,穿着白羊皮大衣,背着老式步枪。不过他们还是耐不住严寒,不时伸手捂一下耳朵,小跑着跺脚,或者藏到那个慢慢移动的"雪人"身后,躲过不时吹来的旋风。"雪人"比他们两个要矮半个头,从那艰难的步履看来,年龄恐怕要在六十岁以上,是个不折不扣的老人。他倒是不跺脚,不捂耳朵,甚至连手臂都不动一下,满不在乎地让雪片糊上一身,变个名符其实的"雪人"。不幸的是突然刮来一阵猛烈的风,吹去了他身上那层厚雪,露出了几道绳索,原来是绳索把身体牢牢地捆了!雪片抖落了,贴在胸前的一个纸牌也在风中扬了一下,上面显出一串模糊不清的字迹:男,三十……

他们走着走着停下来,原来是穿羊皮大衣的两个人实在挨不住了。向前望去,前方一片迷蒙;揉揉眼睛,才依稀可见远远地出现一片深灰的颜色,是那个村庄了。两人中,一个将老式步枪摘下肩来,瞄准了"雪人";另一个奔过去,把他身上的绳索解开,并取下了纸牌儿——这时候这边的才收了枪。他们一齐吼了几声,虽然声音大得骇人,但因风雪之故,那个人大概仍旧无法听清。吼完之后,两个白羊皮大衣就回身走了。茫野上只剩下了一个"雪人"。

"雪人"动一下臂膀,高高地抬一下腿,又试着慢慢蹲下,慢慢起来,轻轻转一下脖子,翕一下嘴巴,然后才启步向前。可是第一步就跌倒了。也许是突然失去绳子的拘束,迈步过于轻飘;他两手抓住地上的白雪,慢慢地躬身,躬身,一下子立起来,并将两手攥满的雪块一齐塞进了嘴里。嘴巴乱动,简直是吞咽进了肚里。他终于向前迈开步子,向着那一片模模糊糊的影子,那不断被风雪掩住的村子走去……

村子哟,那儿有个家!村子哟,那儿有个屋!村子哟,那儿有我泥做的大炕。炕里面烧了柴,它会烘得全身发热,汗粒儿从周身渗出……可是现在,现在离这个村子该有多远哪!怎么这白茫茫的雪地总是踩不尽、踏不完?怎么这可以望得到的村子总是摸不着边缘?他不知踩到被雪掩平的沟里多少次,每次都重重地跌一下。每跌一下,那身上的伤痕都挣裂开来,疼得简直不能呼吸。无数的伤痕,有新有旧,有的是绳子勒的,有的是竹片拍的,还有的是被尖尖的指甲掐的。多少次斗争会啊,哪一次都要绑上,绑上,绑得紧紧的,找刹绳子的好手,把绳子刹到肉里,刹到刚刚愈合的伤口上……今晚上的斗争会开得好长啊,发言的人好多啊!他又一次听到熟悉的声音:"由于狠抓了阶级斗争,粮食又翻番了!"……接下去一片掌声,像刮风一样,把他的心都给吹动了。他也兴奋得要鼓掌,只可惜这手、这全身都被绑着。

这一带是贫穷得出了名的,周围十几里连个富农也没有,只有一个地主。地主不很大,却十分惹人注目,就像谷子地里生了棵高粱。"民国"三十四年,地主生了个男孩;"民国"三十七年,地主死了。男孩四五岁上解放了。他慢慢成长,身材粗了,个子高了,从教室迈进田野,从嬉戏的儿群跨入成人的行列;年龄的增长同时也是价值的增长,他成了村里的劳动好手:驾车狂跑,担土飞奔,百十斤的粮包一弯腰就能扛起来。和村里的同龄人一样,他是田里做活的梁柱子。只是到了后来,他身上才有了同龄人谁也取代不了的价值——每逢抓阶级斗争,他就在方圆几十里的范围内成了"宝贝"。像他这样的人只有他一个,这事儿也只能找他了。一场场斗争会下来,疲惫不堪。可也正是由于对他的批斗,才使生产有了飞跃发展。这就使一般的乡村青年望尘莫及了。他有了怎样神奇的作用、怎样的价值啊!不幸的是这个伟大的价值是在二十多年前,由一个老式乡村地主创造的……

风在怒吼,比刚才大了几倍。大概这时候那两个羊皮大衣已经赶回家去,偎进他们各自的被窝了吧?"雪人"却还在这片摸不到边际的雪地里踯躅。风和雪的加大,使他每迈出一步都十分艰难,觉得全身都麻木了。那血液的热力正在消亡,从四肢凉起,慢慢往胸脯上靠近。他咬着牙齿,带着冷笑,仿佛为老天能惩罚这个有罪的躯体而高兴。他的重大的罪过,就是因为父亲在二十多年前曾经占有过这片土地——这片风雪中怎么也摸不着边际的土地!他哪里是在赶路,哪里是在奔向自己的村子,他简直是在用步伐丈量自己的罪恶啊……

当他又一次跌倒在雪地上的时候,爬起来竟拣到了一根细长的木棍。他笑了,笑自己有了个拐杖。他可以像瞎子一样在地上戳点,试探着前进,使那雪粉填平的沟渠再也骗不了他。有一次他还差一点掉到一个深深的机井里呢……这一下子可好了,凭着这支木棍,准可以平安地回村了。他兴奋地伸出这支木棍,一戳一点向前走去……由于不再担心跌倒,他开始感到饥饿了。他记起早晨被押走,中午只枕了块砖头躺在麦草上,没有吃饭;傍晚时间很紧,要在身上绑绳子,以至于连累别人忙活了好一阵,自然更谈不上吃饭……算起来到现在,肚子已经空了一天零半夜。他多么渴望一步迈进家里,喝水,吃饭,然后一仰身躺到那个热烘烘的土炕上——他这样想着,又记起家里连磨成的玉米面也没有。自己那会儿正准备洗些菜叶蒸上,再去磨些玉米面,民兵就揹枪进来了。还有那土炕:自己离开了一天多,并未用柴烧过,这会儿一定冰得像个碾盘!望着这瞅不透的雪雾,他失望地颤抖了一下。这一抖,满身的伤痕就针扎一样疼,使他手中的棍子不由自主地落到地上。他赶忙弯下腰,像寻找救星一样地寻到那个棍子,两手紧紧攥住——往哪儿走呢?那远远的村庄早已不见了影子,他迷了路了!天上、地上、前面、后面,到处都是这要命的风雪啊!

他怔在那儿,像半腰斩断的一截木头。

须臾间他想起了无数个这样的夜晚,无数个像今天一样的绝望情景;想起了身上的无数伤痕,想起了那个像狗窝一样的泥棚,那个半夜里像冰块一样的土炕和那些用泪冲洗满脸泥尘的日子……我还要奔向哪里?难道这漫漫雪夜、无边的原野,不正是最好的归宿吗?想到这儿他愤愤地、狠狠地抛掉了手中的棍子,然后大步跨了开来——他跌倒、爬起、又跌倒、又爬起,他只希望下一次能够倒在一个深深的机井里……

老天总是跟有罪的人作对。他没碰上那种运气。

他绝望地仰躺在雪地里。风立刻将雪粉卷到脸上,先把眼睛,后把耳朵糊了起来。暂时听不见风声,看不见雪片,只是静静地让雪在脸上融化,让呼吸吹开雪末。这纷飞的雪片啊,旋转、舞动,那空隙里仿佛透过了一丝灯光……是灯光吗?灯光!灯光恍若映在雪地上,从一个小小的窗棂上射出……

那时他正二十来岁,正在冒着长长黑烟的灯下读书呢。夜已经深了,他却没有倦。他激动地往下读,泪水顺着脸颊流下来……突然门被猛地推开了,接着拥进来一些民兵,领头的是年轻的治保主任。原来他早就注意这深夜不熄的窗口了。这时他一把夺去书,挥着旧得发黄的书页说:"黄色书!"然后指着油灯对民兵们说:"谁说阶级斗争熄灭了?熄灭了吗?熄灭了吗?"……他当晚就被关到了民兵连部。

他怎么能将它熄灭呢?这小小油灯伴他度过了多少夜晚,他借助它给予的微弱的光明,窥见了无数个神奇的世界。他什么都读,什么都爱;懂的,不懂的,全都收在自己小小的书箱里。他常常把自己溶解在一片美丽的颜色里,就像一颗盐粒溶解在一杯清水里……可是不久他就给溶解在一片批斗的声浪里了。台上、台下,在自己村,在别人村,在人多的地方,在人少的地方,他常常被当成"活靶子"。也就是那之后,他才听人说:因为狠抓了阶级斗争,粮食翻番了!这是他第一次知道自己所具有的神奇功能——能使粮食翻番!他被自己所拥有的巨大力量给惊呆了!

也真是粮食翻番了!那粮食一大车一大车地运到了远方……令人不解的是,人们往饭里掺的糠菜越来越多了!

由于方圆几十里只有他这一个"地主",所以每到了需要粮食翻番的关键时候,他常常就给忙得不可开交。尽管有时也让几个不安心种田的人,比如养母猪的、种韭菜的、栽果树的、卖黄烟的陪伴一下,但主要的事情还得靠他自己。粮食不知翻过多少番了,看来还要继续翻下去……

地上阴黑一片,躺在地上的"雪人"坐起来。第一件事就是寻那个抛掉了的木棍——他想到了自己的价值,难以替代的使命……不能就这样死去,绝不能。可是那个木棍再也没有找到,它大半被风雪埋住了。

他只有更加艰难地前进——一丝丝试探着迈步,向着村子走去。

村子哟,那儿有个家!村子哟,那儿有个屋!村子哟,那儿有我泥做的大炕……

可眼前只有风雪,只有这混混浊浊一片,天地相连。什么别的声音也没有,只有风声,像鬼叫一样骇人。村子到底离开多远呢?

如果这时候传来一声狗叫,或是一句歌儿该有多好啊!想到歌儿,他模模糊糊记起自己也曾是一个唱歌儿的好手呢!刚刚走出校门时,常常是站在人多的地方,一唱就是半天,唱得人们鼓掌,唱得姑娘直着眼看……到后来虽然也常常站在人多的地方,不过不唱了,只是在斥责声里挂个牌儿低着头,这是为了粮食翻番……他一想到这里心上就充满了悔恨,刚才怎么会想到去死呢?没有了自己,谁来替代?粮食又怎么办呢?天哪,不能,不但万不能死,而且还要更精心地活呢!他在暗暗思虑:回去的时候,要好好调养,也许那饭里不该再掺那么多的糠皮了。反正这是以后的事了,反正得精心地活啊……

村子哟,那儿有个家!村子哟,那儿有个屋!村子哟,那儿有我泥做的大炕!……

可是村子到底在哪里呢?他实在走不动了,两条腿麻得差不多不能挪动,只是胳膊还有知觉,每动一下都疼得钻心。一团雪扑在脸上,他抹去,抹进一些嘴里,然后吞咽了。这是向心脏送冰水,冰水会使血液凝结……可是这脚下的路啊,却是无穷无尽的远!就凭这走不到边的田野,就可以再一次判定自己的罪恶是多么深重了——这么大的一片土地,怎么可以让你的父亲独自占有?!

他愤怒地质问自己,像要跟谁搏击似的握起了两只结着冰凌的拳头——风雪里隐隐传来一阵小孩子的哭声——真的,是婴儿在睡梦里寻找母亲、追求奶水的那种哭声!他惊得两手一抖,攥紧的拳头也就松开了。他极力辨别这哭声是从哪个方向传来,他要追着这诱人的声音奔向迷失的村子。可是这该死的风雪将一切都搅得模糊了,后来干脆连那模糊的声音也扫得一干二净了!他只好选准一个方向走去……小孩儿的哭声像唱歌一样动人,可惜只唱了那么短短的几声。大约他刚刚急躁地晃动那可爱的小手,温柔的母亲就用乳头塞进了喇叭花一样的小嘴里!小孩儿,小孩儿……他咂了咂嘴。将来自己是必定要死的,那时候再怎么办呢?粮食还要翻番的呀!哦,他已经真诚地为着我们的未来担忧了。忧虑中,他的脑细胞继续旋动:谁都需要传宗接代的,他也要有个孩子;可是——媳妇……脑细胞的旋动突然中断,因为他没有媳妇,好像这是永远不可能有的了……

很可惜。

姑娘也曾走近过他。那是仅有的一次……当时他不足二十岁,常在村南的柳林里等一个人。那人影是无声无息地来到身边的,他们在一起问寒问暖。爱情像朵初绽的花儿,美丽芳香,那么清新又那么鲜嫩,浑身挂满了摇不得也动不得的露珠儿……他满是力气,有一次还把她举了起来——她笑着求饶了,他也就放下了她——他从第一次批斗会上下来,就再也不曾去过那柳丝悠悠的深林……

眼下,在这漫漫雪夜中,他眼前又一次闪过那梦幻般的情景。立刻连雪花儿也温柔了,那一大片一大片的雪花打在脸上,像一只柔软的手的抚摸。他仿佛没有踩在过膝的白雪上,而是在踩着窸窣的草地。他三十多岁了,可他这会儿心头热切得像个孩子,真想拥住这寒冷中的一切……

然而风雪搅动的世界毕竟不是绿的草地。他突然给陷在一个深深的枯井里了。

　　恐惧使他在黑暗中奋力蹬动,忍着伤疼,可那失去知觉的腿却僵着。雪粉从头顶直灌下来,灌进衣领里,眼里,口里。他吐出来,吐出来,直到大雪盖过嘴巴为止。他呼喊了一声,可这声音已传不出井口……

　　村子哟,那儿有个家!村子哟,那儿有个屋!村子哟,那儿有我泥做的大炕!……

　　雪很快掩埋了枯井,一点异样的痕迹都不留。

　　他大概在最后一刻也不会明白:他早已摸到了村边;这枯井,就在他自己的窝棚后面,是他三年前亲手掘成的!

　　深深的、深深的惋惜,一种空前的犯罪感……"粮食!……"他刚喊了两个字,雪粉就把张大的嘴巴填满了……

1978 年于烟台

田　根　本

省报把野鸡岭说的不能再好了：那里的人民、土地……啧啧！凡能写点东西的都往野鸡岭跑了。我也能写点东西，也在一个初夏季节跑去了。踏上野鸡岭的地界，给人印象最深的自然就是那覆盖了浓绿的一架架大山。山上到处是一人来高的松树，一些灌木。山坡上绿茸茸的草皮，说明水土得到了有效的保持。松林的间隙地带还栽上了小小的果树。这一切都说明了它的蓬勃兴旺，说明了它的将来会更加美好……

为了便于工作，我进村后要求找一户安静人家住下。村干部作难地说："有的人家安静没空场，有的人家有空场不安静……"最后他鼓了鼓嘴唇："去田根本家吧！"……

田根本家里共有五口人，除了妻子还有一个二十多岁的姑娘，名叫金花；两个小子，大的叫大官，小的叫二官；他们分别上着初中和小学。家里没有什么小孩吵闹，这已经可以满足了。

田根本大概快有六十了，瘦瘦的中等个子，走起路来头使劲往前探去。颧骨很高，颧骨下边皱纹极多，看上去总像在笑。实际上田根本也总是在笑。我第一次踏进他的院门,他就这么笑着,老远迎上来,说了句"领导跟我说了",拉过小小的行李包就往里走。我听说他家里闲着一间厢房,他却一直领我进了正房,撩开一道浅紫门帘。

这间房子收拾得非常干净,由于没有什么大的摆设,显得也宽敞。褪色小桌上端正地摆了一具桃形小镜,镜旁的梳子和粉盒、雪花膏瓶却告诉了我谁在这儿住。我马上不好意思地要往外走,田根本却把行李放到炕上,一脸憨厚地笑着:"这儿敞凉。她也爱住厢房。"我又要说什么,浅紫门帘又抖了一下,金花进来了。她先笑着向我点点头,然后却轻轻扫了父亲一眼,那眼神里分明有几分责备。我坚持要住到厢房里,他父女俩却死也不让。最后也只好顺从下来。金花走到小桌前收拾她的东西,脸色通红——我明白她刚才是怨父亲突然把生人领到了她屋里。田根本倒像什么也没看到,坐在炕边上吸烟,一如既往地笑着……

就是由于这种偶然的机会,使我结识了深山里的这么一家人。

开始一段日子,我忙于采访,在屋里呆的时间很少。这一家人很少和我说什么,只是让人觉出他们十分热情。田根本的老伴就像田根本一样和蔼,笑的时候两手在胸前握着。金花是个不错的农村姑娘,腼腆,少话,也许可以从她身上看到母亲当年的影子;唯有大官和二官挤鼻子弄眼,既不像父亲,也不像母亲……家里总是平静的,就连粗声说话也不容易听到。我在这里最大的困难是吃饭——每顿饭总有一场争执。他们把薄薄的葱花饼端到我面前,一家人却吃掺了玉米粉的地瓜干饼子。当我表示出生气的时候,田根本就吃惊地说:"来咱这山沟就不易哩,还能再委屈你?"我说:"你们能吃我就能吃。"他瞪起了眼睛:"庄稼人吃惯了。比俺们?好玄!"说完又是一脸的微笑。我想他会是永远不知发火的那种人。

然而一天中午,我却第一次看到了田根本发火。那是他和大官在自留地里锄草,因为大官握锄的姿势不对,又伤了一棵苗。这天非常热,田根本只穿了一条半长的黑裤。黝黑黝黑的脊背上汗水像小溪一样流动;大官也满头是汗,心烦地放下锄头:"偏要顶日头干,晒死人!"父亲固执地拉着锄头:"顶日头干好,晒死草!"大官只好拾起锄来拉了两个来回,转转眼珠说:"爸,老师留的作业还没做哩,俺要学习!"田根本一直板着的脸马上恢复了笑容,那双深深的眼睛眨了两眨,满嘴爽快:"去吧去吧,嘿嘿,我不知道。去吧去吧。"……大官像逃脱惩罚一样地逃掉了。我亲眼看见大官走出地边蹦了两下,抽出兜里的弹弓就钻进了树林子。田根本干得十分起劲,就像不知道热似的,那汗水在脸上流得一道连着一道,怎么也洗不去那刻就的笑容。他一个中午就锄完了一大片地,又担水浇了几大架芸豆……

这个晚上,我和田根本一块乘凉拉呱。我夸他重视孩子的学习,他充满希望地说:"谁知能不能结出个甜果来?瞧人家村东二锁,念高中!回来没过两年,满村的机器都拆得动开得起!这才真本事哩,往后山里用人呢……"我明白了他寄托在孩子身上的美好愿望是从哪儿来……我们谈得很多,谈到了他感到新奇的城里事,他就直盯住我看,嘴半张着,不断发出"啊,哦"的应和声;谈到了这个山村的前景,他就兴奋得直用烟锅敲头。他说得不多,那么大年纪,倒表现出一个青年人似的求知欲。只是讲到绿化山峦的事,他的话才一下子多起来。是的,那北风怒吼的严冬,那热气蒸人的盛暑,会永远镌刻在人们的心扉上。一架架大山,硬是靠无数的汗水才染绿的。

通过那次交谈,我发现以前至少是犯了一个错误——忽视了眼前这个最方便的采访对象。他不是也可以提供很多重要的事情吗?

我们谈得次数多了,相互之间的话也就随便起来,田根本甚至连家里一些日常小事也讲给我听。记得有一次金花从我们眼前走过,他指指她的背影说:"你看她穿了什么?"我看看说:"的确良吧?"他笑:"是哩!这么白的布,前些日子还跟我要印花的哩。"他说着叹口气:"年轻人哪知道,旧社会大户人家才穿得起绸哩……印花的,还要印花的。"金花的耳朵也太尖了,这时停住了脚步,回头扫了父亲一眼——这蕴含责备的目光我刚来时就见过。田根本倒像没有看到,顺着刚才的话茬往下说:"那就给她买吧……"金花往前走去,两根辫子轻轻拍打后背。她那么苗条,连我也觉得她似乎该穿点花衣服才好。是的,她已经不小了,会去爱一个人,也需要一个人爱——这倒不见得是眼前这个父亲所能理解的。交通方便,时髦商品也能运进山沟,主要是一般庄稼人还不习惯用,比如那闪光的漂亮的人造革皮带吧,四十上下的人就很少去买,而大多用白布条捆腰;年轻小伙子姑娘有时干着急,像金花,辫子上到现在还扎着用羊毛捻的红头绳……

这天早上,我第一次跟田根本上山。他和一些岁数大的人在修地堰。大伙一人修一段,各人忙各人的。我问田根本:"是干定额吗?"他手中的锤子停也不停,笑着告诉:"嗯,一人一天修八尺长,给十二个工分。"大家穿的都和田根本一样,光着黑乎乎的脊背。太阳冒到一竿子高的时候,山上的石头就开始烤人,大家的脊背往下淌汗,一会儿就把裤子泡得湿透……我干不了别的,就主动承担了往山上送开水的任务。

这天的后半截时间,田根本被村干部喊到了另一个地段——这里的坡势陡些,加上靠着盘山路,特别要求结实好看一些。他来到这里端量了一下,摇摇头说:"不难不难,多用条子石嘛……"说着就动手干了起来。由于手边的石头顺手,他干的又得法,进度竟然比别人快一倍!记工员中午来量了一下,已经足有三尺了。按这个推算起来,一天的工夫不是可以修成一丈多吗?记工员惊喜地收了尺子。田根本说:"改改定额吧,这地方石料足。"小伙子点点头,掏出小本,将八尺改成了一丈……当他晚上收工来量时,这段石堰已经是一丈一了。他伸出拇指:"嘿,你简直创最高纪录了,我要写个稿子送去广播你!嘿,创纪录……"他挥着拳头,那双有些歪斜的小眼闪了两闪,忽然攥起田根本的手说:"嗳,咱把定额改成一丈二吧?"田根本没有立刻回答,坐在一块石头上吸烟,看着他刚砌成的石堰,像看一朵花、一张画。停了一会儿,他说:"嗯,中。有一年在北山,就垒这样的石堰,我一天垒了一丈四大多哩……嗯,中哩!"他说着提高声音,站起来,记工员在笔记本上飞快改好,冲我们笑笑走了……

回去的路上,田根本的脸上一点疲惫的影子也没有,倒像喝了烧酒那样红扑扑的,话也比过去多了。我知道他为什么高兴。傍晚时分,山风有些凉爽,满山的松树散发着脂香。这种矮矮的小松树,大旱天也难干死。不过长不成大树,山里人顶多用来做个房子小椽什么的……田根本心里的好多故事都是和这种山松连在一起的,路上他又讲起了几年来治山的艰难,讲起了那汗水成河的日子,他说得有些兴奋,步子轻快地走在我前面,只让我看见他那黑光闪亮的后背……

　　大约为了那个定额,他第二天很早就上山去了。等我到后,他已经砌好了一段,正坐在石头上吃早饭,抹着汗花,往嘴里送瓜干饼子……这天他几乎一点也没有休息,我每次走过来,都看到他弯腰挥着锤子。不知怎么,我觉得他不是在砌堰,他是在绣花。经他的手砌起的石堰齐整好看,远远看去好似给弯弯的山路镶了一道金边。记工员在傍晚收工的时候来量了量,当尺子从石堰上拿开时,却是一脸的失望:新砌的石堰只有一丈多一点……我知道一个六十多岁的人是不能一直拼下去的,老人一定是很累了。可田根本却吃惊地盯着那根尺子,一丝笑容也没有,嘴唇颤着:"这是怎么了?过去我垒过一丈四大多哩……这是怎么啦?"我看着他黑裤上积起的一道道白色汗盐,忍不住想说点什么。

　　这天晚上,田根本的脸上第一次没有了笑容。家里人跟他说话,他应几句,然后依旧低头吸烟。老伴说:"看你难过那样儿,不知又有了什么事儿!"他仰脸斜了老伴一眼,没有说话,拿个板凳到一边坐去了。黑夜里,我躺在炕上,看着院子里那一明一灭的烟锅儿,心里直翻个儿。这是怎样的一个人哪……夜深下来了,我没有一点睡意。

以后,田根本仍然很早带着干粮上山,很晚带着一身泥汗回家。他越来越瘦了,那颧骨显得更高了,使颧骨下面的皱纹更多,因而也更显得高兴。

在那盘山路旁,在那开满了小黄花的青石山下,有一长溜修得非常好看的坚固石堰,这就是他的接近完成的杰作。

这天下午我因事上山晚了。我一个人往山上走去,感受着闷热而又沉寂的时刻。山上的林子里,没有一声小鸟的啼叫。当我在一片平静中转过一个山嘴,竟然听到了一声轻轻呜咽!我一惊,随即看到前面一个姑娘发疯似的奔跑,一边跑还伸手抹着眼睛。我认出她是金花,就用力喊了一声。她站住了,没等我开口问,就哭起来:"爸爸受伤了,刚才有人去喊医生……"

我什么也没说,和金花一块儿向前跑去……这也来得太突然了!

当我们到了工地的时候,田根本已经往山下抬去了,石堰前只剩下几个人。他们告诉:一辆马车的牲口毛了,直从盘山路上冲下来,拐弯正对着刚垒的石堰,田根本就像个傻人,硬挺着肉长的身子跑上去拦车,结果石堰倒没撞坏,他的腰却给挤伤了!……我和金花没有再听,直顺着下山的路追去……山路上,好多人围着一个担架走,当我们追上来时,人们稍稍停了停。我和金花伏到担架上。老人的腰已被赤脚医生简单包扎了一下,正准备往大医院送。那绷带上,一层通红的血渗了出来……金花哭着问:"爸,疼吧?"田根本说:"傻闺女家,还能不疼!哭个什么!"……我握着这双像粗石块似的手,什么也说不出。老人望着我,还像往常一样笑着:"伤筋动骨一百天,我可用不了这多天!你看住石堰别让人动,我回来接着砌——我干活爱一手成……"这时担架已经往前走了,田根本又最后嘱咐:"你别忘了替我把锤子收拾起来;还有,咱俩过去在下面坐着拉呱那棵树杈上挂着瓜干饼子,金花找不着,你给她拿回家去……"

当我回到石堰前,再一次端量他的杰作时,我才进一步知道了他为什么要冒着生命危险去拦车。这是出自老人手中的一条好石堰,砌得仔细极了;瞧那石头缝儿对得多严,连不同颜色的石头也配得好。我在石堰前寻找锤子的时候,同时也寻到了一些染上了鲜血的石块。这些变红的石头镶嵌在堰上,很醒目……

最后,我在那棵熟悉的松树上,摘下了一个白土布包。我解开看了,看到了苍黑的一块瓜干饼子。

四周,葱绿的矮小的松树一动不动。在这又热又闷的时刻里,我一个人往山下走去了。

山野真静啊。

1978年8月写于栖霞

悲　歌

秋天的河流,阳光映在水里,两岸的景色在浪花里卷动。一叶叶小舟,顺流直下的,逆流而上的,拥拥挤挤塞了一河道。从河心里往外瞧,只见无边的原野上人人忙秋,有攀在树上摘果子的,有站在架下采葡萄的……

早知道这个秋天要跑这么多的船,也许会把河道开宽一点。拥拥挤挤,从半夜到黎明,从黎明到正午,直到傍晚时分,那帆影才稀疏下来。船上的人,不管是摇橹的、撑篙的,或是轻轻松松的乘客,都把眼睛睁大了望。

有一个小船,无帆无桅,从上游射下来。握篙的是个男孩儿,他船上独独一个乘客:银须一把,爽爽撒在前胸;方方脸膛上,是又直又挺的鼻梁和粗粗的眉毛。他的眼睛像是眯着,但睁大了也没有光亮——原来是个盲老人!他穿一身青大襟的衣服,灰布肥腿儿裤,脚踏一双黑面小口鞋。他肩上斜挂下来的,是一只老旧的三弦。手里提一个帆布包包,包里盛着铜铃竹板、鼓儿小钹和一叠子杂散东西。

这就是艺号叫"山南"的老人,在芦青河两岸弹着三弦唱了六十个年头。河两岸大人小孩没有不知道他的。他的三弦一响,身上一活动,那鼓钹板铃是怎样在腰上莫名其妙地响起来,和着节奏,是谁也弄不明白的。他沿着芦青河唱下去,这会儿要到门镇——那可是有名的大村镇,可有识艺的能人!……

这时老人在船上问:"快到了吧?"

撑篙的仰脸答道:"就到了!"

山南的手轻轻按在琴弦上,头微微低着。脸上的肌肉轻轻地抽搐一下,又一下。他看不见,可他也许更真切地摸到了这秋天的河流呢!艺人的心,缜密细巧极其灵通;盲人的心,清明透彻又聪慧敏锐。六十年奔波,他的琴声都掺在这河水里了。

船微微一震停住了。两人登上了岸。

岸上的风很柔。日上西山,人荷锄归,家家炊烟伴着米的熟味,飘得好香啊。山南一踏进村界,心里就一阵热烫。这里将又一次找到他的老友们,那都是热情好客的人哪!他知道进村是一道宽街,一百二十四步远处是大十字口,通常在那株大槐树上悬盏汽灯就开了场。老友们要围他哩。

入了街,人声稠了。不断有毛毛头嚷着:"说书的来了!说书的来了!"这里人把串乡的艺人都叫"说书的"。山南微微笑着,手里拄的竹竿频频点触着地面。忽然,他听到有一个女孩子的声音,她仿佛在直呼自己的艺号:

"山南!山南——"

山南在乡里倒很少听到有这样叫他的,不由得一惊,站住了。

那声音从远一点的地方传来，尽管越来越响，也还隔有三十多步远。哦，这姑娘十八九岁，是傍河村子里的一朵花儿，小巧、娇嫩，细眉大眼，穿一套暗绿花的素衣服，那黑油油两根辫子搭在后背上……他听着，听着，心里边立刻描画出这样一副形象。正待回应，又一群粗楞楞的小伙子拥来了，七嘴八舌，围起山南，一推三搡，拥着抬着往前去了。他们的消息也真灵啊！山南带着乡间艺人常有的那种骄傲在欢声笑语中去了，他知道那个姑娘也不过是这群爱热闹的青年中的一个。

正往前走着，迎面却有一个人喊道："胡闹腾什么？"这是一个年轻的，然而却有些权威的声音。四周的小伙子们一下停止了说笑喊叫，并且很快离开了山南。那个赶来的年轻人上来扯住老人的竹竿，嘴里说："你跟我走吧！"山南心里直觉得好笑！他在哪个村里都几乎遇到这种情况：爱闹新奇的小子们一围住，立刻就有人出来轰开，生怕把说书的给推搡坏，其实哪个说书人又是纸扎的啊！他只好笑眯眯地跟上去。

跨过一道大门，又进了两道小门，小伙子替他摘下身上的琴和手里的背包，"砰"地一放说："到了，你就睡这炕上。今晚就在这大院里演，莫自己出去，走没了我可不负责任！"话刚停，人就急匆匆地出门走了。

山南又一笑，用手探了探，在炕沿上坐稳。他检查一遍各种乐器，做完了每次演出前都要做的准备工作，又靠着墙壁休息一下，就走出屋子去。他可从不一个人空空地忍受寂寞。

这个大院一定很大，各种房子成排地立着。然而四周静极了，静得只听见轻轻的风声,这和街上的情形有多大差别啊!他不知道怎么又想起了那群小伙子,那个直呼他艺号的姑娘,禁不住说一句:"这丫头!"……在轻轻的风里,山南听到一声什么。又一阵风吹来,他听真切了,那是一个老婆婆的哭声。山南向那儿走去——直走到她的破屋子跟前。

老婆婆悲伤地哭着。

这老人的哭声像河水一样滚动不息……

山南默立着,握竹竿的手发抖了。虽然他还并不知道这是怎么一回事,但他听不得这样悲切的声音。这声音好像牵动了隐在心底的一线欲望,那是他要写而没有写成的一首悲歌……他挪动脚步向一边去了,但执拗的轻风依然把那悲哀的哭声送过来。这声音沙哑了,更显得可怕了。

天完全黑下来。但对于一个盲人,白天和黑夜没有什么差别。可是今天山南的心却随着夜的降临变得沉重起来。那个老婆婆的哀声不断在耳边响着,像是催促他写出那首悲歌……直到吃了饭,他被人领上场子,在那熟悉的气氛中坐下来,这种沉重才一点点消失了。他又陷进兴奋的深潭里了,迎着欢声和零零散散的鼓掌,他仿佛看到了一张挨着一张的脸庞,一道比一道灼热的目光,一颗比一颗火热的心。门镇,门镇识艺的能人就是多啊!山南多皱的脸在灯下闪着亮,就连那双眼睛也放着光。他那微微抖颤的手从桌上拾起了琴,抱进怀里,轻轻一拨,那沉沉的声音就出来了。这琴开始以自己奇特的声音,述说着自己的故事……老艺人脸上的光亮渐渐没有了,那双眼睛又像平常一样眯了起来,可是头却昂着,仿佛在远远地瞭望什么。

场子里一片平静。如果有谁轻轻指点着说几句话,立刻就有好多人同时给予制止。歌儿很长,当弹琴老人无光的眼里流出两行长泪,灯光照出了一片闪烁着晶莹的眼睛时,有一个姑娘在轻轻呜咽……

这时又一群人走进了场子。他们来了,一下把嘈杂带了进来。一伙人说说笑笑坐在最前面,酒气差不多直喷到了老艺人的脸上。

场子里一阵骚乱,有人在后面打口哨,以示抗议。

这伙人好像没有听见人们的抗议,依旧笑着、吵着。后面又有人吹口哨,于是这伙人中有一个站起来,朝吹口哨那个方向骂了一句:"你他娘的吹个狗!"

口哨不敢吹了。场子里也稍稍安静一些。可也只有一小会儿,人群里有人愤怒地咒骂了起来,接着更乱了。照这样子是没法儿唱下去的,山南愤怒地把琴一收,站了起来——也正好曲子到这里终止。他离最前面坐的人也不过两三步远,这时好似直面盯住了他们一般。老人气得手指抖动,紧紧揪着青色的宽大衣襟,两眼更厉害地眯了起来——一群人怔住了,痴呆呆地望着老艺人。停了一会儿,他们重新调笑起来。

"瞧啊,瞧老家伙的腰板!"一个嗓子尖尖地喊。

"哈哈,瞎子唱得不错,这个瞎子!……"一个沙哑嗓子老是重复着一句话。

"瞧啊,瞧老家伙又坐下了!"

"……瞎子唱得不错,这个瞎子!……哎,你能、能来段那玩艺吗？……"

"哈哈哈哈……"沙哑嗓子四周的人哈哈大笑——他们都知道一个流传的下流曲子，身上痒痒挠挠。

山南大声问了一句：

"什么?!"

"那玩艺呀!"尖嗓子又重复一遍。

山南手中的琴"砰"的一声掉在桌子上，随着那琴弦也一齐震断，发出一声清脆的响声。老人一脸的深皱搐动着，再不吱声。

场子里更乱了，有人出来匆忙地收场。

众多的人围住山南，久久不能散去。等到老年人走开的时候，仍然有一些年轻人缠着他。山南激动了，这和以前有过的无数次激动一样，他又一次看到了人们是怎样喜爱他的歌——对，是喜爱我的歌啊！他相信自己的歌……好奇的孩儿在细细地瞅这琴、这鼓、这钹，这腰上的竹板板铜铃铃，有的还伸出手来摸一摸，摇一摇，放上鼻子闻一闻……最后，还是那个刚进街时听到的年轻而有权威的声音轰开了身边的人。老人这次警觉地伸手扯住一个娃娃的手小声问："他是谁?!"娃娃告诉：村头的腿子！

就由他扯着竹竿东拐西折，走出了老远。山南似乎觉出有点不对，就问："不是就在这院里吗？"

"不是了！那个屋子有人住了。我领你到好地方去宿。"

好地方在哪里呢？他们最后出了村子，来到了河滩上。老人当然看不见：月影下，那儿正有两个人扶住一个空空的门框儿立在那儿——瞧，他们也亏了想得出，想出这个可笑又可恶的把戏：他把老人领在门框一边,说了声:"到了!小心别让门槛绊倒!"老人应声用手抚摸了一下门框,小心地抬高了腿迈进门去。接着那人把手里的东西往地上一放说:"今晚你就睡这儿了,可别出去,走没了我可不负责任!"说完又像过去一样匆匆地走了。而那两个人跟着也悄声扛起空门框,跟上去走了——山南除了听到他们离去时的一声嬉笑,什么也不曾发觉。

他找不到四壁,开始觉得这屋子也真够大的了,后来踩着脚下软软的河沙、听着那响亮的流水,才知道是被骗到村外的大河滩上了。当他完全弄明白这到底是怎么一回事时,失声大笑起来。这笑声在深夜里显得那样凄清苦楚,即使老远的人也会从这笑声里听出什么来……

山南双手抱琴,奋力地踯躅在茫茫的河滩上。他不信今夜以来的事情是真的,这倒像梦境……不,你听,那在跟前的芦青河的水声!你听,它那汹涌的威势!你听啊,这秋夜的声音,这北国的风韵……你听,你听啊,有人好像在呼唤!

"山南!山南——"

老人真的听出身后有人呼唤——是她?那个刚刚来到时听到的女孩子?山南惊奇地迅速转身,快着步子迎了过去。

真的是位女孩子。她用一双柔软的手扶住了老人。山南颤抖着声音问:"孩子,你找我?"

没有回答。她只用一双柔软的手紧紧握着老人的手。

"你到底有什么事呢?"

"呜呜……"女孩子哭了,把头偎进了老人的怀里。山南一惊,不由得伸手扶住了姑娘。姑娘抽泣着：

"伯伯,我跟您走过好几个村了……在村口喊您,请您家去喝杯茶……"

山南赶忙说:"姑娘,我听到了你的声音。"

"可您没有停下啊！我听说只有直呼您的艺号,您才会停下来……"姑娘的声音有些急促。

山南的身上一震。他觉得姑娘的话倒有些来历。

姑娘抽泣的声音止住了:"我爸爸过去跟您一块儿学艺,他常讲起您……"

山南吃惊地听着她的话,啊,这原来是师兄的女儿！

姑娘又说:"大伯,上次来的两个盲人得罪了他们,他们也这样做了。我知道有人会捉弄您,就跟您来了。您今夜到俺家住下吧！"

"不,"山南摇摇头,"我哪里也不去了。这样的夜晚我睡不着。还是让我在这河滩上坐一会儿。来,姑娘,替我燃一堆火吧,烘走这夜里的寒气。"他说着,先在沙滩上坐了下来。

姑娘只得去了,扯来些干芦草,把火燃得很红。

两人都没有说话,芦青河的水流得很响。山南这时不知怎么想起了老婆婆那悲怆的声音,他问姑娘是怎么一回事。

姑娘像是在倾听河的流水,久久没有说话。

突然,她又哭了起来。

山南更想知道这里面的缘由,再三询问。姑娘终于讲了这样的故事:

原来老婆婆在哭她的独生儿子。那是挺俊气的青年,刚刚中学毕业就被一个姑娘爱上了。不幸的是村头的儿子也看上了这个姑娘,姑娘要苦苦地摆脱他的纠缠。不久,她的心上人被远远地派去出夫,参加了深山里的民工队。出夫的人要三个月换一次,小伙子却一个人干了三年。前不久,他死在塌方下边。全镇上的人都知道这个消息,可大家都瞒着老婆婆。老婆婆想她的儿子,一天到晚哭……她哭着,她还在盼儿子回来呢!……

姑娘已经讲不下去了。山南这时只听到那阵阵哀声、那个老婆婆的哀声,撩起青大襟抹一下眼角的泪水。他说:"我猜不错,那个姑娘就是你。"

她并没否认,只是往火上添着柴草。

老人像被火星烫着了一样,猛然站了起来。

"大伯,您……"姑娘慌慌地叫一句。

山南看看姑娘,又坐下了。他淡淡地说:"哦,孩子,我要编一首歌……"

"什么歌?"

"一首老年人自己的歌……"

火苗烤得人身上发热。山南侧脸倾听着什么。河水的响声越来越大了,这声音不知怎么与老婆婆的哀声一模一样。他紧紧抓住了琴说:"孩子,秋洪快要下来了……"

姑娘犹豫地望着河面,嘴里问:"真的吗?"

"真的!"

老人说出了坚实的两个字,嫌冷一样把两手抄进了宽宽的衣袖。

芦青河的声音近乎咆哮。山南自语似的又说了句:"秋洪下来了。"说着随手抓起一把柴草,添到了火堆上。

火苗儿一下蹿起了很高。

1979 年 2 月写于烟台

告　别

秋雨淅淅沥沥,细心地洗着碧绿的原野。空中蒙着一层淡白的雾,朦胧中的一切都显得这样宁静。渠水在缓缓流淌,岸上的槐树不断把一身"珍珠"甩到水流里。

渠岸上有一幢棕色茅屋。

此刻,在西间屋内,正靠着一张方桌坐着三个人:高兴得合不拢嘴的两个中年人,一个故作沉默却总是抑制不住满脸兴奋的年轻人——原来那方桌上平摆着一个牛皮纸信封,上面印着红色的、某某大学的字样。

他们不知围着它看了多久。外面雨水变小了,一个男人笑吟吟站起,说要去割几把猪草。另一个男人仿佛也被提醒了,转身去忙了。桌边只剩下一个少年,他把那桌上的信封立起来,一个人慢慢地端详。

屋门又响了一下,八十多岁的老爷爷进来了。他是全家的长辈,一个人住在东厢房里。早晨起来,他已经来过好多次,只是不停,一站就走。少年这时赶忙从桌旁站起。

老爷爷好像根本就没看到孙子,只是盯着那个印着红字的牛皮纸信封。他提着拐杖站在那儿,盯了两眼,说:"从昨晚间看还没看够?这物件可不能乱翻动,看了,知道你考中了,放箱子底下就是。弄丢了才坏事……"

少年听了觉得有趣:就在家里的桌上,怎么会弄丢了?虽然这样想,还是随手将它放到了一个抽屉里。他不想在这时候惹老人家不高兴。

老人眼瞅着他把信封放妥帖,这才慢慢腾腾出门走了……头发花白的母亲从里间出来,望着老公公那驼下的后背,忽然想起件要紧的事情:该嘱咐儿子多去他爷爷屋里玩,这一走还不知再能不能见着老人呢,该去跟爷爷说说话……

儿子听母亲的话,进厢房找爷爷去了。

老爷爷名叫冬生,八十二岁上失去老伴,一个人偏要住在光线暗淡的东厢房里。家里人要替他开个大窗户,他拦住说:"窗小暖和。要那么亮敞干什么?咱又不是大都市里的人家……"老人好多独到的见解是不容怀疑的,只有他特别痛爱的孙子才敢于提出异议。小时候孙子见他抽烟不用火柴,而是用火镰或者火绳,就问:"用火柴多好!给你火柴!"老人继续用火镰敲打一块白色的石头,头也不抬说:"我使不服!"

"什么叫'使不服'?"孙子敢于直问下去。

老人不做任何解释,只是重复一遍:"我使不服!"……

当孙子这时候跨进门,至今仍"使不服"火柴的冬生爷爷正用火绳触着烟锅,伸出拇指按住红色的烟末,使劲吸了一口。拧得粗

粗的艾草火绳就挂在屋子里自燃,满屋都是浓烈的艾草味。少年叫了声"爷爷",坐在了老人身边。爷爷仍低着头,吸着烟问:

"是去那个大都市吧?"

从上午到现在,爷爷已经是第三次这样问了。他这会儿从爷爷的声音里听出了老人正极度兴奋着。他笑答:"嗯,大都市。"

"去那个大都市了!"老头子站起来摸着胡子,两眼盯住眼前的孙子,慢慢放出光来。这样呆了足有半分钟,才坐下来说:"我是大清光绪年间的人,什么没经着!我种过地,赶过脚,南南北北闯荡过,就没听说这地方的庄稼人念书进了大都市……"他说着,伸手把燃过一段的艾草绳子拉扯一下,"下雨天泛潮,艾草绳正冒虚烟……大都市里,人旺的时候像北海发潮。小贩多呀!那些赶会的南山人真有力气,一担子二十个大豆饼。要说也真玄,还有担二十多的,担进担出,肩膀也不歇一下,满集市的人竖大拇指……"

孙子可不是第一次听这些。爷爷一高兴就爱提他年轻时走过的地方。在这个偏僻的小村里,如今只有爷爷一个人是出过远门的。父亲在城里生下了他,可不久就被赶回了乡下;再不久,父亲就郁郁而死……于是只剩下爷爷一个人出过远门了,尽管那是很久的事了,但毕竟是出过远门的呀。满村老老小小常常瞪起眼睛听他说话。爷爷在村里有最多的崇拜者,他骄傲地活到了现在。眼下,对自己的孙子,对这个即将踏着自己的脚印出去走一遭的年轻一辈,又怎么能闭起嘴巴。

外面,一只不知名的小鸟尖着嗓子唱了一句。少年隔着窗户一望,才发觉不知什么时候雨停了。外面正吹着雨后那种凉爽的、通常是带足了甜味的风,各种树木呀,稼禾呀,随着风一摇一摆,水珠儿就滴溜溜滚下来。他瞅着爷爷皱纹密布的脸,听着那一声声念叨,不知怎么老想出去。艾草火绳冒出的烟把屋子罩住了,一根燃尽,爷爷又换上了新的一根。孙子说雨停了,最好出去走走,顺便也看看叔叔割没割足猪草呀!

冬生老爷爷接受了孙子的邀请,提起拐杖,抓起火镰和盛火绒的竹管子,跨出门去。

这儿是砂性土壤,雨水一过,那道路一点也不陷人,倒被雨水洗得光光亮亮怪可爱。一老一小沿着一条二尺来宽的小路向南走,路的一边是水渠,一边是一片玉米。渠水哗哗响,还不断伴着一两声蛙鸣;田里的玉米缨儿给秋雨洗得鲜红,发出一种甜丝丝的西瓜似的气味——孙子用力往肚里吸着,使爷爷好几次惊奇地瞅他。他看着那从乌云开裂的缝隙里透出来的一道道金色长剑一样的光束,好几次惊羡地嚷出了声音。他突然觉得周围的一切都是多么的奇妙而美丽啊,并且几次由眼前这绿色的原野幻想到那个熙熙攘攘的都市,那个在想象里朦朦胧胧、奇奇妙妙的地方——不久即将去亲自探求和生活了,他一颗心愉快地颤动起来。

老爷爷悠然自得地走着,有时那双眼睛还微微闭合起来。他走着走着突然站住,接着把拐杖按到了地上,两手使劲拄着,转过脸去。他向北直直地望着,好长时间眼珠也不动一下。孙子愣住了:"爷爷,您看什么呢?那儿有什么呀?"

"有什么?还能再有什么!"

"那您看什么?"

"咱的屋!"

"……"孙子不出声地笑了——看咱的屋!咱的屋怎么了?他正要说什么,却听爷爷一句句说开了:

"你看咱的屋在渠边上,独零零的,地脚又高;真有气势!真有气势!下边是不断水的渠,四周是一片绿树,端端正正,排排场场,硬叫咱占住了风水!……这地方,好啊!……"

孙子皱皱眉头:"您又讲迷信了!"

冬生老爷爷平静地看了一眼孙子——这眼光只有对不懂事的娃娃才使用:"当初我主张迁屋,你妈妈她硬吵着不干——唉,女人心眼啊!还是我做着主,才把屋迁了。世事靠人揣摸,又不靠人揣摸……"

爷爷叹息着煞住了话头,孙子却自然地想起了充满痛苦和磨难的迁屋。那是五年前的事。当时村子一天比一天穷,庄稼人一天到晚忙在地里,身上的泥巴越滚越多,糠窝窝里掺的粮食却越来越少。叔叔用嫩韭菜叶似的青草喂起了一头母猪,快生猪崽的时候却病死了。不久,全家多少年育起的十几棵快成材的树又被人偷偷砍掉……这真是祸不单行,庄稼人过日子的指望一下给揉得粉碎!一家人差不多全病倒了。爷爷一连几天不想吃饭,硬说这个住宅地是"败了风水",非加紧搬走不可!一拆一盖需要多少钱,谈何容易啊!妈妈几个夜里坐在院子里哭,连年迈的奶奶也陪着哭,那哀切的声音邻居听了也掉下泪来。只有爷爷在女人的抽泣声里能铁下心,把叔叔叫到厢房里,用那根镶着铁箍的拐杖敲着地面……结果,房子是搬成了,奶奶却在忧虑和劳累中离开了人间,家里从此落下了还不清的债务……

他怕想这段往事,这时一阵心酸,两颗泪珠就滑下了眼角……蛙声渐密,秋虫也躲在庄稼地里唱歌。平坦的田野上开始出现了勤劳的庄稼人,一个、两个,慢慢就数不尽了。他们有的挑着担子,有的扛着镢头,急匆匆地赶进田里,去做完这天黑前的一小段活计……他透过一层薄薄的泪花望去,见爷爷还站在那儿,两手还按着拐杖。少年咬了一下嘴唇。他望一眼那碧绿的田野、田野小路上那缓缓行驶的牛车、那肩负担子的身影,那弯腰劳作的人群,低下了头。他轻轻地咬着牙关,想起了默默死去的父亲。他那时还不懂得父亲,父亲像个陌生人一样离开了……这时远处传来一两句歌儿,他慢慢抬起头。他没有寻到唱歌的人,却看到了一道绚丽的彩虹。哟,这是怎样的一道雨后彩虹啊! 那说不清的颜色,那最好的丝线也织不出的彩带,弯弯的像一座大桥——对了,它是一座桥,一座架在天上的金碧辉煌的大桥呢! 少年简直惊呆了,禁不住一下跳跃起来,喊了一句:

"看哪爷爷! 您看,多好! ……"

冬生老爷爷被突然嚷起来的孙子惊了一下,赶忙转过身,眯着眼向南望了一会儿。他没有望见高空的彩虹,却伸出拐杖一指说:"那不是你叔割草回来了吗? 你接他去! 哎哟,多满一大筐猪草!"

……

晚上,渠岸上的棕色茅屋里来了好多乡亲。他们得知少年要走的消息,一半寻新奇,一半来庆贺。没人带什么礼物,只带着庄稼人那种诚实的微笑。冬生老爷爷以长者的身份迎接了大家,不过没让他们往正房里走,而是抢先用拐杖顶开了他那东厢房的门,和客人们一块儿去闻那浓烈的艾草香去了。孙子吃了饭本想做点什么,但被母亲催促着,也到了爷爷身边……

屋里人抽着烟,辛辣的味道混和起一片艾草烟,似乎随时都能让人窒息。大家就在这浓浓的烟雾里谈古论今,津津有味。冬生老爷爷说今年他几次看见麻雀子钻天,肯定不会丰收谷子;不料马上有一个青年对这种说法表示了怀疑。老人愤愤地放高了声音:"我是大清光绪年间过来的人,什么没经着!不服气,老天爷就让庄稼人见见眼色。'民国'三十七年……"

一个人在漆黑的角落里打哈哈:"冬生老爷爷,听人说十几年前那会儿,数你胆大,敢套绳子把庙里的'老天爷'拉倒,怎么今天……"

"……"冬生没有答话,但停了一会儿说:

"过去,哼!现在……"

青年人站起来笑了。

几个老年人对无知而狂妄、一再打断冬生老爷爷话的年轻人表示了最大的愤慨。有人斥责说:"你才吃了几年咸盐?冬生老爷爷走南闯北,一辈子的经验倒不如你个嫩毛?"

冬生老爷爷听了,有了微笑,开始掏烟锅了。旁边一个人见了,赶紧殷勤地送上火柴,却被老人用火镰轻轻挡过。只见他从竹管里倒出黑色的火绒小许,灵巧地敷到烟锅上,然后将白色的石头用力捏紧,挥起火镰,"咔喳"几声,立刻闪出几道璀璨的火花,如金菊落英一般溅到了火绒上。火绒冒出淡淡的烟——这烟一颤一颤地护在烟锅上不愿散去,最后又被老人从嘴里喷出的一股浓烟吞没了……几个青年人一直屏住呼吸看着,这时不约而同地松了一口气……

大约在深夜时分,人们才要尽兴地散去。冬生老爷爷坐在那里没动,只是提高嗓门:

"替我送客——"

他将"送客"两个字咬得很重,连孙子听了都觉得不甚自然;人们也是第一遭见到这样隆重而突然的场面,回身看一眼稳稳端坐的老人,然后退出屋去,离去了。

少年送走了乡亲们,在院墙外面静悄悄地站了一会儿。

夜晚,空中的星星特别密,特别亮;那微紫的、暗蓝的天空啊,那样高远空旷。一颗人造卫星划过天琴星座,又向着更远的天宇进发了。他仰望着包蕴了无尽神奇的秋天星野,闭了闭眼睛。

秋风轻轻吹着,房前的树叶儿窸窣响。院里传来了爷爷的呼唤,他赶忙跨进了院门。

爷爷正在厢房等他。老人用手拍了拍紧靠身边的炕沿。老人好久没有说话,也许他在想这次分别吧?呆了一会儿,他默默伸出颤抖的手,摸摸孙子的头发、眼毛,又轻轻捏一捏这圆圆的、有些细长的胳膊……孩子接受着老人的爱抚,轻轻地依在老人身边。他低着声音:"爷爷,我就要走了,您再没有嘱咐我的话了吗?"

冬生老爷爷久久没有做声。他仰脸停了一会儿,从脑海里极力搜寻着记忆。这样一会儿,他终于不紧不慢说:"也没有什么紧要话了,反正出门得老实——'老实值钱多'、'老实常常在'。"想

了想,又补充道:

"进了大都市要长眼,别吃瞎眼子亏。少买炸麻花,那东西利钱才大!出了火车站往南拐弯的地方有耍枪的,别近着看,最后收场他要你掏钱。少去逛湖,逛湖也别进亭子,那些摇扇子的没有一个好东西!大十字口东边有热水池子,脱了衣服别交给柜上。再往南有两个摆摊抽签的,那个独眼老头算得准些。再往前,出了砖街,看见卖挖耳勺卖野糖的,你千万别买。他的野糖吃了闹肚子……"

……第三天早晨,棕色茅屋前聚了一堆人。彩霞在东方燃得正旺,少年就要启程了。做母亲的在他身边直转,一会儿理平他衣服上的一个皱褶,一会儿又寻下一根剪断的线头,唠唠叨叨,流着两行长泪。冬生老爷爷说:"做大事情的,自古哪个不离家?哭个什么?到底是女人心眼!"

老人离大家稍远一些,一个人站在了高处。

"爷爷!……"少年低低地叫了一声。

1979 年 4 月于烟台

三 辑

初春的海
自　　语
春生妈妈
达达媳妇
老斑鸠
善　　良
七　　月
操心的父亲
芦青河边
深　　林
桃　　园
丝瓜架下

初 春 的 海

那些年大家都下乡去了。呆了几年，不少人又回来了。我就是在这时候申请下乡的，因为爷爷就住在一个海岛上，我想和爷爷在一块儿多好，哪怕一直住下去。下乡会是多么有意思的事啊，城里已经让我烦腻。

踏上新生活的第一步是令人难忘的。

记得那个早晨我出其不意地站在爷爷面前，爷爷多么高兴啊。"爷爷，我从今天起就住在岛上了，呆在你身边了！"爷爷端量着我："呆一辈子吗？""一辈子！"……我把随身带的东西都放好，放出砰砰啪啪的声音，有股帅劲儿。我开始打量爷爷的住处，发现这幢三间小屋，从里到外，从院落到屋角，到处都收拾得干干净净。"爷爷的卫生搞得不错啊。"爷爷笑笑："这都是邻居那孩子——大娟子帮我弄的。真是个好姑娘，天天出海，还顾得上来照顾我……"我想谁让你不进城呢！你就是不进城么。不过我倒要感谢大娟子，虽然她这名字够土气的。爷爷说："这孩子在岛上可算个灵巧姑娘，只差少读了几年书，要不就不是眼下这个样子哩！"从爷爷的描述中,我仿佛看见了一个体态轻盈、欢快活泼的渔家姑娘。

正和爷爷说话,院门吱地一响,接着有个姑娘担水进来了。爷爷说声"大娟子来了",就起身奔向院子。我去接她的担子,却被她一伸手挡过了。她三两步跨到内间,到了水缸边也不放担杖,只轻轻一侧身子,让水桶贴到缸沿上,伸手一按桶梁儿,水就倒在缸里了。这从头至尾不过几秒钟的时间,真是利落极了。我注意看了她一眼:中等个子,绝不苗条,倒是有些胖。那脸大概被海风吹糙了,还有些红……我多少有些失望。爷爷这时候给我们互相介绍了。她瞥了我两眼,在衣襟上擦着湿乎乎的两只手,"你来啦?"

当然是来了吗。我高兴地说:"从今天起,我也是岛上的人啦。"

大娟子还是微笑,说了句"好",就没话了。她不想耽搁,就要离开了。她担着水桶走到院子当中,见地上有一绺麦草,就弯腰拾起来放到了靠墙的草垛子上……她那两根长长的辫子,一直在背上跃动不停……

全新的生活开始了!我觉得自己好比一匹健壮的小马来到了无垠的草原上,蹦呀,跳呀,第一次看到了辽阔无比的一个世界。我跟渔民伯伯在海边晾了一个月的网,再也忍不住了,就要求大队长出海去。大队长是一个长着络腮胡子的人,爱开玩笑,听了我的话,故意皱了皱眉头,右手在黑乎乎的胡茬上摩擦两下,说:"嗯嗯,小伙子!那可不是闹着玩的呀……你不怕丈把高的浪吧?"我听了哈哈笑,心里想:丈把高的浪,你们都不怕我为什么要怕?我一定要去闯一闯呢!不为这,我还不来这海岛呢。我撇了撇嘴角:"不怕。"大胡子队长在海滩上踱着步子,不时抬头望上我一眼。后来他停住了,说:"那就让你去试试吧!不过上大渔轮还不是时候,先跟妇女队干吧!"我正要说什么,只见他向一群要出海的妇女招招手,大声喊:"你们谁领上他啊?"

我知道她们都是俩人驾一个小船在近海里作业的女人,心里立刻委屈起来。可她们倒像比我还要委屈,听了大队长的话,都有点奇怪地看着我,其中一个三十多岁的大嫂还用嘲弄的眼光盯我呢!正在我十分尴尬的时候,有一个缓慢的声音说了:"队长,就让他上我的船吧!"

原来说话的是大娟子!队长笑眯眯地问:"你能带得了他吗?"

"差不多能。"

队长同意了。我只得向她走去。我的脚步迈得很慢。我这时心里有多么不痛快啊。大娟子迎着我走了几步,到了我跟前,压低声音说:"快走啊,今天我就领你下海!"这声音透着欢快,我抬头瞅了她一眼,见她正抿着嘴笑,那双有些粗的眉毛都笑弯了!……

我们的小船驶进了春天的大海。啊,大娟子的橹桨每摇一下,那绿缎子上就绽开一朵白花儿;小船就像凝在了水面上,很稳很平,只有后尾不断抛出的银练告诉我它在前进……大娟子并不说多少话,这和我第一次见她的印象是相符的。我知道她是个憨厚的沉默寡言的姑娘。不过我一想起她叫我上船时那股高兴中透着狡黠的劲儿就觉得奇怪:她为什么那样高兴呢?……

不知不觉半个月过去了,我倒学得了不少知识!像橹怎么握,身子怎样随橹摆,还有从不同的水色辨水流,从不同的云块辨天象……大娟子都一遍遍地教给我。我们两个人合作得很好,出色地完成了队里交给的任务。在宽广无边的大海上,有时我们的四周谁也没有,只有四散飞徊的海鸥,只有那不时跃出水面的跳鱼。来到岛上好长时间了,我心里积攒着各种感想,真想和她谈点什么才好,可她总是不爱说话,只是用力地摇橹,让粗壮的身子俯仰自如地随橹摆动……我有时闷得慌,就一个人放开喉咙唱起来。我随便唱哪支曲子,歌词都是新的,我唱大海,唱海岛,唱那闪光的灯塔,唱那飞翔的海鸥,有时也故意唱她——大娟子。大娟子听了,总是仰脸看我一眼,无声地笑……

有一次我们的小船在海带养殖场上作业,跟前是一个小小的孤岛。这小岛上有一线石礁远远地伸进海里,远看就像伸出的胳膊,而尽头凸起的石顶又恰是一个握起的拳头。石顶上就耸着一个灯塔。大娟子那时望着灯塔,问:"为什么渔轮上的人在船上测得灯塔的角度,就知道能不能撞礁呢?"哦,一个多么有趣的数学问题!我思索了一下,就详细地给她讲了一遍。她听着,眼都不眨,仿佛听懂了还不算,还要一个字一个字记到心里去。我问:"明白了吗?"她轻轻摇头:"不,不明白……"说着低头用力摇开了橹,让小船飞快地从灯塔前划过……

就是这一天,我们在岸边系好了船缆,迎着一片火红的晚霞回村时,大娟子突然对我说:"咱们互教互学吧?"我听了一愣,赶忙问:"什么?你说什么?"她的样子十分激动,从兜里掏出一本包了厚皮的初中数学课本,嘴角有些颤动:"就是我教你使船,你赶空教我学……"啊,我一下明白了,明白了她为什么那样高兴领我这个徒弟！我赶忙说："那太好了！从什么时候开始？"她显得急急忙忙："什么时候都行啊,随你便吧！"一片霞光里,我又看到了那双笑弯了的眉毛。

这个晚上,在爷爷屋里,我们开始了第一课。原来大娟子只是小学程度呢。她告诉我,前些年岛上一片糟乱,渔轮三天两头坏,打的鱼还不够修船用。大家的日子都难过起来。她长得壮实,父亲说家里等劳力用,就停了她的学……她告诉到这里,眼里就闪出一道愤愤的光。她说时间被糟踏了,恳求我千万帮她赶上去。我心里不知怎么有了一股力量,是的,我一定帮她赶上去！……从这天开始,每个夜晚收船回来,我都辅导她学习。有时学到深夜,我们就谈点别的。一谈别的,大娟子就没有多少话了。有一次她让我讲故事,我讲了,讲的是从爸爸那儿听来的。我讲着讲着,忽然她哭了起来,两行泪水从脸上流下……还有一个夜晚,她不知怎么问我一句："你能老住下去吗？"我把自己的想法告诉了她。我说要和爷爷在岛上住一辈子。为什么非要住在城里不可啊？难道爷爷,还有岛上的,他们在这儿过得不是挺好吗？总之我可不想走。

大娟子在听。她尽管皱着眉头,但我还是看出来了,她正处在从未有过的愉快之中。

我们真的开始了互教互学,而且配合得那么好。我们一起出海,一起收船,一起把灵巧的小船摇到作业的海面上……后来我偶然发现了一个奇怪的事情:每当我们一起从人多的地方走过时,人们都用特别的眼光望着我们。开始我有些不解,后来才注意到:原来在整个海上,男女青年一条船的只有我们！当我了解了人们眼里的含意时,我的脸本能地红了一下,但很快就过去了,因为我知道我们之间根本不会有那种事儿,虽然她那么好。我们是两个完全不同的人,就像双桅船上的帆篷,都在同一条船上,也永远只是两张帆……

可不久之后的一场大风雨,似乎把其中的一张帆吹得歪斜了……

那是个暴风雨之夜,爷爷说灯塔的闪光太弱了,让我去更换电池。当我冒着大雨把小船摇到小岛时,那只伸向海中的"胳膊"差不多全被海潮淹掉了,那个"拳头"上的灯塔看去孤零零的,离小岛更远了。

浪头凶猛地冲撞,砰砰地扑向矗立的青石,一霎时碎成无数的琉屑雪粉,直卷起丈把高。雷电的火舌与汹涌的波涛搅到了一起,像要吞噬一切。接近灯塔是根本不可能的,我站了一会儿,只好失望地离开。

当我回到船边的时候,竟然出乎意料地遇到了大娟子!她说风浪太猛,担心缚海带的绳索吃不住,特意赶来看看。她吃惊地问我:"你来干啥?"我告诉她来换电池——她立刻用钦佩的眼光望着我。我掏出怀中的电池说:"潮涨起来了,换不成了……"

她望了望那微弱的闪光,转身向我伸出手说:"给我吧。"

我两手一松,电池落到了她那宽宽的手掌里。当她转身跑去时,我才感到应该拦住她……

眼前只有一片涨得更高的浪涛。一道闪电划过,使我清楚地看到不远处涌起一排高高的浪山,顷刻这浪山又坍倒了,崩裂了,呼啸着压在一个人的身上……我呆呆地望着恼怒的大海,想呼喊,可什么也呼喊不出。我知道没有拦住她该负怎样的责任,也知道如果我一来时便勇敢地冲上灯塔,希望也许比现在大得多。我等待着,自怨着,正在万分焦虑时,突然那灯塔上微弱的闪光熄灭了,接着倏地亮起一道长长的红光,刺破了一片漆黑!

我一下跳了起来……

由于海潮阻隔,大娟子不得不呆到黎明才从塔上回来。她打湿的衣裳紧紧地贴在身上。圆圆的脸盘被海水洗得通红,就像擦了胭脂……我第一次这样细致地打量她,也第一次看到大娟子羞涩地揪了揪贴在身上的衣服。我说:"大娟子,我真该拦住你!"她听了不以为然地摇头:"还能不去吗?反正得去。"停了一会儿又说:"半夜你听到了马达声吗?昨夜过船可多呢!"我没有做声。那时候我光顾得担心她了,哪里听到什么马达声。我现在惊奇的是眼前这个人:在随时都可能吃掉她的狂涛巨浪面前,她想的竟然是"反正得去"!

风息雨停,我们摇船回去。在路上,我由于激动,谈了好多。大娟子的话似乎也多了一点。我问她学好功课是否去考大学。她不假思索地说:"学好了也考不上,就上大渔轮吧。我一辈子就在这岛上了。"我说:"建设海岛更需要有志青年呢!"她笑笑:"俺没太大的志,只想有点文化,上大渔轮能把活儿干好。"原来她是为这个才拜我这个老师的。我说:"你想上大渔轮,为什么从来没说呢?"她瞥我一眼:"离那事儿还远着呢——我是说不一定什么时候才去得成呢。"

大娟子真是个有心劲的人。我没有再说什么。她那双厚厚的嘴唇讲不出什么动人的故事,可她听了动人的故事很容易就流下泪来。对于我这样的城里青年来说,她是一个多么陌生、多么奇特的姑娘啊!

　　时间飞快流逝着,转眼 1977 年的初春又来到了。这个火热的春天给大海留下了多少动人的故事啊!人们大约还忘不掉初春的那场强台风吧?就是那时候我们这些近海作业船给一下子赶到了灯塔岛那儿,险些没有回来!

　　小船四散在海上,后来幸亏有条搭救我们的快艇及时赶来。女人和船一块儿被救起。当时只有我和大娟子的船在灯塔岛上靠了岸,因为她说要去看看那儿的海带养殖场。谁知我们在小小的岛子上等了几个小时,风浪丝毫未减,根本就别想下海!傍晚时分,浪头开始不断地把一球球的海带卷过来,不用说,养殖场遭到了劫难。这真是令人痛心的事儿,因为就只能这么眼巴巴地瞅着。我们为养殖场流了不知多少汗水,如今就要毁在这一次台风上。

　　混浊的水浪中,缚挂了海带苗的尼龙绳索被扯断了,无数的玻璃浮标就在我们眼前砰砰撞碎,发出震人耳膜的响声。我给吓呆了,一时不知如何是好。大娟子站在那儿,不断把流到嘴边和眼角的海水抹去。她就这么站了一会儿,突然咕哝一句什么,弯腰推船。要迎着这样的风暴下海,开玩笑吧?我想去阻止,可伸出的手没有拦住她,却搭到船上,与她一块儿推船下海。

　　这是怎样艰难的搏斗啊!我们用了一个多小时,才把滚滚而去的尼龙索缚住,把正在受到毁灭性打击的养殖场上的浮标敲掉,使海带苗沉水避风。到后来我们已经丝毫没有对付风暴的力量了,小船几次要翻过去。我急得连连喊叫大娟子。她把所有的体力都拼尽了花光了,小船终于还是没有保住。就在我们被掀下来的一瞬间,她机灵地抱住了船上的一个浮篓。她向我游过来,高声呼叫:"抓住!"接着猛地向我胸前推了一下。我一伸手抓住了浮篓,却再也不见了大娟子。

眼前的浪像山一样陡峭。我什么都明白了。泪水糊住了我的眼睛……

依靠浮篓,我一点点游到了岸上。我沿着沙岸向前走去,嘶哑着嗓子呼喊大娟子。松软的沙滩被我踏下一串深深的脚窝。回答我的只有大海的涛声,只有那闪光的灯塔。灯塔的红光照彻大海,它在这大风大雨之中有多么明亮!

我精疲力尽地倒在了沙滩上,两眼紧紧盯住大海。

不知过了多久,岸边上出现了一个人影。我一下爬起来。我一拐一拐跑过去,不顾一切地把那个人抱住了。我喊:"大娟子!"啊,真是大娟子,是发疯的大海也夺不去的大娟子!她含混不清地应一声,倒在了我的怀里。我知道她太累了,她已经是九死一生。她的两根辫子冲散了,长长地撒在肩头上。我怕惊醒她的沉睡,一动不动地抱着她……

直到黎明时分她才醒来。她一眼望见了我,开口就问:"没让海水呛着啊?"

我摇摇头。泪水又一次涌出。

天色朦胧。大娟子的身子有些抖。她站起来,向前边走了几步,侧着身子站住。我看不清她的脸,但觉得听到了那通通的心跳声。我心上一热,轻轻呼唤:"大娟子……"

她转过脸来,说话了。尽管这声音还像过去一样缓慢,却有些发颤:

"你要能在海岛上过下去,那多好……"

"我会的。"

"你要能老在船上,那多好……"

"我们就……一块儿驾船。"

她高兴地迎着曙光跑起来。

……

就在这个初春,这个黎明,我在心里决定了一个事情。这种事对于每一个人来说都是至关重要的。我心里明白:我一辈子也不会为这事儿后悔的,这是一个人所能作出的最好的决定了。

时间将会证明。

1979年10月于烟台

自　语

妈妈，入学已经四个星期了。时间过得多么快。入学以来，我的心情一直不能平静，这大概只有您会知道。

我考入的是师范院校。校车把我们载入校门的时候，我第一眼看到的就是那挂在上空的横幅：欢迎您，未来的人民教师！当然，跨入这个大门，就意味着他已经踏上了通往讲台的路。

妈妈，您的儿子，一个又笨又拙的人，一旦站在了讲坛上，他会做些什么呢？

讲台，木制的讲台，通常染成酱紫色——我在这里又一次看到了它。老师在上面讲课，踏在上面，脚一动，它就发出轻微的"咚咚"声。本来就很魁伟的老师站在上面，就显得更高大更庄重，如果衣服是笔挺的，又是站在那儿不动，简直就是一尊雕塑！为什么会这样呢？就因为他站在那儿，被酱紫色讲台有力地衬托着。在我眼里，这就是讲台，它多少带点神秘色彩。每逢下课，当老师从讲台上走下来之后，就会有一些同学踏着讲台走过——我却从没有这样。我觉得自己不配踏它似的，好像我的脚一挨近，它就会翻过来一样。只有在这时候我才靠近它——用一把长柄儿扫帚,轻轻地扫去上面积起的泥尘,使它的酱紫色重新鲜亮起来。……

妈妈,瞧,这就是讲台,几年后我也要走上去,我的脚踏在上面,轻轻一动,它也会发出微微的"咚咚"声。

也许您会批评我上课走神,在课堂上胡思乱想这么些东西。但您原谅我吧,因为我的视线怎么也要往前看啊,怎么也避不开那个酱紫色的讲台啊!其实我一直望着前面,但不知怎么,老师仿佛变成了另一个,讲台,也在我的脑海里像只木船一样漂游起来,最后停泊在西北部小平原一个滨海小城,城里那所学校,学校里那一间宽大的教室。

这当然就是我那多灾多难的故乡的学校。妈妈啊,您的儿子忘不了它。我在那里度过了每个人都要度过的童年,却受尽了每个人不一定经受的苦楚。我好像也没有什么特别的冤屈,但今天偏要洒下泪滴……您还记得我第一天上学的情景吧?那天,我背着漂亮的花书包,上面的绿叶儿红果子是您用布钉的,别提有多么好看!见着了校长,您说:敬礼!敬礼!……他一边笑一边摘下我的书包看呢,我告诉他:这是山楂叶儿,这红的是山楂!

第一天在记忆里特别清晰。那个中午放学回家,我取出了藏在门旁的钥匙开了门,竟捉到了一个不知怎么飞到窗子里的小鸟儿!当时您还在园艺场,爸爸在小城里,中午都要回来吃饭。你们一进门就说:"喵喵,咱们家的'大学生'回来了!"我就扑到了您的身上,给您看手中的小鸟:羽毛闪亮,红的,黄的,绿的,啊,美极了,我一定永远养着它,跟它做个最好的朋友。可它肚子一鼓一鼓的,眼睛也眯了起来——您说它生气了,并且气得很厉害。它不愿做我的朋友。我只好失望地推开窗子,忍痛把它放开,看着它在空中自由地飞翔,飞翔,一直到那个影子看不见为止……

它飞去了,那拍动的双翅却在我的眼网上形成了永久的视像。我也像它一样地飞翔着,自由而愉快地从一年级升到四年级。也许这太幸福了,而过多的幸福总要用痛苦去抵消一下似的,我们家就在这一年招事了。爸爸被民兵抓走了,过了几个月放出来,不久就去世了。他离开了这个家,却留下了一个罪恶的名声,多少年来像座山一样压在全家的头上。很快,您被压得驼背了,头白了,我那飞翔的翅膀也惊惧地收拢起来。只有弟弟不懂事,他还是那么顽皮啊!

班里开始有人给我取侮辱性的外号,每一声都像刺来的一枚针。很疼,可我咬紧了牙关。班主任是个女老师,就是我们镇上革委会主任的侄女,一个刚来到学校的人。她长得可真丑:又胖又大的脸盘上,鼻子左右生了四五个黑点,一只眼滚圆晶亮像个玻璃球,另一只眼向上方斜着。我开始觉得真可怕,后来才慢慢习惯了。她一听到有人那样喊我,就会把那个玻璃球似的眼一眨,那只斜着的眼一眯,四五个黑点一齐抖动着笑起来。只有这时,我才觉得她是可怕的。她站在讲台上什么都说,有些话至今也不能全明白。

我这时甚至有些嫉妒弟弟了。他都是二年级的学生了,却还是那么无忧无虑的。他是个天生的欢乐的孩子,大概任何东西都不会给他的心灵留下印记。我不止一次听人跟他叫难听的外号,也不止一次听他用那清脆的、欢快的声音回敬他们。他还小,可以无忧无虑地生活。他不懂他的妈妈和哥哥是怎样把泪水咽进肚里的。大字报满墙都是,他用小小的手指点划说:"墙壁被浆糊弄得一点都不白了!"岂止是脏了墙啊,它,白纸黑字的纸片,杀人连血也不会流一滴的呀,我的可爱的小弟弟,你到什么时候才会明白这一切!

如果说这些日子里还有什么欢乐,那就是一本蓝皮诗集给我的了。这本小书是另一个老师送我的,他说我读得懂。那个老师,您还记得他吗?他就是那个从上海一所大学的实验室里来的人,因为他早几年犯了什么错误。人们都说他这个人很坏。可他这本小书可是真好!上面说有一朵花儿,很美,很嫩,但能开在雪山上,在大雪和坚冰空隙里开放——我当时还怀疑地问过您:这可能吗?那些日子,每逢我遇到了不顺心的事,就回家趴在炕上,读啊,读啊,顺着能背上来,倒着也能背上来……

难道只有逃入那个诗的世界才有欢乐吗?好像也不是这样。别的班有一个叫"大庆"的同学,就好玩极了!他是一个老清洁工不知从哪收养来的孩子,又丑又脏,通常穿件破衣服,上面满是干泥巴和油灰,还有鼻涕。他的年龄比我们并不小,可长得很矮。左眼里有块白翳,看不见东西,右眼的视力也不强。同学们都爱逗他,叫一声"大庆",他就冲你"哎哎"地答应,口水就沿嘴角往下淌。可他很爱学习,走在路上,看到路边被风吹着的纸片,总要拣起来,如果有字,就放在眼跟前瞅啊瞅的,那样子很有趣。我们的班主任见他走来,就常常故意把一两块纸头摔在地上。学生学她的样儿,也这样做,使大庆在路上有看不完的烂纸片……我现在想起来非常悔痛的是,我也曾经往地上摔过纸头,也曾从他那儿汲取过欢乐……

妈妈,使我更难以忘掉的是这一年的秋天!在那个跟平常一样的早晨,我和弟弟像往常一样地一块儿往学校走去。顽皮的弟弟故意跑到前头去,一会儿钻进路边的树丛里,一会儿又绕到我的背后去,并且好几次把小纸团塞进我的衣领里。路边上的树棵里一会儿传来猫叫,一会儿传来鸟叫,还有时传来山鸡拉长了声的啼鸣。无论是猫、鸟和山鸡,全是弟弟!他每天都是这一套,真叫我哭笑不得。那时我的心里是多么的烦躁啊。当他又一次往我衣领里放纸团,我就不轻不重地给了他一拳头。可那天早晨我怎么也想不到:这天竟是弟弟最后的一次顽皮。这一拳头,足以让我后悔一辈子!真的,从此之后,我就再也没有看到他重复过这些把戏。

到了学校,他从同学手里得到了一个像手枪模样的铁东西,下课时握在手里,大概早把我那一拳放到脑后去了,老远就朝我比画着,嘴里乒乒乓乓放着"子弹"。我当然不会在意他到底拿了个什么东西。使我吃惊的是这天傍晚学校里来了几个人,他们都是工厂保卫科的,要来追查被盗走的重要机器零件——其中就有弟弟手中的"手枪"!弟弟马上就被叫去追问了,他告诉这是某某同学送给他玩的(某某同学是镇革委会主任的小儿子),马上被正在一边的那个同学打了一个耳光,血立刻从嘴角上流了出来……他被禁在了一个小屋里。我知道后跑去看他,却不准挨近小屋的窗子。我只从窗口里望到了一张吓得发黄的脸,一双惊惧的眼睛和一脸的血痕。他望着我,浑身战栗,也不敢呼喊,目光是僵直的……生活以突然袭击的方式给他的第一次教训,就如此严厉、如此粗暴!

校长那时给我们上政治课。他通常不全照课本上讲,为了生动,他总要联系镇上的和学校的"实际",常常深有感触地叹一声:"唉,我们的工作太'右'了!"当弟弟的事情发生的第二天,他气愤地在讲台上宣布要全校批斗!我清楚地记住了,他站在那酱紫色的讲台上,伸出左手一挥,很有力地说了"批斗"两个字,随着脚也跺了一下,使讲台"嗡咚"一声巨响,像要炸裂一样。

讲台没有炸裂,要炸裂的是我的胸膛!因为我这时已经完全知道了事情的真相。我旋风般地跑下座位,在讲台下站住了,一口气向他说了很多!然后,我就像仰望救星一样地看着他,呼吸都轻轻的。可他却用严厉的吓人的声音呵斥了我一顿,说我竟敢给弟弟翻案!我呆住了!我开始还以为他只要弄清楚,就一定会毫不迟疑地放开弟弟呢!我仰脸望着他——我的老师、校长,我暗暗尊敬着的人,我入学第一天就向他敬礼的人!他穿着浅灰色中山服,淡黄色的笔直的裤子,脚上一双闪亮的皮鞋,皮鞋踏在那讲台上,讲台闪着耀眼的酱紫色……当泪水涌进我的眼眶时,我也终于明白了:他比我更清楚是怎么一回事,他所以要那样做,因为他的心……

这里决不饶恕翻案的人。同学们开始不理我,大字报上有了我的漫画,女班主任则时常叫我去办公室"罚站"。她只有几句话:"坦白不坦白?不坦白?"问不出,就和另一位教师闲扯去了,让我一个人笔直地立在那儿。大概她不怕我这个小孩子听到什么,往往把话扯得很远。记得有一次她问屋里的男教师说:"你说什么最气人?!"

没有回答。接上是她的话:"爱情。爱情最气人了!怎么办?走到哪都有些乱缠的人!——我能爱他们吗?前天从剧院出来,一个挺漂亮的小伙子冲我走过来……唉!"她忧愁地叹了一口气,接着拧起眉毛,那左眼斜得更厉害了,做出了不屑一顾的神气。

我当时不懂什么"爱情"。但我故意想一些别的,好听不清她的话。不一会儿她的声音又比刚才高了几倍,原来她又开始与对方争论"太阳大还是月亮大"的问题,正面红耳赤地坚持着什么……就这样,我在他们的争吵声里一个又一个小时地站着。

一天下午我迈着疼痛欲折的双腿从办公室里出来,正遇上一群同学围在一个地方,他们呼喊着,挥动着拳头,脸都向着里边。忽然一个矮小的同学从里面钻了出来,发疯似的向前跑去——我立刻看出这是弟弟!我呼喊了一声,但马上被另一种声音淹没了。主任的小儿子领头嚷:"抓偷东西的呀!"一边领人向前追赶。弟弟跑着,拼命地跑,两个小小的拳头握在胸前。他身上穿的是妈妈的旧衣服改成的花条儿布衫,满是泥污,袖子撕成了条条,正被身边的风扬起来。我好像第一次看到弟弟还是这么小、这么弱,身上的衣服是这样破旧和不合体!我流着泪水向前跑去,可我要折似的腿怎么也迈不快。他们很快跑远了不见了,那呼喊的声音还一阵阵地传过来……我奋力地钻过校园的柏树林,迎着那呼喊声赶去。不知又走过了多远,当我从一个枯槁的柏枝下走出来时,有一只大手把我拽住了,我抬头一看,啊,是送我诗集的老师!他也在看我,一双深沉的眼睛,一脸可怕的愤怒。他什么也没有说,只从身后拽出一个孩子,把孩子的手往我手里一塞,就转过身去——被我握住手的原来就是弟弟,他正紧咬牙关,脸腮绷紧,两只惊恐和仇恨交织着的眼睛呆呆地瞪着,没有一丝儿泪水。我紧紧地抱住了他。当我再去寻找那个老师,那个高大的身影,他已经不见了……

妈妈!我真不愿再提这些往事,可它留在我心上的痕迹太深了啊,叫我怎么能一下子忘掉呢?那时候,满校园的大字报、漫画和斥骂、嘲弄、污辱,就是针对一个刚满十岁和十岁多一点的孩子。今天想一想似乎不可理解,但当时的确是这样。孩子们知道什么呢?他们天真无邪,就像一潭透明的春水,不幸的是被校长这样的棍子搅动起来了,汹涌着、旋转着。我不恨当年的小同学,可那些虚假伪善的老师给予我的痛苦,今生也没法忘却!

他们让我写一份又一份的"坦白材料",欣赏着我在极度痛苦中写成的句子,品尝着他们亲手栽下的辛酸的果子。我不知按折了多少支笔。有一次我的铅笔盒里再也找不到一个铅笔头了,就只好向我过去的好朋友、自一年级就在一起的同桌同学借。她却一扭身转过了脸去,哼都不哼一声,使我现在想起来都有些难过……我常常一个人走在回家的路上,同学们把我抛弃了。在这些孤独的黄昏里,有那么一个傍晚我永远也忘不了!在这不知走过多少遍的路上,我有一次看到了前面的一个矮小的个子在踯躅,只从那可怜的背影就认出是大庆。我不由得加快步子赶了上去,和他并肩往前走。他那生了白翳的眼睛不解地瞪着我,友善地笑着。我知道同学们都嫌他脏,通常总不愿和他在一起的。此刻,他脸上的笑容突然使我的心加快了跳动!我激动,然而有些胆怯地问:

"大庆,你,愿做我的好朋友吗?"

大庆像不明白,但只怔了一小会儿就点了一下头!我伸开手臂抱住了他。这肮脏的衣服搂在我的怀里,我却觉得它包裹了一个最洁净的躯体;这生了白翳的眼睛望着我,我却觉得它能望透我的心!我流泪了,久久地把脸贴在他的脸上,也不知为什么,我紧挨着他的脸庞,睫毛……瞧,妈妈,我和大庆就是这样交下的朋友!我听说他现在已经接替父亲做了清洁工。您将我随信捎去的书和一支钢笔转给他,并代我告诉他:我永远记住他的友谊!

妈妈,我现在最挂念的就是两个人:一个是那位老师,他在那不久就被调到校办农场养猪去了。我最后一次看到他,是他肩挑糠桶时弓着的背影,后来,就再也不知他哪儿去了……另一个就是弟弟,一想起他来我就要流泪。他原来是多么的天真活泼啊,很小就表现出聪敏的天性,是全家都喜欢的,可那以后就变呆了,那眼神常常是僵直的……妈妈,难道他真的就医不好了吗?!

在我还不算太长的记忆的河流里,我保存了好多个讲台上的形象。这些形象都那样清晰。

今天,我的脚下正踏着通向讲台的路,我要一直走下去。我为走这样的路而高兴。这个职业一生都不会发财,薪水很低。但我高兴的是这个职业的特别之处。它使我有更多的机会维护童年。当我踏上讲坛的时候,当我的脚踏上这染成了酱紫色的木台的时候,妈妈啊,我向您起誓:我将首先让自己做一个正直的人。

妈妈,我不会让您失望。

1979 年 10 月

春 生 妈 妈

公鸡还没打鸣,春生妈妈就起来了。人老了觉少,以往醒得太早,她就默声躺一会儿。可今天她怎么也躺不住。老人走出来,站在灶前望了两眼西间虚掩的门,走出屋子。

扫过院子,掏完灶灰,放出鸡喂捧秕谷——这些每早上都要做的活儿一会儿就做完了。天色灰蒙蒙的,她四下瞅了瞅,给东墙根下的南瓜浇瓢水,把院子尽头那个坑洼平了平……她干活从来又快又利落。

昨天晚上村子民主选头儿,大十字路口的槐树下点一盏汽灯,连村外的人也凑来看新鲜。一张张选票收上去、数下来,选中了春生!当时她夹在人群里,心扑扑跳。她悄悄退出了会场。

这是极不平常的一个夜晚,比过中秋、过年还要吉庆。春生妈妈怎么也睡不下,就到儿子屋里点亮油灯,在膝盖上伸理着蒸馍用的玉米皮儿。春生六岁上没了父亲,是她一个人守着他长大的,疼啊爱啊,二十年没戳他一手指头。老人有好多话要嘱咐他:千斤担子从今起你一人挑了,可得用心;端水手要平,做官心要公;对谁都要一个心眼;上街时,早和对面人搭话,可别仰着脸过去,村里人最忌当了官不认人……

今早上春生妈妈却是一脸的精神。她把手边的几样活儿忙完了,坐在草墩上歇憩。一只鸡从窝里咯咯飞出,提醒她别忘了把蛋拾回;热乎乎的鸡蛋握在手里,又使她想起几天来盼着去赶的一个集。五日、六日、七日,明天就是八日,又该是五天以后的一个大集日了。她决定去趟洼狸镇。她要在镇上卖了鸡蛋,买回一串辣椒、几条黄瓜;春生的那件上衣也该换了。孩子当了头儿,少不了出去开会做事,要站在人前……想到这一层她恨不能今天就是个集日!还有,往后家里少不了儿子领回的人,他们都是来商量大事的,坐在哪?该摆上几个草墩……老人家一时倒想起许多,觉得样样都必须尽早完成。

公鸡啼过两遍,天亮了。春生妈妈高一声低一声地喊:"春生,起了!"

门还是虚掩着,没响动。扳开门看看,人早就没了。被子掀到一边去了,准是让他一脚蹬开的!春生妈妈嘴里咕哝了句什么,上炕把被子叠好,然后又轻轻带上门——仿佛炕上还有人睡着。

"这孩子一准起早去安排公事了……"她自语了一句,动手往锅里添水。手里忙活着早饭,一颗心却随着儿子飞到街上,最后终于忍不住放下碗盆炊帚,头上包了块手巾,向街上走去。

初秋的风多清爽,一下下扑在脸上舒服极了。微风把手巾掀起,她又按住。

两个姑娘抬着一副筐走过来,见到春生妈妈老远就笑,嘴角都抵起来。她问她们:"大清早抬筐做什么?"

"春生让我们把土杂肥收起来呢!"姑娘相对挤着眼,一边走一边笑。

老妈妈"唉"了一声,又向前走去。

一群小伙子扛着铁锨走来了。她问:"扛锨大清早做什么?"

"春生让我们把地坎的土沟平了呀!"小伙子争着告诉老人家,从她身边走过去。

全村都听他调遣。老妈妈心里一股水流去,涌起一种特别的感觉。她挺了挺有些驼了的脊背,加快了脚步……

大槐树下的人都出工了,一下变得这么空荡。春生正和副手二胡叔说什么,二胡叔点着头,然后把嘴里的烟锅抽出来放鞋帮磕两下,走了。春生提起锨也要走,被妈妈喊住了。

"什么事?"春生闪闪黑乎乎的眼珠。她没搭上儿子的话。倒真没什么事,她只是来看看。

"我来看你怎么铺派事情……"她说着,把头上的手巾抹下来。

春生笑着,"唉"了一声,把锨放到肩上:"就这事啊,你家去歇吧,正忙哩!"说着转身走了,大脚板拍得地皮都发颤。

老妈妈没有立刻走,直看着儿子往前,直到那身影拐过一个墙角不见。"他长大了",老人想起早饭还没做,一边自语一边转过身……

她在街上走着,在一个长胡同里,听到一个院子里有人问:"昨夜里选举啦,没听谁中了?"

问话的是一个上年纪的老爷爷。有人接答:"谁,还有谁,我家春生哩!"……

老妈妈立刻听出这是妹妹的声音。妹妹比姐姐少四岁,就住在一个庄里。这时,春生妈妈听到她尖尖的声音,眉头皱了一下。

胡同里门开了,妹妹手里提着一些什么东西走出来。她比姐姐粗,也比姐姐高,脸很胖,放着光,眼神也比姐姐亮几分。这时见到春生妈妈就说:"哟,大清早的上街来?"

姐妹俩一块儿走着。姐姐脚小,步子也小,走起路来两手合放在胸前;妹妹高仰着脖子,两手甩得像年轻人一般,一边走着嘴也不歇:

"姐,把你的玉米皮儿给我一串。"

"拿吧。"

"南瓜熟了?我去摘个。"

"摘吧。"

春生妈妈的眉头舒展了,仿佛有人跟她要东西才高兴呢。对这个妹妹她从来百依百就,妈妈去世得早,是她一手主持着给妹妹成了家。那年头多苦,妹妹出嫁穿那双新鞋,是姐姐几个通宵不歇织机,才赚下一块布面缝的……

几个老人迎面走来,妹妹老远就搭话了:"都没下田呀?天凉飕飕的。昨夜里没去开会?我家春生选中啦!"……

春生妈妈揪了揪她的衣襟:"他姨,别这么……"

妹妹站住,回身说:

"不怕!不怕!我家春生是选上的……"

春生妈妈把一绺头发往耳后理了理,叹了口气。前面的胡同口上,两人分手了。

春生妈妈好像吃了一捧花生壳,磕磕胀胀不舒服。她和春生姨一个村住了几十年,心里有她一本账单。

那些热闹年头,大十字口最火爆,春生姨也最爱到那儿玩。春生妈妈拉开妹妹说:"老胳膊老腿的上那块地方干什么?你没见一人握一个棒子,碰上就不轻!"妹妹却笑笑:"说书人还讲'两军交战不斩来使',别说咱这看光景的!"她依旧去,后来也戴个红袖章。春生妈妈好多事儿闹不清楚,总觉得那么大岁数了,青大襟袄袖上缝个红布溜儿不好!

一连几年乱糟糟的,妹妹什么都不怕。她常听妹妹站在街口上跟人说一些时髦话儿。那些话她一句都听不明白,只知道妹妹是跟戴袖章那些人学的……十几年过去了,春生姨的脑筋也没老,新鲜话学了不少,还做主给孙女改了新名,叫"现代花(化)"……

眼前老人家想的倒是更深一层的事:她这嘴收不住,要害春生威信!……

早饭时,春生回来很晚。他的衣服都被汗湿透了,头发也粘成一绺一绺。

妈妈把饭端在桌上,又搬个草墩一边坐下,看儿子大口大口地吃。春生长得像他爹,四方脸,宽肩膀,两道眉毛黑粗,就连吃饭也像:端起碗几口扒进肚里,咕噜咕噜喝上两碗水,然后一抹嘴站起,一顿饭就算结束了。

妈妈一边收拾碗筷一边问:

"刚接手,忙吧?"

"忙,真忙,这几天正急赶。"

老人家啧啧嘴,抬头瞅一眼儿子湿漉漉的衣服。停了一会儿她念叨:"全村几百口子人,选中了你,眼里有啊!可得当好这个家……端水手要平,做官心要公……"

儿子笑了:"妈,我记住就是,你都说几遍了。"说着抬腿往外就走。

春生推响院门的时候,她忽然想起了一件事,赶忙追上去:"春生,我还忘了告诉你,在地里姑娘不比小伙子,你可别摊派她们重活啊!……"

春生仍旧往前走着:"这个我明白!"……

上午,春生妈妈编了六个一般高的草墩,又整平了门前面的坑洼。她的身子年轻时累坏了,干不多腰就直不起来,已经几年不能下田了。屋里屋外都拾掇了一遍,身子一阵阵疼起来。她开始坐在刚编好的草墩上歇了。刚坐下不一会,又想起了明天是个集日,不由得又要去看一下那盛着鸡蛋的纸笸箩……

中午春生回来,脸上带着气。

问他,他不答。

再问,他说:"刨芝麻根,姨姨图快做假,根都断在地里。种麦要拌耧脚。我让她返工,她朝我翻眼。我罚了她……"

妈妈的心缩了一下。

"'端水手要平,做官心要公'……"

"是啊……"春生妈妈知道妹妹那个脾性。她在心里愤愤地说:一口一个俺春生,俺春生!就是不给你春生长脸,这才第一天……她越想越按不下,走出了院子,快着步子往街上走去。走着走着,她脚步有些放慢了:这不是为儿子争气去吗?春生他姨准使性子!……老人在村里这几十年,跟谁也没吵过。她踌躇了一会儿,最后还是横横心往前走去。

春生他姨在门框上倚着,见姐姐来了,身子斜了斜。

"春生他姨!"她叫了一声。

妹妹转过脸:"咱那春生刚当一头午官儿就不认他姨了!"

"我就为这事来的。孩子是为村,咱还得事事替他经心……"

妹妹抖抖那头黑白交杂的头发,右手一扬:"给他经心,他不给我留脸,当那么多人罚我!我这大年纪了图个啥?不为实现'四化'我还不干哩!什么呀,小时候我抱他吃杏,哪个甜往他嘴里塞哪个,如今大了,忘了,良心没了!……"

她说话简直像放连珠炮一样。

往常春生妈妈总是让一步又一步,所以从没吵一架。今天她倒想说几句,就叫了声:"他姨……"

他姨没听的兴致,一转身进了门。

春生妈妈只好走回家去。

晚上,春生告诉:那几垄地还没有返工,看样子成心要对抗哩!

老妈妈担心了:"那不要耽搁下种了?"

春生带着火气:"不要紧,她不返工,就把那几垄亮一亮,有损失归她。上茬领导不得人心,就是心不公!……"

儿子说话的时候,她目不转睛盯着他那厚嘴唇。她没有一个字不赞同。为什么偏偏选上春生,她心里很明白。她觉得有个水晶似的透亮的东西,在人们手上传哪传,如今传到这两口之家……

这个晚上老人家睡得不甜,只听见儿子在西间很响地打着呼噜。不知怎么,老往那几垄地上想,心里说:不要紧!不要紧!你个春生!……就这样念叨着睡了,又做了个梦:那几垄地耽搁了播种,小苗又黄又弱……

鸡还在熟睡。她挎上篮子,上面蒙条花手巾,没惊动儿子,在院里取了什么放在篮里,走出了院子。月亮像圆镜一样挂在天上。路旁的树一动不动,树叶往下滴露水。春生妈妈沿着去洼狸镇的大路向前走。

她后来拐向了地里,踏着田埂往前。在一道小沟边上,她站住了;沿着田垄数了数,放下篮子,取出一个短柄镢头。

眼前就是那需要返工的几垄地。她弯腰刨了起来。一镢下去,真能挖出长长的断根。老妈妈心里骂起妹妹,恨不能立时揪她来看,看这该不该返工?!她刨着,一会儿腰就痛起来,汗从脸上涌出。抬头望望,月亮下那地垄儿还不见边沿……天大亮的时候,总算刨完了。春生妈妈一步也走不动,一下子坐在了地头上。

歇了好一会儿,她才动身回家,两条腿像折了一样。

大道上已经有出工的人了,不断有人问她:"赶集回这么早?"

"半路身上不舒服,回家了。"

不知在路上歇了几次才算到家。一迈门槛就听二胡叔对春生说:"刚才我去地里溜了一遭,你姨返工了!"

"真返了?那好!"

两人说着走出门,正好碰上老妈妈。老人说要赶集去。

在院里,老人倚着梧桐站了一会儿,费力地坐上了软软的草墩……手和腿、腰,每个骨节都疼,可最疼的还是心!她痛恨自己过去怎么就那样迁就了春生他姨!

老人想着想着坐不下,腾地一下站起来。

门外传来一阵小孩的打闹声,老人听出有老妹妹的孙女。

她喊一句:"现代花,来家瞅着门,我要找你奶奶去!……"

一个小女孩应声跑来——她就是"现代花"了。

1979年11月写于烟台

达 达 媳 妇

芦青河哗哗流去,好像故意要吵醒两岸那沉睡的村庄。

达达两口子晚上睡得不好。窗上玻璃还是灰黑色,达达媳妇就想穿戴起来。达达问她:

"不睡了?"

媳妇伸手揪揪被角盖住男人的膀头,又屏住呼吸听听对门的婆婆咳不咳,一边穿衣服一边应声:"一晚上净听着河里流水了,不如早起。"

她要起早给半身不遂的婆婆请医生去。本来老人是陈年老病,不用慌急,可刚巧在医院工作的舅舅回来了……她走出院门,见西厢房的灯亮着,知道是通通媳妇也睡醒了。

二弟通通在外县工作,媳妇是公社干部。她常一个人回家,天不明再蹬上车子回去。达达媳妇这时想招呼她一块儿走,刚要喊,心上像被轻轻戳点了一下,赶紧把嘴闭了。她一个人走进黑洞似的小胡同里。

她走着,脚被石头碰了一下,心里骂着:"也不知是谁家毛毛头放的!"骂着毛毛头,这个从未生过娃娃的人眼前却不禁闪出那些淘气模样,高兴地喷一下嘴……她走着,又记起一会弟媳的自行车怕会撞上,就赶紧回身用脚探试,找到那块石头,揣起来,一直揣到村外,扔进一个土沟里……

天灰蒙蒙的,星星也疏了。一个小鸟迎着她叫了几声,扑棱着翅膀藏到河边的林子里去……到底是旱季的河,靠堤的地方露出一片白沙,只有河心的水才急急流淌。达达媳妇走在小桥上,总要低头望那流水,仿佛要看出它是怎么样发出哗哗声的。水里有星星,还有她自己的影子。

往常起早过河爱和弟媳一起走,一路听着她自行车的脆铃:"叮铃铃、叮铃铃!……"

达达媳妇快四十岁了,而弟媳才二十六七岁,长得水灵灵的。她总觉得通通娶了这样俊俏的人,也有自己一份福气。瞅瞅她一闪一闪的长眼睫毛,心里爱不够!帮她缝棉褥、帮她挑水,如果人家不嫌脏,也会帮她做饭;弟媳的门槛都快让她给踩平了。可她却叮嘱男人:你别进这门,你是做哥的。达达一脸憨厚地应声:"可对!"……一天天过下来,她一直把弟媳放手心里捧着;年轻媳妇洗净了出嫁时的胭脂粉,脸也变了,有时嫌婆婆有病连累人,还埋怨婆婆少给了她一块瓷盘、一个小米斗。家里有了争吵声。前不久弟媳挖苦躺在炕上的婆婆:"你有东西留给可心人吧!"

达达媳妇不信这么俊俏的人还这么爱吵,不过还是听出了"可心人"指谁。但瞅瞅她一闪一闪的长眼睫毛,心里还是爱不够:年轻人都要使性子,再说我这年纪配做她个妈,该想得开!只是有点担心,担心老人家受不住。

前几天弟媳不知遇了什么不顺心的事,回家就沉着脸,找个茬儿就和婆婆闹起来,再一次提到"可心人":"你只靠她就行了,养老送终,养男育女兴旺家门……"

达达媳妇知道这后一句是讥笑自己不生孩子,心里像被石块砸了一下!她一遍又一遍在心里说:"你的嘴好不让人,庄稼人不忌粗话,可你别提那个!"

走在小桥上,达达媳妇想的就是那句尖利利的话。她这时盘算:请回医生,也好让他顺便断断自己这身子的事,兴许我也该有个淘气的宝贝呢!

她这样想着跨过小桥,穿过密匝匝的杂树林子,直向着大路往前去了。天越来越亮,路上的人也越来越多,娘家村的一个熟人告诉她:医生前天去镇上了,也许明天能回,你先回娘家住下吧。

达达媳妇好长时间没回娘家,她早就想再抱一抱哥哥家的三毛。但她寻思了一下,还是回身走了。赶回做早工已经晚了,但舍不得糟踏这一早晨的时间,就决定到河岸拣些干柴捎回去。

杂树林子里干柴真多,她的手又快,一会儿就是一大堆。她笑眯眯地望一眼堆起的干柴,撩起衣襟擦一把汗,又四下里寻条长树根,捆起来背了。走了几步,看到迎面的柳树上生个大黄蘑,禁不住欣喜地"哟"了一声,摔下柴捆,跷着脚采下来……这是柳黄蘑,有一回用它炒过豆芽儿,婆婆最爱吃了!达达媳妇赶忙把它揣进怀里,快着步子向林边麦田跑去。

麦苗儿刚长出一寸高,绿菁菁的。秋播时散落的豆粒儿也随麦苗生出来,那肥胖的双瓣刚挑开土皮。达达媳妇一边在麦田里蹲下,一边用左手把衣襟提起来,刷啦刷啦拔豆芽……她想着回去要做婆婆爱吃的菜,想着快入冬了,天一冷就给婆婆把炕烧暖,心里甜甜的。谁说这一趟河西白走了?顺便不也做成了事吗!庄稼日子就得这样过!

　　回村时,太阳已经一竿子高了,人们忙了一朝也都回家吃饭了。达达媳妇走进小胡同,一眼就看到弟媳一手扶住自行车,一手向后伸着说些什么。她赶忙撂下柴捆走过去,见婆婆拖着不利落的身子倚在院门框上,达达一手握烟锅,一手按着膝盖坐在门槛上。婆婆嘴里咕哝一句,弟媳"咔"一下支起车子,向前一步说:

　　"……娶的时候好话好讲,谁知家不是家院不是院,再进步的青年也做不成你家好媳妇!还说?说什么!我都懒得提那块瓷盘,那个小米斗……"

　　达达媳妇的心缩了一下。

　　婆婆气得声音打抖:"你也该照实说,当初不是你找人和俺通通说?谁也不骗谁!那个瓷盘和小米斗……"

　　弟媳尖着嗓子打断说:"通通老实受人欺,我不受!我给了他,就要立个门户。天知道有这么偏的心眼……"

　　达达媳妇好容易挨到弟媳煞住话尾,就上前劝道:"咱家哪有欺通通的?咱家几辈子也没为争东西吵过,咱爹兄弟几个和气了一辈子,都是你让我一尺,我敬你一丈的。谁欺通通我也不依呀!你要瓷盘和米斗使,拿我的就是……"她打量着弟媳,见她衣袖上沾了块干米汤,就揪住搓了搓,弹了两下。

弟媳恼红着脸哼一声,不愿和解地转过身,又"咔"的一声蹬开车子……她看到胡同里刚放上的柴捆,踢一脚说:

"哪个会干活的放这儿堵路!"

达达媳妇看着她后脖子上飘飘的红纱巾,皱着眉头笑了……

好医生到底忙,娘家舅舅直停了好多天才来。他仔仔细细给老人诊了,再三斟酌,开下七服中药,一瓶子丸散。又叮嘱:每日里要到南面小医院去针灸。最后医生要走了,达达用拳头直戳媳妇的腰,她才红着脸说出自己那事儿……

这样,达达媳妇就每天大早用地排车拉婆婆去针灸,在太阳升起不久再赶回来,从不误工。她很早就起来做饭,等从医院赶回,吃饭刷锅,炊帚碗筷一拾掇,正好出工的铃声也响了。她前额那几绺头发常被汗水粘着,但那样子总兴冲冲的。庄里人看着她扛着大镢急火火从院里赶出来,常常叹道:"好家伙达达媳妇!"

病情有了好转!婆婆原来动不得的手能从膝盖上抬起,再从肩膀上落下。"好!"达达见了一摔烟锅跑去告诉媳妇。媳妇正在纳鞋底,嘴里咬根麻线就跑出来,腮上的肉激动得直抖。婆婆眼里闪着泪花,一字一字说:"能自己侍候自己就好了,再不用你扶我出来晒日头,背我去场院望电影……"达达媳妇嘴里"嗯嗯"应着,顺手给婆婆梳理头发,说:"别的心您甭操,有我和达达呢,只管好好将养。"

通通捎来了钱:达达收。共二十元,是给妈妈治病买东西的。达达媳妇捏着新捎来的钱票,心里直攒动:我跟弟媳说的不错,我们祖祖辈辈都是这样,瞧通通多挂牵他娘!娘是旧社会过来的,吃

313

苦没有数,听达达说,老人家为养长辈育儿女,净吃槐花儿,那双手采槐花被刺得鲜血直流……她想着,眼里一阵潮湿,掏出手绢把这钱包了,又用个红纸裹起来,送给婆婆看……

这天达达媳妇格外畅快,走起路来也比过去利落。奇怪的是从小医院赶回,贴身的衣服总要变湿,身上倒格外轻松!在田里挥动锄头,锄头真好使唤;拉车,车子真轻;就是和小伙子那样抬起粗重的一麻包粮食,也禁得起!队长朝她一摆手:

"达达家里,小心你腰!"

有什么可小心的,泥里水里拖出来的人。她正尽心忙着活儿,一个剃秃头的小孩儿跑来嚷:"达达喊你,有急事呀!"

达达媳妇往回跑去。刚进了胡同,就听见达达高一声低一声唤妈,不由得身上一抖……最后她是扑进了院门的。

婆婆蜡黄着脸斜在方凳上,艰难地喘息,任达达怎么摇也不动一下。达达哭了,用黑乎乎粗楞楞的大拇指抹眼,见媳妇进来,像作证似的一下站起来,冲门外指指说:"通通媳妇刚走!"

她已经明白了八九分,没等达达再说,赶忙上前扶起婆婆。把老人安置到炕上,然后对达达说:"拿被子给妈盖上,烧好两壶热水在家等着,我去喊医生!"

医生来诊了,说老人心底不好,一口气吐不出,气得晕厥了。打了一针,按摩一会儿,婆婆终于醒来了。

达达开始从头叙说:弟媳不知怎么知道了通通捎钱的事,头午一步闯进来就和妈顶撞起来,硬说妈逼着通通要钱,说成心不让她过安生日子,又嚎又叫地折腾了好一气,才骂着脏话走了……达达

媳妇气得全身发颤,没好气地问:

"你哩?你就眼瞅着她骂?"

达达捏弄着烟杆:"怎么办?我是做哥的……"

达达媳妇把婆婆身上的被子扯扯正,转身出了屋子。屋外有一道清晰的自行车印痕,她就沿这印痕出了胡同,出了村子,最后在河边停住了。

河里的水哗哗流着,向北,像过去一样。

她愣怔怔地望着流水出神,心也随水走远了。她不明白几辈人都和和气气过来了,怎么就让这一辈遇上个弟媳妇?也怪,那时候吃糠咽菜也太平,如今日子好些了倒挣起了瓷盘米斗?多坏啊,把老人都气昏了!多坏啊,破口骂人了——骂半身不遂的婆婆,吃了一辈子苦的人,被气昏了!……她气呼呼登上了小河桥,她要找她回来公断公断!

她赶到公社大院,人家告诉她弟媳下去驻村了;她赶到那个村子,场院上正围着人开大会。大喇叭三个一排,哇哇响。正有人在台上讲:

"……现在的青年人不像话,动不动就折腾公婆长辈,弄得家庭不和睦!虐待老人是旧社会的恶习,新社会是不允许的!这样做的人,你该心里有愧!"

讲得多好!达达媳妇马上觉得腰板也硬起来了。她挤着上前一步,打人空里朝台上一瞅,不由得打个愣闪:讲话的是弟媳,一手握着麦克风,一手比画着。达达媳妇惊呆了!

她怎么敢相信自己的眼睛呢?难道这就是那个"长眼毛"?!

难道这就是那个"爱不够"?! 她原本打算跟她"公断",也让她回去见婆婆! 让她心里难过! 让她羞红脸! 能想到的达达媳妇全想到了,不能想到的怎么也想不到——想不到人家在外面气这么壮,嘴这么硬。顿时,叫她回去的念头全飞光了,那放在腰间的两手使劲地拧了一下衣襟,眼里的一汪泪水差点儿落下来……

回来的路上,达达媳妇走得慢极了。泪珠流到脸上,她就用衣襟抹去。她心里难过极了,今天才认定通通娶的不是好媳妇。多厚的脸皮,用三个大喇叭往外说谎!

重登上小河桥,风才把她的泪眼吹干,使她又能看清这弯弯的河水怎样向北流淌。虽然水面不宽,却清澈得很,那水底五颜六色的卵石再清鲜不过:白的、红的、绿的……河对岸有一个金红的点子在颤动,啊,是朵野花儿,正迎风摇摆呢! 她迈着大步跨过小桥,在那棵好看的花草前蹲下了。

多美丽娇妍的一朵野花啊,她蹲在那儿,不吱声地看了许久、许久……

1979 年 11 月至 12 月于烟台

老 斑 鸠

"李子树开花了,李子花有多么白呀!桃子树开花了,桃子花有多么红啊……"

母亲坐在带扶手的椅子上,眼睛望着窗外,一边轻轻地摇动着我的身子,一边像唱歌似的说。她已经告诉我多少遍了。她说:去找外祖母吧,她把你外祖父遗下的一片诊所卖了,去乡下买了一处大果园——像片大花园似的!

"外祖母……大果园……"我夜里睡下了,嘴里却还在喃喃地吐着梦呓。我望见了那绿茸茸的草地上,果树间飞着五颜六色的蝴蝶。蝴蝶,这么多,环绕在一个老婆婆身边。老人的脸随着一只翩翩舞动的黄斑蝶转着,渐渐转了过来:啊,她那又白又浓的头发啊,那双闪亮的眼睛啊!……有人在另一边搬动着什么,发出了"哐当当"的响声,这立刻将那群愉快的蝴蝶惊散了。我定神一看,原来是母亲,披着衣服站在床下,正打开了一个红漆箱子。那响声是她打开箱子时发出的。她这时擎着蜡烛,弯腰看着箱里一卷卷闪亮的绸缎和衣料。我知道这是后父送给母亲的。可母亲,你为什么偏要改嫁呢?那个不认识的后父为什么偏不要我和你一块去呢?我们又为什么不一起去外祖母的大果园呢——"李子树开花了,李子花有多么白呀……"两颗泪珠滚在了我的脸颊上。母亲一歪头看到了我,抛了蜡烛,紧紧地伏在我的身上。她替我揩了泪花,久久亲吻着我的脸颊。

李子花像雪花那么白。我和外祖母的小泥屋旁边有一棵大李子树,粗粗的枝干都探到屋顶上。外祖母有个多么好的大果园啊:三棵苹果树、四棵桃子树(只可惜黄沙淤到它们半腰了),再就是屋旁的大李子树了……南风儿轻轻地吹着,吹来了蝴蝶和蜜蜂,吹得树下的沙土暖烘烘的。我躺在沙土上,仰脸看这蝴蝶和蜜蜂怎样在李子花里兜圈。

外祖母总是一个人在一边忙着,她没有工夫看蝴蝶和蜜蜂。

她长得比母亲高多了,只是比母亲更瘦削,她差不多完全是我梦中的形象,只不过那浓浓的头发并没有全白。她这时弯腰立在一个树枝枯掉一半的苹果树前,仔仔细细用刷子蘸着小桶里的白药水,一丝丝地刷在树上。小铁桶是用罐头盒改成的,里面盛着她昨夜里新熬成的药水儿。她刷呀刷呀,等那湿漉漉的树枝被南风吹干的时候,就变成李子花一样的白色了。多么有趣啊!我跑到外祖母身边,非亲手试一下不可——外祖母却把小药桶倒过来,原来桶已经空了。她告诉我:新药水要到夜里才熬得好呢。

"现在就熬不行吗?"我不明白为什么非要等到晚上不可,而且只是熬两小桶。

外祖母告诉:"现在没有'渣子'……"

她说完坐到一棵树下,修补几天来一直修补着的两个大箩筐了,没有告诉什么叫"渣子"。那是两个破了半边的泥筐。她用新鲜柳条在筐缘上拧着,设法让一根柳条变成一小段新筐缘儿……外祖母什么都会做,做活时一声不响。

李子花开过不久,接上去的是桃花和苹果花。苹果花先是在绿芽芽叶里扭成一个小红拳头,然后才慢悠悠懒丝丝地伸开——它的小手掌却是煞白的;桃花有多么红啊,就像被胭脂染过了一样,只可惜四棵桃树都被黄沙埋住了半截……我问外祖母:"花儿埋在下面还能开吗?"

外祖母默默地看着露出地面的一丛丛桃枝,摇摇头走开了。……

春天多好啊!大果园多好啊!我有时攀上果树,有时又顺着软软的沙坡滚下来……我想母亲没来大果园,一定会后悔的。我不知怎么常常想起母亲来,想起她那唱歌似的声音:"李子树开花了,李子花有多么白呀!桃子树开花了,桃子花有多么红啊……"

一个傍晚,我正在园里玩着的时候,见到了两个高个子男人用箩筐抬着一些什么从园中走过,还有一个扎蝴蝶结的小姑娘蹦蹦跳跳地跟在他们后面。只见他们走到离园子不远的水渠边,把东西倾倒在斜坡上就走了。小姑娘依然跟着他们,蹦蹦跳跳地离去了……我怀着好奇心跑到那个渠边一看:原来是些蓝的、白的、黄的小石块块!我想这大概是他们家盖房子扔掉的什么吧……那以后我常常看到他们,并且都是在黄昏的时候。

有一天傍晚我正蹲在树下玩,突然听到一个脆生生的声音喊:

"哎!"

我猛地站起来,见一个穿得花绿绿的小姑娘站在我面前,笑眯眯地看着我。她扎着一对蝴蝶结……我脱口说:"我认识你……"

小姑娘笑着,露出一口小白牙。她一会儿跟我就熟了,告诉她叫"小圆",住在另一个大果园里,那果园是她爸爸的……这天我们玩了好长时间。

第二天我们在一起的时候,她提议到爸爸的果园去,于是我们走进了另一片果树林子里。这林子真大!里面有山楂树、苹果树、海棠树,还有的树谁也认不得……好多人在干活,一些人在扳动着喷气机,另一些人就举起带小皮管儿的竹竿,竹竿尽头都在喷着水雾。那水雾在阳光里闪出红的、绿的、黄的……各色各样的光!我看呆了。所有被喷过水雾的树一会儿都变成了粉白色——这立刻又使我想到了外祖母刷过的树;另一边,几口大锅冒着白汽,发出难闻的药味,有人不断把一些药渣泼到箩筐里,这正是我在渠边看到的各色小石块——原来是药渣!……一个穿着细布棉衣,戴着小黑丝绒帽,腰间扎了根黄草绳的人走过来,小圆跟他叫"爸爸"。他望了望我,嬉着脸说:"哪里来的呀?"

他笑得有些可怕。我看看小圆,回答:"东边'大果园'的……"

"哈哈,哈哈哈……"他笑了,笑得那么难听。笑完后歪歪脖子对身边几个正在干活的人说了几句什么。

我听不明白,可我知道不是好话。他又看了我一眼说:"还'大果园'呢……"周围的人笑了,都停了手里的活打量起我来。

我扭头就走。小圆喊我,我像没有听见。

回到小泥屋,外祖母已在院里支起锅子熬刷树的药水了,一手添着柴,一手用木勺在锅里搅动着。她见我红着眼睛跑进来,吃惊地站了起来。我一下伏在了她身上。

外祖母脸上的深皱抖着,一句话也没有说,又用木勺一下下地搅动着药水。

水在锅里滚动着,发出了"噜噜"的响声。

我很快在锅里发现了泛起的蓝的、白的、黄的小石块块!我说:

"这'渣子'是小圆家倒掉的吗?"

"他们家倒掉的……"外祖母头也不抬,两眼盯着滚开的药水,用木勺一下下地搅动着。

我多么想让外祖母倒掉这些药渣,可我终于没有说出来。因为我知道我们穷得买不起药料……这个晚上,我像过去一样地依偎着外祖母躺在炕上,问了她好多的话。她告诉:小圆的爸最爱看别人泣哭……我说:

"我没哭。"

外祖母点点头。停了会儿她说:"你外祖父也是个有钱人,可他就是个好人……那年镇上过好队伍,也过坏队伍,他给好队伍治病,坏队伍恨他,就把他杀了,还烧了他半个诊所……"

"妈妈说你用诊所买了'大果园',是半个诊所吗?"

"半个也不到,那时你妈妈还要做嫁妆呢……"

提起妈妈,我就再也不吱声了。我想起了她,两颗泪珠落下来。我紧紧地靠在外祖母身上,问:

"妈妈不能来'大果园'吗?"

"大概不能来了。"

"我在这儿她也不来吗?"

"大概也不来了!"

我愤愤地问:"为什么?"

"因为……"外祖母叹口气,"因为你的后父是富有的人,你妈妈贪恋钱财……"

我恨死后父这个鬼东西了!……我伤心地流着泪,最后哭出了声音。外祖母在黑暗里替我抹着泪水,把我紧紧地贴在她的胸口上,慢声慢语地说着些什么:

"……跟外祖母住大果园吧!大果园多好呀,开了花,然后结些果子,果子多甜……树下边栽小香瓜,喷喷香的小香瓜……果子长到鸡蛋那么大,就到了赶庙会的时候了。庙会上真热闹!放鞭炮、唱大戏,赶庙会的人都穿新衣裳……"

我不哭了。

外祖母接下去讲了个故事:"……从前哪,有一只孤独的老斑鸠,它用九十九天的工夫,从远处一根根衔来柴草做了个窝。到了第一百天上,大风给它拆散了。它又用了九十九天的工夫重新做好。到了第一百天上,一群过路的老鸦把窝上的柴草全抢走了。老斑鸠追上啄它们,咬它们,败下阵来,又带着一身的血重新到远远的地方去衔柴草,从头做起,再花上九十九天……"

我被这故事吸引住了,泪水早已停止了流动,只一声不吭地听着。

……我不知听到哪里才睡去了。梦里有一个带着血奔向远方的老斑鸠。我变成了一只小斑鸠,紧紧跟在老斑鸠的身后……

大果园里开始生出密茸茸的小草了,蝴蝶飞得更欢,连巧嘴巧舌的小鸟也你追我赶地飞来了……我和外祖母在每一棵树下都埋了小香瓜的种子,又浇了水。我几乎一刻也不愿离开外祖母,看她在园里松土、刮腐烂的树皮、刷药水,有时还求她讲一个故事。她的故事又多又有趣,一边讲一边用手里修树的刀剪比画着。果树患病越来越多,她要不间断地给树木刷药水。那些药渣就倒在水沟里,外祖母总是及时地去收集起来……

……一个傍晚她去背药渣,回来的时候满身衣服都湿透了,沾着稀泥,一只手还滴着血。我知道她拣药渣时跌到深水里了,那手是被水下的碎玻璃割破的!我吓得哭出了声音,她却笑着告诉:"水底下的泥鳅可大了,等我给你抓一个……"

外祖母的两个箩筐全修好的时候,就开始搬那些埋住桃树的沙土了。她一有空闲就担起来,哪天晚上月亮好,她会担上多半夜。可我觉得这么多沙土永远也担不完的。外祖母却告诉:能搬完的,以前她搬过,只不过又被大风给刮回来了——这次在园边栽了挡沙的灌木丛,今年长起来,就再也不怕风了!她担呀担呀,一棵很高的大桃树终于从泥土里全露出来了。外祖母扳着树枝这儿看看,那儿瞅瞅,轻轻擦拭着被沙土埋嫩了的树皮儿……接着是更快地担土,汗水浸透衣服,双手裂了血口……深夜里她常常发出"哎哟哎哟"的声音,让我用手使劲捶她的后背和腰。一天夜里我问:"还痛吗?"她紧紧搂着我,没有说话。一片月光落在她的脸上,使我看到了那闪亮的眼睛。她好像在想什么事情。停了一会儿她望着窗外说:"园子刚买到手的时候,哪像个园子啊!三棵苹果有两棵快死了,树桩枯了一半!当年只收了二十斤果子,换不来半斤玉米面……可我要一点一点地做,老想它会旺盛起来……"我说:"能够挖出四棵大桃子树来,我们的果园就更大了!"外祖母点点头。

第二天,我求外祖母给我编了一个盛沙土的小箩筐……

我们一起搬着沙土。可第二棵挖出一半的时候,一天夜里起风了。我和外祖母清晨担着箩筐出来时,都不由得怔住了,黄沙把挖出来的桃树重新埋去了一截,我们起早贪黑,差不多全白干了!我不知道是害怕还是失望,连大气也不敢出,只是呆呆地看着。我望望外祖母,只见她一动不动地站在那儿,头上灰白的头发被风吹乱了,一双眼睛微微眯着,像在望很遥远的什么……我想她该是多么难过啊,有谁来可怜可怜她吧!我看到一些沙末飞落到她的皱纹里去,她擦都不擦。她的手抚摸着我的头发:"孩子,我搬了一次又一次,如今是第三次搬走这些沙土了,老天总想跟我作对似的……可我老了,就快担不动了……"我望望外祖母:她真的老了!身子那么瘦,背也驼了,头发白了一多半,后脖子上是又深又密的皱纹,被太阳晒得又黑又亮。她穿的那件满是补丁的黑背心,连纽扣也不是一样颜色,不是一样大小:有的是红琉璃的,有的是黑胶木的,有的是灰瓷的,还缺了半边儿……我第一次觉得外祖母怪可怜的。

外祖母低头看着我,用手梳理我的头发。

这个晚上,我们重新开始了担土。

外祖母像过去一样:一下下装满箩筐,轻轻挂上担杖钩儿,最后弯下身子……

这些日子里小圆常常来玩,还领来好多的伙伴儿。他们都是附近庄上的,跟外祖母早就熟悉。每逢他们来的时候,外祖母在歇息时就显得特别快活。

等到三棵苹果树结出小苹果、大李子树挂满了小李子、我们的箩筐磨去了大半边的时候,四棵桃子树全从沙土里解放出来了!外祖母在桃子树下轻快地走着,摸摸这棵,动动那棵,领我在树隙里走着。我们的果园变得有多大啊,桃子树原来有这么高的身个呢,可恨沙土一次一次把它埋在地下,它受了多少委屈啊!我们坐在了修得直直的树盘土埂上。我问外祖母:

"今年大风沙再也不会来了吧?"

"大约不会来了。"

"如果它们来了呢?"

"最好还是不要来。"

外祖母说再来她真的担不动了,她的腰快给压断了,早年腰上落了残疾,晚上常常针扎一样疼。不过她说快到春后了,这里一般起不来大风的,等到明年春天,新栽的挡沙灌木丛也长得茂盛了……

是的,灌木丛长起来就不怕风沙了!可是现在灌木丛还没有长好呢,我那么怕大风沙。夜里,我听到风声常常惊恐地坐起来,总被外祖母用手扳倒,搂在她的怀里。她给我讲着故事。可是有一天晚上,什么故事也不能使我入睡了,因为那风声分明是越来越大、越来越猛,连外祖母也起来穿了衣服。我们一起走出门去——天哪,一阵大风迎面吹来,差点把我们卷倒,沙粒直往脸上扑来……外祖母把腰使劲弓着,扯紧我的手,把我藏在她的身后,直向着园子西北边走去——我们真怕那四棵桃树再给埋住啊!

桃树没有被埋住,但是黄沙正在不断地随风刮过来……大风嘶裂喉咙喊着,那呜呜的响声多么吓人哪,它就这样响了一夜,到了白天还不愿停歇——整整三天三夜!

风停了,天晴了,大果园又像过去一样安静了。外祖母还像迎着风沙一样把腰使劲弓着,还是扯紧了我的手,把我藏到她身后,踏着脚下软软的沙土,踉踉跄跄地奔过去……那四棵高高的桃子树呢?在哪里?在哪里?啊——在这里,在黄沙里,下半截在黄沙里啦。如今像原先一样,它们又只剩下一丛露出地皮的桃枝了!

外祖母收住了脚步,一动不动地站在那儿,然后默默地盘腿坐在了沙土上。像过去一样,她一双眼睛微微眯着,像在望着很遥远的什么……她的头发好像比以前更白了,背更驼了,脸上的皱纹也更多了,皱纹的深处飞进了更多的沙末。我有些忍不住,但我终于没有哭出来——我知道有时候眼泪是不能流的……但我这时可以轻轻地抚摸着外祖母那又大又硬的手,看着那上面一个个黑红色的小血口。望着它,我不知道怎么又想到了母亲,想到了那个夜晚,想到了她一手擎着蜡烛,看满箱闪亮绸缎的情景……我有些恨她:外祖母这么老了,您怎么不来帮她,她的大果园快被黄沙给埋住了!……外祖母这时转脸看看我,眼珠像僵住一样地一动不动了。停了一会儿,她像特意告诉我什么似的说了一句:"……从前哪,有一只孤独的老斑鸠……"

我马上想起了那个故事,就看着外祖母那发亮的眼睛说:"用九十九天的工夫……做了个窝。"

"做了个窝。可是第一百天上又给拆散了,它又用了九十九天。"外祖母抽出那只满是血口的大手,抚摸着我的头发,那么小心,那么轻。

我说:"可是后来,老鸦抢光了窝上的柴草。老斑鸠追上啄它们,咬它们……"

"对。啄它们,咬它们,败下阵来,又带着一身血飞去了……它还要从头做起,再花上九十九天……"外祖母一个字一个字地说着。最后,她要站起来,可是两腿坐久了,刚一动就重重地跌倒了。我叫了一声去搀扶她,她却严厉地看我一眼,阻止了我。她的手深深地插在泥土里,使劲往下按着,慢慢地、一丝丝地站起来,站直了身子。她扯紧我的手,向小泥屋走去……

1979 年写于烟台

善 良

一

小挪年轻时很美丽,现在四十岁了,也还是好看。她越来越温和,越来越慈祥,穿着洗得干干净净的衣服,每天不停地劳动。婆婆几年前得病卧床,她就更加辛苦。没人听她抱怨过什么。在整个园艺场里,所有人都认为她是一个好人。

好人有时并不顺利。小挪的男人开汽车,回家就喝酒,醉酒就打人。女儿长得天仙一般,他舍不得打,就专门打老婆。小挪的头发都被他揪掉了不少。她尽量迁就,实在挨不过去了就给他一耳光。奇怪的是他挨了一巴掌,反而会安静下来。

她平时常常劝导丈夫,他也听从。可他不会彻底改正。小挪每天要服侍婆婆,又要上班。她是场技术员,早年毕业于一所中专学校。那时她有很多追求者。场里人都说:能找这么个姑娘做媳妇,想想看,一辈子享不完的福。可是她都没有同意——那些追求者很痛苦,其中的一个还为她喝了有害液体。当然他被抢救过来了。为这事她十分痛苦。她找到他说:

"你不应该这样。因为不值得。我也没办法让你不难受,我知道自己不能和你一块儿组成家庭。我不愿意啊。你打起精神吧,找个愿意和你过一辈子的人,好不好?"

那个人想了想,说:"我也有中专文凭,这个你知道。"

"知道。不过相同文凭的人就该在一块儿了吗?你一时思想还转不过弯来。你好好想想——想过来了没有?"

他想了一会儿,最后终于抬起头来:

"想过来了。"

她当时之所以不同意,主要是看上了一个刚刚调来的司机。小司机戴着套袖、工作帽,眼睫毛像女娃一样长,又有着一股帅劲儿。"这小伙子多精神!"她在心里说。后来她主动接近他,买了好吃的好用的给他。他比她小四岁,叫她大姐。她被叫得不好意思。后来当然是她主动提出建立那种关系的,让小伙子愣了半天。因为小伙子十分单纯,又没怎么看书,不太懂这些事。他以为他们在一块儿好就是了,其他的倒没想。小伙子说:

"哎呀!俺不和你结婚。"

她认真地问:"为什么?"

"因为俺不配。"

"胡扯……到底为什么啊?"

小伙子搓搓手:"主要是不好意思。"

她长长地吐了一口气:"这就不要紧了……"她扳着他的脸亲了一下。小伙子没让她亲第二下,抬腿跑了。

呆了很久,小伙子又回来了。他发现她还站在原来的地方。

这一回她亲他,他就再不躲闪了。

后来是结婚。日子久了,她发现这个司机不懂多少事,心比年龄还小,光知道玩,没有多少家庭观念。他爱赌气,发脾气,动不动就恼。她有时真不知该怎样对待他。他在外面跑车,跟一些野性司机学了不少坏毛病,后来还给她起外号,叫得很难听。

她尽量做到不生气。

可是他喝酒越来越厉害。她认真批评过他,他说:"早晚不喝它,怪辣的,有什么好?"那天她真给高兴坏了,眼泪都出来了。她觉得自己男人终有一天会变好的。男人见她哭了,一阵惊讶:"又没打你,你哭什么?过去打你你都不哭——真怪啊!"她叹了口气,又笑了。她觉得他的心太简单了,也太粗糙了。

白天她在果林里行走,一个人时,嘴里轻轻吐出这样的话:"我差不多不能爱他了……"

尽管这样,她还是坚持下来,转眼已经四十岁了。

这是一段多么漫长的日子。她什么都忍受下来。她与自己的男人不能交流什么——多么寂寞。她知道自己当年大概弄错了,不该和他一块儿组成家庭。不过后来又一想,她当时是爱他的,真的。她记得那会儿一看到他的身影、那张无忧无愁开开朗朗的脸、里里外外的健康,心里是多么激动多么幸福啊!直到如今,她也愿意看他,一直看下去——这不是爱吗?

他们之间一吵架,全园艺场的人都知道。她尽可能不让别人知道,男人却总设法让别人知道,还故意夸口:"哎呀让我打得呀,直哭直哭!"有人批评他不该动手,他就说:"女的就得管住——再说我从来不用力打,她要痛才怪。"

听者都笑。有的说:"小挪也算个命苦人了,摊了这么不懂事的男人!"

这期间正好那个用力追求过小挪的中专毕业生又独身了。他找到小挪说:"小挪同志,我们谈一次话可以吗?"小挪点点头:"当然可以。"

他们在果林深处的一口水井旁边坐了。四周很静,小鸟都不叫。中年男子两只手插在一起,一抽一插,然后缓慢有力地说了:"经过很长时间的考虑,我认为很有必要在一起谈一次。我想告诉你的是,我对你和你男人的情况做了理智的分析。我认为你们的这一次婚姻是不成功的。主要原因是他不懂得你,而有的人却很懂得你——我就是这样的人……"

小挪安静地听着。她发现对方的脸色越来越红,口气越来越急促。

他往上伸出两手说:"反正话不说不明,灯不挑不亮。你要是肯离开他,我们就能在一起了。不知你肯不?"

小挪每一个字都没有遗漏。她说:"不肯。"

"怎么能'不肯'?"男人呼一下站起来,"难道他打你你不火吗?他打人呀!"

"他脾气不好,可我心里还是喜欢他。我想人人都是有缺点的。他和我在一块儿生活,我没能帮他改掉那些缺点,也有责任。你应该同时也批评我,不对吗?"

男人想了想,说:"道理上也对。"

"还有,你应该想一想,如果我听你的话跟他离开了,好吗?他不爱我了吗?"

男人又想了想,说:"总的看,他还爱你。"

"那好,"小挪走近一步,"那我离开了,他一定会难过。你想想,一块儿过了这么多年,又有了孩子,哪能轻易分手呢?他见我跟了别人,能难过死。他这辈子也就没有高兴的时候了。再说他干的工作是开车,心里不好受,发脾气,出了事故怎么办?还有,他有个得病的老妈妈,这些年全靠我了。我得把老人服待到底啊!我半路上离了他娘儿俩,就是没良心的人。"

男人听着,蹲下了。他看看小挪,又低下头。最后他说:"你说的在理儿。不过小挪同志,你应该明白,我也是好意……"

"当然。你是个老实人,这我早看出来了。你约我谈话,我也就来了。为什么?因为你坚持这么多年爱我,不容易。世上变来变去的人太多了,你不是那样的人。再说你又是个直率的人,心里怎么想,嘴上就怎么说——我很感动。我不会忘记你这片好心的。我要把你当成最好的同志看!我一定能这样!"

小挪说着,有些激动。

那个男人不安地活动着,搓手,轻轻跺脚。小挪把话说完时,他嚷道:"你是个多么善良的人哪!我敢说你是全国最善良的人。我更爱你了,真的,我真想亲你啊——不过我有理智,我知道,你还没有答应;我不能越过同志的界限,不能,对不对?"

小挪含泪点头:"你做得很对。"

二

"喂,技术员在家没?"他喷着满嘴酒气,一进门就嚷。

妈妈在炕上呻吟。

"妈妈,妈妈!"他伏到妈妈床前,伸手替她盖被子。"我孩儿回来了——你又喝酒了,又喝了……"老人生气了。

小挪一手抱着孩子,一手端着饭菜过来了。他跳起来,抢过孩子就亲,说:"技术员打饭来了,咱吃饭吃饭……"小挪围上围裙,服侍婆婆吃饭,"妈今天背疼,一阵一阵疼。"

喂过婆婆,男人和女儿已经吃过了饭。男人说:"俺停了车就去找地方喝酒——光是喝酒。真舒坦!"小挪停下筷子:"那样要伤胃的,你更受不了……你真该戒酒啊。"

男人哈哈笑了:"这样应该那样应该,还应该打你哩,是吧?"

小挪不理他。

"打一打才好哩。先吃饭吧,吃过饭再打。"

她很快吃饱了饭。当收拾桌子的时候,男人真的一歪一歪过来了,举起了手掌。小挪火了,一下扔了手中的抹布。男人也火了:"逗你玩的,还扔东西,好,这回真打了!"说着照准她的后背就是一下。

小挪气得不知怎么好,就去拉他的手、扭他的胳膊。他说:"你才有多少劲儿?'工人阶级有力量',你扭扭看!"他把胳膊绷紧,任她扭。她一丝也扭不动。

女儿过来帮忙,娘儿俩笑了。男人说:"算了算了,别费事儿了。"

小挪一边收拾东西一边说："打老婆是旧社会遗留下来的恶习。你就不能改正吗？真的不能吗？"

"不能。"

"你不怕把我打跑，跑到别人家吗？"

"不怕——你才不会跑哩。你是个正派人，打也打不跑。我心里有数。"

小挪气得跺脚："那不一定！那不一定！世上谁对我好，我就跟谁去！"

男人拍拍膝盖："胡说！妈妈你也敢扔下不管？"

"妈妈……"小挪的嘴软了。她不由得回身去看内屋的门，不吱声了。后来她进屋去了。

婆婆一个人孤单，小挪每天陪她说一会话儿。老人这时候多高兴，"我孩儿呀，你说今年的日头是怎么啦？灰蒙蒙的。这个秋天果子不知收不收？"小挪握着婆婆的手："能收啊！今年的日头还是老样子，怪好的，晒在身上暖洋洋。""这就好。我放心了。孩儿你让孙女过来——"

小挪招呼女儿。她一下跳进来，去偎着奶奶。小挪这才离开婆婆。男人蹲在那儿呕吐。酒劲儿泛上来了。气味刺鼻。她用湿毛巾给他擦嘴巴，又把他扶到床上躺下。她一句也没有埋怨。他躺在那儿，向她招手。

小挪走近了，他握住她的手，使劲握着。"好些了吗？"他点头。后来他抱着她的手，呼呼睡着了。

小花猫在地上蹦跳,玩它的乒乓球。后来乒乓球滚到了木箱底下。它焦急地抓拍木箱,无聊地走来走去。小挪用小树枝给它抠球,为了防止球重新滚进去,她用废报纸把箱底空隙塞起来。

天快黑了男人才睡醒,打个哈气,抓起帽子就出了家门。

"你回来!你去哪里?"小挪追出一步喊着,可人已经没有了影子。

这一天她的两条腿好沉重。这日子好累啊!婆婆在那边叫她了,她赶紧打起精神。

她调制了一碗甜甜的藕粉给婆婆,可是小花猫在大家不注意的时候伸出舌头舔了几口。女儿说小花猫一点也不脏,可奶奶说什么也不喝了。小女儿赌着气,也为了证明自己的话是对的,端起碗就喝。小挪想制止她已经来不及了,重新给婆婆调制一碗藕粉,然后把小猫抱开。

天很晚了,男人还没有回来。这是个星期天,她为他担心,就出去找他。找了场部的小供销部,他不在;找了车库和几个老熟人的家,都不在。后来她听说老场长提着一瓶酒回家了,就进去看了一下。他正和老场长面对面地喝呢!她一出现,老场长立刻吆喝老伴给她拿个杯子,男人听了一摆手:"看您,她哪会!她不行!"她红着脸和场长老伴打着招呼,坐在桌边说:"老场长,您不知道,他今天已经喝过了。"男人的脸有了酒色,这会儿赶忙说:"乱说!打得轻了!"场长呵斥一句。他接连喝了几大杯子,故意撒气。"你别喝了,别喝了,会弄坏身子呀,快停下吧!"她去拦他的胳膊,他一下把她推开。场长又是呵斥。

他后来朝小挪恶狠狠瞪了一眼,离开了。

老场长自己喝酒。小挪说:"场长,真对不起你——他今天是醉着回来的。我不敢让他再……"老场长说:"我不知道……小挪啊,你男人可是个好人,车开得好,从不误事。我一直喜欢他。他要是再有点文化,我早就提拔他了……"

场长也半醉了。小挪觉得有趣,就忍住笑问:"提拔他干什么呀?"

场长想了想:"技术……科长!"

小挪笑了。

场长神色严肃地指着她说:"别笑!真……的!"

三

小花猫不知吃了什么有毒的东西,不断地呕吐。小挪正在上班,女儿跑去告诉她,慌慌地跑回家。

婆婆躺在炕上,一声声唤着小猫。

小挪看了一眼,急得叫起来。婆婆说:"去找块仙人掌,捣碎了给它灌上,兴许管用——前些年有人用这法儿救活了一只猫……"

她飞快跑出去,见人就问:"有仙人掌吗?"不知打听了多少人,总算找到了一块。她一边往回赶一边摘去上面的尖刺,一双手都被刺破了。

她飞速地把仙人掌弄成糊糊,用瓷勺一口口灌给小花猫。它拒绝喝下去,不停地挣扎,小挪的手掌、衣服,全都给撕破了。

它吐啊吐啊,不知吐出了多少东西。吐过之后,就一动不动了。小挪让女儿和她一起,用温水细细地擦去了它身上的脏物,然后放到了床上。

这一夜她是搂着小猫睡的。一夜里她不知醒来多少次,老疑心小猫已经不呼吸了。她拉开灯,发现它小小的肚腹在动,这才重新躺下。

小猫过了最危险的关头,瘦成了一把骨头,站也站不稳。它对所有人都不理,唯独见了小挪才微弱一叫。小挪为它准备了一小片鱼肉、猪肉,它看都不看。

"多么可怜人哪!它有什么病,也不会告诉——它不会说话啊。它这会儿多么难受!"

她去请了场医。医生听了她的诉说,不想来。后来她再三央求,医生才来了。他用听诊器听了听它的腹部,又扒开它的眼皮看了看,说:"我从来没医过它们——你知道我不是兽医啊!这么着吧,我按照给人治病的原理开药……"小挪说:"就是啊!不过它这么小,小心着下药啊!"医生捏出了三粒黄黄的药片,想了想,又减了一粒。最后他说:"研成面灌下,看看行不。"

小猫吃了药,慢慢好起来。小挪不知怎么高兴才好。她送给医生一些糕点,又送给他妻子一块布料。医生执意不收,她十分难过。后来医生只得收下了。有一次医生遇见她说:"其实你什么也不用给我,只要有一点心意也就可以了。"他说这话时久久看着她,眼里是若有若无的泪水。她怔住了。

"真的。我从来没看见你这么好的人。你真好啊!我……敬佩你的全部然而,小挪同志!同志!"医生口吃起来,背起药箱离开了。

小挪盯着他的背影,一声连一声问:"你在说什么啊?你说了些什么啊?"

医生站住了。他回头走了几步,声音低沉,又是异常缓慢地问:"你、真、的、不、明、白、吗?"

"真的!"

"老天!"医生走了。

又过了许久,她收到了一封草绿色的信。展开信,她读到了一封热烈的情书。那是怎样的一些话啊,看得人脸红。不过她觉得句句都是真心话。他是十几年前从一所中等医科学校毕业分配来的,说来也巧,他也具有中专学历!她一遍又一遍地读这封信,直读得泪水涟涟。她发现、她承认,一个人即便结婚很久之后,也仍然有可能爱上另外的一个人,并且做到不让自己难堪,不让自己厌恶。

她有好长时间,都把这封信藏在一个破旧的水缸后面。她一直想写一封回信。后来她真的写了。她写道:我们都错过了,真的错过了。不过我们还没有错过做朋友的机会。我知道你是真心实意的,你不是那些花花草草的人,当然你明白我也不是。所以,我们只能好好过自己的日子,平时,互相帮助、互相鼓励、彼此提醒着,别犯错误……这事就不要告诉家里人了,因为尽管什么事也没有,还是会惹他和她生气的。

信的末尾她没敢签名。她发现来信下面只画了一个听诊器。她想了想,就在信尾空白处画了一个苹果——想了想,怕他弄不懂,又在旁边注了两个小字:技术。

后来的日子她偶尔沉入默想。有一次她想起了一点什么——自己从来不得大病,只是那年冬天有些发烧,让场医,就是他,给打了一针。她这会儿想起了他用酒精棉球给她擦拭屁股上一点皮肤的情景,脸呼呼地烧起来。

小挪无声地哭着,好像有什么东西早就丢失了,而她才刚刚发现一样。

男人回来时,她已经擦干了眼睛。她为他做了最好的饭菜,为他添了一小点酒。男人兴奋得不知怎样才好,说:"这才叫老婆!以前那样,算什么老婆?"

小挪不停地亲吻男人。男人擦着嘴说:"好家伙!"

他们有很长一段时间没有吵架了。男人高兴时就给她取外号,一口气叫出很多。有些外号具有很强的侮辱意味。这一切她都习惯了。

天渐渐冷了。

小挪病了。她在技术科待着,后来觉得不好,就回家了。她身上烧得难受。男人直到很晚才知道消息,赶回来,她已经病得十分严重了。他大叫:"怎么不去看看医生?快!我背你去医疗室……"他说着一下背起她来,抬腿就跑。

小挪在背上踢着:"你敢!你放下我!"

"怎么?你怎么?真怪!"

"我不去!"

男人火了:"去也得去,不去也得去!"

"你让我去,我就死!"

男人站住了。站了一会儿,他把她放下了……他什么也弄不明白。后来他用手去试她额头的温度,被她按住了。她用火烫烫的嘴唇亲着这只粗糙的大手:

"你开车去吧,我们到……到外面的大医院,那里更好……不对吗?"

男人一拍膝盖:"怎么不对?太对了!走走走!"

他跑着去开车了。

四

就是这一年春天,婆婆去世了。最后的时刻,老人的手还握着儿媳的手。

全家人放声大哭。太阳落下去了,黄昏的光色里,什么希望都随着老人死去了。

小挪久久发呆。她从未想过床上可以没有一个久病的婆婆。她不知道以后的日子怎么过。

"妈妈啊!妈妈……"

小挪和全家在悲恸中越走越远。

时间不知不觉间飞快消逝。秋天来临时,她才舒出一口气来。但平时,她常常不知为什么就流下泪来。她坐在果树下想着老人的事情,有时记起十分繁琐的细节。她还记得老婆婆讲过一些故事。

这期间,她无数次怀疑自己家的日子就要没法进行了——她等待着什么,埋藏着惊惧。她常常紧紧拥抱男人,像害怕什么突然冲入这个家一样。

男人说:"不怕啊!"……

日子慢慢又正常起来了。只是小挪一想到那个与她说过无数次的老人,仍然要流泪。时间也许真能医治一切。又过了一年,男人重新开始喝酒了。有时他对小挪像过去一样凶,甚至骂:

"我可不管你是什么'叽叽(知识)分子'!"

"我怎么你了啊?你不能这样!你什么时候才能懂事啊!"小挪长长叹息。

只有男人不喝酒时,她才能与他好好谈一会儿,有时谈上很久。不过即便这时,她也有深深的被遗弃感,悲伤极了。她有时说:"孩子爸,你要和我好——比过去更好,我也是。我们俩是最亲最亲的人,你要有好脾气,啊?"

男人这时总是"嗯嗯"着,说:"行。"

"我一辈子都依靠着你,你不知道吗?我一直迁就你,因为我离不开你。我见你喝酒就不高兴,不是疼钱,是怕伤你的身子,怕你出事。你不该骂我,有时还动手打人——这会破坏感情的……"

男人粗声说:"不能。打了这么多年也没破坏。"

"已经破坏一些了……"

男人久久不吱声。

"我们不该吵,真的。你想想,我们都会老,会长出白头发。我们还会拄着拐。如果我们好得像一个人多么好!如果我们老了还形影不离,才是两口子。那时我挽着你,咱到树底下散步去,大家见了都会夸,说看哪……"

男人不耐烦,打断她的话:"乱说!你的身体比得上我吗?到时候还不得我搀着你?"

小挪紧紧依偎着,说:"都一样,都一样!……"

1979 年写于烟台
1985 年订改

七　月

一

急促的铃声响过第二遍,中文系合堂教室已经坐得满满的了。一百五十人挤在一起,显得有些乱。这些1978年入学的大学生,年龄颇不整齐,读起书来声音也是各式各样的。有的低沉浑厚,有的还透着未能脱去的童稚。在这上课前的十分钟里,他们都背诵着同一篇课文——《诗经·七月》。

"七月流火,九月授衣……无衣无褐,何以卒月……"一位身材细高、微黑面孔上带几分倦容的男学生把声音放得很低。他二十多岁,长了双黑亮的眼睛,这会儿吃力地背着拗口的古诗,每停顿一下,就望一望身旁的同学。旁边的女孩子倒没在意,只顾忽闪着那长长的睫毛背诵,发出的声音像山泉奔流一般,把她身边那个低低的声音给淹没了……忽然,这声音终止了。男青年吃惊地抬起头来,这才发现主讲先秦文学的陶副教授已经站在了讲台上,正在用她那严肃中透着温柔的眼睛看着整个教室……

陶莹不到五十岁。可能是酱红色的讲台和背后那四页滑动玻璃黑板的衬托,她显得持重、挺拔;头发是乌黑的,脸上带着很好的红润;身材稍显单薄,显出了知识分子常有的那种柔弱。她这时低下头,轻轻打开了讲义册;稍停,又从旁边取过一个粉红封皮的本子——所有同学都认识的课堂积分册。一场提问要开始了,教室里没有一丝声音。

"上几节课我们学习了《七月》。这首民歌是具有典型意义的'奴隶之歌',是《诗经》中最长的叙事诗之一,我们要求背诵它。现在,就让几位同学来……"陶副教授说着,很自然地向学生们中间看去,脸上带着期待的微笑。

有几个同学低下头去。有的将脸转向窗口,仿佛是被不远处的花坛和垂柳吸引……

"于笃刚……"副教授念出一个名字。

一位年龄很大的男同学站起来,背得十分流畅。

"莫亚男……"

是位身材苗条的姑娘。她背得不但流畅,而且用了很标准的普通话。

陶莹十分满意,在积分册上记下什么。接着,她又叫了第三位同学:"马肖春……"

马肖春就是那位细高个儿、头发有些蓬乱、面孔微黑的男青年。他慢慢站起来,站得很直,看着老师,棱角分明的嘴唇轻轻动了动,却什么声音也没有发出。同学们的目光都转向了他……他终于开始了背诵:"七月流火,九月授衣……春日迟迟,女心悲伤……"

声音是艰涩的、断断续续的,往往不需要任何解释就可以让老师明白:他不是那种用功的学生。可这次让学生准备的时间已经够长了,这难道可以原谅吗?陶莹的脸色有些严肃了。她没有让他马上坐下,仿佛故意要听他难堪的重复:"……女心悲伤,女心……"

旁边那长长眼睫毛的女同学在小声提示:"殆及公子同归! 殆及公子……"

"谁在用这种方式帮助你的同学呢?"听觉敏锐的陶莹望去一眼,"是姚兰吧?""姚兰"两个字,使所有同学都感到了她的严厉……

提问就到此终止。陶副教授开始导入新课……一堂课下来,同学们都急于到教室外面去吸吸新鲜空气,门口显得有些拥挤。马肖春最后一个跨出教室时,觉得有人在背上轻轻拍了一下,回头一看,见是陶副教授。她笑着:"你赶时间把《七月》译一遍好吧?我给你看一下。"马肖春不好意思地点点头:"好的,老师……"

夏历七月,阳光灿烂、温和,大地上绿色正浓,早熟的果实和晚放的花蕾一齐播散着香味。在鲜花盛开的花坛处、在漫着浓烈松脂气味的松墙边,男女学生三三两两地散步,一边背着英语单词卡片。有的隔着松墙用英语问一句:"喂! 不去图书馆吗?"这边的却有些滑稽地答一句:"见到您非常高兴!"

马肖春避开人多的地方,一个人走在冬青林里。他大约需要清醒一下赶走困意,迎着树荫里吹来的一阵凉风愉快地舒展胳膊。突然一个清脆的女声在他身后响起:"'女心悲伤'!'女心悲伤'！……"

是姚兰。马肖春那张微黑的面孔立刻有些发红。他想起了什么，对走过来的姚兰抱歉地说："课堂上连累了你，回到家里陶老师还会批评你，很……"

"'很对不起'——是吧？哈哈……"她凑到马肖春身边说，"我一点不怕，你别看妈妈在课堂上那么严厉——回家可宠我呢！她就这样儿……"

马肖春笑了笑。

姚兰却挑剔说："笑什么笑？谁像你！课文都没读透就被提问了，不丢丑才怪！你不会告诉她参加排球赛了吗？真活该！"

"比赛结束已经两天了，业余时间抓紧点也背得出，这全怨我自己。"

姚兰噘噘嘴巴，正要给他几句，急促的铃声又响起来。

二

入夜以后，校园里显得很宁静。白杨挺着修长的身躯，垂柳扬着柔软的长丝……绿树掩映着的窗口闪射出各种不同的颜色：雪白，橘红，淡蓝……每个窗口都是一个世界，有的火热，有的冷静；有的温馨，有的正在深思怀念……

陶莹照例先去教室看看夜自习的学生，回家后就坐在写字台前。她摊开讲义，翻开书籍，拔掉自来水笔的帽子，轻轻地扶一下眼镜。女儿姚兰十点钟以前是不会离开图书室的，所以这是一段最理想的工作时间。

屋子里很静,静得能听见时钟秒针的脚步,听见笔尖的"沙沙"声;静得仿佛连自己的思维都能望见……她教了二十多年的古典文学,从见习教师到助教,再到讲师,每一个台阶都踏过来了。这个当年在全校最年轻的女讲师,如今眼角和唇边已有了浅浅的皱纹,头上有几绺被她染过的、不为人知的白发……这会儿她坐在桌边,一笔一笔地写下去,有时翻动一下旁边的笔记,有时回身到书架上取下一本书……也许是有些疲劳,她这时直了直身子,一抬头,目光触到了墙上的照片。她立刻怔住了。

那是一张放大的黑白照片,她爱人的照片。照片上是一个俊秀的男子:浓浓的头发,大大的眼睛,端庄的脸庞闪着青春的光泽。这就是她心中的柯杨,七年前失去的柯杨!他们每天都这样相视良久,用目光交谈。奇怪的是,她今天晚上再清楚不过地从这双眼睛里看出他在微笑……

那时的柯杨挺拔得像一支秀美的竹子。她是在大学校园里结识他的,差不多第一次见面就产生了爱慕。他们不在一个系,可接触的机会并不少,后来的日子不断证实:她从第一天起就没有把他看错。他们结合了。都是感情特别丰富的人,这么年轻,这么美好,幸福极了……他们在同一所校园里,开始了共同的攀登,沿着通向峰巅的艰辛的小路,柯杨婚后第一年就写出了重要著作——它一出版就引起了学术争论,后来断断续续总有人提起。慢慢地,学术问题酿成政治灾难,几年后他竟因此而遭到残酷折磨,死去时只有三十多岁!

陶莹去了林场。巨大的悲哀和繁重的劳动一齐加在她的身上,然而她却奇迹般地活下来。林场地处芦青河畔,风光秀丽,只可惜那时所有的草木花卉都染上了一层抑郁。有一次陶莹一个人坐在一棵野椿树下,默默地望着那在夕阳照射下闪着红光的河水,望着一条小船。小船上的人一下下撑着竹篙,小船的尖头顶起微微的波浪……她看着看着,突然叫了一声,呆呆地站起来——

划船人真像他,她的柯杨!陶莹惊奇、疑惑,两眼睁得圆圆的,最后发疯似的跑到了河边……小船终于靠岸了,握篙的人迷惑不解地望着她——她两手紧紧揪着衣襟,那圆睁的眼睛慢慢眯了起来……啊,眼前的这个人多么像自己的柯杨,真的,只是他的年龄稍微大了一点……可你到底是谁呢?

天下竟有这样相像的人!

后来她才弄清楚,那天看到的划船人叫修桐,来林场前是某大学的物理系教授……这之后,陶莹总想望见他那犹如一支秀竹的身影,那端庄的、宁静的、透着无限坚毅的男性的脸——这酷是柯杨的一切……阴历七月匆匆逝去,八月在芦青河边也停留了不久,稍嫌凄冷的九月就来到了。树叶在河里飘荡,河水开始变凉了,修桐却仍旧穿着那件露出肩头的夏衫。陶莹有一次在河边上对他说:"该换件衣服了,天要冷了——《诗经》里说'七月流火,九月授衣',连冬衣都该备下了呢……"

修桐望着河里的一片涟漪:"……她离开得太早了——是个搞古典文学的,你们同行。"

他说出了爱人的名字,使陶莹大吃一惊。她很早就读过那个女学者的论文,早已是心中的崇拜者了!想不到她也像柯杨一样,一样地不幸与悲惨。而自己与眼前这个人的命运又何其相似！她上前握住了修桐的手,眼里涌满了泪花……离开他之后,陶莹开始瞅空给他用旧毛线结着一个背心,结进了对柯杨的深深怀念和对那个女学者的一片敬仰之情,忙着她的"九月授衣"了……后来她与修桐的接触越来越多,每逢看到这张分明是很熟悉的脸,陶莹心中就涌过一阵思念的浪潮。柯杨啊,你如今在哪里呢？也许你就是河西岸那明艳的红霞,在燃烧,在照耀,每天把玫瑰花的颜色涂上大地和天空……

漫长的、仿佛是没有尽头的林场生活终于结束了。分别时,他们作为患难与共的朋友,紧紧地握了握手……之后就是两地通信,是两颗伤痕累累的心互相映照……一个又一个春天来临了,万木更新抽绿,他们的心潮忍不住地荡动。也许对过去怀念得太深,他们只是遥遥注视,迟迟不能决定去组成一个新的家庭……可是几天前,她突然接到了他一封特别的信。那信中的话,明确而热烈,透着少见的率直和坚定,一瞬间竟使她不知如何是好！好长时间她都在喃喃自语,满脸绯红,一颗心急急地跳动！

……

陶莹望着墙上的照片,那对含笑的眼睛,有些急促地站了起来。她在心里和他交谈:"亲爱的柯杨,我该怎么回答他呢？……哦,你问我爱他吗？是的,我很爱他;然而……"嘴唇动了动,似乎要说什么,但什么也没有说出——重新坐下来时,目光又落在《诗经·七月》的讲义上。啊,"七月流火",转眼又是今年的七月了,接下去该是八月、九月——九月又该给他结一件毛衣了……

有人重重地敲门,进来的是姚兰。她今天回来得太早了点,陶莹有些奇怪地望着她,她却笑着说:"妈妈老看我,不认识吗?"

做母亲的只守着这个顽皮的女儿,爱得特别深重。她问:"怎么今晚回来这么早呢?"

姚兰把一本书抛在床上,噘噘嘴:"约他到书亭他不去,阅览室也不去,气得我早早回来睡觉了!"

"'他'是谁?"陶莹放下了手里的钢笔。

"马肖春呗!他得忙着完成你的作业!……"

"啊,是他——你以前好像不常提到……"陶莹马上想起了课堂上提问的情形,于是接下去批评了自己的女儿:

"那么长的时间背不下一篇《七月》,荒疏学业,这在你们这一代大学生中是极少见的。当然,你应该去帮助他,可是你不应该在课堂上弄虚作假……"

斜躺在床上的姚兰坐了起来,反驳道:"你凭什么这样说他?就凭一次课堂提问吗?妈妈!他前天刚从大学生联赛上下来,他是校排球队的……"她脸色通红,顾不得注意妈妈那略带惊讶的表情,接着说:"他学习上有股吓人的拗劲儿,我就佩服他呢。他立志将来搞稼轩词研究,读了那么多书,做了几十万字的笔记……其他学科也是拔尖的,不信你问别的老师……"

陶莹没想到一句话会使女儿急成这样!她对姚兰激动的样子有些吃惊,但更吃惊的是女儿介绍的那个学生——马肖春的情况!她极力在脑海里搜寻,似乎想起以前有谁说过这个名字……也难怪,由于扩大招生,中文系学生是正常情况下的两倍半,她不可能在短时间内对学生更熟悉一些了。她这时觉得有些歉疚，因为至少在一定程度上误解了一个学生。不过她也不无怀疑——她对那些不认真攻读基础课，却过早地张开幻想的翅膀、好高骛远的学生，接触得已经太多了。她没说什么别的，只是问了句：

"有时间请他到我们家来一次好吗？"

"这有什么不行的，我一叫他就来了！"

三

第二天夜自习的时间，陶副教授收到了一份《七月》译文。它是用正楷抄在了红方格稿纸上的，清晰、端正，看一眼就觉得心情舒畅。她认真看了看，发觉译文不仅文笔流畅，而且用词准确，修辞讲究，且有大多数译者难以把握和表现的——原作浓烈的生活气息……一瞬间她竟忘了这是在批阅一份学生作业，不自觉地换上了欣赏的眼光：贴切、恰到好处；这里译得多美啊……总之，她渐渐沉浸在另一个世界里了，很快被这首奴隶之歌特有的节奏和音调融化了！她仿佛亲眼看到了《七月》里描绘的场面：黄鹂的欢鸣，采桑的少女，少女对贵族公子那畏惧的目光；声势浩大的冬猎，年终的欢宴，宴会上高举过顶的酒杯……她把这篇译文仔细放到了讲义夹里，走了出去。当她停下脚步，发觉自己站在了中文系教室的门前……她轻轻地推门——屋里的同学一齐抬起头，他们用尊敬的目光望着他们的老师。

"马肖春同学在吧？"她小声地问前一排位子的同学。

他们告诉他可能在宿舍里。

陶莹被一种特别的心情驱使着,来到了学生宿舍楼。

楼上的灯光基本上全熄了,大部分学生这段时间在教室或阅览室。当她敲响马肖春的宿舍门时,来开门的竟是自己的女儿!陶莹望了望姚兰那突然变红的脸,然后把目光转向另一边:灯扯得很低,灯光下一只木箱,木箱上放着一叠纸,一位细高个子的青年在木箱边站着。他上前一步,叫了声"老师"。由于离得近了些,陶莹看到了一张女孩子似的脸:细细的眉毛、黑白分明的眼睛;但脸色有点黑,还带着过多的腼腆……她不知怎么先有了几分好感,让他坐下,说:"我看了你的作业……"

"啊,老师,我做得不好……"

"还不好?"姚兰在母亲身后说了一声,"那么好还说不好……"

陶莹责备地望了她一眼。她闭上嘴巴,把手插到了衣兜里。停了一小会儿,她在暗影里朝马肖春做了个告别的手势,就先自离开了。

陶莹接着问:"你怎么在宿舍里学习呢?"

"如果我需要的书都在手边,就不去别处了。这里更安静些。"

她简单地谈了一下他的作业,然后谈话的范围就扩展开来,但基本上没有超出古典文学这个范畴。她在谈话中不止一次为面前这个学生所掌握知识的深度和广度感到吃惊,这终于使她想问一下他的"稼轩词研究"情况。她要看一看他写的笔记和文章。

马肖春的脸更红了,他不好意思地站在这个和蔼、但不知怎么总让人感到一点"严厉"的副教授面前,踌躇了一会儿,最终还是递过来一摞抄清的本子。

陶莹接过沉甸甸的稿子,又望望面前这个孩子气的小伙子,总觉得事情有几分奇怪——她翻下去,一页一页地翻……这些稿子大部分是笔记、注释、评论,且不说别的,单从作者涉猎书籍之多来看,就足以让人惊叹不已的了!看得出,他在做着扎实的然而是异常艰苦的准备。他显然踏上了大多数成功者走过的路。看着看着,陶莹蓦然感到他的行文里有一种似曾相识的风格,闪耀着一种并非陌生的光彩。她想了想,最后提出了两篇文章的题目:

"作者是在辛词研究上很有成就的人,一位才华横溢的女学者。只可惜她死得早了些……你研究过她的文章吗?"

马肖春瞪大了眼睛,原有的羞涩全飞光了。他反问一句:"您认识她吗?"

陶莹摇摇头:"不,但我了解她。我认识她的丈夫……"

马肖春两道细细的眉毛激动地一跳,紧紧握住了她的手,声音有些发颤:

"她是我妈妈!……"

陶莹抱住了他,轻轻晃着他的肩膀:"怎么,你爸爸就是修桐吗?!……"

马肖春点点头。

陶莹不由自主地往后退一步,细细打量着他。啊,真的,怎么就没有看出来呢?灯光下,她发现他有马修桐那样的脸庞、眼睛;更重要的是,他这么挺拔可爱,也俨若一株秀美的竹子!……一股暖流涌遍全身,她连连说:

"孩子,我知道你为什么要选这个研究题目了,你一定会成功的！一定……"

马肖春鼻翼轻轻翕动,望着窗外的夜色:"我知道这很难,也许有些枯燥。可这是妈妈的事业——她被残酷地逼死了,我要到她走过的路上去,那条路上有我的妈妈……"

陶莹感激地望着面前的年轻人,只觉得他那么坚毅和勇敢。是啊,这种寂寞的事业仅仅是为某一类人准备的,它同样需要前仆后继!……她的眼睛里有些湿润,这时用手揉了揉。

马肖春握着她的手,一句话也说不出了……

四

……陶莹回到家里时,夜已经很深了。姚兰还在看书等着妈妈,这时忙问道:"你看了他写的那些东西了吧?"

母亲的心还在激动着。她觉得兴奋,但兴奋中还有了另一些沉重。她淡淡地告诉:"看见了……"

姚兰奔到妈妈面前说:"怎么样?我不是替他吹吧!他可有才华呢,思维能力真棒!连于笃刚他们大年龄的同学也望尘莫及!"

陶莹严肃地望着女儿:"你说的都对,他文章很好。但我还看到了他另一个方面,那也许是更重要的。他非常稳重和谦逊。你呢?我觉得你有时太能'炫耀'了……"

姚兰的脸猛地涨红,没有说出话来。

陶莹慢慢转过身去,一手扶住了椅子,抬头望着窗外那闪闪的灯火。停了一会儿,她说:"我看出你要恋爱了。可你刚满二十岁,又在上学,这有点太早了……"

姚兰跑过去抱住妈妈的一只胳膊，急得要哭似的摇动着："妈妈！快别说这个，妈妈！我们没有恋爱，真的没有！我只是喜欢他——你连一个人喜欢另一个人也不允许吗？……"

"……"陶莹没法儿回答。她一只手抚摸着女儿的滑润的头发，喃喃着："当然，他是个好孩子，一个让人喜欢的孩子……"

姚兰笑了，她感激地仰脸望着妈妈，眼角里有一滴露珠似的泪水……陶莹两手捧着女儿的脸，看着这双美丽的眼睛想：我多么粗心大意！我怎么就没有更早一点看出这双眼睛比过去明亮，它跳荡着幸福的火星呢？！她这样想着，伸手给女儿抹去眼泪，"你要像他那样，他比你懂得更多。还记得爸爸吗？哦，记得，那好吧，你去好好想一想，想一想你怎样做才不使他失望……"

姚兰点点头，第一次表现得这样温顺、这样听话……当孩子回到自己的屋里，陶莹又在她的写字台前坐下来，一个人，静静的。

初秋的夜啊，这般清爽、温柔，到处散播着芳香，到处是鲜花，是碧绿，是刚刚成形的果实……陶莹想透过窗子望到那微蓝的天空，天空中那被《七月》一诗称为"流火"的西沉的火星。路灯太亮了些，什么也看不清。她用颤抖的手从抽屉里取出了一封信，轻轻地抚摸着信封上那粗犷遒劲的字迹……女儿的话响在耳边，不断叩着心扉。是啊，孩子钦佩他，并且喜欢他，这种情感也许没有人能够禁锢，即便是她的母亲……可他是修桐的儿子，而修桐，我们在令人绝望的年代里建立了怎样的友谊，这友谊曾像一团火一样燃烧着，爆出明亮的光焰，照耀着美好的、梦幻般的明天……对面的柯杨啊，你那微笑的眼睛！你那智慧的前额！你能和我说说话，像十几年前那样告诉我怎样去做吗?! 你在微笑,可你能告诉我你为什么而笑吗?!

女儿睡着了,陶莹听到了均匀的呼吸声,禁不住放轻步子走过去……她睡着了,眉毛弯弯的,像带着笑;脸庞像秋桃那样红润,闪着光泽;五官的线条有多么秀美,这像柯杨吧?她已经完全是个大姑娘了——而直到昨天还以为她是个小丫头。头发上的橡皮筋滑脱了,长长的头发从床边垂下。她忍不住走过去,捧在手里。这头发多像漆过,又黑又亮,还散着一种荞麦花的芬芳……陶莹轻轻地闭了灯。

她回到了自己的房间里,重新打开了讲义。这使她又一次看到了那篇《七月》译文——啊,娟秀的字迹,灿烂的辞章;端正的楷书字形,也使她想到那个青年挺拔的身姿。他就是那个在黑暗中早逝的、自己一直尊敬的人的儿子,是漫漫长夜中熬过来的胜利者,是没有屈服的一代人!……她抬头望着柯杨,特别注意地看着他那微笑的眼睛——她这会儿终于明白了他为什么在笑!

陶莹铺开一张洁白的信纸。她要给修桐回信。她要告诉他一点什么……一切都是多么的出人意料啊,我的女儿和你的儿子在一个系,并开始营建一座爱巢了……你瞧,就是这样,发生了一件让人欢欣又让人难堪的事情……她写着写着,不知怎么眼睛有些潮湿。当她揉了揉眼睛重新写下去的时候,握笔的手竟有些颤抖,眼前的字迹也模糊起来,渐渐化为一片葱绿的原野:芦青河那弯弯曲曲的水流;河面上那蓝色的透明的雾;欸乃声里出现的独舟,舟上那个用长篙点破水面的身影……她仿佛又看到了河畔那株大野椿树,树下那七月的野花,泛红的秋草……再也写不下去了!一颗心"怦怦"跳动,急促而有力。这颗心远远没有衰老啊!听,它跳动着,快要跳出胸腔来了,带着激越,含着兴奋,也稍稍掺进了一丝焦虑……

陶莹踱到窗前,久久遥望着。她看到楼下的一株向日葵披一抹灯辉,那还显得稚嫩的籽盘像个娃娃的脸,羞涩地低垂。"繁启蕃长于春夏,蓄积收藏于秋冬",夏天是生长的季节啊,经过一个夏天的生长,七月正该着结实了,再不久,就要收获……她转身坐到了写字台前,久久端量着那张写了一半的纸。她苦笑着一皱眉头,红着脸瞅了一眼含笑俯视的柯杨。

她打开了窗子。芬芳的夜风涌了进来,她深深地吸了一口。远处,一座座教学楼灯火未熄,无数明亮的窗口使她想起银河的繁星。她仰脸看这满天星斗……天鹅星座,牧夫星座……最后,她的目光又在努力搜寻那颗与流传了几千年的奴隶之歌连在一起的星星了……

1979 年于烟台

操心的父亲

一

在西兰墩,有棵民国年间栽下的老黑榆,是全村最大的树。它和户主的名字连在一起,一直共同享受着应得的荣誉。这棵威风凛凛插向青天的大树,树干笔直,粗大无比,树皮像古铜锈铁一般。大树下是一处普普通通的瓦房院落,相比之下似乎显得不太相称。在第一声鸡鸣的时候,树旁那个小院门就在灰蒙蒙的天色里"吱忸忸"打开了,接着就会走出一位六十多岁、眼睛发亮、花白眉毛很长的老人,这就是户主铜锅。他先在树下站了一小会儿,跺跺牛鼻鞋子,磕磕一尺来长的烟袋,然后就返身回院,站在西间窗外,一声连一声喊:"大碾,起了!"……

大碾是他的儿子。铜锅养活了二女一男,两个女儿嫁走,老伴又去世早,身边只剩下了这个儿子。他总是隔着窗户,在睡觉以前喊低头看书的大碾灭灯;在天不大亮时把大碾喊醒,并对他总结前人和自己的经验说:"晚睡晚起的人没有好身体,没有!早起,有事做事,没事闲溜也好……"看来铜锅的经验是灵验的,大碾长得粗粗壮壮,膀大腰圆,从记事起也没生什么病!

大碾个头大言语少,但不见得就是个老实孩子。铜锅对他有个恰到的比喻:就像冬天村西的芦青河,表面冰封得严严实实,内里流急着哩!别看这大碾不吭声,说不定突然间就会做出一件新鲜事,总害得父亲时刻为他操心。

他和父亲一样看重院前的树,一枝一叶都护着,有一次却趁父亲不在,攀上大树捋"榆钱"蒸菜馍吃,正好被赶来的铜锅揪住了。老人伸出烟锅指点着问:"糖吗?蜜吗?什么好东西引逗你爬几丈高的树!你伤它,它还爱往高长吗?不是一把过日子的手呀……"他盯着儿子,一脸的失望。

大碾再不敢动老榆树一手指头了。他常见村里的人走到这儿站住,你一句我一句地议论这棵大树的价钱,那语气里蕴含着对一大笔钱的羡慕和对育树人的钦敬。同时他也注意到,每逢这时,他的父亲总是远远地立在旁边,听着别人说话,长烟杆咬在嘴里,吸也不吸一下。人们离去的时候总会叹一声:"唉唉,铜锅真会养财,能人啊!"他知道父亲这时会沉浸在一种幸福里,那颗衰老的心会欢快地跳动——当他有一次这样想着,向老人瞟去的时候,竟吃了一惊:这张满是深皱的脸没有像过去那样向着这高大的树木,而是转向了一边;那有些陷落的眼睛正望着南天一片浮云,好像很难过……

二

大碾呆呆地打量着父亲,惊奇地两手在裤子上一按,发出了

"哼"的一声。铜锅被这声音唤醒,这才注意到儿子在一边闲立,就问:"你呆什么?"

大碾往前走一步说:"爸,我看你心里有事!……"

"胡说!胡说!"他大声否认,一边往衣兜里放烟锅,转过身子走了。

可是大碾觉得父亲的步子比过去沉重多了……

这是个动乱的年头。西兰墩这个只有二百户的村子同样饱受了磨难。这样一种环境里,人们容易变得自私、猜忌,产生一些疑虑和难以放松的警惕。

这天晚上,当铜锅和大碾喝完一大碗瓜干粥的时候,院门被谁擂得响了一下。大碾站起来,铜锅却纹丝不动,冲院门喊:"你是谁?"

"我是三喜!"门外是一个小伙子的声音。

"三喜你来!"铜锅放下手里的大碗。

三喜在门外说:"不了。二满叫我喊大碾去夜校里学习……"

铜锅马上对着关紧的院门一伸巴掌说:"那你走吧。大碾有事。"

话简短而坚决,大碾失望地一屁股坐在了小凳子上。一阵脚步声远去,三喜走了。铜锅让儿子拾掇碗筷,自己坐着想心事。他知道年轻人会在夜校里闹什么,对这些又厌恶又惧怕,怎么敢让大碾去!他听村里人议论:谁家小子和谁家姑娘在夜校恋上了,还进城买了件花布袄……想到小伙子们的事,他的心里就一动!因为他的大碾也不小了,倒真想他能自己串弄个对象,这也省下做父亲的操心。不过另一个事把他这个念头刺了一下：前不久，一对青年男女在村边树林里说夜话，被民兵连长抓住了，挂了牌游了街，从此名誉也就毁了……他可不敢让大碾做这种险事，三番五次叮嘱：别跟姑娘家说说笑笑的，没有好处！他满意地看到，大碾虽然估摸不透，但唯独在这方面是无比可靠的——他没那份巧言细语。

铜锅错了！也就在他这样想的时候，大碾有一次与三喜有过这样一段对话：

"……二满的辫子不好看！"

三喜吃惊地问："那么粗还不好看吗？"

"不，不是！我是说看了心里会慌……"

……二满让三喜来叫大碾，却被铜锅一口回绝了。他一颗心焦急地跳动，表面上却是一下下刷碗。当他把筷子搓干净，父亲的碗也刷净了时，一个小小的计谋就生好了。他揩揩手问：

"猪草没了，我趁睡觉前割去！"

铜锅对肯使力气干活的人从不阻拦，点点头："割吧，黑夜要当心手！"

大碾走了以后，他就搬过一叠长柔草，"哧哧"搓开了草绳。他可真是个搓绳的好把式，两个巴掌一推一拉，那金黄的草梢儿就在他的手缝里打着旋儿转。那响声很有节奏，也很动听。一圈一圈的绳儿搓成了，一叠长柔草也搓尽了。他这是搓了换工分的，已经卖力地搓了一个多月。在别人看来，搓绳子的老汉心里只有栏里的猪，院外的树，手里的草绳，还有每天走在路上捎带拣来的烧柴……都觉得他是个不可琢磨的怪人。这会儿他搓着草绳，谁知这心里又在想些什么！只有一点非常清楚:人活着就要花钱吃饭,而他和儿子在田里劳动一年,年终只分得了二分钱的现款……月亮升起来了,一圈圈的草绳在不断增高,老人已经开始搓第二叠长柔草了。就在他拿起又一撮长柔草的时候,突然这两只皱巴巴的手停住了——街上传来一阵熟悉的说笑声。

老人侧起耳朵,似乎从中听出了二满和一帮子青年的声音有大碾!他怕不准,起身出了院,站在大榆树下听:不错!正是他们!这么说大碾割猪草割到夜校去了——好你个大碾!铜锅只觉得血一下子涌到了头顶,转身进院,三两下把草绳推到一边,然后站在院子当心。

大碾走进来,"砰"一声摔下筐子,筐里只有虚虚的一些草。他问:"还没睡啊,爸?"

"没睡!正等着哩……"老人向前走了一步,伸手朝门外那隐约可辨的笑声一指。

大碾刚才的兴奋还在心里腾跃着,这时意外地后退了几步。

"混账啊!"铜锅一跺脚,一把揪住大碾的衣领,一边往屋里拉一边说:"好,你小子……"

大碾知道事情要糟,吓得身子直颤。到了里屋,不知是因为父亲力气短缺,还是看着儿子可怜,反正没有挥起巴掌,只是狠劲把大碾往旁一推,说:"我只问你一句:你准备过什么日子?!"

大碾喘口气,结结巴巴地说:

"过……好日子呀!"

"呸!想得美。好日子是这么过的吗?好日子瞎了眼往你家跑！……"他料定这小子准会跟人捣鼓出什么离奇事，用烟锅狠劲敲了一下柜子说："我能替你操一辈子心吗？年头这么乱，还跟上人家瞎闹腾！二满是谁？是刘三拐子的侄女。如今个西兰墩全在三拐子手里掐着哩，他能让你过好日子？"

"早晚治他王八三拐！"大碾恨恨一句。

"啊呀！啊呀！你真能，你敢为这操心！"铜锅惊得嚷起来。他的烟锅几乎戳到儿子鼻梁上："我走的桥有你踩的路长，我什么没经着？还是做个本分庄稼人，多顾恋这个小院吧！"……他高声教训，一心要把儿子不切实的"狂想"打下去。当他停了一会儿，见儿子不言语了，口气才变得和缓。最后提到了儿子的婚事，说："你也不小了，可细说起来，正经媳妇也不是哄来的，靠家底和人品！等你办事的时候，我就准备杀了院前的这棵老榆……"

大碾没勇气听这些实际性的话，连连摆手说："别说了，我记准就是！"

三

时光飞快，大榆树的年轮一圈圈增加着。

世事大变了！新鲜的消息不断往这儿传，连迟钝的老庄稼人也常被激动起来。铜锅二伯表面上什么没说，可那眼神变得又尖又亮。

大碾在晚上悄声儿试探父亲说："咱这儿能不能除'一害'？"他说的"一害"指刘三拐子。

老人听了，捏烟锅的手一颤，再不言语。大碾见父亲没有马上

表示反对,就大着胆子说出自己想好的话:

"保险除得!今天不该容这样的人,我算看出来了。别看他硬邦邦还说了算,倒台的日子就在眼前。要紧的是先有个出头的人……"

铜锅马上打断儿子的话:"咱不当这号出头的人!不当!世事反复大了!你晓得什么?"

这个晚上,东西间两个人都没睡好。半夜里,父亲听见儿子在炕上翻动,儿子听见父亲在东间里咳嗽……天还没亮,两人同时听见院门外"突突"的拖拉机声。大碾知道这是有人起早拉肥,没有吱声;铜锅却披上衣服走下来,嘴里咕哝着:"这么窄的街道怎么跑得拖拉机?黑灯瞎火的别碰了树!"

大碾也穿好衣服随父亲出去了。果然!黑榆被车斗碰去了巴掌大的老皮,白碴儿在黑影里泛着刺眼的光。驾车的正是三喜,他还没看到呢,正慢慢往前开去。铜锅见了先是一惊,接着喊:

"停、停、停!"

三喜从车上下来,第一眼看到的就是老人那吓人目光!他摸了摸受伤的榆树,像是安慰自己,轻轻说了一句:"幸亏还不重……"

还不重?!什么才是重!铜锅吼了一声,"你当这是你家那棵钻天杨哩,这是民国年间的!你给我捣鼓坏了,没完的事!"

三喜先是有些害怕,听了这番威胁意味十足的话又气得胸脯一鼓一鼓。他望了大碾一眼,直冲冲地向铜锅说:

"你唐朝的树又有什么了不起?损树给钱,有一算一,赔得起！……没见你这样的老人,真没见！俺这是出义务运肥,图的是多拉一趟,就走了这条近路。俺没空吵,你干脆说多少钱吧！……"

三喜说得多么冲,大碾在一旁都觉得脸上红一阵白一阵,恨不能抽身跑走！他料定下面会有一场大吵,做好了拉架的准备,这时直眼瞅着父亲。

铜锅密密的深皱在抖动,也许是掂量不出合适的话,什么也没说。这样停了一会儿,花白眉毛下那双喷火的眼睛眨动几下,火苗儿竟慢慢熄了……最后他转过身,向院子里走去了。

老人的脚步多么缓慢多么沉重。大碾与三喜迅速交换了一下迷惑的目光,愣怔怔地站在那儿……

"父亲哪！父亲哪！……"大碾在心里呼叫着,一声未吭。

整整一天,铜锅都在搓草绳。

天傍黑,门板响了一下,进来位姑娘。她高个子,粗长辫,面孔有点黑,却黑得秀气,正是二满。老人原本喜欢这个姑娘,只是碍着刘三拐子那层,见了不太痛快。老人起身进屋去了。大碾立刻把她让到老人刚才坐的那个木墩上,然后谈起了话。铜锅在他的东间里听得很清,觉得大碾话太多了,跟个姑娘说那么多做什么！可当他听到"三拐子"几个字时,立刻侧起了耳朵——只可惜他们这时偏把声音压得像蚊子一样。

二满刚走,铜锅就一步跨出来:"碾,你俩要做什么?！"

大碾很平静:"爸,实话告诉你吧,我没有听你的话……我们,要告倒他刘三拐子！"

啊呀！啊呀！铜锅像不认识自己的儿子一样,瞪大了眼看这胖乎乎的脸。当他看到儿子那一脸的严肃时,知道事情是确定无疑的了,一下子坐在了木墩上。他喘息了一会儿又站起来,用沉沉的声音说:

"你是疯了!你忘了二满是谁!"

"我没忘,她是刘三拐子的侄女——我冲着这个才更信服她呢!她为了大事,三叔也不要了!"

铜锅的两眼闪亮:"准吗?"

"铁准!"

老人坐下了,没有了声音。他一连抽了两锅烟,最后还是站起来摆摆手:"咱不做出头的人。"

"爸呀!你真能躲事!我知道你懒得操心,可也不看到了什么时候!"……大碾涨红了脸,决心要分辩下去。

父亲好像被触动了。他皱了一会儿眉头,最后说:"这是打官司告状的事,你以为是去拣捆柴草……"说着进了他的东间屋。

大碾连夜加紧准备,想把主要的几条事实写在纸上,这是他白天跟二满合计好的。他拉开了盛破书的箱子找纸,发现了一个挺古怪的小皮盒子。打开盒子,见里面有一张写了父亲名字、盖了大红印的黄纸片,细细一念,哎哟,是父亲早年打仗立功的证明书!大碾惊呆了,他真是第一遭知道父亲的这段历史呢。他不信,可那上面明明就写着名字,盖着红印!他几乎是跳着进了东间,一迈门就嚷:"爸!爸!你的……"

四

大碾手里抖着黄纸片。铜锅盯着,双眼闪过了一道火星。但他仍旧一口口吸烟。

"你从哪儿把它给找出来了!"铜锅咕哝了一句……他尽管语气平静,思绪却被这纸片一下扯到了几十年前!他记得一场场战斗——当年他是个骑兵……那一场战斗,左腿还挨了一枪……仗打完了,复员回乡了,往事成了梦。

……那匹红马中了弹,不能动了。它躺在那儿喘息。敌人眼看冲过来了,他只得离开红马了。最后看一眼,泪水哗哗流下……真像梦。

老人的手开始抖动,接过了纸片。"爸,这是你的!"

"碾,是我的……"

"你是个骑兵?"

"骑兵。"

"会使大刀吗?"

"会……"

大碾扑进了父亲的怀里,紧紧地偎住老人。

"爸,他们谁也不记得了,他们大概都想不到,都忘了……"

"我也忘了……"

父子俩久久沉默。天快亮了,谁也不想睡。后来大碾掏出了写满了字的一张纸,老人接过来端量着,昂起头说一句:"认准了什么,做去!"

……

几个月之后,西兰墩冒出件大快人心的事:刘三拐子被撤了!这场斗争中,大碾和二满立了头功。上上下下都有人推举大碾做头儿。大碾应承下来,还提名让三喜做他的副手。谁知铜锅知道了,坚决不依!村里有名望的老人几乎全去规劝过,还是无济于事。

这天,上边一个干部找来了,先与大碾谈了一会儿,然后就奔大榆树下了。

铜锅对这个秃顶的中年干部还是坚持原来的观点,说大碾使力气做活行,头儿当不得,他没那样的心智。

"大碾当得。上下敢推举,自然有道理。"秃顶人爽快地把话接下来,显得非常兴奋。

他们谈得多起来,开始铜锅还有摇头的时候,后来干脆吸着烟有滋有味地听。干部走时,是铜锅送出来的。那人在门口拍了拍粗粗的大榆树说:"好大的树,算得一宝。"铜锅笑眯眯告诉:"是民国年间的呀……"

铜锅夜里常常呆在儿子屋里很久。

老人的话多得让人吃惊!他几乎把村里共有多少张镢头也数遍了。最后还提出:要制两辆大车,有的地片进拖拉机不方便,还有,要多养马,越多越好;必要时,他亲自侍弄它们……大碾全同意,只是说制大车要现备木材。铜锅说:

"榆树做车杆还有比吗?没有!那为啥不杀咱院前那棵?杀!你只管杀!"……

早上,大碾醒来时发现父亲早已出门了。

他走出院子,看到父亲正面对着榆树坐着。

老人不知已经坐了多久了,就像跟一个老朋友促膝长谈一样,脚边磕下了一堆烟灰,眼角挂了一滴泪水……

1980 年 4 月写于烟台

芦 青 河 边

夏天里做活多闷热啊！人们在地瓜田里拔草，弯腰曲背，小布衫差不多全湿透了，那汗珠儿顺着脸颊一颗颗滴进地垄里……傍晚的时候，吹进田里一股南风，哎哟，爽快死人！清凉死人！小伙子站起身来扯着对襟小衫，让风儿直吹到裸露的胸脯上；姑娘们也愉快地直起腰来，舒展一下手脚；有的两手伸到脑后，把两条小辫子摆弄得向上翘起，仿佛刚才就是这辫子遮去了不少风似的……

小碗儿放下盛草的小篮子，伸长了脖子向四下里张望，右手随着掏出了姑娘家总是叠得很方整的手绢，在胸前不紧不慢地甩动着取风。正看着，她的目光好像触到了什么不该接触的东西，头赶紧低了一下，接着频频甩动手绢，让扇起的风把刘海都吹了起来，舒服得脸庞都在左右转动着。只有那双黑亮的眼睛非常执拗，小碗儿一抬头，它就向一个固定的方向瞅一下。

那里有一个不知歇息的小伙子，他还在弯腰拔着草，已经赶到最前头去了。小碗儿看到的只是一个湿漉漉的后背，一对圆实有力的臂膀。他多么会做活啊！瞧那姿势，瞧那憨劲儿……小碗儿暗暗咬着嘴唇笑了一下,眼睛又向别处望去。

"看啊!又是他们……"一个小姑娘指着田边小路喊了一声,所有的目光全顺着那粉红色的小食指集中过去。

小路上,走着一帮穿戴有些特别的人。他们都戴着雪白的太阳帽,背着帆布挎包,衣服上印有"地质"两个字,有几个还戴着黑色的眼镜——田里玩的娃娃爱把这样的人叫"特务"。他们从西边山上下来,每天跨过芦青河上那座小木桥,由这条路赶回村子。人们已经看过好多次了,但每次总像头一次见到一般觉得新奇,要直盯盯地望上半天。

"他们是勘查队员!"一个小伙子对他身边的三两个姑娘说,样子很像见多识广的人。

"嘻,还用你说!他们是去山上找金子的……"另一个不甘示弱,说得更具体了。

小碗儿手里的手绢不甩动了,只是望着那些走来的勘查队员,看他们怎样走过来,落落大方地向前面做活的人打招呼……她注意到他们的工作服:那么厚,不热吗?样式倒是蛮好看的……她特别仔细端量的是队伍里面的那位姑娘,看样子和自己差不多,顶多也不过大上一两岁——小碗儿不知端量过她多少回,总在心里找着她的毛病,奇怪的是一次比一次觉得人家俊俏:长眼睫毛,小嘴儿;身材细,却让人觉得健壮;脸蛋黑,却越看越秀气。小碗儿看着女勘查队员,那羡慕的眼神里常常流露着一丝儿嫉妒……

勘查队员看过了,身上也被凉风吹过了,人们开始满意地弯下身子做活了。手不停,嘴也不停,说的是眼下最时髦的题目。

"……你猜,上面怎么知道咱山里有金子?——宝地闪光!宝地闪光!一到夜里,咱这一带大山就放出五彩,在北京也望得到,这不,才派来了人……"

"胡说!迷信……"

"迷信断头!这是'唯物'!……"说的人用手在脖子上狠劲抹了一下,表示他"断头"的决心……

小碗儿像是全没听到这些争执和议论,只是低着头一下一下地拔草。她轻轻地提起瓜蔓,把靠在瓜根上的小草也揪掉,又把拔起的小草放到身后的小篮里,这样就是再下了雨,拔掉的草也不能再生了。她正忙着活儿,突然,不远处飞来一个小泥蛋,落在她高高的胸脯上。她抬头一望,见是一个留分头的小伙子在得意地笑着,血不由得一下全涌到了脸上,嘴里轻轻骂了一句:"没娘教的!……"

"小碗儿有福!"一个小姑娘喊。

"小碗儿有帮工的了!"不知谁打着哈哈嚷。

小碗儿莫名其妙地前后看看,这才发现干到最前头去的那个小伙子,正蹲在自己这垄地上拔草。她不由得身上一热,心里头有些恨他。这时又是那个小姑娘喊:

"李林——小碗儿!小碗儿——李……"

小碗儿呼地站了起来,那张圆圆的脸涨得通红,她朝小姑娘奔过去一步说:"你胡尿些什么,小心我扯了你的嘴!"又转向别处喊道:"谁瞎嚼,就烂了他舌头!……"

小姑娘吓得伸出了舌头,又赶紧收了回去。四周都停了活儿向这方看,没一个敢再吱声的。小碗儿又愤愤地站了一会儿,见没人搭腔,撩拨一下刘海儿,又重新蹲下干活。她干得真麻利,那双好看的姑娘的手在瓜蔓间翻飞,像是一个连一个的熟练的舞蹈动作。对面的小伙子很快和她拔到一起了,她扭转脸,看也不看,把最后的一把小草抛到篮子里,拍拍两手站起来,一拧身朝地边走去了。

因有人帮忙,小碗儿很早就收工了。太阳往西面落下去,红色的晚霞映红了芦青河里的水。她一个人沿着河边走着,嘴里轻轻哼着一支歌,篮子里的草倒掉了,轻巧地挽在她的肩膀上。河边小路又硬又光,路面的粗沙粒,被刚下过不久的一场夜雨洗得洁白,显得干净极了。小路两旁是一人多高的苇草、荻花、丈把高的槐树;浓绿的草丛里,布满了石竹花和一点红……小碗儿低头走着,碰巧把路上的卵石踢得滚动起来,她不出声地笑了。

忽然,她停了下来,拨开路旁的苇草,站到了河边的一块青石板上。呀,水静得像镜子一样,镜子里的姑娘又大又俊,就是嫌胖了点。小碗儿调皮地朝她投个石子儿,姑娘立刻消失在水波里了……小碗儿把脱下的衣服装在小篮里,用手往身上撩水。水被太阳晒了一天,泼弄在身上怪舒服的,干净的小碗儿每天收工都藏到这儿洗澡。她的辫子拆开了,浓厚的头发被洗得又滑又亮,最后用一节野藤扎在脑后……不知是谁在不远处唱了一句,她慌忙地穿了衣服,挎了篮子奔到小路上,瞪大了眼四处望着——路边的绿草里露出一个小伙子的结实的后背,一双有力的臂膀。那肌肉凸起的、黑红色的肩头晃了晃,慢慢被绿色掩住了……小碗儿飞快地左右瞅一眼,赶紧跑前一步,拨开草叶追了进去。

里面好大一块地方,草被小伙子踩得贴在地上,像是铺了一层绿色的席子。小伙子坐在席子中央,小碗儿靠近他坐下了。

小伙子没有吱声,小碗儿盯着他说:"热天干活真累啊!"

小伙子斜她一眼:"你还会累啊?你有的是力气,瞧你骂人多来劲!"

"哟哟哟哟……"小碗儿把头顶在他的肩膀上,咯咯地笑着,然后抬起头来,板着面孔等着听话。

小伙子慢吞吞地说:"咱俩常在一块儿,俺知道你是好心眼,别人哩?只听你那个刀子嘴,还不知以为你多坏呢!"……

正在这时,路上传来一阵说笑声,是收工的人们走来了,小碗儿赶忙伸手按在李林的嘴上。等人们走远了,小碗儿松了手,他倒一句话也没了。小碗儿有点诉苦似的说:"新毕业的二牛最没脸没皮,今下午用泥蛋蛋打了我这儿一下……"她用手指指前胸。小伙子敏感地皱皱眉头,又宽慰地说:"没打疼就不用动气。"……小碗儿推搡了李林一下,李林用手拨弄开她,指着路上小声说:"你看!……"

他俩一齐透过草棵往外看去:路上走来一男一女,手挽着手,悠闲地迈着步子。男的高高的身量,上身穿一件白底蓝格儿夏衫,夏衫扎在笔挺的浅灰色裤子里,显得那样干练挺拔,像一株水分充足的梧桐苗儿;女的最显眼的是那件随风飘漾的绿裙子,看去好似一片美丽的莲叶,他们走着谈着,不时发出一阵畅快的笑声;有时男的停下,伸手指一下路旁那棵槐树,也许是看到了上面新结的镰刀形的种子;有时女的弯下腰,从草丛里采几枝石竹花,也许回头还要插进瓶子里——这一切都让人觉得好笑,尤其让小碗儿觉得好笑。她认出他们就是从路边走过的勘查队员,特别是那个女的,换下工装,如今显得何等妩媚啊!她怔怔地望了好长时间,伏在李林耳边小声说:

"我认得,全是勘查队员……"

李林像没有听到,呆呆地望着这对手挽手从面前走过的恋人。

小碗儿见他们渐渐远去,盯着这对被绚烂的云霞映红的身影说:"想不到这么个光滑人儿,这么不要脸!"她主要是说那个女的。

李林还在呆呆地望着那对越来越模糊的影子,那对令人惊讶的、迷人的、幸福的影子!小碗儿推了他一下,他没有动。小碗儿也向远处望去,一个人沉默了一会儿,突然觉得没意思起来,伸手拿起一旁放着的小篮子,没好气地说了句:"走,走!天黑了,回家了……"说着一步跨出草丛,随手把小篮子挎上了肩膀,噘着嘴巴,一路上踢着石子向村里走去……

这个夜晚月亮很亮,小碗儿吃了饭在院子里转了一圈,不知做点什么才好,最后收拾好一篮该洗的衣服往河边走去……

踏在河边小路上,她眼前总像走着那对男女勘查队员。特别是那个女的,绿色的裙子总像在自己身边飘着。也不知为些什么,一想到她,小碗儿心里就泛起一股莫名其妙的滋味,不是向往,不是厌恶,也不全是嫉妒……河水流淌的声音在夜里变得那么清脆,各种小虫也热闹地鸣叫着;碰一下路边的苇叶,苇叶是湿润而柔软的。她朝白天洗澡的那个地方走去,那是她自己找块青石板修成的,入夏已经用过多少次了。可这会儿当她走近的时候,却听到了一阵哗啦哗啦的泼水声——准是哪个讨厌的小伙子给占了。小碗儿猫腰抓起把沙土,准备轰走他。可当她扬起手来的时候,她又想先看看是谁,也许……

月亮下,苇叶儿墨绿墨绿的,在那块自己用过多次的青石板上,竟坐着一位美丽而娇小的姑娘,小碗儿一眼就认出,她是女勘查队员!她坐在那儿泼弄水,把衣服搭在苇丛上,自在地享着清凉。多么巧妙,她捧一把清水从头顶浇过,又用梳子蘸着水细细地梳,那长长的头发顺溜溜地在月光下闪亮……小碗儿故意把苇草弄得啪啦啦响,大着步子跨了进去。她看到洗澡的姑娘被突然的声音惊得身上一颤,心里高兴死了!

"洗衣服吗?"勘查队员看到一个和她差不多的姑娘,抢先打了招呼。

小碗儿本来只想洗衣服,但看到对方只能坐在石板上撩水,心里立刻涌起一股新的冲动,脱口说道:"也洗澡儿!"说完就放下篮子,解了衣服,一个猛子扎得不见了影儿。等到勘查队员吃惊地喊她的时候,她已经从老远的水里探出了身子。女勘查队员惊羡地看着她,她却把背向着人家,仰着游了过来……

"哈哈……你的水性真好啊!"

小碗儿使劲闭着嘴没有笑出来,伸手抓过一件衣服搓洗着,"好什么!好什么!"……她一边洗着衣服,一边不时抬头望身边的姑娘一眼,一股非常特别的自豪感占据了心胸,使她觉得很畅快。对方开始细细地打量着她,问一些不痛不痒的话,小碗儿听一半漏一半;只有听到人家夸她眉毛好,又弯又细像描的一样好看时,她才停了手里的活儿,笑眯眯地看着女勘查队员,她开始高兴了,爽快地问起了人家的名字,对方告诉她叫"郭蝈"。

"哎呀,蝈蝈,趴在柳棵里一天到晚乱叫的那虫虫呀!"小碗儿仿佛发现了天下数一数二的新奇事,嚷叫着。

女勘查队员温和地笑着望一眼小碗儿,没有吱声。

小碗儿主动介绍说:"我叫小碗儿,是能盛水盛饭那碗儿。"她干脆不搓衣服了,脸儿离勘查队员很近,一边说话一边用腿敲打河水,样子很像在跟一个多少年的老朋友玩。停了一会儿,她想起了什么,劈头问了一句:"他叫什么?跟你好的那个——白天我看见你们散步咪……"

女勘查队员愣了一下,但立刻笑着告诉:"张帆——白帆的'帆'。"

"他好吗?比你大吧?"小碗儿从水中抽出腿来,蹲在了岸上。

郭蝈回避了好不好的问题,回答道:"还比我小一岁呢!"

小碗儿又惊了:"哎呀,还比你小——可他比我大四岁呢!"

女勘查队员机敏地问一句:"'他'是谁?"

"他是——哎哟,偏叫你给知道了!"小碗儿急得脚下踢出一团水花,两手猛地按在郭蝈的肩膀上,险些把她给翻进水里。郭蝈笑着搂住她,才好容易稳住了身子,她端详着小碗儿那在月光下微微发红的面庞,确信是遇到了一个像自己一样在热恋中的姑娘了……她贴近她的耳朵,用特别亲昵的声音说:"等以后可得指给我看!"小碗儿不出声地点头应允了,然后问了一句:

"你们好了很久吗?"

"一年多点,"郭蝈毫不掩饰地说,"在大学读书时,我们在一个系,熟得很,分配后又在一个单位工作,可那时我没想到会爱他……"

"怎么?"

"也不怎么。……在胶东南部,有一次进山迷了路,只我们俩在一起,不巧我又病了,两三天没有找到回帐篷的路,他像个小弟弟一样照护着我……后来,是他背我出山的。当时我把泪水洒在他的后背上,也把心暗暗给了他。"

小碗儿像听一段新鲜的故事一样,不出声地听着。她问:"你们没吵过嘴吗?"

郭蝈笑了:"吵得可凶呢,争论起问题来谁也不让谁。不过还是互相帮助的时候多,他的法语比我好,我一直拜他为老师呢……"

争论问题,拜他为老师,互相帮助……小碗儿觉得新鲜得很!难道还要让他帮着念字儿吗?哼,我才没那工夫呢!说到"互相帮助",她立刻想到李林帮着自己拔过草,自己去年还偷着给他织了个"旱莲花"的白线背心;争论问题?谁跟他争,他气着了人,就十来天不理他……她这样想着,觉得又新奇又有趣,好容易才收回思绪,听郭蝈继续讲下去:

"……他有毅力,有理想,有抱负。他要在业余时间写一部地质勘查方面的书,选的题目非常艰难。他已经为这个做了三年多的准备,我也在帮他积累材料,抄写、整理卡片……"郭蝈说着,表情慢慢严肃起来,抬头看着缀满星星的天空,仿佛望到了很远很远的地方。

听到这里,小碗儿不由得想起,有一次李林让她帮助抄一本养蜜蜂的书,他说人家急着要,她却故意回绝了,理由是不会写字——其实她从小写字就比李林好;最后,把他难为得什么似的,她才帮他抄了一点点……小碗儿这会儿想起来稍稍有些后悔,轻轻叹了一声。停了一会儿,她突然想到了一个要紧事儿,问道:

"你们好的事都知道吗?"

郭蝈觉得好笑:"这当然,还怕谁不成?难道你们的事村里不知道?"

小碗儿生气地说:"当然怕人!偷着和男的相好,是最没出息、最不要脸的事——这还不怕人?!"

郭蝈吃惊地站起来,激动得要说什么,但她想到这是个偏僻的山村,仿佛谅解了好多,又默默地坐下来。她试探着问:"难道村里老少几百对夫妻,都是经了媒人吗?"

"都是。"

"电影上也有双双对对,大家怎么看?"

"老人说那是照在白布上的影儿,不真!"

"……"郭蝈一时说不出什么别的,她望着小碗儿那双黑亮的大眼,把她那双胖胖的小手握起来,使劲搓弄了几下,简单明了地问:"那你为什么还要跟李林好啊?"

小碗儿红着脸说:"我喜欢他。俺俩在一块,觉得好受……"

"敢好就不怕别人乱说,你们如果挑明了,就是村里第一对勇敢的人!"郭蝈忍不住了,大声鼓励着。

小碗儿像害怕似的从女勘查队员那儿抽出手来，轻轻歪歪身子，慢慢倒在水里，划动手掌，使身子漂浮起来，奇巧而平静地仰游在水里。她斜眼望着静坐在岸上的郭蝈，然后，那对黑亮的迷人的大眼直直地看着洁净的夜空，好像在遥望着什么，又像在沉思着什么……她大口地呼吸着，仿佛觉得今夜的河水和苇叶儿都是崭新的，连空气都透着香味……

这个夜晚，她们在河边玩了很久，谈了很多。当话题从自己心爱的人身上移开时，小碗儿还特别问到勘查队找没找到金子，得到的回答是肯定的。

……

经过这个夜晚，小碗儿和女勘查队员交上了朋友。人们常常看到这个又胖又漂亮的姑娘，一扭一扭地走在勘查队员的宿营地上，有时还提个塑料兜兜，里面尽是书……渐渐，村里青年都愿跟这些远方来的有趣的人们交往，特别是李林，跟一个身材高高的男队员非常合得来，谈起来就没个完。再后来，村里传开了李林和小碗儿的事，传得很奇，年轻人说得非常有兴味。当有人说亲眼看到李林和小碗儿，手挽着手在小路上溜达的时候，上岁数的人就异常惊恐地瞪大了那双缺少神采的眼睛，把烟袋杆儿从嘴里拉出来听……小碗儿倒像没有听到一样，该怎样还怎样，渐渐地，这些闲话就自消自息了。小碗儿常和郭蝈去河里游泳，还教会了女勘查队员织"旱莲花"的白线背心……

1980年8月写于济南

深　林

　　吴水子来乡下看望伯父,遇到了小时候结识的一个叫"小棉"的姑娘。几年不见,她竟长得这样了,站在那儿,浑身闪射着少女的光彩,使得他都有点不好意思开口说话。姑娘倒没表露出过多的惊讶,只像对待一个老朋友那样,又大方又温和地跟他玩,还要下他旅途中弄脏了的衣服,一件一件洗得干干净净。吴水子乐了,当时只是抿着嘴不笑,看着她手下搓起的雪白的肥皂泡,不知说点什么才好……日子一天天过去了,伯父催他回城,他说:"再停停,再停停。啊,这里的果园、树林有多好啊……"

　　他说喜欢上伯父这儿的林子啦。

　　来乡下之前的夜晚,他的父亲——一位三十多年前曾在故乡的深林里战斗过的老战士,对他讲了一个故事:

　　抗战中期,一片林海里活跃着一支游击队。游击队政委在一次战斗中牺牲了,他的妻子把刚满周岁的孩子留在村里的一位老爷爷家里,横下心跟上了队伍……几年后匪徒占据了村子,威逼老爷爷交出政委的孩子——老爷爷最后只得交出了一个孩子,可这个孩子却是亲孙子……

吴水子没等听完就嚷:"爸爸编的!我在书上电影上都看过这样的故事……"

父亲严肃地说:"也许你看过的是编的,也许相同的故事太多了——我这个故事却是绝对真实的,它就发生在你明天要去的那个村子里……"

吴水子瞪大了眼睛听着,终于相信了。

父亲最后告诉:那生着密密深林的地方,是光荣的故乡;他要儿子好好跟故乡的人民学习……

老人还特意嘱咐,让儿子去林子里时,代他采几束鲜花,献到那刻着先烈名字的石碑下……

吴水子来到乡下,觉得这里除了无边的树林,倒也没有什么很特别的地方。他印象最深的倒是那树上结的水蜜桃儿,闻着多么芬芳,吃着多么甘甜,他每吃一个,都要把嘴巴咂一下,再咂一下。父亲的嘱托早就扔到了脑后,而当伯父催他回城时,他才记起有点事儿没办……

这个早上,天下着蒙蒙细雨。他起了个大早,经人指点找到了那个石碑——原来不过是个一人来高的石片子,上面刻着字儿,吴水子原还以为它多么雄伟呢!就这么个小碑子还要献花呀?吴水子四下望了望,好在满地都是各色野花,就弯腰揪了一大把,放在了碑下,然后往回走去。

走到果园的一个小屋门前,吴水子高声喊着:"小棉!小棉!……"

木栅栏门在霏霏细雨中一动不动。他正要走开,一转身却见小棉从远处过来了,手里提着一个小小竹篮。她看到这边的吴水子,老远就笑着跑起来,奔到身边说:"我给老护林员送粽子来。站着干什么? 走呀,吃粽子去……"小棉伸手扯住他的胳膊,一块儿进屋了。

小棉和父亲都是这儿的护林员,只父女俩在一块儿过日子。老人这时已经吃过饭进果园了,饭桌上只有几片剥散的粽子叶。小棉捏起一个特别好看的粽子递给儿时的伙伴:"吃吧,是我包的,里面有大枣儿。"

吴水子接过来慢慢吃掉,然后掏出叠得方方整整的手帕,仔仔细细地擦了一下那略嫌长了些的唇上小胡子。小棉一个人吃了,吃过之后,就收拾饭桌,刷洗碗具。她干得真麻利。

吴水子坐在一旁抽烟,吸一会儿,就用食指拍下一截儿烟灰。他那样子慢慢悠悠,一颗心却跳得很快。他注意到了小棉那双胖乎乎的小手,见这手指伸直了,手背的关节处就出现了小肉窝儿,一个又一个,个个都能盛一滴水……他把烟揉灭了,说:"小棉,我快要走了,咱们马上就要分手了……"

小棉吃惊地停了手里的活儿,忽闪着大眼:"是吗? 就走吗?"

"三四天内。"

小棉这才松了口气,继续洗刷着碗具:"走吧。走那天我送你几件礼物……"

"真的?"吴水子眼睛一亮,抬起头。

"嗯呐!"……

雨很快小了许多,最后几乎要停下了。吴水子建议到林子里去玩,说在屋里多闷得慌。小棉就愉快地和他一块儿进了林子。小毛毛雨还在下,树叶儿上的水珠常溅到身上。小棉问他怕不怕水。他顽皮地摇头。远处,一种叫"寻哥哥"的鸟儿在雨天里拉着悠长的调子:"不见哥哥——不见哥哥——"……园子里的人渐渐多起来,见了他们都热情地打着招呼,而吴水子却大多不认识。他看到这些小伙子姑娘大都长得水灵灵的,心想这大半是吃水果吃的。有一个小伙子左眼有点歪斜,这会儿特别热情地拉着吴水子的手,问他什么时候走,走之前一定到他家去吃一顿饭才好。他又恳切又热情,像是对待一个久熟的朋友。小伙子离开后吴水子问:"他是谁?"小棉笑笑:"坏记性!那不是我们小时候常在一起的二牛吗?大家这几晚上玩过许多次了。"水子笑笑:"一起玩的太多了,谁记得清呀。"……

苹果接近成熟,泛红的果皮在枝叶里闪亮。果园里真香啊。小棉这时突然指指一棵高大的果树,把辫子使劲撩到脑后说:"水子,还记得小时候我们在这儿捉迷藏吧?我趴在树上,你就在下面转,哼,找不着,还急得骂人呢!……"

吴水子笑了:"怎么不记得?你才鬼哩!你呀,你这个小家伙……"

他和她差不多的年龄,这会儿却叫她为"小家伙"了——多么美丽的一个姑娘啊,他认为美丽的姑娘都该叫"小家伙"的……穿过果园,他们来到了非常茂密的杂树林子。这里的大小树木枝桠交错,是各种鸟儿的世界。地上积着厚厚的树叶,那入秋不衰的各种花儿从落叶里挺出,有的紫红,有的淡白,有的浅绿……脚下一条弯弯的小路,小路直通到一小片茂密的柏树跟前。一个捎枪的老人沿着小路走过来。小棉和吴水子迎上打着招呼,老人却只点一下头,阴沉着脸,头也不回地走了,只留下一串清晰的脚印……吴水子不满地盯着他的背影:"一个不愿理人的倔老头子……"小棉却看着那个远去的背影说:"不,他就是老护林员,会弹琴唱歌,平时最愿和年轻人一起玩的。他现在心里准不高兴……"

吴水子不以为然地"嗯"了一声,开始顺着小路往前走。小棉见了立即转过身去,喊了一声直着走去的吴水子——吴水子却偏爱探新奇,听了小棉的喊声先是一怔,接着特意扳开柏枝走进去。

柏树里面有什么呢?哦,原来是一座坟,湿润的坟尖上,生了一层密密的绿草。特别使他惊奇的是这坟前铺了一片片洁净的果树叶儿,果叶上面摆着一些早熟的桃子和苹果,几个粽子,那粽子跟他早上吃的一模一样!他"啊"地叫了一声,退出来,回头寻找小棉——小棉已站在他的身边了。

"你,你看——"吴水子指一下粽子。

小棉两手拧着衣襟,没有说话。

吴水子慢慢蹲下来,眼睛望着坟尖,拔株小草掐弄着:"怎么回事呢?……"

小棉推推他的手臂,轻轻说了句:"走吧。"她独自迈开大步往前走了,吴水子只好跟上。地上撒着一些橡籽,焦干的橡壳在脚下发出"咔吧、咔吧"的响声。吴水子总不甘心,老问:"怎么回事呢?怎么回事呢?"小棉没有回答,后来放缓了脚步,倚住一棵芙蓉树站下了,好像浑身的力气全使尽了一样。

吴水子迷惑不解地站在那儿,盯着小棉的脸。

她不断抹去洒到脸上的水滴,紧紧咬着嘴唇,一双眼睛望着密林深处,这目光一时竟变得那么沉重,使吴水子觉得又可怕又陌生……他终于没敢再问下去。他有些后悔:真不该闯到这儿。

整个林子都显得沉寂了。枝叶上的水珠甩下来,不断拍响一地落叶……他们就这样无声地站了一会儿,然后踏着来路回家了……

这天晚上月亮很圆。吴水子吃了饭,勉强和伯父在一块儿坐了一会儿,就起身走出了院子。他特别不愿闻伯父那辛辣的烟味儿、点烟用的火绳味儿……跑出院子,却不由自主地又来到了那个木栅栏门前。喊了一声,没有回应——他想起小棉是个护林员,一定到园子执行任务去了,于是就向着月影绰绰的果园深处走去。

小棉果然在林子深处。她正站在一棵老树的阴影里,这时大约看清了是吴水子,笑着走过来,肩上还背着一支枪呢。

吴水子感到很可笑,问她:"能放得响吗?"

小棉没有察觉他挂在嘴角上的那一丝讥笑,如实地回答:"能的,有一回我还打了一只草獾,它来园里偷吃小香瓜,打死了它,我难受得哭了一场……"

"噢噢,想不到,"吴水子咂着嘴,"有草獾,还有狼吧?"

"没有。不过前几年从南山跑来一只,叼走了老护林员的孙子,我们把它打死了……"

"哎呀……"吴水子倒吸了一口凉气,身子紧抵着树桩站住了。

月光透过头上斑驳的枝叶筛在小棉的脸上,使吴水子望到了她那长长的睫毛。他高兴起来,这时偏要攀到树上去坐,还鼓励小棉一块儿上去。小棉作为一个护林员,表示反对说:"别弄坏了果子呀!"吴水子哪里肯听,坐到上面,还摘吃了一个早熟的海棠。小棉笑着:"像过去一样淘气!"

吴水子听了"淘气"两个字,心里甜甜的。他笑着说:"讲段有趣的故事吧,哎,对了,这林子里不是从南山跑来了一只狼吗?怎么打死的呢?"他指的是那只叼走了老护林员孙子的老狼。

小棉立刻绷紧了脸说:"是大家打死的!那时候老护林员抱着枪守在林子里,不吃饭,也不喝水——大家都劝他,流着眼泪陪他守在林子里……"

"啊啊!"吴水子觉得新奇得很,惊叹着,又摘了一颗海棠放在嘴里。

"不酸吗?还没熟透呢!"

吴水子笑笑:"我看是熟透了呢!"他一边说着一边蹦下树来。他离小棉很近,声音有些颤颤地问:

"你不是说我走的时候送给一点礼物吗?"

"当然的。"小棉温和地笑着,月亮下,那弯弯的眉毛一挑一挑的,使吴水子想不出在城里曾遇见过这么美的姑娘。

"那我明天就要走了,今晚就给好了……"他一颗心焦急地跳动了一下,眯着眼说了句谎话。其实他眼下可不想走呢。

"真的吗?"小棉信以为真地叫了一声,突然想起二牛他们明天要起早去圮母岛运果筐,今晚最好能告诉他们一声,于是就说:"那可得准备一下呢,我得回去一会儿。"

"回去取吧,我在这儿等你,替你看着果子!"

小棉笑笑,转身跑走了……

吴水子听着渐渐消逝的脚步声,抿抿嘴笑了。他料定她会取来一块方方的、上面绣了花的手帕儿……他幸福地、快慰地把头仰靠在了海棠树的枝丫上,慢慢回嚼着在乡下度过的这段日子。他设想着回城以后,见了自己那些伙伴哥儿们,可有不少新奇事儿要说!

一想到他们,他还真有点小小的思念呢——哼,回去瞧吧!那帮哥们啊,不是炫耀新式的立体声收录机,就是抖着漂亮的进口衫儿……我呢?我要用平平常常的声音告诉他们:咱回到乡下,从来不自己洗衣服。谁给洗?还有谁——姑娘们!这好看的、绣花的手绢哪里来?还能是哪里——姑娘们送!等着吧,以后她们还会有信来……吴水子想着,直到那轻巧的、比音乐还要动听的脚步声终于又响起在果园里了。

吴水子把手从衣兜里取出来。他相信这手中马上会放上一方小小的、透着香气的手帕——这香气通常也不知是姑娘们怎么捣鼓出来的……

她两手却是空的。吴水子大失所望地僵在那儿。小棉笑着走到树下:"准备好了。偏不这时候给你——明天早上,你走的时候……"

吴水子提起的一颗心落下了,只是有些隐隐的不快。

小棉告诉:"我刚才回去时,爸爸说伙伴们又来找你玩了,没找到,就到老护林员那儿听歌去了……"

吴水子嘴角透出一丝微笑,扳着果枝,随手揪下几片叶子抛洒着。他又摘吃了一个海棠,一边咀嚼,一边对小棉说:"这些人也真是的,少见多怪。其实我身上有什么新奇的?天天问这问那的,怎么也问不够——真够烦人的……其实,我只想和你在一起……"

小棉微笑地听,一直用温存友爱的大眼看着他。但听着听着,突然这双眼睛就眨动起来,脸上的微笑也立刻飘走了,眉梢一下蹙了起来……

吴水子停止了咀嚼。

一双美丽的然而是冰冷的眼睛盯着他。

"你怎么了,小棉?"吴水子随手将一把绿叶儿抛向了她。

她烦躁地挡过飘来的几片叶子,问了句:

"你刚才在说他们吗?"

吴水子不知怎么回答才好,嗫嚅着。

小棉大声说:"他们要听了,再也不会理你!大家是把你当成过去的伙伴,心里想着你,喜欢着你,才来一遍一遍找你呢!你真让人冷心!……"

小棉的脸绷得紧紧的,下唇咬在了嘴里,一动不动地站在那儿。

吴水子不知所措地叫了一声:"小棉……"

小棉却像什么也没有听见,只是站在那儿,望着那月色下密密的林木……树木在月光下,枝叶密集的树冠一层层地铺展开去,重重叠叠,那颜色愈远愈浓、愈远愈暗,显得深沉、辽远、神秘,远些看像深深的湖,像无边的海……

吴水子有些不安地站在树下,双脚在地上交换站立,调整着身体的重心。

一阵琴声从远处飘来。小棉像从一阵遐想中醒来一样,这会儿从远处收回了目光。她看着眼前的吴水子,说了一句:"老护林员他们在唱呢!"

一阵苍老的歌声远远地传过来,那是一个老人的歌声:

  ……
  那不是乳白的晨雾,
  那是猎人打猎的硝烟。

接着是年轻人的欢歌:

  哎呀,哎呀,
  那是猎人打猎的硝烟……

老人又唱道:

  那不是红色的晚霞,
  那是猎人点起的篝火……

年轻人的声音又接上:

哎呀,哎呀,

那是猎人点起的篝火……

歌声在夜的园林里飘荡。满园的绿叶刷刷响,仿佛远远地为老人的琴声奏出的和弦。啊,小棉在这歌声里想起了无数个晨露涔涔的早上和满天星斗的夜晚,想起了那冒着白烟的枪口、那篝火旁的欢歌……那是多么美的深林里的夜啊!她望望吴水子,见他伫立着,像是沉入了思索……

这是怎样奇妙的歌呀,吴水子觉得这歌声由一个老护林员粗犷的嗓子领唱出来,竟有一股特别的意味。他不由得又想起了走在林中小路上的老护林员那阴沉的脸色,那个神秘的、生了青青小草的坟尖,坟前树叶上摆放的果子和米粽……他终于忍不住问道:"小棉,你能告诉我——那天我们看到的果子和米粽……"

小棉蹲在了地上,取个草棍划拉着,没有做声。呆了很久她才说:

"那是我妈妈的坟……"

"啊!怎么回事呢?"吴水子喊了一声。

小棉站起来。月光下,她的两眼闪着晶莹的光亮:"她是替老护林员死去的……有一年上,上边决定要砍掉果园,引芦青河水造稻田。管了一辈子果林的老护林员心疼得流了泪,一生气,夜里把工地上定下的测量木桩全拔了投进河里。上面要查这个'破坏事件',妈妈怕老护林员刚被狼咬去了孙子,受不住这连在一起的事,就替他顶下了这个罪名……"

"他们信吗?"

"这儿只我们一家住在果园;还有——妈妈是富农的女儿……当天妈妈就被押走了。一顿批斗下来,她瘦得只剩下一把骨头。老护林员站出来承担罪名,却被骂了一顿,挨了巴掌……妈妈受不了这侮辱,一年以后就病死了……"

小棉说到这儿呜咽起来,揉着眼睛,直停了好一会儿才接上说下去:"……葬她那天,老护林员在坟头守了一夜,哭了一夜。以后每逢这一天,老人就来坟前祭奠。昨天是妈妈的七周年……果子就是老护林员那早上放的,粽子,是我……"

吴水子听着这悲切的故事,看着满脸泪花的小棉,伸手抹了一下潮湿的眼角……大果园真静啊,只偶尔听到一两声秋虫的低吟。大滴的夜露被微风摇落,洒在了吴水子的脸上。他不知怎么想起了爸爸讲过的那个故事,想起了三十年前献出自己孙子的老爷爷,也想起了林子里那刻满了名字的矮小的石碑……啊,这里,小棉的妈妈,不又是一个为别人献出生命的人吗?

……

这天夜里,吴水子第一次在乡下失眠了。早晨,刚吃过饭,村里的一些人却陆陆续续来给他送行了。吴水子先是一惊,仔细想想才明白过来:是小棉跟大家说的,他昨晚对小棉说过谎,说今天要走的!他心里后悔死了,这会儿却要硬装着笑脸。不过他怎么也藏不住这满脸不快。伙伴们有的说:"水子,以后我们还会见面的!"有的说:"想我们,你就来信好了!"小棉当着大伙的面掏出了一个小包包,吴水子知道她要拿出给自己的那件礼物了,那会是什么呢？他睁大了眼睛，心在咚咚跳……

小棉慢慢解开，一层又一层，终于完全解开了：一个拴着红绸的小木头枪，一小口袋粽子——她说小木枪是水子小时候在林子里玩时用的，他以后见了它会常常想起小时候的事儿，更不会忘记这里；这里是他的第二个家，这里的人啊，永远欢迎他，等待他！至于粽子，是让他在路上吃的……

二牛也送了礼物：一小篮子大枣。他说这是他家树上结的，非让伙伴捎回去不可，让家里人尝尝。他把这些东西交到伙伴手上的时候，也许一瞬间想起了小时候的林中嬉戏，想起了这次分手不知何时才能再见，两颗大大的泪珠从歪斜的眼上滚落下来……好多伙伴也分别送了自己的东西，最后集成了大大的一包。

老年人面对这年轻人分别的场面，也一阵阵感叹。他们同样舍不得城里客人走。老护林员上前拉住即将离开的小伙子的手："咱爷儿俩也不知多会儿才能再见面。嗨，记得当年你才这大点儿，如今变得这么高了……"

看来只得就此离开了！吴水子吃早饭时可没想过今天要走啊！他有些慌乱地和人们应酬着，点着头，还过于谦卑地向老年人弯了弯腰——这个上下班时挤电车的好手、傍晚散步一定要戴上黑眼镜的小伙子可从来不曾像现在这样做啊！

人们一齐帮着忙活，一会儿就打点好了两个包裹，最后又是众人提着，说是早些去搭过路客车，一块儿送出了村子……在村头上，人们终于停住了脚步，让吴水子一个人往前走去。

吴水子远远地向后望着，见小棉和二牛等伙伴们在向自己挥手,老护林员默默地向这儿注视,这个善于弹琴唱歌的快活的老人现在的心情似乎特别沉重……这儿的人真是与别处不太一样。

  他由这一张张诚挚的脸再一次想起了爸爸讲过的那个故事,想到了林子深处那矮矮的石碑、那个青草覆盖的坟尖……就这样想着,他最后望着这个有些可爱的村庄,用目光与它告别……

  这就是那个度过了整个假期的村子啊,这就是那个藏下了一个个故事的村子。在它的周围,在广阔的田野上,还有多少和它完全一样的村子啊!他久久地望着、望着,仿佛第一次发现,这里的林木是那样密、那样深,像无边的海、像深深的湖……

1980 年 8 月于济南

桃　　园

秋天的夜晚,住在果园里的人家总爱敞开窗户睡觉。月亮升起来,夜深了。南小兰没有入睡,躺在床上翻动着,不一会儿就睁开眼睛望望窗外。一束月光落在床上,正好映在小女儿熟睡的脸上。南小兰羡慕地看着自己的孩子,微微笑了笑。

房门轻轻响了一下,负责看园子的丈夫梁东虎回来了。他俯在床前看看妻子那双发亮的大眼,小声问:"睡不着吗?"

小兰摇摇头。

梁东虎在床边坐下,那粗大的躯体压得床板吱吱响了起来。他的肩上,还背着护林员用的猎枪。他把女儿身上的被子扯正了些,然后看着小兰。这是不到三十岁的母亲。月光照着她长长的睫毛和黑亮的、透着无限温柔的眼睛;她身材娇小,似乎每一处都惹人爱怜。小兰在外村做民办教师,只有星期天才回家过夜,因此做丈夫的虽然值着夜班,也要寻空在她身边坐上一会儿。

南小兰望着东虎问:"今晚上园子里好香啊!什么这样香?"

梁东虎笑了,"到底是做'老师'的,连这都忘了。"他站起来耸耸猎枪,"不是桃子味儿吗？桃子都熟了！"

南小兰把脸转到一边,严厉地说一句:

"再不准你喊'老师'！不是告诉你了,我就要回果园做活吗？……"

她推了被子坐起来,向着月光溶溶的园子里望去,一动不动地望着……

梁东虎走后,小兰又躺在了床上。可她还是睡不着。有一次翻身触着了凉凉的什么东西,取来一看是两个桃子！她料定是他刚才偷放在被窝里的,闻了闻,真香啊,擎在眼前借月光看着,原来是两个"水蜜"……

看来是睡不着了,南小兰走出门去,听听女儿均匀的呼吸,一个人向园子里走去了。一棵连一棵的桃树长得好茂盛,簇在那儿,远远看去就像一个个叠起的小山峦。南小兰几乎在每一棵跟前都要停住看一会儿,摸一会儿,用手轻轻地捏一捏桃子——等到猛然想起成熟的桃子不该乱捏,这才胆怯地缩回手来。

她是看着这片桃园长大的,甚至熟悉它的每一个枝丫。可她今晚走在园子里,仿佛来到一个生疏的地方那样新鲜——她很久不曾像今晚这样失眠了。这到底为什么呢？是为不做民办教师这事吗？这事儿自从她拿定主意和校长谈过后,不是已经想过了好多吗？

园里的夜真静呀,仿佛整个大地都睡着了似的——啊不！小兰听到了一种细小却是清晰的声音:"淅沥……"啊,这是夜露,是夜露从桃叶儿洒到泥土上的声音。瞧那微微的风吹摇了枝叶,它就这样摇落了露水的。秋虫也在唱,纺织娘唱得最巧,树丫上,还不时会惊醒一两只夜栖的鸟儿。原来桃园也并没有睡去啊。

一个捎枪的身影从树丛中踱出,小兰一眼就认出了梁东虎那特别粗壮的身躯。她默默地抵住一棵桃树站住了。高大的身影走过来,站在了她的身边。他问:

"怎么,你睡不着吗?"

"嗯。"小兰轻轻地依偎在丈夫的胸口上。

护林员的手刚从枪身上移开,还带着一丝寒气,特别温柔地抚在爱人的身上。他们就这样站了一小会儿,然后不出声地并肩向前走去了。梁东虎问:"你害怕回园里做活吧,你这只捏笔杆的手……"

"真的有点怕呢,东虎……"小兰紧紧握了一下男人的大手,那一层层的老茧把她给硌疼了。她差不多十年没有握修树的刀剪了。她似乎这才发觉自己的身子变"娇贵"了。眼前就要重新回到园子里了,就要和这桃枝一块儿经风淋雨了——但她心里最怕的还不是这些,她担心的是星期一的早晨,是明天。明天她到园里出工的时候,哪一个嘴快的丫头喊一句:"瞧呀,咱们的'老师'也出来做活了!……"那时候自己该怎么抬头哟!她想到这儿身上微微颤了一下,更紧地靠在东虎的身上。

她记起十年前,梁东虎就在这片桃林里拦住了她,劝她不要去教书。他吓唬她说,那些孩子可难教了,连男教师都气得整天哭鼻子。说在园里多好,大伙一块儿做活,累了就揪个桃子吃……最后他竟然哭了,流着泪说:

"你走了,一准忘了我。你成'老师'了!"

她终于明白了他为什么阻拦,气得一跺脚说:"真没出息!谁能忘了你?男子汉哭鼻子!……"她脸涨得通红,一扭身跑开了。可她心里还真的从此添了几分惧怕。她作难地跑去找了老支书,连连问:"我,我怎么教啊?我上了讲台会说些什么?"

老支书笑着说:"你呀,你就教他们都做个好孩子……"

"都做个好孩子!"南小兰不知把这句话在心底重复了多少遍。她握着粉笔头儿,学着一笔一画在黑板上描字了,描得方方正正,老校长有时也像个听话的学生一样,坐在最后一排位子上听她讲……她从一年级教到四年级,再回头从一年级教起——两个四年过去之后,她已经是一个孩子的母亲了。她有了一个小女孩儿。

南小兰如今稍稍有些后悔。她后悔这十年一晃就过去了。

他大概从目光里明白了她的意思,带着一丝歉疚说:"那时国家没有那么多专门教师,让你去教书,你就去了,直等到新教师把你替换下来——你有功呢!……"

听到最后一句,南小兰差不多感动得要流下泪来。啊啊,这是他一个男子汉说的呀!她自己就从不敢想什么"有功"……眼下自己就要离开学校,离开讲台,接替的是一个二十岁的姑娘,是县师范毕业的。第一天见面,她就跟自己谈"拉辛"和"密茨凯维支",说到卢梭的"返回自然",立刻加上一句:"这你大约是不知道的……"她刚满二十岁呀,还处在爱挑战的年龄。南小兰回答她的,只是做了母亲的人才有的那种温柔敦厚的笑。她小兰也许真的不知道"拉辛",只是带着无比的自豪说起了即将交出的这个班级,班级里的四十多个学生……

园里的风仿佛比刚才大了些。小兰这时候往丈夫身上靠了靠,梁东虎马上用那只蒲扇般的大手按了按她问:"冷吗?"

"有点儿……"

他把身上厚一点的衣服脱下来,在她的推脱声里硬给她披上。月亮把他们一高一矮的影子投在地上,又把树影儿和他们叠在一起。小兰轻轻喘息着问东虎:"你看我真的就变娇了?"

"也许是呢。"

"我把那些做活的技术也忘光了,什么嫁接、剪枝,就连最简单的石硫合剂也配不出了……"她焦急地说着,几乎要难过得喊起来。

梁东虎不知怎么安慰她才好,这时爱抚地顺理了一下她的头发。她的发丝上沾着露水,这使他想起他们已经走了好久了,于是说:"你今晚要和我一起值班吗?回去睡吧,小兰……"

南小兰摇摇头:"回去也睡不着。记得十年前吧?我想着第二天要开始当老师了,也是一夜没睡的……那是我第一次失眠,也是我第一次学会了默默地下铁硬的决心……"

"今晚又在下铁硬的决心吗?"

南小兰点着头。她抬头望一眼丈夫,正好使梁东虎看到了一双闪闪发亮的含泪的眼睛,不禁让他吃惊地叫了一声!

南小兰紧紧地搂住了他那粗悍的身子,把脸埋在他的胸口上,急促地说下去:"东虎,我到底还是回到园里的好……我曾是个好教师啊——你知道我差不多每年都得到奖状,真舍不得那些学生啊！可我还是回来了，我们祖祖辈辈都是做这个的啊……你帮我重磨一手老茧吧！真的，什么苦我都准备吃，一定能做把好手的……"她激动地抖动着肩膀，弄得梁东虎有些不知所措。

他低头瞅着她，瞅着这个比自己矮半尺多的小妻子、他们的孩子的母亲，嘴巴颤了颤，但什么也没有说出来！他仿佛发觉自己毫不理解地跟她共同生活了这么多年，只有今天晚上才窥见了她那心灵的窗洞——她真是个女人，一个多虑的女人，处在生活的一个小小转折上，她都想得那么细，那么多（这跟粗咧咧的男子汉毕竟是不一样的！）。她多忧多虑，但毫不脆弱，倒是出奇地果决和坚韧！这难道就是那个娇小而温柔的小兰吗？

梁东虎让她依偎在自己的身上，声音不很连贯地说着，好像是在自语什么：

"能，你一定能……成个好手！……我，也会帮你……从明天开始……"

"我还要瞅空到学校去……"她突然抬起了头，望着丈夫激动的脸，"我不放心孩子们，我怕那个新来的姑娘心不细，呵斥他们……"

"去吧，她也是一个生手。"

南小兰感激地望着他，觉得丈夫真好啊。她退开一步望着他，觉得他身背猎枪，魁梧高大，周身都是力量。和他在一起，难道还有什么让人惧怕的吗？……她幸福地扑上前去，紧紧地靠着他温热的胸膛。梁东虎只要一擎手臂就可以把她举起来，可他只是紧紧地搂着她，仿佛要让她就这样睡去一样。停了一会儿她仰起脸

来说:

"你听,什么在响?"

仿佛有几滴露珠落到了地上。

1980 年 10 月

丝瓜架下

丝 瓜

夏末到了,小院的丝瓜又开始从架子上一根根吊下来。那瓜嫩生生的,绿莹莹的,有的挺直,有的弯扭,样子怪好看的。小孩子们跑到架子下,忍不住就要伸手握握这根,摸摸那根,直到惹得老太太喊叫起来:

"丝瓜上有层白绒毛,摸掉了瓜就不长了——滚蛋!……"

丝瓜架下不是孩子们去的地方。晚上歇凉时,聚在架子下的人群里就很难找一个顽皮孩子。每到吃了夜饭,作为一家之主的男人把碗一推,把散着汗味的小白褂搭在肩膀上,一摇一晃出了门,弯过三街两巷,说不定走到哪个丝瓜架下就座了。

架子下的人总是满满的。大家聚在一起,粗声粗气地吵闹说笑,喝水抽烟拉呱儿。

在晚上,人们最乐于品评几句茶叶和茶壶。人们说坐在这瓜架下喝水,茶里能添一分清香,身上添三分爽气。至于茶壶,是泥的,是沙胎的,是彩釉的,是素色素地的还是上面描花草古人儿的,都有个评价。要论茶壶,人们不能不提到何家庆那把很特别的壶;而一提到这把壶,又往往会引出好一阵子感慨。

那把壶碎了,那可不是一般的壶,碎得非常可惜。

那是几年前的一个夜晚,何家庆的老婆失了手,一下子跌碎的。也有人说这壶是给"吓碎的"。几年前乡里乡间怪事连篇,碎一把壶算得了什么!奇怪的是多少年过去了,人们坐到这丝瓜架下喝水聊天,还壶长壶短的,记得蛮清细。年年丝瓜吊下来,夜夜喝茶坐架下,何家的茶壶就永远难以忘却。人们喝着水扯着往事,一把茶壶化为一席笑谈。

好 茶

那是一把青瓷挂釉、内衬泥胎的茶壶。据说这壶是祖传的,胎上的茶锈已有半公分厚。大概就是因为这壶的缘故,晚上,何家小院那吊满了丝瓜的架子下总坐满了喝水聊天的乡邻。

何二婶从不忘在客人们坐好之前抓来半把茶叶末儿;壶的旁边,照例是满满一笸箩蛤蟆烟叶。茶也有,烟也有,只等着乡邻们坐到那石板桌边了。乡邻们也总像约好了似的,一会儿工夫就围住了石桌,自己倒水,自己抓烟,一边夸奖何家的茶叶末儿,一边开始了无拘无束的扯谈。黄豆芝麻,驴子生骡;京城消息,村里武斗犯了人命的卢大麻子当头儿是否长久、有没有三条脚的人……真是海阔天空,无所不包。

这天晚上,因为田里收工早,所以坐到丝瓜架下也早。赶车老五一口气喝了六碗茶水,连呼三声"好茶",揩着脑门上的汗报告了一个全新消息:天一挨黑,他看到董家小三被民兵押起来了……

这可是一件大事!一直低头陪大伙吸烟的何家庆猛一抖烟锅:"犯了什么?"

乡邻们全用吃惊的眼光询问赶车老五。

"犯了什么?……反正是,嗯,犯了!……"老五嗫嚅了一句,端起茶碗堵住嘴巴。

一个将白衬衣下端扎进裤子里的年轻人不满了:"你老五卖什么关子!这是在哪场说话?谁还给你走过风?"

赶车老五喝了两口水,眼向上翻着盯住一根丝瓜,半晌才放下碗,抹了抹嘴上的水珠,放低声音说:

"造反那空当他不是也进城去过吗?如今要查个什么,查着他了……"

何家庆赶紧装一锅烟低头吸起来;众人也拿碗的拿碗,取烟的取烟。丝瓜架下一瞬间静了场,只偶尔有人咕哝一句"好茶"……但只一会儿,那个年轻人骂了一句:

"他卢大麻子还犯了人命哩,偏不查一查,人家小三就该查住了!……"

他憋得脸通红,还要再嚷什么,被身边的一个人顶了一拐肘。原来有人正推开院门走进来……

查 体 系

来人五十多岁,两眼眯着,总像直流泪。他走路时两手背在身后,身子向一侧歪着;肮脏的衬衫没系衣扣,只是把两个衣襟系起来,露着黑黑的肚皮。脸皮油亮,耳朵上可笑地夹了一支雪白的香烟——乡邻们刚借着不很明亮的灯火认出是"二老鬼"的尊容,还没来得及站起来打招呼,就听何家庆急火火地喊了一声:

"哎呀,贵客呀!"

乡邻们也站了起来。

村头儿卢大麻子的帮手、外号"二老鬼"的李来祥走到石桌旁边,不出声地咧嘴笑了笑,坐在了何家庆让出的一个马扎上……何二婶笑吟吟地端过来一碗茶水,另一只手又取起了烟笸箩。男人马上喝斥道:

"放下你那宝贝烟末吧!来祥大叔是抽这号烟的吗?嗯?回屋——取烟卷来!"

何二婶放了烟笸箩,嘴里不甚连贯地自语:"噢噢!你看我忙活忘了……对了,大女儿香莲前几天买了一盒,我找找去……"一边说着,一边小跑着进了正房。

她风快取来了香烟。

李来祥那双让人怀疑是否也能看清东西的眼盯盯烟盒,嘴里咕哝着:"我有烟……"说着取下了耳朵上的那一支,在石桌上竖着撞一撞,插进嘴里……

人们都不说话,仿佛他们现在只是看眼前这个人吸烟,滔滔不绝的话不知跑到哪里去了。李来祥吸了一支,才开始吸那盒里的,并且还让给周围的人。没有一个接的,大家只配吸那蛤蟆烟,都说这个"又香又有劲道"……李来祥这时把一截烟灰拍下来,随便自语了一句:

"要'查体系'了……"

"啊?!"众人呼了一声,一齐瞪眼望着吸烟的李来祥……有人试探着问:"'体系'又是个什么哩?"

李来祥吐出一口浓烟:"就是'体系'……"

何家庆嘴里的烟杆不出烟了。

赶车老五一直没有做声,这时问了一句:"咱这种小村也有那号'体系'?"

"咋没有哩?"李来祥吐了烟蒂,向那个说话的角落望了一眼,稍稍提高声音跟上一句,"咋个就没有哩?"

大家立刻想到了被民兵押走的董家小三,大气不出一声了。

李来祥喝了一口何二婶新斟的茶,抹抹嘴巴:"这一回,那些造反时候出去联系人的,全得查查!这可不是闹着玩的……"

何家庆手里的烟杆掉在了地上,又赶紧去拾。他在想大女儿香莲:那一年也戴了袖章,也跟一群人进了城,是天黑了才回来的……

何二婶看透了男人的心思,额头上也渗出了一层细小的汗珠,这时声音颤颤地说:

"俺家香莲那年是跟人去的,也就那么一回……"

"一回?! 哼哼……"李来祥把那双眯眼尽力鼓圆了盯过去,"这号事也能论几回吗? ……"

坐 三 抽 桌

何家庆只听到了那可怕的笑声,下面说的什么差不多全没听到！怪不得李来祥今晚也进了这小院呀，何家又要逢凶险啦……他两手捧住了头，心里不停地念叨："又要……又要……"他不知道"体系"是个什么东西，只是听到害怕……

何二婶差不多要哀求了："他家来祥大叔，你那会儿不也是戴过红袖章嘛，你给香莲证着点儿，说句好话……"

李来祥接上一支烟，笑了。他歪头瞅一眼周围的人："我戴就和她一样了？我那会是'坐三抽桌的'（坐在三个抽屉的桌旁办公）；她若不犯，什么都好说，要是犯了，证也没用——反正'十事求四'（实事求是），如今讲'文武反正法'（唯物辩证法）……"

何二婶不做声了——是啊，如今讲"文武反正法"，看来香莲的事没望了！她呆呆地捏住了茶碗，一脸绝望的神情。丝瓜架开始滴下了露水，一滴、两滴，轻轻地洒在了人们身上。大家只顾吸蛤蟆烟——蛤蟆烟真是好东西啊，又香，又有劲道……李来祥的话提醒了大家：真的，人家解放前虽然吃喝嫖赌，什么事都干，却是叮当响的人物，村头的左右手，人家到了哪里不是吃烟喝茶，耳朵上什么时候缺过雪白的烟卷儿！哪回热闹事儿都离不了他，哪回他都"坐三抽桌"啊……人们沉浸在往事的回忆里，只是用力吸蛤蟆烟……也许是那辛辣的烟真正吸足了吧？这时那个年轻人略带不平的，像是安慰何二婶一样说：

"二婶莫怕，也没什么大不了的！有人犯着人命还不是'体系'呢！……"

赶车老五抬起了头！何家庆咬住烟锅呆了！众人都转向了年轻人……

李来祥先是一愣,接着"砰"地拍了一下石桌站起,甩掉了嘴里的香烟,不认识似的从灯影里看过去,大概看准了说话人是谁,这才放声问:

"你是指卢叔犯人命吧?你小子瞎眼不是?你就忘了那一回董家小三一帮人跟上去的?卢叔那么大年纪能触犯人命吗?你小子斗胆!……"

黑影里的年轻人没有做声。

李来祥继续喊着,拍胸脯:"你给我说出个'三三见九'来,这可是见刑事的事儿!……"

乡邻们全用茶碗对在嘴巴上,细细地、不出声地呡。好茶……停了一会儿,黑影里的年轻人终于声音低低说了句:"我又没点卢叔的名,我不是说他……"

李来祥新叼上一支烟,深吸了一口:"说谁也不行,得讲'文武反正法儿'——你是团员不是?来、来、来,你给我讲个'文武反正法儿'!讲呀!……"

他一边说一边往前迈步,老远就伸出了那只黑不溜秋的手,手指弯曲,像个钢钩,直朝着黑影里的年轻人伸过去……乡邻们一看,赶紧放下茶碗,慌忙劝阻着,说着好话,好不容易才把李来祥给劝住了……

夜越来越深。丝瓜架下重归于寂静。只有李来祥一个人优哉游哉吸烟。他这时吸完一根,又从烟盒里取了一支搁在耳朵上,将空盒揉了抛在地上,眯着眼对不出声的人们一笑,拖着鞋子走了。那个拉拉沓沓的脚步声消逝之后,乡邻们一个个站起来,嚷着"困了"，很快就散去了。

何二婶开始一声不响地收拾茶壶水碗。何家庆还蹲在一边吸烟。月亮升起很高了，明晃晃的白光从丝瓜架上筛下来，落在他们身上。何家庆连打了几个寒战，头越来越低，嘴里的长杆烟锅不止一次触到地面上……这时，突然女人喊了一声，原来是她一时没有拿稳，那宝贝茶壶碰到石桌上摔碎了！刚走出不远的人们听到响声，停住了脚步，一齐回身望着……

姑娘还笑

经过那个夜晚之后，何家的丝瓜架下开始变得冷清了。何家庆和何二婶知道乡邻们不光是因为那把壶碎了，也许还怕受什么牵连……他们惴惴不安地等待，嘴里直念叨香莲这孩子"命苦"——怎么就活该戴上那红布溜儿进城！何二婶流着泪花煮熟了十个鸡蛋，只让香莲一个人吃。香莲笑着把鸡蛋推到一边："都不吃就让我吃啊？真是的！……"何二婶用衣襟抹着眼，对何家庆说："这姑娘还笑呢，说不定哪个早上……"

又是一个月过去了，村子里好像也没有什么特别的动静，家家都像往常一样度日月，只有董家小三依旧被关在民兵连部，由他妈每天拄着拐去送饭……何家庆打听着偶尔坐到丝瓜架下的人说："那个'体系'到底还查不查呢？"被打听的人摇摇头："总要查的吧？谁知道，也许……不查了？"

可是董家小三仍旧被关在小黑屋中，有人从窗口望见过，他满脸是灰，头发积起了老长……

......

董家小三直关到冬天才放出来,但不久得了重病,半年之后就死去了。

何家的香莲终于没事,一年一年过下来,最后也像村里的其他姑娘一样:找了个女婿,生了个孩子,不厌其烦地一趟趟回娘家,炫耀着孩子,见了村里的人就站下说话……

她晚上抱着孩子坐到丝瓜架下,跟一群客人搭腔儿。如今何家的丝瓜架下又是每晚必定满员的,何家庆还像过去那样好客,何二婶还像过去那样满面笑容地端水递烟。赶车老五依旧赶在所有人前头,端起茶碗时照例咕咕几大口……只有那个把衣服扎在裤子里的年轻人不常来了,因为他正忙着恋爱。水泥桌上的茶壶也换成新的了,并有人对上面绘的几朵莲花表示赞赏。有一次一个小伙子斟水,毛毛脚脚把壶盖撞到了壶肚上——这壶不但毫无损伤,而且发出了清脆悦耳的响声,颤颤溢出,愈来愈细,悠悠飘逸久而不绝!众人听乐了,一齐问这新壶是从哪弄来的。问来问去没人吱声,只有赶车老五一个人在笑。

原来是他出车时捎回的。

1980 年 12 月—1981 年 6 月于济南

附:短篇小说总目

1973 年
　　木头车

1974 年
　　槐花饼

1975 年
　　小河日夜唱
　　花生
　　战争童年
　　夜歌
　　他的琴

1976 年
　　钻玉米地

锈刀

铺老

开滩

叶春

槐岗

造琴学琴

石榴

1977 年

玉米

蝉唱

公羊大角弯弯

下雨下雪

在路上

1978 年

人的价值

田根本

1979 年

悲歌

告别

初春的海

自语

春生妈妈

达达媳妇

老斑鸠

善良

七月

1980 年

操心的父亲

芦青河边

深林

桃园

丝瓜架下

永远生活在绿树下

1981 年

看野枣

天蓝色的木屐

古井

荒原

三大名旦

两个姑娘和一个笑话

黄烟地

1982 年

  女巫黄鲶婆的故事

  声音

  山楂林

  拉拉谷

  生长蘑菇的地方

  夜莺

  踩水

  紫色眉豆花

  第一扣球手

  猎伴

  小北

1983 年

  泥土的声音

  草楼铺之歌

  秋雨洗葡萄

  一潭清水

  挖掘

  胖手

  篝火

  灌木的故事

  秋林敏子

1984 年

  黑鲨洋

  海边的雪

  红麻

  野椿树

  剥麻

  蓑衣

  烟叶

  烟斗

1985 年

  夏天的原野

1986 年

  采树鳔

  激动

  三想

1987 年

  持枪手

  美妙雨夜

  梦中苦辩

  橡树的微笑

满地落叶
童年的马
冬景
我的老椿树
问母亲

1988 年

一个人的战争
王血
蜂巢
绿桨
造船
射鱼
夜海
背叛
阳光
狐狸和酒
头发蓬乱的秘书
一个故事刚刚开始
怀念黑潭中的黑鱼
我弥留之际
唯一的红军
旧时景物

1989 年
 四哥的腿
 消逝在民间的人
 逝去的人和岁月
 武痴
 晚霞中的散步
 山洞
 书房
 面对星辰

1990 年
 酒窖
 赶走灰喜鹊
 割烟
 鱼的故事

1991 年
 烧花生
 许蒂

1994 年
 老人

1995 年

　　致不孝之子

1997 年

　　仙女